—————— 每本书都是一座传送门

次元书馆

血之遗产

[美]理查德·A. 纳克 著
苏恺 译

新 星 出 版 社　NEW STAR PRESS

在这一刻，情势变得越来越惊悚了。

几近崩溃的士兵不顾一切地挣扎着想要前行。他注意到周围巍峨的群山和第一缕闪耀的阳光。可是，它们看起来却如此陌生，完全不同于之前他们发现巴图克墓穴时周遭的景象。诺雷克向前跨了一步，试图弄清楚他的方位。

随着他的行进，一种令人极其不适的吱嘎声响了起来。

诺雷克低下头去，发现自己被金属护具包裹的，并不仅仅是双手。

全身的铠甲。无论诺雷克望向身体何处，他都只能看到血红色的金属板甲。他原以为自己的震惊与恐惧已经到了无以复加的地步，但仅仅是随便看了眼自己身体某一个部位，他仅有的一丝丝镇定顷刻间便荡然无存。他的身体和四肢，都被暗红色的铠甲包裹着。更为讽刺的是，诺雷克看到自己脚上甚至还穿着巴图克那古旧却结实的皮靴。

巴图克……鲜血战神。巴图克，显然用他的黑暗魔法拯救了陷入绝境的战士，但代价是萨顿和那法师的性命。

第一章

那头骨露出扭曲的笑容,似乎在欢欣地邀请他们三个永远地加入自己的行列。

"看来我们并不是第一批人。"萨顿·崔斯特低语道。这伤痕累累但肌肉虬结的战士用他的短刀敲了敲头骨,这毫无生气的东西不停地晃了起来。透过眼前令人胆寒的一幕,他们才发现这位倒霉的先行者应该是从正前方被长钉打穿,整个躯壳都被挂在那里,此刻正因为战士的敲打而摇晃起来。最后,那副躯壳渐渐停止了晃动,而头骨则落进地板上一堆乱七八糟的东西里。

"你说我们最后会不会也落到这下场?"那戴着兜帽身材高挑的人低声问道。如果萨顿像是一个体形消瘦的杂技演员的话,那么弗兹汀简直就是具尸体。这时,维兹杰雷法师如幽灵一般移动过来,用他那戴着手套的指头也碰了碰头骨。"不过,这个跟巫术无关。只是粗暴的蛮力造成的,没什么可怕的。"

"除非你的脑袋被挂到下一根杆子上。"

维兹杰雷法师用力捋着自己灰色的山羊胡子。他眯了眯半斜的眼睛,似乎对同伴最后那句言论没什么意见。萨顿的面容看起来就像是一只靠不住的鼬鼠——有时行事风格也跟那东西类似——不过弗兹汀偶尔觉得他更像一只半死不活的猫。他鼻子上的小瘤子似乎总在不停地颤摇,而下面的胡子则更加深了这种错觉。

虽然这两个人名声都不怎么好,但诺雷克·维扎兰却对他们十分信任,甚至到了可以交付性命的地步——实际上也的确这么做过几次。经验丰富的老兵走到他们中间开始凝望前方。隐在大片黑暗中的,是一些极其重要的密室。到目前为止,他们已经探索了七个不同层级的密室,令这些人失望的是,除了一些粗糙的陷阱外,他们没有发现任何有价值的东西。

更不用说什么像样的宝藏了。深深的失望渐渐笼罩了这支小小的队伍。

"你确定这里的一切跟魔法没有任何关系吗,弗兹汀?一点也没有?"

这狡猾的家伙几乎将整个身体藏在了连帽的斗篷里,似乎想远离这不怎么友好的诘问。斗篷下那宽阔的双肩,还有比强壮的诺雷克还要高大得多的身躯,给了弗兹汀一种强烈的压迫感,但诺雷克的块头也不小。"你非得要问那些吗,我的朋友?"

"这没有任何意义!除了几个小得可怜的陷阱,我们一路上都没遇到什么像样的障碍,就这么到了主厅!为什么一定要大费周折在这里挖来挖去,最后还不是一无所获?"

"我从来没有见过跟我脑袋一样大的蜘蛛,"萨顿暴躁地插了一句,心不在焉地抓着他那稀疏的黑色长发,"尤其是它居然还落在了我脑袋上……"

诺雷克没有理会他。"这跟我当初设想的不一样,是不是我们来得太迟了?原来这是另一个崔斯特姆。"

以前,他们曾经以雇佣兵的身份在一个叫作崔斯特姆的动荡不安的小村子里搜寻宝藏。传说中这附近有一座由恶魔看护的洞穴，其中埋藏了大量宝藏，只有那些幸运儿中的佼佼者才能找到它。诺雷克和伙伴们曾经造访过那里，他们事先没有进行任何相关的调查，在夜深人静的时候潜入了那巨大的迷宫之中……

他们一路上经历无数艰难险阻，与各种外形奇异的野兽展开殊死搏斗，无数次险些被致命的陷阱吞没……最后却发现已经有人捷足先登，把整个地下迷宫中稍有价值的东西全部都扫荡一空。回到村子之后，他们才听到一个令人沮丧的消息：几周前，有一位极其强大的战士进入了迷宫，而且很可能已经杀死了那最令人胆寒的恶魔，迪亚波罗。他没有带走任何金银珠宝，却让随即蜂拥而来的探险者沾了光。他们几乎没有费什么力气就扫荡了整座迷宫，卷走了可以找到的任何有价值的物品。他们三个仅仅晚来了几天，就只能两手空空地离开那里了……

当他们决定离开的时候，一位看上去神志不太清醒的村民的话给了诺雷克另一记重击。那所谓的屠魔英雄，那被称作流浪者的家伙，其实并没有真的击败迪亚波罗，相反他在无意中使这个邪恶无比的魔鬼重新获得了自由。

诺雷克向弗兹汀投去询问的目光，但维兹杰雷法师只是漠不关心地耸了耸肩。

"关于那些从地狱中逃窜出来的恶魔的故事，还有那些可怕的诅咒，实在是太多了。"弗兹汀接着补充道，言语中听不出任何警觉的意思。"这些无聊的村民都喜欢传播迪亚波罗的故事。"

"你不觉得有什么不妥吗？"诺雷克从孩童时就整天被长辈们灌输诸如迪亚波罗、巴尔之类的潜伏在黑夜之中的恶魔的故事。他一不学好，大人们就会拿这些恶魔吓唬他。

萨顿·崔斯特冷哼了一声。"是你自己亲眼见过恶魔还是你听谁说亲眼见过？"

诺雷克当然没有。"那你呢，弗兹汀？他们说维兹杰雷法师可以召唤恶魔为自己做事。"

"如果我会这个，我现在还会在这片空旷的迷宫和古墓群里么？拜托你用脑子想想行不行？"

这几句话非常有效，诺雷克很快把那村民的言论当作一个荒诞不经的故事抛到了脑后。事实上，这很容易做到，毕竟对他们三个来说最重要的事情只有一件——那就是宝藏。

不幸的是，看起来那些金银财宝又一次逃出了他们的手心。

当弗兹汀向通道深处望去的时候，他另一只戴着手套的手紧紧握着自己施法用的手杖。手杖顶部为他们提供光照的宝石突然短暂地闪烁了一下。"我曾经希望自己错了，可我现在害怕自己真的错了。我们在这鬼地方已经走得太远了。"

浅灰色头发的战士低声诅咒了一句。他这一辈子曾经在无数指挥官手下听命，这些长官大多属于威斯特玛的圣教军。他身经百战，在无数次死里逃生之后，得出了这么一个结论：想在这个污浊的世界里获得升迁和荣华，必须依靠金钱的支撑，没钱的话什么都不要想。他曾爬上过上尉的位置，又三次被降阶。在第三次降级之后，他终于心灰意冷，黯然退出了军队。

当少年诺雷克到了能拿动长剑的年龄时，战争就成了他生命的全部内容。他有过家庭，可他们已经逝去了，就像他的理想一样。他依旧觉得自己是一个正派的男人，可仅仅靠正派是填不饱肚子的。诺雷克决定，必须另谋生路……

于是，他和这两个伙伴一起踏上了寻宝的征程。

像萨顿一样，诺雷克身上也布满了伤疤，但他的脸看起来像个淳朴的农民。一双棕色的大眼睛，宽阔而坦诚的脸庞和结实的下巴，他这副模样看上去更适合在田地里挥动锄头。他偶尔动起解甲归田的念头，但他也清楚，如果想为自己置办一块地就需要先准备一笔钱款。这次的任务的报酬足以令他们一夜暴富，那将是他做梦也想不到的……

可现在，他们付出的所有时间和努力似乎都已经付诸东流……又一次。

萨顿·崔斯特在旁边把手中的匕首抛到空中，然后在它落下时准确地握住刀柄。他已经这样做了不止两次，显然是在考虑着什么事情。诺雷克大概也能猜到他在想什么。他们在这项特殊的任务上已经耗费了数月之久，冒着凄风苦雨，忍受着地冻天寒，横穿汪洋抵达北凯基斯坦，踏过无数歧途，深入无数空穴，在无法获取足够猎物的时候，连虫子都被拿来充饥——这一切都是因为诺雷克。如果不是他发起这次冒险，他们又怎会陷入如此惨不忍睹的困境？

更糟糕的是，这次冒险仅仅是缘于一个梦，一个关于某座形似巨龙头颅的邪恶山峰的梦。他只梦到过这东西一次，或者也可能是两次。诺雷克可能忘记了山峰的具体形象，但这些年来，这些模糊的景象反反复复地出现在他的脑海之中。诺雷克无论转战到哪，都会留意当地的山峰，可始终一无所获。后来，一名来自寒冷北方大陆的同伴——不久后他死掉了——言及曾经去过这么一个地方，据说那里常常有幽灵出没，在山脉附近旅行的人常常会失踪，有些人的尸体在几年后才被发现，而且几乎只剩下白森森的、支离破碎的骷髅……

在听到这个消息的瞬间，诺雷克·维扎兰就确定，他收到了命运的召唤。

但如果真是这样的话——为什么他们来到了一座被破坏殆尽的坟墓中呢？

坟墓入口巧妙地掩藏在岩面之间，但的确是向外开放的。那应该算是他第一次接触到真相，可诺雷克却拒绝相信眼前的事实。他所有的希望和对同伴的承诺都落空了……

"该死！"他一脚踢在眼前的墙壁上，还好靴子足够结实，他没有踢伤脚趾。诺雷克把佩剑摔到地上，继续诅咒着他的梦境。

"有几个新的将军从威斯特玛来招募雇佣兵，"萨顿提出一个有益的建议，"那帮人个个野心勃勃……"

"去他妈的战争，"诺雷克嘟囔道，同时放弃了跟自己的脚趾头较真，"我可没什么兴趣再为谁的荣耀卖命。"

"我只是想——"

瘦高的法师用法杖敲了下地面，希望引起他这两位蓬头垢面的同伴的注意。"都到这里了，我们还不去主墓室瞧瞧，那也太愚蠢了。也许先前来过的那些人会漏下一些不值钱的玩意儿和钱币呢。我们在崔斯特姆也找到过一点金币。稍微深入搜索一下绝对没坏处，对吧，诺雷克？"

他知道维兹杰雷法师只是在想办法缓和朋友们焦躁的情绪，但这提议在老兵的心里扎下了根。他想要的不过是几个金币罢了！他还算年轻，完全可以再娶一位新娘，开始一段新的人生，甚至组建一个完整的家庭……

诺雷克拣起佩剑，重新举起这陪伴他多年的武器。这些年来，他一直小心保养着这把佩剑，随时保持剑刃锋利。这算得上少数几件值得他骄傲的事情之一。紧握着佩剑，他面庞上重新浮现出坚毅的神情。"那我们出发吧。"

"你很少跟人用这种口气说话。"当他们开始进发的时候，萨顿和法师开玩笑道。

"而且还对一件不值一提的事情喋喋不休。"

朋友间善意的斗嘴让诺雷克混乱的思绪平静了许多。这令他想起从前的某个时候，他与这两名伙伴一起挺过了更加糟糕的状况。

不过，当最终接近显然最重要的那座密室时，他们停止了交谈。弗兹汀让他们停了下来，随即扫了一眼法杖顶端的宝石。

"在我们进去之前，你俩最好点着火把。"

到目前为止法师的法杖的照明效果都非常好，他们也一直小心而节制地使用着火把。弗兹汀没再说什么，不过当诺雷克用火绒点燃火把的时候，他猜想维兹杰雷法师是否发现了周遭有什么魔法的蛛丝马迹。如果这样的话，他们还有机会在那里找到一些残存的珠宝……

诺雷克用手中火把的火焰点着了萨顿的那把。在令人心安的火光下，三个人开始继续前进。

"我发誓，"走了一会儿，瘦削但结实的萨顿嘟哝道，"我发誓我后脑勺的头发都竖起来了！"

诺雷克也有同感。当维兹杰雷法师走在前面的时候，这两个战士都停止了争吵。远东部族的成员们长久以来都在学习各种魔法，而弗兹汀的部族学习魔法的时间要比其他部族都久。如果突然出现什么魔法攻击他们的话，这消瘦的施法者肯定会有所察觉，届时诺雷克和萨顿必须要站在他身边以格挡攻击。

他们一直这么配合战斗。

弗兹汀的便鞋不像战士们的长靴那样沉重，走路时几乎没有任何声响。法师把法杖向前探去，诺雷克发现不管他如何使力，宝石都无法变得更加明亮。但火把的光看上去还算正常。

"这种力量古老而强大。先前来的那些人可能没有我们当初想的那么走运，我们也许还能找到点值钱的玩意。"

而且可能比想象中还多。诺雷克紧紧握着佩剑，指关节都发白了。他需要金钱，但更需要有命花掉这些钱。

当法杖变得不可靠之后，这两名战士走到了最前面。那并不意味弗兹汀对团队没什么作用了。老兵很清楚，他这位会魔法的朋友是他们中反应最迅速的，无论他们遭遇何种攻击，法师都会在第一时间用法术狠狠地回击。

"它看上去跟那些墓穴一样黑。"萨顿含混地说道。

诺雷克没有回应。现在，他领先同伴几级台阶第一个到达墓室。尽管里面可能潜藏着种种危险，可他仍然感觉得到其中的吸引力，就像里面有什么东西正在召唤他……

突然间，令人眩目的光芒一下子湮没了他们三个。

"我的天！"萨顿脱口叫道，"我什么都看不见了！"

"等一下，"法师警告道，"马上就会好了。"

确实如此，但当诺雷克·维扎兰的眼睛渐渐适应强光之后，眼前的景象令他大为震撼，以至于他连眨了几下眼睛才确定自己看到的并非幻象。

每一面墙壁上都覆满了由奇珍异宝组成的纹样各异的图案，他能从中感觉到魔法波动的力量。每一个图案上所镶嵌的宝石颜色和花纹都极尽繁复和奢华，它们所折射与反射出的令人难以置信的华丽光芒充斥了整个房间。在那些充满魔法能量的图案下面，是同样令这三人瞠目结舌的财宝，是堆积如山的黄金、白金和珠宝。它们发出的亮光与墙上的图案交相辉映，令整个墓室比白昼还要明亮。而这两个战士每转动一下火把，眼前景象都会随之发生令人目眩神迷的改变。

可是，就在诺雷克为此欣喜若狂之际，脚下另外一番景象却令他瞬间大惊失色。

目光所及之处，散落着被砍得支离破碎、朽烂不堪的尸骨。显然这些都是先于他们来到此地的人的遗骸。

萨顿将手中的火把转向离他最近的一具尸体，这具几乎已经看不到任何肌肉的尸骨裹在腐烂的皮甲里面。"这里发生过一场混战。"

"他们不是同时完蛋的。"

诺雷克和个子略小的战士望向弗兹汀，对方向来毫无表情的脸上露出困惑的神情。

"你想说什么？"

"我的意思是，萨顿，这些家伙有的死了很长时间了，可能几百年都不止。但你脚底下这个应该刚死了没多久。而旁边那些人就只剩骨头了。"

萨顿耸了耸肩道："不管怎么说，这些人看起来死得都挺惨的。"

"的确如此。"

"那么……谁杀了他们？"

诺雷克此时回答道："看那边，我估计他们是自相残杀的。"

他指向两具尸体，它们保持着彼此用刀剑刺入对方上腹部的姿势。其中一个嘴巴大张着，似乎是被最后看到的惊悚景象吓得狂叫不止，它身上的服装风格与萨顿脚下那具尸体看起来非常接近。另外一具骨骸身上只剩下片缕衣物，光秃秃的颅骨上附着几小绺头发。

"你肯定搞错了，"维兹杰雷法师轻轻摇了摇头回答道，"这个战士显然比另外那个老太多了。"

如此一来，诺雷克不需要再猜测是不是它将利刃插入了另外那具尸体。可是，这两具战士的尸体带给诺雷克一种异样的感觉。"弗兹汀，你感觉到了什么吗？这里是不是有什么陷阱？"

这枯瘦的法师将法杖指向前方的墓室，过了会儿又放了下来，表情看上去充满了厌恶。"这里有许多互相冲突的力量。我无法获得精准的感知。不过，我也没察觉到直接的威胁。"

萨顿在旁边不耐烦地跳脚叫道："难道我们就这么一走了之，丢下我们所有的梦想？难道我们就不能冒险去搞点金币回来？"

诺雷克和法师对视了一眼。他们找不到退缩的理由，尤其是面对如此巨大的诱惑时。老兵最后还是设法迈过最后几级台阶进了墓室。没有巨大的闪电迎接他，也没有什么恐怖的怪物跳出来将他扑倒。萨顿和维兹杰雷法师很快跟了进去。

"这地方最起码有两打死人，"萨顿从依然保持缠斗姿势的两具骷髅上跳了过去，"而且还不算那些碎成渣渣的……"

"闭嘴，萨顿，否则我就帮你把它合上……"走在这些死人之间，诺雷克可不想再讨论什么死掉的寻宝者之类的话题。这些死状极惨的尸体令他心神大乱。肯定有人活着逃了出去。可真是那样的话，为什么如此海量的金币和珠宝都没有人动呢？

与此同时，眼前突然有了新的变化，将他的思绪拉了回来。突然，在墓室遥远的另一端，无数珠宝之上升起一座带有阶梯的平台。更重要的是，台子上躺着一个死者，铠甲俱在。

"弗兹汀……"当法师出现在诺雷克身边时，后者指着台子低声问道，"你对那东西做了什么？"

弗兹汀没有回应他，紧抿着单薄的嘴唇，小心翼翼向平台走去。诺雷克紧紧跟在他身后。

"它会解释一切……"他听到维兹杰雷法师的低语，"它可以解释为什么这里会存在如此多互相冲突的魔法力量……"

"你在说什么？"

法师最终回过头来看了他一眼。"靠近点自己看吧。"

诺雷克照他说的做了。老兵注视着平台上令人毛骨悚然的东西，早已深入骨髓的不安变得更加强烈了。

它看上去一身行伍打扮——虽然它身上只剩下了一些残破的布

料，但诺雷克还是可以看出来。做工上乘的长靴倒在两侧，上面还有几缕看上去像是裤边的布丝。胸甲歪歪斜斜地覆盖在胸腔上，还能看到里面一件破碎的丝质衬衣。它身下铺着一件皇家式样的黑色长袍，袍子遮盖了大半个平台。在做工精良的铁护手和带有沟槽状甲片的前臂护甲中似乎仍然有一只筋肉虬结的强壮手臂。而那些交错在双肩上的甲片也给人同样的错觉。双腿上的护甲则散乱地斜在那里，跟那里的骨头一样，看起来不太美观，就好像曾有什么东西打散了它们。

"看见了吗？"弗兹汀问道。

诺雷克不敢确定自己看到的到底是什么，他眯着眼睛仔细打量起来。除了盔甲本身被染成令人不安的暗红色之外，他并没有发现其他情况——

没有头颅。平台上的尸体没有脑袋。诺雷克环顾四周，地面上也没有什么痕迹。他将这些告诉法师。

"是的，跟传说中一样。"瘦高的法师环视了一下平台，他的神情在老兵眼中显得有些过于急切了。弗兹汀伸出一只手试图触碰平台上那家伙，但显然一直在犹豫。"这具尸体的颈部朝向北方。它戴着头盔的脑袋在战争中已经被砍了下来，它们彻底和身体分开，以保证不再造成什么麻烦。充满法力的符咒被刻在墙上，用来压制尸体中仍然存在的黑暗力量……可是……"当弗兹汀继续观察的时候，他的声音渐渐弱了下来。

"可是什么？"

法师摇摇头。"没什么，这是我猜的。可能是因为离这东西太近了，我的思路受到了影响。"

诺雷克显然被弗兹汀这些模糊的言辞搞得有些恼火，他咬紧了牙关。"那么……它到底是谁？一个贵族吗？"

"我的天，怎么可能呢！你没看见吗？"他用戴着手套的一根指头指向那红色的胸甲。"这里是那个恶魔的领主，所有最黑暗魔法的大导师——巴图克失落的坟墓——"

"鲜血战神。"诺雷克几乎是喘着说出了这几个字。他对巴图克的传说早有耳闻，他曾经是法师中的翘楚，最后却投身黑暗，成了魔鬼掌中的傀儡。现在铠甲上的红色显得极其完美而又极度阴森。那是凡人鲜血的颜色。

据说巴图克的疯狂行径令那些当初引诱他的魔鬼都感到恐惧。他每次投身战斗前，都会用前敌手的鲜血沐浴全身。那身金光灿烂的铠甲已经永远被他的罪业玷污了。他将无数人类的城镇夷为平地，他犯下的罪孽罄竹难书，并且还会不停地继续新的暴行——所有的故事都是这么描述他的——如果不是他的兄弟霍拉松和其他一些精通上古法术的维兹杰雷法师奋不顾身地站出来与他对抗，如果他们的自然魔法没有击败这恶魔的话。巴图克和他的魔鬼主人在短暂的志得意满后被屠戮殆尽，战神本人则被一个可怕的反制法术削去了脑袋。

即便是死亡，也无法令霍拉松对他兄弟所拥有的可怖力量放下心来，他下令让巴图克的尸身从人们视野中永远地消失。诺雷克不明白，为什么他们没有将这丧心病狂的家伙付之一炬，换作是他的话一定会这么干的。不管怎样，之后关于鲜血战神墓葬所在地的谣言便四处传播开来。很多人都在寻找他的坟墓，尤其是那些修习黑暗魔法的家伙，但始终无人宣称自己真的找到了。

维兹杰雷法师可能比诺雷克了解更多的细节，但老兵非常清楚他们发现的这些意味着什么。传说巴图克曾经在诺雷克的部族中生活过一段时间，那意味着诺雷克的部分族人有可能是那恶魔的仆从的后裔。没错，诺雷克很清楚战神留下了什么遗产。

他浑身颤抖起来，下意识地想要离开平台。"弗兹汀……我们离开这鬼地方吧。"

"当然要离开啦，我的朋友——"

"我们走吧。"

这戴着兜帽的法师盯着诺雷克的眼睛，然后点了点头。"也许你是对的。"

诺雷克满怀感激地转向另外一个同伴。"萨顿！忘掉这些财宝吧！我们离开这地方！就现在——"

阴影中墓室门口，什么东西引起了他的注意——那不是萨顿·崔斯特。而队伍中的第三个人此时正在拼命地将各种可以搜罗到的珍宝往一只口袋里塞。

"萨顿！"老兵拼命喊道，"扔掉口袋！快！"

门口那东西拖着脚步慢慢走了过来。

"你疯了吗？"萨顿头都不回地喊道，"我们费那么大劲儿还不是为了今天？"

一种"咔嚓咔嚓"的声音引起了诺雷克的注意，他发现这种声响似乎是从四面八方传来的。一具干尸进入了他的视野，诺雷克下意识地吞了一口唾液。

那僵尸战士向他缓缓逼近，空空的眼窝令人不寒而栗。

"萨顿！看你身后！"

这一次诺雷克的喊声总算引起了同伴的注意。瘦高而结实的战士立刻扔掉口袋，转身拔出佩刀。可当萨顿·崔斯特看到"敌人"时，脸色旋即变得有如尸骨一样苍白。

之前在墓室死于非命的家伙，无论是尸体还是骷髅，都开始一个个站了起来。现在诺雷克终于明白为什么没有人能活着从这里走出去，也知道自己和队友们也很快要跻身其中了。

"考瑟拉克！"法师大吼出一句咒语。

离法师最近的一具骷髅在爆裂的橙色火焰中消失了。弗兹汀手指向另外一个半裹着衣物的食尸鬼，它只剩小半张脸。维兹杰雷法师重复了一遍强大的咒语。

可什么也没发生。

"我的咒语——"大惊失色的弗兹汀没注意到左边一个骷髅举起了锈迹斑斑但仍旧牢固的长剑，显然，它打算把法师的脑袋砍下来。

"看剑！"诺雷克大喝一声，冲过去挡开这致命一击，然后向前直刺出去。可不幸的是，他的攻击没起到任何作用，剑锋从骷髅的胸腔穿了过去。他在绝望中一脚踢向那令人胆寒的对手，将这堆骨架踢到另外一具蹒跚行走的不死生物身上。

他们以寡敌众，干掉了几个根本无法用正常手段消灭的敌人。诺雷克看到被迫和两个朋友分开的萨顿，正跳到一大堆金币上，试图从两个可怕的战士手下保全自己——其中一个只剩森森白骨，另外一个稍微好点，居然有一只手臂还是完整的。它们俩身后是更多的僵尸和骷髅。

"弗兹汀！你能再做点什么吗？"

"我在尝试另外一种法术！"

维兹杰雷法师大声喝出另外一道咒语。这一回，正觊觎着萨顿的两个家伙被冻住了。崔斯特当然不会错过这好机会，立刻竭尽全力朝它们俩一顿回击。

两具僵尸被打成了无数碎块，它们的上半截散落在石头地面上。

"你的力量回来了！"诺雷克心中再次燃起了希望。

"它们从不会弃我而去。可我担心每道法术我只有一次施放机会——大部分法术都需要很长的冷却时间！"

诺雷克没时间回复这可怕的言论，因为他的处境更加令人绝望。

他迅速地解决掉第一个僵尸，然后又向它们发动第二波攻击。幸运的是，这些僵尸的行动非常缓慢，可这些战神之墓的守护者在数量和耐性上占据了绝对优势，它们迟早会取得最终的胜利。那个设下如此狠毒陷阱的家伙显然非常工于心计，因为每个罹难的人类最终都变成了攻击力强大的守护者。诺雷克能想象到第一具不死者是如何产生的。他们三个穿越那些已经发挥过作用的陷阱和机关时，没有发现一具尸骸，直至看到那具被长钉贯穿头骨的尸体。第一支发现巴图克之墓的队伍显然在探险途中就损失了一部分队员，可他们又怎能想到这些死去的同伴会成为他们最大的梦魇。同样，每当有新的探险者来到，守护者的队伍就得到扩充——现在，轮到诺雷克、萨顿和弗兹汀成为新丁了。

一具干尸砍在了诺雷克左臂上。老兵用另一只手里的火把点燃了这堆干肉，把它变成了行走着的烈火炼狱。冒着脚烧伤的危险，诺雷克把这炽热的家伙踢到它的同伙群里。

这次虽然算是成功了，可更多的不死者继续从其他三面蜂拥而来。

"诺雷克！"萨顿不知在什么地方高声地求救，"弗兹汀！它们把我围住了！"

没人能帮他，他们俩都陷于混战之中。法师用法杖打倒了一具骷髅，可是缺口马上又被另外两具填上。它们移动的步伐变得更加快速和灵敏。很快，诺雷克和他的朋友们的优势便要丧失殆尽。

三个令人毛骨悚然的战士把诺雷克·维扎兰从弗兹汀身边逼开，把他一步步赶到台阶上，最终逼得诺雷克后背紧紧靠着平台。血之狂战的骨头在铠甲中咯吱作响，令这焦头烂额的老兵欣慰的是，巴图克并没有真的站起来亲自指挥这支恶魔兵团。

瞬间出现的烟雾提醒他，法师刚刚设法解决掉了另外一个不死者，但诺雷克也清楚弗兹汀不可能将它们全部干掉。到目前为止，他们根本没有打破僵局。他们的武器从未遇到一块可以切开的肌肉，也没有什么脏器可以被他们穿透。

诺雷克突然想到，有一天自己也会像它们一样，从地上爬起来杀掉那些倒霉的闯入者，这个想法令他浑身战栗。他贴着平台的边缘拼命地移动，试图找到一条逃跑的通道。令诺雷克感到羞愧的是，如果现在真的有逃生之路，他一定会欣喜若狂地丢下所有同伴落荒而逃。

他已经精疲力竭了。一把长刀砍中了他的大腿。这痛楚不仅令他大声呼痛，甚至连最后那一点握剑的力气也没有了。武器哗啦一声掉到台阶下，消失在那些不断逼近的不死者身后。

诺雷克的腿几乎已经直不起来了，他拼命地挥动着火把以逼退不断靠近的攻击者，另一只手在平台上试图找到一个支撑点。可他伸出的五指并没有触到石台，而是抓住了一块无法提供任何支撑的冰冷金属。

他的伤腿终于支撑不住了。诺雷克单膝跪倒在地，一只手还紧紧抓着刚才无意中攫到的金属物品。

火把终于脱手飞了出去。诺雷克试图站起身的时候，发现无数奇形怪状的面孔如潮水一般充满了自己惊恐的视野。极度绝望的寻宝者将握着东西的手高高举起，似乎在无声地乞求那些不死者能让自己死得痛快一点。

在最后一刻，他突然意识到，举起来的那只手现在莫名其妙地被金属包裹住了———只铁护手。

那看上去非常像之前他在巴图克的骷髅上发现的那只铁护手。

诺雷克刚刚接受这令人惊恐的事实，一个他完全不理解的词语便从自己口中呼喝出来，回荡在整个墓室之中。墙壁上镶嵌有珠宝的图案变得愈发闪亮，愈发光芒夺目，而对他们纠缠不休的可怕敌人却都被冻结在了原地。

另一道更加令人无法理解的咒语被老兵吟唱出来。图案上的亮光变得令人无法直视，直至燃烧起来——

——然后爆炸了。

一股可怕而纯净的能量冲击波撕裂了墓室，席卷起所有不死者。骨头的碎片飞得到处都是，令诺雷克不得不将自己蜷成一团以避开伤害。他不停地祈祷着，祈祷着自己的死亡能快一些，痛苦能少一些。

魔法吞噬了现场所有的不死者，骸骨和干尸像浸了油的火绒一样被轻松点燃。它们的武器化成一堆堆的废渣与灰烬。

可这力量却没伤害到队伍里任何一个人。

"出什么事了？"他听到萨顿在叫喊。

这仿佛来自地狱的火焰以极高的精准度向前推进着，横扫过这墓室里所有的守护者，却又未触及其他任何东西。当守护者的数量次第减少时，这股力量也相应地减弱了，直到最后两者都不复存在。墓室陷入了极度的黑暗，只剩下两支残存的火把，许多破碎不堪的石头反射出它们微弱的光芒。

眼前这种毁灭性的结局令诺雷克瞠目结舌，他对自己的所作所为无比惊诧，不知道接下来会不会发生更加恐怖的事情。随后，他将目光转向那只铁护手，不想让它继续留在手上，但同时也担心，如果把它摘下来，眼前的一切可能会变得更糟。

"它们……它们都被干掉了。"维兹杰雷法师环视一下四周，勉强支撑着站起来。瘦削的弗兹汀用一只手捂着受伤的手臂，长袍被撕破了许多地方，鲜血正从污秽的伤口不断流下。

萨顿从刚刚鏖战的地方一跃而下，很显然，他看上去没受什么伤。"这是怎么回事？"

到底出了什么事呢？诺雷克握住他戴着护手的手。这种金属感觉就像他的第二层皮肤,远比他想象的舒适。他感觉自己能做到一些之前无法想象的事情了,而且这种感觉越来越强烈,心中的恐惧感随之消退了一部分。

"诺雷克,"弗兹汀问道,"你什么时候戴上这东西的?"

他没留意到法师的话语,满脑子都在考虑要不要把另外一只护手也戴上——一整副应该会更好吧——他对此非常感兴趣。当他还是一名新兵的时候,他一直梦想着通过一场场胜仗来获得财富并得以升迁。现在这早已被抛在脑后的旧梦又苏醒了,而且第一次显得如此富有可行性……

一道影子映在他手上。他抬起头,看到法师关切的目光。

"诺雷克,我的朋友,你最好还是把护手摘下来。"

摘掉它?老兵突然觉得这个建议很没道理。铁护手是救了他们的命的东西!为什么摘掉它?难道因为……难道仅仅因为弗兹汀自己想得到它吗?在拥有魔法的宝物面前,弗兹汀也未必可靠。如果诺雷克不给他护手,弗斯汀极有可能会不顾朋友的阻拦强行夺取。

老兵试着忘掉心中这些可恶的想法。弗兹汀救过他很多次,他和萨顿是诺雷克最好的,也是仅有的朋友。东方的法师是不会做出如此卑鄙的事情的……应该不会吧?

"诺雷克,听我的!"弗兹汀的喊声中似乎蕴含着许多复杂的情绪,也许是羡慕,也许是嫉妒,"马上把护手摘下来,这非常重要!我们必须把它重新放回平台上去——"

"那是什么?"萨顿喊道,"他怎么了,弗兹汀?"

诺雷克开始确信刚才的担心是正确的——法师想要他的手套。

"萨顿,准备好你的武器,我们可能得——"

"我的武器?你想让我拿它对付诺雷克?"

似乎有什么东西从内心深处开始控制诺雷克,他仿佛看到这铁护手飞速扼住了维兹杰雷法师的喉咙。

"萨——萨顿!他的手腕!砍他的——"

诺雷克从余光中看到萨顿迟疑了一下,然后举着武器开始攻击自己。一种从未体验过的狂怒席卷了老兵的脑海。整个世界瞬间变成了血红色……随后又陷入了无尽的黑暗。

在黑暗之中,诺雷克·维扎兰听到连绵不绝的尖叫声。

第二章

埃拉诺克大陆广布着浩瀚而令人倍感压抑的沙漠，在沙漠的极北之处，驻扎着一支规模不大却极其精锐的部队，这支部队直属于奥古斯塔斯·马莱沃林将军。他们驻扎于此已经有好几个星期，但士兵们仍然对于自己的使命茫然无知，可无人敢质疑将军的决定。大部分战士自马莱沃林早年还未在威斯特玛发迹之时便跟随着他，他们对事业的狂热是值得肯定的。但这些沉默的人们也很疑惑，为什么将军看上去完全没有继续进发的意思。

很多人觉得应该与他们长官住所附近那座华丽艳俗的帐篷有点关系。那帐篷里住着一名女巫，每天清晨，马莱沃林都到她那儿去，显然是针对未来去做一些占卜，根据占卜结果来做出新的决定。此外，那叫作葛莉安娜的女巫每晚都会去将军的帐篷——当然是为了处理一些私密事务。没人说得清她对将军的决策有多大影响力，但影响一定不小。

在朝阳冉冉升起的清晨时分，奥古斯塔斯·马莱沃林从他的住处走了出来，他身形修长，衣着考究。那苍白而修整洁净的面孔——一个早就死掉了的对手形容其为"毫无怜悯之情的死神嘴脸"——完全看不到任何表情。马莱沃林站在那儿,身着如沉黑的乌木一般颜色的铠甲,铠甲带有深红色镶边,而绕着颈部的镶边显得尤为耀眼。另外,他的胸甲上饰有一个被三把银剑环绕着的红狐的图案,那昭示着将军曾经历过的血雨腥风。两名副官帮助将军戴上了同样乌黑的钢铁护手,这套护手新得就像刚刚锻造出来的。事实上,马莱沃林的全副装束看上去完美无瑕,因为负责晚上清洁护具的士兵得到过血的教训,哪怕一丁点的锈迹也会令将军大发雷霆,甚至要了他们的命。

马莱沃林的头部也被重盔完全保护着,他径直走向兼具女巫与情妇双重身份的女人幽暗的居室。任何一个做帐篷的工匠看到眼前的居所,晚上都得做噩梦——葛莉安娜的帐篷看起来就像两打以上颜色各异的布块胡乱缝成的被子搭起来的。只有像将军那样能够通过表象洞察本质的人才能发现,这上面不同的颜色分别组成了样式各异的图案,只有知晓魔法的人才会知道图案中蕴含的力量。

两名副官跟随着马莱沃林走在路上,其中一个手中抱着一件包裹严密,看上去像是人头的东西。这个抱着东西的副官心神不宁地向前走着,似乎怀里的东西令他充满了不安与恐惧。

将军并没打算浪费时间去命人通报,不过当他伸手准备拉开女巫帐篷紧闭的垂帘时,他听到一个深沉而又略带嘲讽味道的娇柔声音,那是女巫示意他进去的邀请。

虽然阳光轻抚着营地的每一个角落,但葛莉安娜的帐篷里仍然黑暗如斯,若不是那盏从天花板正中吊下来的式样简陋的油灯,将军和他的副官恐怕连一英尺外的东西都看不清楚。也正因为如此,他们在里面辨识不出多少东西。

各种吊袋、烧瓶和令人叫不出名字的器物挂得到处都是。虽然将军曾经给她提供过房舍让她用来放置这些稀奇古怪的东西,但女巫拒绝了他的好意，继续设法在这狭促的地方寻求空间来容纳更多物件。马莱沃林将军对她这一怪癖从未提出任何质疑，这么久以来，他一直都能够从葛莉安娜那里得到自己亟须的回答，因此，就算她在天花板上挂满干尸他都不会介意的。

而她的所作所为也没比那逊色到哪儿去。值得庆幸的是她大部分藏品都收在各种容器里，不过还是有一些稀有生物的风干标本或者诸如此类的东西就这样赤裸裸地挂在外面。其中有些应该是与人类脱不了干系的，但若真想鉴定它们的来源，必须凑近后仔细审视才行。

令她爱侣的随从更加感到不安的是，帐篷内唯一的那盏灯投射出了许多显然违反常理的阴影，这些阴影正诡异地沿令人无法理解的轨道移动着。马莱沃林的手下还时不时看到油灯的火焰摆向一方，而它的阴影却摇向另外一方。这许多的阴影令帐篷内部看起来比实际要大上很多，从初次迈进此处，他们就总感觉这里并不属于人类。

作为这令人心神不宁的居处中最关键的核心，女巫葛莉安娜是如此引人注目，令人心猿意马。当她离开那色彩斑斓的枕头，从图案复杂的毡毯上支起身子时，每个男人心中都不禁升腾起一团火焰。浓密的黑发如瀑布一般垂落在她面庞周围。男人们第一眼看到的必定是那令人无限遐想的红色双唇，线条优雅而高挺的鼻子。一双如湖水般深邃的碧绿双眸，只有将军翡翠般的锐利眼神才能与它相配。浓密的睫毛半遮住了这双迷人的眼睛，即便如此，女巫无心的一瞥也足以令每一个初访者感觉呼吸困难，怀疑自己下一秒是不是就要被她吞下。

"我的将军……"她愉悦地低声叫道，每个字都像是无尽的呼唤。

葛莉安娜深知自己的美貌对男人有多么强烈的吸引力，而她现在也的确在最大程度地展示着自己的魅力。她的睡袍短到难以蔽体，胸口闪闪发亮的珠宝也完全无法与她深深的诱惑匹敌。她站起身来，整个身子仿佛被微风吹动般慢慢向前飘去，单薄的衣衫令她迷人的曲线若隐若现。

而对马莱沃林最具诱惑力的，是伸出戴着手套的双手轻拂她深棕色的双颊的那一刻，仿佛爱抚一只驯良的宠物。她轻笑起来，露出如猫咪一般锐利而又完美的牙齿。

"葛莉安娜……我的葛莉安娜……你睡得好吗？"

"啊，我居然睡着了……我的将军啊。"

他轻笑起来。"是啊，我也一样，"他淡淡的笑容突然消失了，"直到我做了一个梦。"

"一个梦？"葛莉安娜下意识地吸了一口凉气，然后才向将军发问，显然这事情对她来说并非无足轻重。

"是的……"他走到她身边，下意识地盯着一件她的藏品，那东西看上去是如此的令人毛骨悚然。他把玩着它，手指在它的每一个关节滑过，然后说道："鲜血战神再次出现了……"

她的目光扫过将军，充满期待的双眼睁得大大的，现在，她感觉一名黑暗天使出现在了他的肩头。"告诉我所有一切，我的将军，告诉我你都知道些什么……"

"我看到一具空荡荡的铠甲从墓穴中挣扎着爬出来，然后，骨骼从它里面显露出来，紧接着肌肉和肌腱将它们联结起来，它很快变成了一具血肉之躯，但那并不是传说中的巴图克的样子。"这身披深黑色铠甲的将军看上去有点失望。"具体说到区别的话，这张脸看上去有些过于平庸，可工匠们又怎么知道他到底长什么样子呢。也许这就是鲜血战神的脸，尽管他在我梦里更像一个惊慌失措的幽灵……"

"就这样子？"

"不，我后来在他脸上看见了血，随后他就消失了。我看到群山塌陷为丘陵，丘陵粉碎成沙尘，随后我看到他沉入沙中……然后梦就结束了。"

一名副官偶然一瞥，发现帐篷远处角落里有一个阴影，正不停变幻着形状向将军移去。从过往的经验他知道，这种事情决不能随便讲出来，因此只好强忍着不作声，只盼阴影接下来不要跑到自己这边就好。

葛莉安娜将自己整个贴在马莱沃林将军的护胸甲前，直勾勾地盯着他的双眼。"你以前做过这个梦吗，我的将军？"

"你应该清楚。"

"是的，我应该清楚。你知道，向我袒露所有事情有多么重要。"她离开将军的身体，试图回到毛茸茸的靠枕边，裸露在外的皮肤上显出些许汗水映射的光芒。"最重要的一点是……这不是一个寻常的梦，不，绝对不是。"

"我自己也想过很多。"他向那托着包裹的副官漫不经心地招招手。副官走上前来揭开蒙布，露出下面盖着的东西。

一顶高耸的头盔在微弱的灯光下闪闪发亮。它看上去非常古旧，但保存相当完好。这头盔可以遮蔽头部的绝大部分，只为眼睛开出了两道窄缝，为鼻子留出微小的通气口，嘴巴那里略宽松，但看上去仍旧非常狭窄。头盔的后部向下延伸了一段以保护后颈，但咽喉部位则完全是暴露的。

即便在如此暗淡的光线下，人们都能清楚地看出头盔是血红色的。

"我想你可能需要巴图克的头盔。"

"你是对的。"葛莉安娜挣脱了马莱沃林的怀抱，将手伸向这精妙绝伦的神器。她的手指拂过副官的手，那男人禁不住颤抖起来。此时将军的视线正望向别处，而另外一名副官也无法看到她的小动作，女巫趁着这机会给了副官的手腕短暂的爱抚。在她的口味还没有改变之前，她就和这副官有过一两次偷欢，而且确信他绝对不敢把两个人的亲密接触告诉他的上司。事情一旦败露，马莱沃林对这个具有重要价值的女巫也许不会痛下杀手，但一定会宰了他胆大包天的副手。

她将头盔放在自己刚刚坐着的位置旁。将军让副官们去外面等着，然后走到葛莉安娜身前，径直坐到她对面。

"你不会让我失望，亲爱的。我对这点坚信不疑。"

葛莉安娜第一次感觉信心有些不足。奥古斯塔斯一向言出必行，尤其对待在那些令他失望的家伙时。

心情复杂的女巫掩藏起她的不安，把手掌放在头盔顶端。将军也摘掉铁护手，将双手放到上面。

油灯中的火焰不停地闪烁着，微弱得快要看不到了。暗影开始渐渐扩大，变得越来越厚重，而且似乎开始拥有了某种生命的力量，最终变成了独立于那微弱光芒的存在。这种显然脱离了现实的景象并没有令马莱沃林将军感到害怕。他听葛莉安娜提及过类似的能量，不过他怀疑也可能是其他东西在作祟。作为帝国一名野心勃勃的军人，他一直在搜寻一切可以利用的工具。

"以汝之好，以血之名……"这些咒语迅速从葛莉安娜饱满的唇瓣间吐出。女巫对她的保护者一再重复这一祷告。"令其所召唤者皆为其所有！巴图克之暗影必将再次得到联结！"

马莱沃林感到自己脉搏的跳动变快了。真实的世界似乎如潮水般从他身边退去。葛莉安娜的咒语在他耳边不停回荡，成为他注意力中唯一的焦点。

起初，他眼前除了一片死灰，再也看不到别的颜色。随后，一幕影像在他眼前的灰色中渐渐成型，那是他似曾相识的一幕景象。

他再次看到了巴图克的铠甲，可很显然现在正有人穿着它。不过这次将军可以确信，眼前的家伙绝对不是传说中的鲜血战神。

"谁？"他低声问道，"是谁？"

葛莉安娜没有回答他，闭上眼睛低头凝集着所有的精力。一道阴影移到了她的身后，马莱沃林隐约感觉那是一只巨大的昆虫。随着眼前的影像变得越来越清晰，他又转而集中精力去辨识眼前的陌生人。

"一个战士，"女巫喃喃道，"一个身经百战的男人。"

"别管那个！他在哪儿？离这儿近吗？"那是鲜血战神的铠甲！他已经为此经历了漫长的搜寻，遭遇无数陷阱和欺诈……

她的身体因为竭尽全力而不由自主地抽搐起来。马莱沃林对此毫不在意，倒是担心她是否还留有余力。

"群山……冰雪覆盖的山峰……"

这些信息没一点用处，这世界上到处是山，尤其在北方和双子海的对岸。

葛莉安娜再次颤抖起来。"血之召唤……"

他咬紧了牙关。她为什么一直翻来覆去重复这些？

"血之召唤！"

她整个身子摇摇欲坠，头盔都差点儿从她手中跌落到地上。她用咒语建立起来的联结几乎要断掉了。尽管自己的法力与葛莉安娜相比是如此孱弱，但马莱沃林还是竭尽全力维持着眼前的景象。然而，他也仅仅能短暂地维持一下那张面孔的存在。那人看上去根本不像个领袖。从某种程度上来说，他充满了惊恐和挫败感。倒不是懦弱，但很显然眼前一切超出了这人的承受能力。

影像渐渐消失了。将军在心里咒骂了一句。显然铠甲被某个愚不可及的士卒或者逃兵发现了，而这家伙根本不知道它的价值和其中蕴含的力量。"他在哪里？"

影像消失得如此迅速，这令他大为震惊。就在此时，暗色皮肤的女巫喘息着跌坐到靠垫上，彻底放弃了施法。

一股惊人的力量将马莱沃林的手从头盔上推开。将军不假思索地发出一连串的咒骂。

随着一声呻吟，葛莉安娜慢慢地撑着身子坐起来。她用一只手强撑着头望向马莱沃林。

将军考虑要不要用鞭子狠狠抽女巫一顿。她用铠甲被发现的事实让他空欢喜一场，却又告诉他没人知道那铠甲在哪里。

她读懂了对方阴沉的表情，知道这对自己意味着什么。"我还没有失败，我的将军！这次不管怎么样，巴图克的遗物肯定都会落到你手里的！"

"怎么到我手里？"马莱沃林猛地站起来，满腔的愤怒与挫败感眼看就要爆发了。

"怎么可能落到我手里？巴图克是恶魔的指挥官！他的势力曾经遍及世界每一个角落！"脸色苍白的将军指着头盔道，"我从小贩那里把它当作普通纪念品买了下来，作为我寻求的力量的象征！我以为它是个赝品，可结果太令人吃惊了！它就是巴图克的头盔！"将军发出一阵狂野的大笑。"当我戴上它的时候我才知道——它就是巴图克的头盔！"

"是的，将军！"葛莉安娜迅速站起身来将双手放到他的胸膛上，手指滑过那些金属，就像是在爱抚将军的身体。"而且你从那以后开始不停地做梦，看到那些影像——"

"巴图克……我看到了他的胜利，他的荣耀，他的力量！我体验了这一切……"马莱沃林的声音渐渐变得苦涩起来，"可一切都只是在梦里。"

"是命运把头盔带到你身边的！是命运和巴图克的灵魂，明白吗？！他将你看作他的继承人，相信我。"女巫柔声说道，"否则为什么我没施法你也能看到这些影像呢，你是独一无二的！"

"没错。"最初两次戴上头盔，马莱沃林都会梦到类似境况，随后他命令几个最贴身的亲信测试，但他们即便连着戴上几个小时都不会梦到这些东西。很显然，只有奥古斯塔斯·马莱沃林才有资格被鲜血战神的灵魂选中，继承他的荣耀。

马莱沃林几乎认得所有对巴图克有所了解的人。他研读过所有相关文档，探究过每一个相关的传说。大部分记载都有意地回避了鲜血战神那段黑暗而充满魔法力量的历史——害怕那些邪恶的东西会缠上自己——不过将军还是汇总了大部分散碎信息。

马莱沃林的雄才大略与孔武身材绝对可以与巴图克相媲美，但他却只能操控极其微弱的魔法力量，这甚至连一根蜡烛都点燃不了。葛莉安娜向他提供了许多魔法——且不提及那无数的床笫欢愉——但为了能真正配得上鲜血战神的荣耀，马莱沃林需要掌握一些召唤与驱策魔鬼的办法——而且需要的不止一个。

铠甲会为他开启那条道路，马莱沃林对这一点深信不疑。他的探索表明，巴图克在他遗留的装备中注入了强到可怕的魔力。将军自己那可怜的法力已经借助头盔有所提升。很显然，充满魔法力量的全套装备会带给他想得到的东西，这也是巴图克的鬼魂想要的。那些影像就是证明。

"有件事我需要告诉你，将军。"女巫在他耳边低语道，"你从任务中得到了一样奖励……"

他紧紧抓住了她的双臂。"什么？是什么东西？"

在他的紧握之下，女巫脸上闪过了痛苦的表情。"他——那个穿着铠甲的傻瓜——朝我们的方向来了！"

"往我们这里？"

"很可能，也许头盔和其他部分正急于将彼此连结到一起，即便不是如此，他离得越近，我就越容易找到他！"葛莉安娜挣脱出一只手臂，然后轻抚马莱沃林的下巴。"你只需再耐心等待一小段时间，亲爱的。不会等多久的……"

将军若有所思地松开她。"以后你每天早晚都得检视一次！必须全力以赴！一旦确定这个白痴的位置，立即通知我！我们马上就得赶过去！没有人能够阻挡我的宿命！"

他抓起头盔一言不发地从她的帐篷里走出去，副官马上跟在他身后。马莱沃林的思维开始急速地运转，规划着拿到那件令人着迷的铠甲之后的一切。恶魔军团将在他的命令下苏醒。一座接一座的城市将被夷为平地。一个新的帝国即将崛起……横亘于整个大陆……它马上就要诞生了。

奥古斯塔斯·马莱沃林紧紧抱着头盔，好像要把它变成自己的一部分。现在葛莉安娜同样也拥有它的使用权。他需要再耐心等待一段时间，铠甲终将落到他手里。

"我会完成你曾经的梦想，"他对根本已经不存在了的巴图克的幽灵低语道，"你的遗产将决定我的命运！"将军的眼睛闪耀着光芒。"很快……"

当马莱沃林消失在帐篷幕帘后，女巫禁不住开始浑身发抖。最近一段时间，他已经变得越来越难以掌控，尤其是在戴上这古老的头盔之后。有一次，她甚至听到将军在以鲜血战神本人的口吻讲话。葛莉安娜知道那头盔——包括整套铠甲——都蕴含着一些神秘的魔法力量，可她根本没有办法辨识，更不用说控制它了。

如果女巫可以控制它……她的情人也就再没什么用处了。从某种角度上来说，她觉得很遗憾，可她什么时候缺过男人呢。好玩的、有用的男人随时都可能出现。

一个干涩而低沉的声音打破了沉寂,这声音在女巫耳中就像是成千上万垂死的苍蝇在嗡嗡作响。"忍耐是美德……你应该明白的!在这凡人的世界里寻找鲜血战神的一百二十三年啊!是如此漫长……现在它终于要重新汇集到一起了……"

葛莉安娜扫视了一下那些暗影。她终于在帐篷远处的角落里找到它,那是一团抖动着的蠕虫般的形体,只有离得很近才能发现它的存在。"闭嘴!别人会听见的!"

"我想让谁听见,谁才能听见,"那刺耳的声音继续说道,"很高兴认识你,凡人——"

"不想让我疯掉的话就赶紧闭嘴吧,扎基克斯。"暗色皮肤的女法师盯着阴影中的东西,但没有接近它。即便已经打了这么长时间的交道,她也还没有完全相信这个同伴。

"人类的耳朵真是娇弱啊。"暗影还在不停地变幻着,现在看起来形状比较接近某种奇怪的虫子,螳螂之类的。不过,这世界上哪有超过七英尺的螳螂呢——而且可能还不止七英尺。"柔软而虚弱的身体——"

"你最好别再说什么失败。"

低沉而令人齿寒的噪声弥漫在整个帐篷里。葛莉安娜强忍着这种噪声,她知道这搭档很不喜欢别人指出它的问题。

扎基克斯向她飘了过来。"讲讲刚才幻象中的这个人吧。"

"你也看见了。"

"但我想听听你是怎么说的……请……满足一下我的愿望。"

"好吧。"她深深地吸了口气,尽可能详细地描述了一下那男人和铠甲。扎基克斯清楚地见过每件事物,但不知出于何种原因,那个傻瓜总让她重温一遍那些影像。葛莉安娜试着尽量省略那个男人的部分，将重点放到铠甲本身和那男人身后含混不清的景物。

扎基克斯突然打断了她。"我知道这铠甲是真的！我知道它一直在这人类的世界里徘徊！那个人类！那到底是个什么样的人？"

"非常普通，没什么特别的。"

"没有什么东西是普通的！描述一下他！"

"一个士兵，脸很宽。仅仅是个战士，从外貌来看应该出身农家。没有特别之处。一个穷困潦倒的白痴，恰巧撞到这铠甲而已，很显然就像将军想的那样，这家伙根本不知它到底是什么东西。"

那恼人的噪声又响了起来，阴影略略后退了一下。扎基克斯的声音听起来非常失望。"你肯定这家伙离我们越来越近了吗？"

"看起来是。"

扎基克斯的身形安静了下来，明显是在思考某些问题。葛莉安娜不得不耐着性子一等再等。扎基克斯压根儿就不在乎时间对别人意味着什么，除非它自己有需求和欲望，它才会再次动弹。

两道暗黄色的闪光从那暗影的顶部发出来，某种长着三只锐爪的附肢忽然探出，然后又马上消失了。

"那就让他来吧。到时候看看这个家伙是不是比那个更好操纵……"扎基克斯的形体开始模糊起来。那类似螳螂或者其他的影像逐渐消失。"让他来吧……"

暗影弥散在那黑暗的角落里。

葛莉安娜暗暗下定了决心。她已经从这邪恶的东西那里学到很多，在它指导下以多种方式提升了自己的力量。但比起奥古斯塔斯，她宁可先解决掉扎基克斯，从而摆脱它带来的恐惧。将军可能在某一点上被她操纵，但这位神秘的朋友不会。女巫一直在跟扎基克斯玩一场猫和老鼠的游戏，而且常感自己是后者。然而，人类很难打破与扎基克斯这类物种所签订的契约。稍有疏忽，葛莉安娜可能就会被五马分尸——而且在它决定做掉女巫之前，它会让她生不如死。

这令她有了个新思路。

身着巴图克铠甲的那个男人看起来确实比较骁勇，应该是个战士。而且就像她描述的，一个老实人。换句话，是个白痴。这种情况对葛莉安娜来说再轻松不过了。作为男人，抵御不了她的诱惑；作为傻瓜，他也不可能看清事实。

她必须视将军与扎基克斯两方的发展而定。哪一方对自己有利，葛莉安娜就会设法与这一方保持稳妥而平衡的合作。得到铠甲和其中强大力量的马莱沃林肯定能控制得了她那个藏在暗影中的合作者。不过要是扎基克斯先得到那充满魔法的装备，那它就是自己应该追随的一方了。

尽管如此，那个陌生的家伙又提供了第三种选择。显然他很容易被女巫控制。但他也可能与前两者一样危险。

葛莉安娜决定留意一下这个白痴，毕竟是为自己好。与一个野心勃勃还有点丧心病狂的军官相比，他更容易被她玩弄于股掌之间——而且肯定远远比一个魔鬼来得安全，而且无害。

第三章

他看到的只有鲜血。

"我的神啊,诺雷克,你都干了些什么?"

"诺雷克,我的朋友,你最好还是把护手摘下来。"

满眼的鲜血。

"该死的!见鬼!"

"萨——萨顿!他的手腕!砍他的——"

到处是鲜血。

"诺雷克!看在神的分儿上!我的胳膊!"

"诺雷克!"

"诺雷克!"

那些鲜血在迅速向他蔓延……

"不——"

诺雷克抬起了头,他甚至没意识到自己已经苏醒,却已经发出了一声尖利的惨叫。凛冽的寒风令他完全恢复了意识,他注意到自己右脸颊传来阵阵剧痛。他下意识地伸手去抚摸自己的脸庞。

冰冷的金属擦过皮肤。被吓了一跳的诺雷克看着自己的手——

那只手被包裹在暗红色的铁护手中,指尖上沾着淡红色的液体。

鲜血。

惊恐万分的老兵再次将手伸向脸颊,这次触碰到脸的是一根手指头。这时诺雷克才发现,自己脸上有三处流血的伤口,似乎是被什么野兽抓出来的。

"诺雷克!"

闪现的记忆令他禁不住打了个冷战。萨顿恐惧扭曲的脸,是诺雷克在以往任何可怕的战场上都没看见过的。萨顿哀求的眼神,大张着却发不出任何声音的嘴……

萨顿的一只手掌……绝望而痛苦地在他面前挥舞着。

"不……"诺雷克无论如何都不愿意相信这是真的。

他眼前闪过了另外一幕场景。

弗兹汀倒在墓穴的地面上,从他咽喉中流出的鲜血铺满了石头地板。

法师离死亡已经只有一步之遥。

"不……不……不……"这几近疯狂的士兵心中更加惊恐了,他不顾一切地挣扎前行着。诺雷克注意到周围巍峨的群山,和第一缕闪耀的阳光。可是,它们看起来却如此陌生,完全不同于之前他们发现巴图克墓穴时周遭的那些景象。诺雷克向前跨了一步,试图弄清楚他的方位。

随着他的行进,一种令人极其不适的吱嘎声响了起来。

诺雷克低下头去,发现自己被金属包裹的,并不仅仅是双手。

全身的铠甲。无论诺雷克望向身体何处,他都只能看到血红色的金属板甲。他原以为自己的震惊与恐惧已经到了无以复加的地步,但仅仅是随便看了一眼自己身体的某一个部位,他仅有的一丝镇定顷刻间便荡然无存。他的身体和四肢,都被暗红色的铠甲包裹着。

更为讽刺的是，诺雷克看到自己脚上甚至还穿着巴图克那古旧却依然结实的皮靴。

巴图克……鲜血战神。很显然巴图克以他的黑暗魔法拯救了陷入绝境的战士，但代价是萨顿和法师的性命。

"该死的！"诺雷克再一次凝视自己的双手，试着把护手撕扯下来。他几乎用尽了所有力气，但无论是左手还是右手，那金属的护手就像长在上面似的纹丝不动。

他盯着护手看了一会儿，确认里面并没有卡扣，然后又用尽全力试了一次——还是摘不下来。更糟糕的是，在升起的太阳下诺雷克第一次发现，金属护手上沾染的并不仅仅有他脸颊伤口上的血。所有的手指，乃至手掌的大部分，都像在一种浓郁的红色染料中浸泡过。

可显然那并不是染料。

"弗兹汀，"他低语道，"萨顿……"

诺雷克突然发出一声愤怒的咆哮，一拳打在身畔的石头上，如果筋骨碎裂可以令他摆脱这可怖的护手，他绝对不会有一点手软。可石头却应声而碎，如果说诺雷克受到了什么伤害的话，那就是整条胳膊都在因为用力过猛而不停地颤抖。

他禁不住双膝跪倒在地上。"不……"

狂风从他耳边呼啸而过，好像在嘲笑他。诺雷克低着头一动不动，双臂无助地颤抖着。墓穴中发生的一幕幕场景支离破碎地掠过他的脑海，每个画面都显得如此阴森恐怖。萨顿和弗兹汀都死了……都死在他的手上。

诺雷克突然再次昂起头来。这并非是他一手造成的，那该死的铁护手——其中一只曾经从令人毛骨悚然的墓穴守卫那里将他拯救出来。但诺雷克仍然为两个朋友的死亡自责不已，如果当时他立刻摘下来第一只护手的话,也许一切都会变得不一样。如果可以由他自己做主,他绝对不会残杀朋友的。

必须想办法摆脱这护手,哪怕是一片一片把它削下来,哪怕伤到自己的骨肉也在所不惜。

这老兵下定了决心,也重新开始振作起来,试着想要先弄清楚自己周围的环境。不幸的是,他现在看到的场景和最初并无二致,依旧是无比陌生。绵延的群山,还有大片伸展向北方的森林。完全看不到人,即便是再远的地方也看不到哪怕一缕炊烟。

而且,也没有哪座山峰看起来像是巴图克的墓穴所在地。

"这他妈是在哪儿——"刚说了这一句,他就打住了,仅仅想到那黑暗而阴森的领域,就令他感到极度不安。即使在童年时代和当兵的时候,诺雷克都没怎么相信过恶魔或者天使的存在,但这些骇人的经历已经在某种程度上改变了他的看法。不管恶魔和天使是否真正存在,鲜血战神都已经给他留下了一份诡异的遗产——一份诺雷克急于甩脱的遗产。

诺雷克希望自己刚才只是过于烦躁,所以才没有成功摘掉护手,现在他决定更仔细地检视一下它们。可当他低头时,他看到了另外一个可怕的景象。

鲜血不仅污染了一双护手,还覆满了整个胸甲。更糟糕的是,当诺雷克靠近观察的时候,他发现这些鲜血并非随机喷溅上去的,而是极其有条理地涂在上面的。

他再一次颤抖起来,迅速将注意力转移到护手上,试图从上面找到一些卡扣或者其他任何可能导致护手纠缠在双手上的机关。可他一无所获。没有什么东西令护手如此牢不可脱。按理说,他只需向下抖一抖双手,这护手便应该从手上脱落。

还有铠甲。即便摘不掉护手,他也应该能解开这护甲,总该有些甲片可以轻松脱扣的，不会像护手那么牢不可破。可这些甲片也让他失望了，所有接缝都被设计得无处受力……

诺雷克弯下身去，试着从腿上找一个突破点。他摸索到一条接缝，随即用力捏住两边，拼尽力气试图分开它。

可它却突然迅速闭合到一起。

诺雷克又努力了一次，可结果还是相同的。他咒骂着又开始第三次尝试。

这次它甚至连一条细缝都没有张开。

接下来的所有尝试都以失败告终。更糟糕的是，当他不顾严寒试图将长靴脱下来的时候，它们就像铁护手一样，完全无视他的努力。

"怎么可能会这样……"诺雷克拼命地往下拽着靴子，可根本看不到任何成功的希望。

这太疯狂了！这只不过是一些布料和铁片而已，最多还有一双破旧但还算结实的靴子！必须要把它们脱下来！

诺雷克更加绝望了。他只不过是个再寻常不过的人类，相信朝日东升，晚来月明，鸟飞在天，鱼游水间，人穿衣服——可现在衣服居然会缠着人！

他怒视着充满血腥色彩的双掌。"你想让我干什么？你要干什么？"

并没有什么阴森的声音在他身边响起，告知他未来无比黑暗的宿命。护手也始终没有进出只字片言，或者画出什么符文。铠甲所做的，仅仅是不放弃这新的拥有者。

朋友们的可怕结局在诺雷克脑海中不停地翻腾，令他无法集中精力思考。诺雷克不停祈祷着——或者说是哀求着——试图令它们离去，可不出意外的话，它们恐怕会一直跟自己纠缠下去了。

可是，就算他永远无法摆脱这场梦魇，他也该对这该死的套装做点什么。弗兹汀是个小有名气的法师，但维兹杰雷有不少技能更加娴熟且充满智慧的法师，那些人都要比弗兹汀强大。

诺雷克只需找到其中一个便好。

他向东方看了看，又转头朝向西方。东面除了巍峨险峻的群山之外别无他物，西面看起来还稍微平缓一些。事实上，诺雷克清楚自己很可能做出了错误的决定，但他确信最大的希望应该是后者。

冷风凄雨无情地侵蚀着他的身体，这疲惫不堪的老兵咬着牙开始了自己艰苦而漫长的旅程。他很可能在真相尚未揭开之时便已经横尸荒野，不过他也猜想自己的运气大概不会这么糟糕。如果仅仅是为了将他弃尸荒野，巴图克的铠甲犯不着花这么大的力气去操控他。不，它看上去似乎拥有部分思维，而且随着时间流逝正在觉醒。

诺雷克根本不希望看到真相。

太阳消失在阴霾密布的天空里，气温变得越来越低了。空气中弥散着潮湿的水汽。虽然喘息越来越沉重，但诺雷克仍旧不顾一切地向前奔走着。他从未有过如此强烈的预感：自己在朝正确的方向前进。这疲惫不堪的老兵知道，他正在被引向那个他该去的地方。越过东面这座山峰，接下来可能会看到几个山地中的小小王国。

尽管正处于极度沮丧之中，但这对诺雷克来说还是非常有意义的，至少不至于让他立刻疯掉。每次他走神的时候，思绪就不由得回到了那座墓穴和无穷无尽的惊悚之中。弗兹汀和萨顿的脸不时浮现在他眼前，令他怀疑这两人正在暗影之中谴责他的背叛。

但他们不可能像鲜血战神那样长存不朽，他俩都已经死了。但内疚感却不停在时时鞭打着他。

快到中午时，他的步履开始变得蹒跚起来。他这才想起来，自醒来之后，或者说从他们进入墓穴之前到现在，他没有吃过一点东西，甚至连水都没有喝过。除非他想即刻死在这里，否则必须寻觅一些食物来果腹。

但怎么办呢？他两手空空，连设置捕兽圈套的工具都没有。他可以从旁近的石头上取点积雪来解渴，可想搞点食物来就没那么容易了。

不过诺雷克还是决定先弄点水喝。他走到寒冷阴影中的一块空地上，那里还残存着一些冰雪。老兵双手抄起一块带着泥土和枯草的残冰拼命吸吮着，根本不介意把杂质也吸进口中。

喝了点水之后，他的头脑稍微清醒了一些，接着从口中吐出一些泥污，开始思考接下来要干什么。这么长时间里，他除了一只飞鸟外就没见过其他生物。问题是没有弓箭也没有弹弓，他根本没有机会把它打下来。可是，他真的需要食物——

老兵的左手突然在完全无意识的情况下动了起来。五指分开向内弯曲，就像牢牢抓住了一个无形的球体。随后，这只被金属包裹的手将掌心转向惊呆的战士。

从他唇间迸出一个简单的词语。"杰兹莱特！"

眼前几尺见方的地面开始变得扭曲起来。诺雷克开始还以为整个地面都会被撼动，可事实上只生成了一道大约六尺长三尺宽的裂缝。他周围的其他地方根本毫发无损。

当毒气从那窄小而明显的裂隙中升起时，他不禁皱起了鼻子。空中升腾起滚滚黄烟。

"伊斯卡里！渥优特！"他咬牙切齿地喊出几个新的词语。

裂缝中传出了令人毛骨悚然而聒噪不休的声响。诺雷克试图向后退去，可双脚却完全不听使唤。那聒噪的声音越来越响，听起来就像某种充满野性的尖叫。

当一张生着獠牙的怪异面孔不情愿地在阴暗的天空之下探出头时，诺雷克惊恐得几乎喘不过气来。一对带锯齿的弯曲长角长在盖满鳞片的头顶上，有着火焰般瞳孔的黄色眼珠将视线从天空移开，最后带着明显的恨意转到了老兵身上。那东西蹲伏着，猪一样的鼻子不停地猛力抽动，就像嗅探到了什么可怕的东西——诺雷克觉得那东西可能就是他自己。

那可怕的东西用它各生三趾的两只爪子牢牢抓住裂隙边缘，一跃冲出了地面。它用长有弯曲利爪的大脚稳稳蹲在地上。诺雷克俯视着这显然是从地狱里爬出来的家伙，它长得有点像人，但背却驼得厉害，个头几乎不及他腰间，覆着鳞片与毛发的皮肤之下显露出令人惊讶的肌肉。

然后第二只相同的家伙也跳了出来……接着是第三只、第四只、第五只……

这可怖的队伍终于止步于第六只，虽然这半打怪物诺雷克一只也不想见到。邪恶的小怪物们用无法理解的语言唠唠叨叨，看来对于被召唤到此处相当不耐烦。有些家伙向诺雷克龇着牙发出嘶嘶的声音，而另外一些则保持着阴沉的脸孔。

"盖斯特！伊斯卡里！"脱口而出的奇异词汇令他再次大为震惊，可它们对这些可怕的东西所起的作用则更令他吃惊。怪物们所有的轻蔑表现都一扫而光，全部匍匐在他面前，有几只甚至把头扎到土里以证明自己的卑微低贱。

"多弗鲁·塞斯提！多弗鲁·塞斯提！"

不管这些话到底有什么意义，所有长着角的怪物都已经慌乱不堪地四散而去。它们虽然还在不停地尖叫吵闹，但每个怪物似乎都明白自己该去做什么。

诺雷克长呼了一口气。每当这些不知所云的词汇从他嘴里跳出来时，他都感觉自己的心脏快要停止跳动了。这种语言听起来像是弗兹汀和几年前与他打过交道的其他维兹杰雷法师所使用过的，但它又比诺雷克死去的朋友曾经吟诵过的任何咒文都粗粝与阴暗，即便是在最残忍的战争中弗兹汀也没用过此类咒语。

他没时间再多想这件事，因为远处突然又传来了聒噪声。诺雷克向南边望去，看到两只怪物大步冲了回来——各背着一只血迹斑斑，几乎被撕成碎片的山羊。

他早已饥肠辘辘，但是现在铠甲以自己的方式向他提供了食物。

诺雷克看到山羊的残骸后脸色变得煞白。当然，他曾经也常捕猎动物作为食物，但这些怪物显然非常热衷于捕捉和虐杀可怜的山羊。羊头几乎被从身体上扯了下来，四条腿晃晃悠悠地垂着，显然都已经被打断了。山羊从侧面被撕裂，不断有血液从中流出来，在怪物身后形成一条深红色的涓涓细流。

这些长相古怪的家伙把猎物放在诺雷克面前，随即向后退去。当它们退下去的时候，第三只家伙回来了，带着一具有点像兔子的血肉模糊的小小尸体。

老兵谨慎地看着这些可怕的贡品，从中挑选着他认为可以食用的部分。怪异的捕猎者可能是靠獠牙干掉了那些可怜的小东西，但它们屠杀的欲望有些过于强烈了。

另外三只怪物也在片刻之后返回来了，每一只都带着自己的战利品。其中有看上去残缺不全的大个蜥蜴，诺雷克立即把它丢到了一边。另外还有一对兔子，跟开始送给他的猎物相比，他最终还是打算选择后者。

当他准备向兔子伸手的时候，左手再一次违背了他的意志。铁护手越过了兔子，与此同时，难以置信的灼热几乎烤焦了诺雷克的手指。

"该死的！"他挣扎着向后退去。还好这股灼热消退得也很快，但指尖最靠近燃点的地方还在悸痛。小怪物们在它们聚集的地方吱吱叫着，听起来极像是在为他的遭遇幸灾乐祸。不过老兵立刻怒瞪回去，它们立刻安静下来。

诺雷克在左手渐渐恢复正常后，把注意力重新转回到兔子那里——然后发现它们全都被烤熟了。甚至传来了浓郁的佐料香味。

"这样……别以为这样我就会感谢你。"他向空中自言自语道。

饥饿感碾碎了他所有的理智，这脸色苍白的战士开始狼吞虎咽，兔肉居然美味到令人惊叹的地步。一只又怎么够呢，他轻轻松松就把两只兔子纳入腹中。饥肠辘辘的肚子终于得到了满足，他开始考虑一些其他问题。诺雷克等待着，不知这套铠甲又要做出何种决定，但接下来什么也没发生。

怪物们仍然盯着他，但它们的眼光也经常扫到肉上，诺雷克终于给出了回应。他抬起手指指山羊和另一只被残杀的动物，又向怪物们挥挥手。

这样就够了。老兵的命令使它们狂喜不已，接着就猛扑到猎物上。它们撕开猎物的皮肉，鲜血随即四处飞溅。看到这群恶魔连骨头都不肯放过的时候，诺雷克感觉到胃里开始不停翻腾。他想象着同样的爪子和牙齿撕扯在自己身上……

"维拉斯！"眼前景象令诺雷克感到十分不安，他几乎没有对口中不由自主发出的刺耳命令做出任何反应。

怪物们像受了重击一般瑟缩后退而去。可即便如此，它们仍然不舍得丢下山羊的残躯，拖着猎物退向裂隙的方向。怪物们努力把山羊塞进裂缝里，随即鱼贯而入。

最后一只怪物好奇地瞥了老兵一眼，随后消失在大地深处。

在诺雷克疑惑的目光中，大地的裂缝合上了，看上去好像从来没有存在过一样。

蹒跚行走的死尸，诡异的铠甲，来自地狱的恶魔。诺雷克从前目睹过魔法，甚至听说过黑暗生物的存在，但他对进入墓穴之后的遭遇根本没有任何心理准备。他真希望能回到过去，在墓穴守护者被惊动，在它们大肆屠戮之前就离开那里。可诺雷克明白，他现在除了想办法把这该死的装备摘掉之外，其他什么也做不了。

他需要休息。艰难的跋涉已经耗去了他太多力气，而胃里的食物也抚平了他的饥饿感，至少短时间内是这样。他最好睡上一觉，让自己好好休息一下。也许这样他的头脑会清醒一些，让他能更好地思考一下，该如何让自己从这可怕的情形中解脱出来。

诺雷克躺到了地上，让四肢伸展开来。在经历多年征战之后，他在任何地方都能像在床上一样呼呼大睡。铠甲肯定会让身体感到不适，但疲倦不堪的军人已经完全不在乎了。毕竟他在它身上吃过更大的苦头。

"咦？这是怎么了——"

老兵的胳膊和双腿推着他站起身来。他想试着坐下，但脖子以下的身体全都不听指挥。

诺雷克双臂垂在肩膀下面，看上去就像被切断了筋似的。他左脚向前踏出，右脚也紧跟着迈了出去。

"我走不动了，该死的东西！我要歇一会！"

铠甲对此毫不理会，依然按照它自己的节奏控制着步伐。左，右，左，右。

"就一小时！最多两小时！我就歇这么长时间！"

他的声音无力地在群山与丘陵间不停地回荡。左，右。不管倒霉的老兵是否愿意，他都得继续他的苦难之旅。

可是要去哪里啊？

* * *

这种事绝对不该发生。卡拉焦虑地想道。拉斯玛在上，这种事绝不应该发生！

借助她之前召唤出来用于照明的翡翠色水晶球，她看到了一幅令人感到极其不安的画面。卡拉本来毫无血色的脸颊看上去更加苍白了，她将宽大的黑色斗篷紧裹在身上，试图从温暖中找到一丝慰藉。在浓密的睫毛下，她银色的杏眼正审视着那场景。卡拉的导师绝对无法想象这样的场景。坟墓永远是安全的，他们总是这么坚持。人们曾经认为维兹杰雷那些值得信赖的元素法术会改变现状，可现在看来有些不太可信。

但现在，那些笃信唯物论的维兹杰雷法师与拉斯玛务实的追随者们显然都遭受了重大打击。他们想永远埋葬的那个人不仅仅再次被发现，而且已经被窃走了。

甚至还不止于此。那些侵入者到底有多强大啊，他们不仅仅干掉了所有不死的守卫们，而且将那些几乎坚不可摧的守护者打得粉碎。

幸好他们还不够心狠手辣，有两具尸体还勉强保留着人形。这身穿黑袍的女子以优雅的步态走向最近的一具尸体，然后弯下腰来，将几缕长长的青丝拨到肩后。

这是一个瘦高而结实的男人，一个身经百战的老兵，应该来自遥远的西部大陆。他看起来不是那么令人赏心悦目，脑袋几乎被拧了下来了，手臂也差不多被扯断了。一把匕首以惊人的力量插入他的胸口，而这匕首显然是他自己的。他究竟因何而断气，死灵法师也无法说清楚。这死者曾经遍体鳞伤，血流成河，可正常人应该流不出来这么多血吧。而且，为什么有人在拧断他的脖颈之后，还要将它撕开呢？

这身材苗条且曲线曼妙的年轻女子一言不发地走到另外一具尸

体旁边。她立刻辨识出这是名维兹杰雷法师,但她并不吃惊。维兹杰雷的法师们总爱惹是生非,还好乱出风头,他们最多也就算是一个不可靠的盟友。要不是他们,这一切根本不可能发生。巴图克和他的兄弟早期曾经师从维兹杰雷,而且极其鲁莽地使用各种强力的法术以求能够支配地狱中的恶魔。巴图克在这一领域尤其擅长,但与暗魔过多的交流导致他的灵魂被扭曲,令他笃信恶魔才是他最忠实的盟友。它们通过人间与地狱两个位面不停地助长他灵魂里的邪恶。

虽然霍拉松带领追随他的法师杀死了巴图克,也击败了对方的恶魔主子,他们却发现鲜血战神的身体无法被真正毁掉。他的铠甲被施加了数种极其邪恶的魔法,即便主人已经被击毙,它仍然忠心耿耿地保护着他的尸体。幸好巴图克没有看护好自己的咽喉,才使得他的对手能够将他一击毙命。

维兹杰雷法师暂时将这无法烧掉的头颅和躯干抛在一边,进入密林深处造访卡拉的族人,试图向这些隐居者求取一种可以平衡生死的法术,一种可以永远封印他们的对手的办法。两个不同的法师教派为此共同努力,试图使巴图克的残迹在这世上永远消失,希望鲜血战神的魔法力量随着时间流逝最终烟消云散。

卡拉轻触着已经死去的法师那被血浸透的咽喉,发觉那里是被一种超越了所有猛兽的力量所撕开的。法师几乎是在瞬间便死去了,与被虐杀的战士的情况完全不同。他的眼睛仍然直直地瞪着她,明显地流露出对自身惨状的惊骇。他的表情定格在震惊与不可置信间,似乎……似乎根本不相信这凶手会对自己动手。

可是,这究竟是何种怪异的力量,才能轻易干掉一名维兹杰雷法师,却没有阻拦得住其他窃贼呢?难道他们仅仅是因为运气太好才得以逃出生天吗?卡拉皱起了眉头。那些不死的守卫者已经全部被干掉了,到底还有什么力量会猎杀掉入侵者呢?会是什么呢?

她也希望有同伴陪在身旁，但这几乎是不可能的。别的地方需要他们——看上去是所有的地方。一股极其庞大的黑暗力量席卷了整个凯基斯坦，甚至连索格伦也未能幸免。拉斯玛的忠实信徒比以往任何时候都要少。

于是这里只留下她孤身一人，一个最年轻的信徒，她甚至都还没有被正式考验过自己的信仰。事实上，同大部分拉斯玛的追随者一样，她几乎生下来就被训练成独立自主的人，但现在卡拉感觉自己进入了一个任何技能与经验都无法掌控局面的领域。

也许……也许不管怎样，这个维兹杰雷法师还能给她一些提示，告诉她即将面对何种险恶之物。

卡拉从腰间抽出一把精美绝伦的匕首，它看似纤弱却异常坚韧，刀锋被制成蛇一般曲折的形状。握柄与刀身都是用完美无瑕的象牙雕刻而成，这种材质往往给人一种不堪一击的印象。可一旦遇到凶险，卡拉会毫不犹豫地挥动匕首抗击敌人，她知道施加了魔法的它比寻常武器更加坚固，也更容易命中目标。

死灵法师将匕首尖端抵在惨死的维兹杰雷法师咽喉上，心中既谈不上反感，也没什么热切期望。她一再转动刀锋，直到尖端完全覆满血迹。卡拉随后将匕首手柄向下，低吟出一段咒语。

匕首尖端的暗红色血污开始变得明亮起来。她集中精力又念出几个单词。

血污开始不停地发生变化。它们开始移动起来，就像获得了生命一样——或者是在追忆当初活着的轨迹。

被导师们称为"暗夜之影"的卡拉将匕首向地面掷了出去。

锋刃几乎有一半都深陷入了地面，完全没有被坚固的岩石阻挡。卡拉迅速向后退了几步，眼看着象牙匕首被不断膨胀的血污吞没，它们渐渐融合在一起，形成了一个比匕首略高一点的模糊人形。

死灵法师迅速在空中画出一道符文，随即念出咒语中的后两段。

在红色的火光中，一个正常大小的人形正从象牙匕首插着的地方逐渐凝集起来。他从头到脚，甚至连衣服和皮肤都是完全的深红色，正以迷茫的眼神注视着她。他身着维兹杰雷法师的服饰，事实上，就是他身后地板上的尸体所穿的那一种。

卡拉用热切的眼神凝视着这已经死去的法师的幻象。她以前只做过一次同样的施法，而且当时情形比现在轻松得多。站在她面前的东西，大部分人都会称作鬼魂或者灵魂——但这个称呼用在这里并不合适。从被害人的血液中的确可以提取出一部分灵魂的印记，但完全召唤一个真正的幽灵需要更多时间，而且要复杂很多，但卡拉现在需要更快地达到目标。这个幻象肯定也能解答她的疑惑。

"报上名来！"她命令道。

那幻象张开了嘴，但没有声音发出来。尽管如此，一个答案已经浮现在她脑海中。

弗兹汀……

"这里发生了什么？"

幻象凝视着她，但没有回答。卡拉意识到自己犯傻了，对方现在只能以最简单的方式来回答问题。她深深吸了一口气，接着问道："是你干掉了这些不死的生物吗？"

"有些是……"

"谁消灭了其他那些？"

幻象犹豫着，然后回答道："……诺雷克。"

诺雷克？对这个名字她一无所知。"一个维兹杰雷的……一个法师？"

令她讶异的是，幻象极其轻微地摇了摇深红的头。"诺雷克……维扎兰……"

这名字被重复了一次。它的后半部分,维扎兰,在古老的语言中意为维兹杰雷的仆从,但这信息对卡拉来说几乎没有帮助。此路不通,她接着转到另外一个更重要的问题上。"是这个诺雷克从台子上把铠甲拿走的吗?"

幻象再一次像刚才那样轻轻摇了摇头。卡拉皱起眉头不停思索着,但并未从自己所学的知识中找到解决问题的方法。也许她需要用更复杂的方法重新召唤一下这个维兹杰雷法师。但现在,她只能审慎地准备接下来的问题。这幻象的局限性太大了,死灵法师意识到即便自己连续问个几天几夜,也不见得能得到什么对她的任务有价值的信息。卡拉必须——

从她后面的通道传来一些声响。

这年轻的女性立刻转身望去。一瞬间,她感觉自己在甬道深处看到了一点微弱的蓝光,可它消失得如此迅速,令卡拉怀疑自己是否看到了幻觉。那可能只是一只会发光的虫子或者其他小东西,可……

卡拉小心翼翼地靠近甬道,警惕地凝视着黑暗。她直接进入主墓室的行为是否过于轻率了?这个诺雷克是不是就藏在外面呢,是不是正等着新的猎物入笼呢?

卡拉觉得自己的想法有些荒谬,可她接着又听到了新的声响。这下她开始相信自己的担忧是对的。

随后她又听到了响动,这次在甬道的更深处。

卡拉低吟着咒语召唤出第二个翡翠色的水晶球,随即令它飘向那岩石筑就的走廊。当它迅速前行的时候,这位黑发女子在后面紧紧跟随着,希望能发现一些端倪。

那入侵者并未显出任何蛛丝马迹,可卡拉不能冒险。任何能以干净利落的手法除掉维兹杰雷法师的人都是致命的威胁。她绝对不能疏忽大意。再次深深吸气之后，死灵法师沿着石头甬道走了下去——

卡拉突然打了个冷战，接着开始暗暗责怪自己的疏忽大意。她将对自己至关重要的匕首留在了身后，没有这把强大的武器，她根本不敢去面对任何强敌。它向死灵法师同时提供了物理与魔法的双重保护。可如果将匕首留在身后，很可能其他侵入墓室的追踪者就会得到它，她不能冒这个风险。

她立刻返回墓室，同时心中已经准备好驱散幻象的咒语，可她惊讶地发现，那深红色的身影已经消失了。

卡拉头脑还算清醒，立刻让自己与匕首的保持安全的距离。可她那宝贵的匕首已经和幻象同时消失了，只留下她自己瞠目结舌，无所适从地站在那里。

法师弗兹汀和他那同伴单薄的尸体同时也不见了。

第四章

　　沙蛇在荒漠之中是非常容易被灼伤的，因此它需要时刻扭曲移动以保证腹部不被地面烫伤。今天的猎物乏善可陈，可现在太阳已经升得很高，气温不再适合它捕猎，不管愿不愿意，它都得马上找到一个临时的庇荫之所。当太阳落下的时候，沙蛇可以再次出猎，它希望这次可以捉到一只老鼠，或者至少是只大些的甲虫。没有食物谁也别想在沙漠里生存下去，可在这里捕猎永远是一件艰难的事情。

　　这条蛇努力地蜿蜒前行，不久之后便爬上了最近的一个沙丘，旁人根本难以分辨出它与周围环境的区别。只要翻过这道障碍，它很快就能回到自己的巢穴了。

　　沙蛇身下的沙地突然爆裂开来。

　　一对超过一英尺长的巨颚狠狠地咬住了蛇的腰身。这倒霉的沙蛇拼命挣扎着，试图摆脱突如其来的厄运。而就在此时，一对针形的细长节肢从沙地中扒开裂隙爬出来，随之出现的是一个怪异恐怖的硕大头颅。

　　沙蛇仍然在努力挣扎，不停地抽打着攻击者，一边发出嘶嘶的声音一边用毒牙拼命地啃咬，然而它的利齿无法穿透这庞大的节肢动物的外壳。

这庞大的甲虫用一条腿戳上蛇的后半身,用力把它按在地上,接着头部猛地一拧,同时前颚紧紧收了起来。

鲜血淋漓的半截蛇身抽动着掉在地上,蛇头仍然发出嘶嘶的声音。

这红黑相间的节肢动物终于完全从它的藏身之处爬了出来,然后准备将它的食物带到可以轻松享用的地方。这将近七英尺长的捕食者开始用它的前肢戳着另外半截蛇身。

一道阴影突然浮现在这可憎的家伙外壳上,它立刻转过庞大的头部,向新的入侵者喷出毒液。

充满腐蚀性的毒液射向那个身着褴褛丝袍的老年人。这胡子拉碴满眼血丝的人透过鹰钩鼻扫视了一下眼前,然后自上而下挥了挥他那粗糙的手。与此同时,那些酸性的毒液与它造成的破坏瞬间消失了。

水蓝色的眼睛紧紧盯着那残忍的虫子。

一缕轻烟从它的外壳上升起来。这巨大的甲壳类怪物发出尖锐的嘶鸣,所有细长的腿都在拼命地胡乱划动。它想要逃走,但它的身体已经无法支持它的意志。节肢蜷曲在一起,整个身体都缩成了一团。巨大的身体开始融化滴落,就像这家伙并非甲壳与血肉构成,而是松软的蜡质一样融化于骄阳之下。

这节肢动物在哀鸣中轰然倒地,只留下一堆融化了的残骸。那对蛇来说如此致命的长颚迅速消融成一摊黑色的液体,随即渗入黄沙,没有留下一点痕迹。垂死的哀鸣声终于在这衣衫褴褛的老人的注视下戛然而止,残忍的捕食者已经被抹去了任何存在的迹象,就如同少得可怜的雨水落入干旱大地一样迅速被吸得干干净净。

"沙漠蛆虫。这东西现在实在太多了。到处都是邪恶。"白发尊者喃喃自语道,"这里遍布了恶毒的种子。我得小心啊,要多加防范。"

他跨过支离破碎的大蛇和同样倒霉的捕食者，走向不远处的另一个沙丘。当这须发皆白的法师靠近它时，沙丘突然开始迅速膨胀，变得越来越高，最终形成了一道似乎是通向地下世界的大门。

老人用水蓝的眼睛审视着这令人倍感压抑的景象，情不自禁地发出一丝战栗的感叹。

"邪恶丛生……我必须要加倍小心了。"

他走进这座沙丘。当他穿过入口之后，黄沙立刻向入口涌去，如同流水一般迅速淹没了整个通道，再也看不到任何可以通过的迹象。

沙丘再一次恢复旧貌，沙漠的风继续推动流沙不停地变换着形状，那倒霉的蛇与沙漠蛆虫和其他无数不幸的牺牲品一样，已经被掩埋，被遗忘。

* * *

那些山脉看上去似乎已经被诺雷克远远甩在身后，尽管到目前为止他只走了将近一半路程。虽然他已经精疲力竭了，可铠甲仍然自顾自地控制着他不停前进。老兵虽然觉得自己并没有出什么力，可身上每一块肌肉都撕裂般的痛，而全身每一处的骨头也都好像被打碎了一样痛彻心扉。他浑身几乎被汗水湿透，双唇被风吹得干燥无比。诺雷克极度渴望自己能够挣脱铠甲自由奔跑，可他知道这已经变成了奢侈的梦。铠甲既然已经依附于他，又怎会让他轻易摆脱呢？

而此时他正站立在一道山脊上，凝视着这漫长一天里首次见到的与人类有关的标志。一座令人望而生厌的旅馆，这地方应该更适合土匪流寇，而不是他这种诚实的战士。不过天色已晚，诺雷克已经到了精疲力竭的地步，铠甲看上去终于意识到了它的宿主已经虚弱不堪。

他几乎是下意识地向那建筑走去。三匹神情极其阴郁的马儿被拴在房子旁边,更远处的马厩里也传来一阵不满的嘶鸣声。诺雷克真希望自己的剑还在手边,那副铠甲挟持着他从墓穴出来的时候,根本没给他时间去捡佩剑。

就在诺雷克走到门口的时候,他的双腿突然又开始听从自己控制了。老兵迅速调整了一下自己的身体,他怀疑,巴图克这可憎的铠甲也许是为了避免他的怪异举止引起别人的疑窦,因此才给了他暂时的自由。

对诺雷克来说,饥饿与疲倦早已经压倒了可怜的自尊,他跨前一步推开了大门。几张污秽而神情可疑的脸孔抬了起来,他们的面部混合了东方地区与双子海那一侧居民的特点。诺雷克看到的四个人都是混血。虽然他确定没人背对着自己,可他感觉到这群人根本不欢迎别人坐到他们身旁。

在这种鬼地方,你甚至得小心身后的女招待!萨顿·崔斯特会如此开玩笑。当然,不管谁想请崔斯特喝一杯,他都愿意坐在那人身边的。

可萨顿已经死了。

"不关门就滚出去!"离他最近的一个人咆哮道。

诺雷克顺从地关上了门,他不想引发任何冲突。虚弱的战士强迫自己像刚进来时一样继续前进,昂着头故作镇定地穿过房间。当他前进时,身体的每一块肌肉都刺痛不已,但在场的任何人都察觉不到他的痛楚。诺雷克觉得,哪怕让这些人发现自己有一丝一毫疲累的征兆,他们都可能做出对自己不利的事情。

他走近那个可能是店主的家伙——一个看上去比其他酒客高大壮硕许多的家伙,他正站在伤痕累累的旧柜台后面。一缕肮脏的褐色头发从旧旅行帽下面露出来。尖长如同土狗一样的脸孔上,两只充满警惕的小眼睛来回打量着客人。诺雷克一进门就闻到房子里有一种怪味，现在他知道了，这味道就来自于面前的人。

诺雷克觉得铠甲应该会让自己离开。他现在宁可忘掉自己所有的需求，转身逃离这个地方。

"你要什么东西？"店主挠着他的大肚子，含混不清地问道。他劣质的衬衫污秽不堪，有些地方甚至还出现了裂纹。

"我要吃的。"现在诺雷克最想要的就是食物了，比其他任何东西都急迫。

"你得有钱才行。"

我的钱呢……

绝望的战士再次受到重大挫折。他不仅将同伴鲜血淋漓的尸体丢在了墓穴中，也把所有的钱币都遗落在了那里。

他的左手突然向前急挥，一只铁护手重重地拍在柜台上，吓得店主人立刻跳了起来。坐在桌旁的人们纷纷跃起，有些人已经把武器抓在手中。

铁护手移开了……留在柜台上的是一枚古旧但货真价实的金币。

诺雷克快速反应过来，他立即说道："除了食物，再要一个房间。"

诺雷克能感觉到，在场的每双眼睛都在盯着金币。他再一次暗暗诅咒这该死的铠甲。如果它能凭空制造出财宝，那为什么不造出来一些不像黄金那么惹眼的东西呢，铜币不行吗？他再一次开始怀念自己的佩剑，不，哪怕现在手中有把匕首也好啊。

"后厨的罐子里有汤。"比熊还壮的大块头指了指诺雷克脑袋后方的厨房，"二楼有你的房间。右边第一间。"

"我想在那儿吃饭。"

"随你。"

店主走进厨房,然后拿着一个肮脏不堪的碗回来了,碗里的东西闻起来比他身上的味道还要恶心。即便如此,诺雷克还是感激地接过它,他已经饿得快要发疯了。如果现在给他个机会的话,他连被恶魔刚刚撕开的山羊都能吃下去。

诺雷克用手臂抱着碗,顺着店主指点的方向往房间走去。当老兵走上那嘎吱作响的木楼梯时,他听到大厅里传来低沉的交谈声,人们在交头接耳。他攥紧了另外一只手。显然那枚金币已经燃起了所有男人的欲望。

房间如老兵预想的一样阴暗,是一间漆黑肮脏的小房间,窗户脏得看不到外面。床看起来马上就会散架,原来也许是白色的床单现在已经成了深灰色,房间里那盏孤零零的油灯,连它四周都无法彻底照明,更不用说点亮整个房间了。

这房间里没有任何桌椅用具,诺雷克轻手轻脚地坐到床上,开始准备享用碗里的食物。这东西跟他想的一样恶心,甚至还要更加糟糕,但总算还不至于腐烂到会要他的命。

当空荡的胃被填满之后,睡眠就变成了极其迫切的需要。诺雷克在进食中竭力保持着清醒,可当他把食物吃完以后,把碗往地上一放接着就躺倒了。诺雷克潜意识里还在担心楼下那些人,可疲倦很快压倒了心中忧虑。

诺雷克刚刚睡着就开始做梦。

他看到自己正在号令一支阴森恐怖的地狱大军,那些奇形怪状的家伙是他平日里无论如何也想象不出来的。那些生有鳞片身冒火光的恐怖之物对鲜血极为渴望——诺雷克则非常乐意赐予他们所有的鲜血。它们是恶魔,却完全臣服于他。他们会为他攻城掠地,以他之名屠杀民众。甚至整个地狱都会畏惧鲜血战神的力量,他……

巴图克。

战士在想到这一点的时候，终于摆脱了梦境的控制。他绝不能成为巴图克！绝不能为一己之私创造如此恐怖的景象！绝不！

可这种绝对的权力有它自己的诱惑力。

在诺雷克人神交战的艰难时刻，外面突然发出一阵细微的响声，他被吵醒了。他的眼睛闪烁着，倾听接下来的响动。他无法形容自己到底听到了什么。那是一些轻微而无关紧要的声音，可却在他的潜意识里敲响了警钟。

他又听到了，一个几乎微不可察的声音通过了一道关闭的门。一个缓慢而谨慎的脚步声慢慢移上来。

事实上，二楼确实还有别的房间，但楼下这帮家伙刚才差点就跟诺雷克打起来，现在他们怎么可能斯文到因为害怕打搅到他而轻手轻脚呢？如果他们把楼梯踩得咚咚响，他倒不会多想什么。可现在他们如此的小心谨慎，很显然是在向老兵宣布，他们正在规划着一些事情，一些他完全不希望看到的事情。

如果一个疲惫不堪的旅客能拿出来一枚金币，那他肯定还会有更多……

诺雷克将手伸到平素放置佩剑的地方，心中立刻变得冰凉。现在他唯一可以依靠的东西只有铠甲了，可它从未有过任何值得自己信任的举措。也许铠甲正在搜寻自己最中意的一个盗贼，以便让战士更轻松地展开屠杀……

吱嘎作响的脚步声停止了。

诺雷克蹑手蹑脚地从床上爬起来。

两个手持武器的男子砰地打破了早已糟朽不堪的房门，随即向房中的诺雷克扑过来，而第三个匪徒也挥舞着一把短短的弯刀冲进来。每个偷袭者的个头与力气看起来都和老兵差不多，而对诺雷克更为不利的是，这房子里的窗户太小，他根本没有破窗逃走的机会。

他举起拳头，打算让他们尝尝——

老兵手中突然出现了一把锋刃上布满锯齿的深色长剑。诺雷克挥剑下劈，其速度之快令先冲上来的敌人根本来不及张口呼号。

剑锋劈开了敌人的身体，毫不费力地撕裂他的肌肉与筋腱。一道似乎只有使用魔法才能造成的巨大创口出现在入侵者胸口，殷红的鲜血喷涌而出。这倒霉的家伙在片刻之后才意识到自己已经被杀了。

当第一个偷袭者倒在地面上时，他的同伙才意识到这突然而令人沮丧的转折。随后拿匕首的家伙开始退缩，但他的同伙却悍然前冲，不知死活地想要挥刀与诺雷克较量一番。诺雷克还没来得及对愚蠢的偷袭者发出警告，两个人便缠斗到一起。

一下，两下——这是铠甲容许对手所做的所有努力了。当偷袭者举刀准备进行第三次攻击的时候，诺雷克的铁护手迅速扭动了一下。黑色的剑锋立即划出一道疯狂而曲折的轨迹。

对手从咽喉到腰部出现了一道可怕的伤口，鲜血从伤口中横溢出来。第二个偷袭者蹒跚着向前挪了两步，终于丢下手中的武器，拼命地想捂住自己的创口。

铠甲似乎急于将事情终结，它控制着诺雷克，将他的手再次扬起。

敌人的脑袋被打落在地，咕噜噜一直滚到墙角——这一切都发生在他的身躯倒地之前。

"天啊！"老兵不停地喘息着。他接受过无数战术的训练，可却从未试过以这种方式屠杀对手。

第三个偷袭者清楚地知道自己存活的机会，他已经匆忙地退到了门口。诺雷克想放他一马，不希望再看到鲜血横流，但铠甲可不这么想，它控制着诺雷克从两具尸体上跳过去，朝那可怜的家伙紧追过去。

这幸存的家伙逃到了楼梯下面，店主在那里等着他们，估计正诧异于这三个人为什么会把事情办砸了。他们两个抬起头来，看到上方暗红色的身影和黑色的剑锋正在逼近。店主从腰间抽出一把长得吓人的巨剑，如此巨大的武器让诺雷克不由得心生畏惧，怀疑铠甲是否有能力敌得住对方的轰然一击。刚才的幸存者试图向外逃走，可出现在店主身后的人，也就是今晚出现的第五个暴徒把他推回了战局。

如果他们期望在楼梯上与诺雷克决一死战，那他们就有点太不自量力了。老兵发现自己已经不由自主地向三个人所在的地方纵身跳了下去，在半空中，他发现那些人和自己一样脸上充满了惊讶。刚刚生还的家伙吓得站在那里一动不动，而另外两人则迅速向后退去。

阴毒的武器迅速刺入他的身体，从后背穿出，随即再次收回。

"他右边！"体格庞大的店主怒吼着，"他右边！"

第五个人立刻开始行动了。诺雷克明白这强盗头子的计划。从不同的方向发动攻击，老兵肯定有应接不暇的时候。他们两个人中肯定有一个会得手，而那店主的机会显然更大一些，他的武器攻击范围几乎是那黑色长剑的两倍。

"动手！"随着一声怒吼，两个人同时向诺雷克发动攻击，一个家伙的目标是他的咽喉，而另外一个则对准了他的腿，这都是铠甲无法完全覆盖的地方。这两人之前显然有过许多次的协同作战，就像诺雷克与萨顿和弗兹汀从前的合作一样。看到两人如此默契的攻击方式，老兵知道自己这回肯定要完了。然而，巴图克的铠甲却拥有人类无法企及的速度与精准度，它不仅强行接下了大块头的重剑，还在间不容发中架开了第二个凶徒的攻击。更令人诧异的是，它紧接着作出了残酷的一刺，直插入后面那人的咽喉。

在同伴倒下的同时，店主钢铁一般的意志瞬间土崩瓦解了。他虽然仍旧拼命挥舞着巨剑，但却开始一步步向门口退去。铠甲支配着诺雷克向前走去，但却没有立刻对最后一个敌人痛下杀手。

店主一头撞开大门，仓皇逃进了夜幕之中。诺雷克等着巴图克的铠甲让自己追出去，但铠甲反而带他回过头来，走到其中一具横躺的尸体旁边。当诺雷克跪到尸体旁边时，黑色的长剑消失了，他再次变得两手空空。

令他惊骇的是，铁护手突然伸出一根手指插入那人的伤口，在大量血液浸没指头之后才收回来。手指移动到木制的地板上，画出了一个图案。

"海亚特——图卡瑞斯！"他突然冲口而出，"海亚特——格伦戴尔！"

做完这些后，铠甲令诺雷克向后退去。与此同时，一缕充满恶臭的绿色浓烟从血淋淋的图案中升起。它很快凝成了手臂、双腿——还有尾巴和翅膀。那爬虫一样的面上生有无数眼睛，所有的眼睛都在轻蔑地眨动着。而当这东西看到面前的人时，蔑视之情便立刻消失了。

"战……神……啊……"它嘶声喊着，眯起了球状的眼睛，"战……神？"

"海斯卡——格伦戴尔！格伦戴尔！"

恶魔点点头，没有再说什么，径直走向大敞的门口。诺雷克听到远方几匹马逃逸时狂奔的声音。

"海斯卡！"他再次发出指令。

那爬虫加速离开了旅店。当它冲到门外之后，便立刻展翅高飞，瞬间消失在夜空之中。

诺雷克没有猜测它的去向。遵照巴图克的命令，它应该已经开始追踪猎物。

"别这样，"他低语道，现在不管铠甲里潜藏着什么样的灵魂，应该都能听到他的话,"让他逃走吧!"

但铠甲却控制着他向第一具尸体走去。

"该死的!放过他吧!他不值得你出手!"

他的抗议全然无效,铠甲再次迫使他在尸体边弯下身来。刚才碰触过伤口的那只手又伸了出来,这一回,鲜血沾满了整个手掌。

外面突然响起了一声男人的尖厉惨叫——随后戛然而止。

诺雷克另一只手里出现了一把新武器,这次是一把双刃的猩红匕首。

振翅的声音令诺雷克意识到,刚才派遣出去的怪物已经回来了,但他无法扭动脖颈回头观看。当它收拢革翼进入大厅时,他听到了那东西沉重的呼吸声。

"奈斯图——维拉卡……"匕首移向了死者的咽喉。"奈斯图——维拉库……"

老兵闭上了眼睛开始为自己祈祷。他的脑海中再次浮现无数朋友们死亡时的画面,暗示着他接下来将要发生的事情。如果可以逃避的话,诺雷克真不想面对这些。

"奈斯图——汉提……"

可除了尽可能保全自己的心智与灵魂,他现在什么也做不了。

"纳斯图——汉提瑞……"

匕首突然刺进那盗匪的咽喉。

* * *

奥古斯塔斯·马莱沃林将军从枕头堆里爬起来,扔下还在各种奇幻梦境中徜徉的葛莉安娜。他悄无声息地穿好衣服,轻轻走出了帐篷。

两个卫兵笔直地立正站在那里，双眼直视着前方。马莱沃林对他们微微点了点头，继续向前走去。

一座由帐篷组建的城镇在西方慢慢延展开来，那是将军忠实的追随者唯一的根据地。虽然只是位没有封地的贵族，可将军已经在维斯特玛组建起了一支无可匹敌的战斗部队。而这其中的代价之一，就是要为任何重权在握的统治者效力，以换取支持自己野心的金钱。然而，不久之后他便可以宣布，他不会再为任何势力服务。有朝一日，他，奥古斯塔斯·马莱沃林，将会是这片土地上的最高主宰。

将军将目光转向南方，埃拉诺克大陆广袤的沙漠便横亘在那里。现在，他经常会眺望着那个方向，憧憬着比脚下更为丰饶的疆土——富裕、繁盛的鲁·高因，就在那遥远的彼端。鲁·高因，尽管它毗邻着无边的沙漠，还紧靠着双子海，可因为优越的位置和肥沃的狭长平原，这王国向来十分昌盛繁荣。不知有多少自认为可以饮马天下的狂妄之徒想将它纳入自己的版图，可每一次尝试的结果都是彻底的失败。鲁·高因不仅在军事上拥有强大的防护工事，还可能处于某些魔法的庇护之下。事实上，在马莱沃林看来，那守护之力应该是一种纯净的法力，不知是何方的神圣一直守护着这座城市。

那东西现在正不停地诱惑着将军。不知何故，他总感觉它与自己想要获得的巴图克的遗产应该有着千丝万缕的关系。马莱沃林梦到过它，发现自己的思维总是在不断靠近它。

"快了，"他喃喃自语道，"就快了……"

那你要拿这笔遗产做什么呢？他头脑中突然产生了这样的疑问。追随巴图克的脚步吗？在重演他的辉煌之后接受与他一样的悲惨下场吗？

"不……"他才不要那样。战神虽然拥有恐怖的力量，可以支配恶魔，可那位巴图克还是犯了将军无法忽视的错误。巴图克从来都不是一名成功的军人。在传说中,鲜血战神起初只是一名法师,就像葛莉安娜似的,精通各种魔法。可他们几乎无视战争的艺术,沉醉在自己强大的法力之中。一个真正的指挥官必须将精力投入到全局之中,包括后勤供应和突发事件的调度处理。这些知识不是靠法术修习能学到的,他的军事才能来源于无数出生入死的战役。

但借助于这铠甲,借助巴图克的强大力量,你可以完全超越他,把军人与法师的身份完美地融合起来!你可能会取得超越巴图克的成就,令他在你面前黯然失色……

"是……啊……是啊……"将军将自己的宏伟蓝图牢牢印在脑海之中。奥古斯塔斯·马莱沃林将军,终将会成为全世界的君主!

甚至魔鬼都会臣服在你脚下,称你为主人。

那些魔鬼……没错,借助他的铠甲,召唤恶魔的能力肯定会随之而来。从他第一次戴上头盔起,他的梦境就全部指向那个方向。当头盔与护甲合为一体后,整套铠甲所蕴含的魔力一定会带给他那种能力。

套装……他皱起了眉头。他需要整套的护甲!

可那个白痴却得到了它。

马莱沃林一定要找到他,找到那可怜的白痴,把铠甲一片片从他身上扒下来。然后呢,作为奖赏,他将会成为死在新一代鲜血战神手下的第一人,这是多么至高无上的荣誉啊。

没错,将军会让这个白痴的死亡成为一座里程碑。

奥古斯塔斯·马莱沃林一边向前走着,一边梦想着他的荣耀,梦想着他用即将获得的黑暗力量可以做到的事情。就算在做白日梦时,他也没有忘记巡视营地。一个好的统帅必须时时检视麾下,以确保散漫的风气不会在军队里扩散。一个帝国的兴衰往往起于这些细枝末节。

然而，马莱沃林只看到了他那些尽忠职守的战士，却没注意到一个阴影，一个并非由闪烁的火炬所形成的阴影。他也没注意到，这个和他体型接近的影子已经在他身后站了好一会，低语着那些将军自以为是在脑海中默念的想法。

那是他自己的梦想。

魔鬼卡扎克斯的阴影转向了葛莉安娜的帐篷。今晚的成效超出了它的预期。这人类身上展现出了一些有趣的可能性，它一定要好好探研一下。很久之前它就想到了，巴图克的铠甲绝不会接受一个像它主人那样的正牌魔鬼，因为当战神当初投向地狱的怀抱时，除了自己之外他便再也不相信任何人。不，如果巴图克灵魂的残片仍然留存在这古老的铠甲之中，它将需要一个更容易被控制的人类宿主，虽然他们的身体可能会因为太脆弱而不能被长期寄存。

将军想取代鲜血战神的位置。卡扎克斯非常欣赏这一点。女巫有她的用处，但血腥巴图克的继承人——卡扎克斯的主人彼列，将会为这重大的发现重重奖赏他谦卑的仆从。最近地狱之中内战不断，它们在与另外一个魔神阿兹莫丹的角逐中几度落于下风，而更令人不安的传言也甚嚣尘上，那就是三大魔神之一的迪亚波罗从他在人间的牢笼中逃脱了。如果传言属实，他一定会想办法解救出他的兄弟巴尔和墨菲斯托。届时他们肯定会尝试从阿兹莫丹和彼列手中重新夺回它们的王座。三大魔神绝对不会去善待那些叛将们忠心耿耿的走狗。如果彼列完蛋了，那么卡扎克斯也不会有什么好下场……

"你都干了些什么？"

阴影在女巫帐篷入口处稍稍停了一下。"我有很多事做，不能总待在这里任你使唤，凡人葛莉安娜……"他突然发出一阵咔嚓声，就像一只沙漠蛆虫在准备用双颚切碎猎物前所发出的声音。"再说，你睡了……"

"还没沉睡到连你的魔力都感受不到的程度。你承诺过不在这附近使用任何咒语的!奥古斯塔斯拥有一些基本的技能,他可能注意到这些异常,从而对此产生怀疑!"

"绝对没有这种危险,我保证。"

"我再问你一遍,魔鬼!你干什么去了?"

"稍稍研究了一下那头盔,"卡扎克斯撒完这个谎后,就转到了帐篷的另外一个角落。"去寻找那个根本不知道自己穿了什么的白痴……"

她的愤怒转成了好奇。"你找到他在哪儿了吗?要是我能多告诉马莱沃林一些情况……"

魔鬼轻笑起来,听起来就像无数狂怒的蜜蜂被关在了封闭的水壶里。"凭什么呢,在我们一致同意铠甲不可能被他拥有的时候?"

"因为他仍然持有头盔,你这笨蛋,在找到铠甲之前,我们仍然需要奥古斯塔斯,因为他和头盔之间拥有联系!"

"没错,"恶魔陷入了沉思,"他和它的联结十分密切……简直联结到了骨子里……"

她扬起下巴将头发甩到身后,卡扎克斯在很久之前就知道了这是她生气的表现。"可那是什么意思呢?"

阴影并没有任何波动。"我只是开了个玩笑,女法师。仅仅是个玩笑。难道我们不是在讨论关于巴图克的问题吗?"

"恶魔居然也有幽默感。"葛莉安娜看上去一点也不想笑。"很好,我把玩笑还给你,你把奥古斯塔斯留给我。"

"我可没想取代你在将军床上的位置……"

女巫狠狠地盯了阴影一眼,然后离开了帐篷。卡扎克斯知道她要去征服马莱沃林,要加强对他的控制。恶魔挺佩服她在这方面的才干,虽然它觉得自己完全可以在各方面碾压葛莉安娜。毕竟她只是个凡人，而不是那些邪恶的天使。如果她真是一个天使，卡扎克斯倒还可能会多费些心力在她身上。天使最喜欢阴谋诡计，在幕后捣鬼，用种种伎俩暗算人，却从来没有胆子正面对决。

恶魔的影子退回最黑暗的角落。目前为止还没有天使出面干扰它，卡扎克斯希望自己继续谨慎行事。但如果真有哪个天使敢出现在它面前，它一定会用爪子按住他，慢慢地将他的四肢一点点撕下来。天使的哀号应该是无上美妙的音乐。

"有胆就来啊，天使们，"它在黑暗中低语道，"我会张开双臂欢迎你们……还有我的牙齿和爪子！"

那盏孤灯黯淡的光焰突然闪耀起来，瞬间把葛莉安娜的帐篷照得明亮无比。在突如其来的强光里，暗影发出嘶嘶的声响向后瑟缩而去。碧绿与深红相间的庞大昆虫轮廓闪现出来，然后又随着火焰的黯淡而隐去。

卡扎克斯暴怒地叫了两声，幸好葛莉安娜没看见他的反应。油灯闪烁是再寻常不过的事，它居然被这世间最寻常的事情给吓到了。尽管如此，恶魔的影子还是藏到了帐篷的最深处，那里让它心中更踏实一些，也可以更安全地筹划下一步方案。在那里，它能够安全地使用自己的力量来寻找那个穿着巴图克铠甲的家伙。

在那里，它可以更轻松地等待那些懦弱的天使的到来。

第五章

　　天空中低沉的雷声不停地轰鸣着,乌云遮蔽了太阳,整个世界仿佛陷入了永夜,可诺雷克对此几乎视若无睹。他脑海中一直萦绕着前夜那恐怖的场景,和自己无可奈何的行径。又一批人为了诺雷克那该死的寻宝之旅而惨死,尽管这帮家伙算是罪有应得,不像萨顿和弗兹汀那样无辜。但他们的死状之惨实在超乎了老兵的想象,特别是那店主横死的惨象。追捕他的恶魔充分展示了它们族类的残虐和冷血。值得诺雷克庆幸的是,这些来自地狱的野兽很快便带着它们的猎物返回了那黑暗的领域。

　　当然了,诺雷克依然无法摆脱这套恶魔般的铠甲的控制。这绝望的战士在继续前行的时候,尽量不让自己低头去看在夜间的屠戮时沾满了鲜血的铠甲。可糟糕的是,诺雷克时时刻刻都能感到自己脸上沾满的血点,他费尽了力气也没能擦掉一分一毫。铠甲在做这些邪恶的事情时是如此得心应手。

　　当他拼命与充斥心灵的无边恐惧抗争之时,铠甲却逼迫着他不停地向西狂奔。头顶的雷声片刻不停,狂风呼啸着吹过他的脸庞,可铠甲完全无视这一切,只顾不停地前行。诺雷克相信,现在即便是暴雨倾盆而下，铠甲也不会令自己停止脚步的。

现在唯一值得庆幸的是，诺雷克之前顺手在旅店大厅里拿了一件挂在墙上的肮脏破败的旅行斗篷。这件斗篷应该属于那个心怀邪念的店主，但诺雷克实在不愿意去想与此相关的事情。斗篷盖住了铠甲的绝大部分，一旦大雨落下，它应该能令他少吃一点苦头。虽然这东西带来的好处是如此微不足道，可他的确为此心存感恩。

他一路西行，沿途的景色变化开始明显起来。群山渐渐消失，眼前开始出现低矮的丘陵，甚至一些小块平地进入了他的视野。随着海拔高度降低，气候也渐渐温暖起来。植被变得越来越茂盛，令这身经百战的老兵渐渐回忆起那遥远南方的郁郁丛林。

现在，诺雷克第一次闻到了海洋的气息。这令他回想起了自己与同伴们所拥有的那张地图上标注的一些地点，它意味着老兵现在离双子海的北部不太远了。诺雷克最初曾希望去西南方找一位维兹杰雷法师，可他怀疑这该死的铠甲已经设定好了它的行程。他突然害怕起来，害怕这丧心病狂的铠甲真的会控制着自己徒步横穿海洋，把可怜无助的诺雷克一起拖入无尽的黑暗深渊。可巴图克的铠甲已经让他存活了这么久，而且看上去短期内不会要他的命。为了达成某种神秘的目标，它显然还需要诺雷克继续活下去。

可在那以后呢？

风力越来越强，诺雷克现在已经寸步难行，尽管那该死的铠甲仍然推着他不停地奔向未知的目标。大雨至今仍未落下，可空气已经变得更加凝滞和潮湿，眼前雾气变得越来越重。诺雷克几乎要看不清前路了，但铠甲似乎对此毫不在乎，他害怕铠甲极有可能令自己猝不及防地跌落山崖。

正午时分——阳光始终无法穿过云层，使得此时看起来也如同午夜——小恶魔们再一次被完全不情愿的诺雷克通过无法理解的咒语召唤出来。虽然大雾是如此浓重，它们也不过花了短短几分钟便带回了猎物。这次是一只小鹿。诺雷克填饱了肚子，也很大度的让这些长角魔们把小鹿的其他部分拖回了它们的藏身之处。

诺雷克继续着他的艰难之旅，海洋的气息变得越来越强了。他无法看清远方，但他知道自己离海边已经不远了——不管那铠甲的最终目的地是哪里。

就像有人读取了他的想法一样，一栋建筑物突然在迷雾中变得清晰起来……紧接着在旁边出现了另外一栋。与此同时，他听到远处传来一些熟悉的声响，那显然是农人在田里辛勤耕作的声音。

这筋疲力尽的旅行者在那一刻重新拥有了身体的控制权，他拉着斗篷紧紧把自己包裹起来。最好还是别让当地人看到他斗篷底下都有什么吧。

当诺雷克慢慢穿过城镇的时候，他看到远处有一个模糊但庞大的影子。那是一艘船。他不知道它是刚刚入港还是正准备启航。如果即将启程的话，也许这正是铠甲来到此处的真正原因。否则他怎么会被带到如此特殊的地方呢？

对面走来一名水手装扮的人，他用胳膊挟着一个包裹。这人的眼睛和脸庞看上去与弗兹汀属于同一种族，但表情看上去更富有生气。

"嗨，旅客！今天不太适合旅行，对吧？"

"是啊。"诺雷克根本不想停下来与面前的人进行任何交谈。他担心这个水手马上会变成铠甲的下一个牺牲品，但他的双脚突然停止了移动。

可即便如此，对方还是停了下来。这水手咧开嘴笑着问道："您是从哪里来的啊？我觉得您应该是西方人，虽然只看胡子不太好判断！"

"没错，我来自西方，"老兵回答道，"我刚去做了一次……一次朝圣。"

"在那边山里？可那边除了山羊什么也没有啊！"

诺雷克试着移动自己的双腿，可它们全然不听使唤。铠甲希望他做些事情，可没有指出来到底是什么事。他迅速思考了一下。现在他已经到了一个显然是铠甲有意令他到达的海港城市。诺雷克觉得它应该是想要乘船前往某处，也许要坐很久的船——

船……

诺雷克指向那黝黑的影子问道："那艘船，马上就要出发吗？"

水手回头看了看回答道："纳普勒斯号？它刚刚进港。得两天以后，最多可能五天以后才出发吧。唯一就要出发的船是鹰火号，往前走就是！"他向南指了一下，然后靠了过来——诺雷克觉得他靠得实在有些太近了——补充道："再提醒你一下，鹰火号可不是艘好船。听我的，这船要不了多久就该沉到海底去了。你最好是等等纳普勒斯号，要不就是我最亲爱的奥德赛号，虽然得一个来星期。我们正在对它进行一些修整。"

他的腿依然纹丝不动。铠甲还想知道什么呢？

难道是目的地？"你能告诉我每条船都开往哪儿吗？"

"我自己的船要到鲁·高因去，不过还得等一阵子才能开船，我刚才已经说了。现在纳普勒斯号呢，要去远方的国王港，路程虽然很远，不过那是你们西部王国的地盘，对吧？我觉得那样能让你快点回到家！那是你想搭乘的船，对吧？"

诺雷克感到自己仍然无法动弹。"那鹰火号呢？"

"大概明天早晨出发吧，我觉得应该是，不过我警告你最好离它远一点。它是坚持不到从鲁·高因回来的——不过前提是它得先能开过去！"

老兵的双腿突然又能活动了。铠甲最后终于了解到了它需要的信息。诺雷克迅速向水手点了点头。"谢谢你！"

"记着我的提醒！"船员喊道，"最好再等等！"

巴图克的铠甲引导着诺雷克穿过小镇，将他一直带到海港南部。当他经过的时候，一些水手和当地人盯着他仔细打量，他那明显带有西部特征的相貌在这里并不常见，但并没有人对他指指点点。港口的每一个角落里都充满了商业气息。诺雷克觉得它在阳光下会更加令人印象深刻，可他不知道自己还有没有机会再次看到它了。

当这老兵走到港口最南端的时候，他心中突然涌起一种不安。这里的景象与诺雷克之前看到的景象截然不同，显得相当破败，而几个游荡的家伙看起来显然不太友好，这令他想起了不久之前试图打劫他的那几个倒霉蛋。更糟糕的是，他能看到的唯一船只，大概就是这该死的铠甲想要搭乘的那一艘。

如果有什么邪恶的力量能把一艘沉没很久的船从无尽的深海中发掘出来，然后再把它随便塞给什么人掌舵，也不见得比这鹰火号更糟糕了吧。三支桅杆如同高瘦的骷髅兵一样立在那儿，支撑着裹尸布一样的船帆。船头上的雕像应该是条有着优雅身材的美人鱼，但现在早已经彻底坍塌，看上去倒像正在尖叫的女性水妖。船体更是不堪入目，所有木头上的涂料都已经脱落，船身上下伤痕累累，这令诺雷克怀疑这艘充满故事的船只是不是参与了无数战事，或者更大的可能是，它曾经长时间为海盗服务。

他没看到船员，只有一个身着旧外套的消瘦至极的家伙独自站在船头附近。尽管搭乘这么一艘可怕的船显然太不稳妥，可诺雷克没有别的办法，因为一切都是铠甲逼迫他做的。它毫不犹豫地牵引着不情愿的主人走上跳板，来到那个瘦得几乎不成人形的男人面前。

"你要做什么？"这老家伙几乎瘦得皮包骨，看上去没有一点精神。他用一只瞎眼茫然地望着诺雷克左边，同时用另外一只充满血丝的眼球怀疑地望着这新来的人。

"我去鲁·高因。"诺雷克回答道,他只想尽快结束对话。如果配合得当的话,战神的铠甲也许会给他一点点自由活动的空间。

"港口里有的是其他船!"这个应该是船长的家伙毫不客气地回答道,他的语气非常生硬。宽沿的帽子下面露出他花白的头发,早已经褪色的绿色外套可能是来自某个威斯特玛的军官,但它显然已经跟随了不止一个主人。"我没时间伺候你们这些大爷!"

诺雷克没有理会他的恶言相向,又靠近了一些。"我会出一个好价钱,只要你去带我那里。"

这船长的态度立即发生了明显的改变。"真的?"

老兵深信铠甲会按照它之前在旅馆的方式解决问题,于是立刻接着说道:"我只需要一间客舱和一些吃的,如果一路上没人打搅我就更好了。只要能把我带到鲁·高因就行。"

这面色惨白的家伙打量着他。"穿着铠甲……"他摩挲着下巴道,"你是军官吗?"

"是的。"就让他把诺雷克当成逃亡的军官吧。这可能会抬高旅费,可也会增加船长的信任感。诺雷克显然需要从这里离开。

这老家伙再一次抚摸着他瘦骨嶙峋的下巴。诺雷克注意到了从他枯瘦的手腕一直延伸进挽了几重的袖口之内的纹身。它足以说明这艘船跟海盗脱不了干系。

"十二个金币!只有一张单独的床,吃饭时离船员远点,少跟他们说话!到岸就赶紧下船!"

除了价钱之外,诺雷克什么条件都同意。一个金币得相当于他的国家里多少钱呢!

可他无须为此操心。左手了伸出来,一把金币正躺在铁护手上。船长贪婪地盯着它们,把它们全部拿走。他咬了一下其中一个来确认真伪,然后把所有的金币都倒进了他腰带上一个破旧的小口袋里。

"来!"他从诺雷克身边一瘸一拐地走过去,第一次露出他用几块夹板固定好的左腿。从老兵多年征战的经验来看,这位船长离开那些夹板估计根本无法站立。一个四肢健全的船长才能让人更放心,不过这家伙显然已经扎绑了太久的夹板,甚至忘记它们的存在了。

不管十二个金币在诺雷克的国家里到底能买多少东西,他在进入舱室的时候,还是要慨叹搭乘本船的价格是如此高昂。当初那间旅馆里破败不堪的房间看上去都比这里强得多。这间舱室还没一个壁橱大,里面只有一张摇摇欲坠的床,它的边缘被钉在后墙上,看上去无论如何都与舒服二字无缘。褪色的床单看上去就像从船帆上胡乱割下来的,反正都是黑乎乎的粗布。一股烂鱼似的味道弥漫在整个舱室里,而地板上显然是各种暴力行为留下的印痕。在头顶的角落里,比诺雷克脑袋还大的蜘蛛网在门口吹进来的微风中轻轻摆动。地板的另一边,几种苔藓繁衍得相当旺盛。

诺雷克知道自己别无选择,只能尽量掩饰自己的厌恶之情。"谢谢你,船长——"

"凯斯寇,"这骨瘦如柴的家伙哼了一声,"进去!打铃时候吃饭,明白?"

"好的。"

凯斯寇船长点了点头,就径直走了出去,把他一个人丢在这里。诺雷克一边想着这家伙的警告,一边关上身后的门,坐在这勉强算是床的东西上。令他失望的是,舱室里甚至没有一个能够减轻恶臭的舷窗。

他试着弯了弯胳膊,然后伸直双腿。由于配合铠甲的指挥,他现在被允许自由活动,可他也不知道自己能拥有这种自由多久。他觉得,铠甲也不想在鹰火号上惹什么麻烦。诺雷克根本没什么可干的，除了翻过栏杆沉入无尽的深海，他还有什么可以尝试的？随着一切变得越来越糟糕，他甚至都没有胆量结束自己的生命，尤其是在如今这种见鬼的境况下。另外，诺雷克琢磨着自己到底都被允许做些什么，他不知道铠甲需要自己活多久。

老兵不知道在这里可以靠什么打发时间，因此尽量试着让自己进入梦乡。尽管恶臭弥久不散——或者是因为这铠甲的存在——诺雷克还是试着迷糊了一会儿。不幸的是，他的噩梦一直都没有停下来，而他自己感觉就像身临其境一样。

他如同巴图克一般，尝试着后者习惯的种种暴虐行为。一座曾经长年与他对抗的城堡在他的雷霆之怒下轰然倒地。城堡中的长老和其他一些被选中的白痴被拖出来肢解、剥皮，杀鸡儆猴。某个被抓住的维兹杰雷间谍被塞到一只令人毛骨悚然的巨大烛台里，做成其中央部分的装饰，它不仅照亮了鲜血战神的营帐，还令他的恶魔仆从都为之战栗。就在此时，铃声响起来了……

——诺雷克非常庆幸自己还能醒过来。他使劲眨着眼睛，最后终于弄明白了自己所处的境况，他只是一口气睡到了晚餐铃响起的时候而已。老兵不知道这顿晚餐自己能否咽得下去，但是饥饿已经让他别无选择。再说了，他可不敢让铠甲召唤小恶魔来帮他觅食。天知道它们会不会杀几个人让他来尝尝……

老兵紧紧拉住身上的斗篷走出舱室，他见到几个衣衫褴褛面带愁容的男人正走进船舱。诺雷克估计他们也是要去吃饭的，于是跟着他们向下进入一间极其脏乱的厨房。这曾经的军人沉默地站在队列里，得到了一块硬面包和一盘来路可疑的熟肉。这份食物令他几乎开始怀念那小旅馆里的蟊贼老板提供的饭菜。

诺雷克扫了一眼那群阴郁的家伙，觉得自己还是回舱的好。他端着食物走到甲板上，在栏杆旁边停了一会儿，想在回舱室之前呼吸一下稍微清新点的海风。

在迷雾遮蔽的码头上，一个站立的身影引起了他的注意。

那份食物从他手里滑落，在甲板上四溅开来，但诺雷克仿佛丝毫没有察觉。

那是弗兹汀。他依然身穿那件披风，这不可能是其他人。

他那曾经的伙伴用毫无生气的眼睛死死盯着他。即便距离这么远，老兵依然能够看到维兹杰雷法师那被撕裂的咽喉。

"白痴！"凯斯寇在弗兹汀身后大吼道，"瞧瞧你搞成什么样子了！赶紧打扫！没人帮你！"

震惊的老兵回头看看愤怒的船长，然后目光下移到满地的食物上。一些肉汁溅到了巴图克的靴子尖上。

"扫干净！没人帮你！今晚没吃的了！"凯斯寇一边歪歪斜斜地走开，一边用他的母语诅咒着这来自外邦的恶魔。

诺雷克无暇顾及船长的愤怒，更没有理会被打翻的晚餐，立刻将视线转回到码头那里——

空无一人。那个本应长眠于地下的身影并未站在那里盯着他。可怕的影像已经消失了——如果它一开始的确就在那里的话。

老兵的双手不停颤抖着，蹒跚地向后退去，满脑子都是刚才看到的恐怖场景。弗兹汀，那早已经死去的法师，正在用空荡荡的眼窝盯着自己……

诺雷克没有理会凯斯寇船长让他清理的要求，匆匆返回了舱室，砰地一声紧紧关上身后的门，直到坐在床上后，才深深呼出了一口气。

他快要崩溃了。法师幽灵的出现是第一个明显的征兆。诺雷克已经在保全心智的斗争中败得一塌糊涂。该死的铠甲令老兵经历的种种恐怖已经攻破了他心中最后的防线。现在确信无疑的是，循环往复的可怖事件会令他彻底发疯。很显然，他已经失去了自救的希望。

很显然，巴图克的遗物不仅仅要支配他的身体——也同时要吞噬他的灵魂。

* * *

疲惫不堪的卡拉·夜影带着几分嫌恶的表情审视着这贫困的港口小镇。她常年在美丽的丛林中居住，精心栽培植物。而这港口——吉库尔充斥了太多几十年不洗澡的家伙散发出来的恶臭，同时也过于现实和功利了。身为一个死灵法师，卡拉认为世界平衡于生死之间，并认为无论哪一边都应给予灵魂足够的尊敬。而卡拉在抵达此处的几分钟内看到的东西，让她觉得这里几乎没有什么尊严可言。

她耗费了极大的精力才得以迅速到达此处，这个过程几乎令她精疲力尽，法力也严重透支。卡拉非常希望好好地睡上一觉，可为什么要来这个地方，连她自己都不是特别明白，所以她希望在安睡之前，能多少在这片土地上找到一些答案。

鲜血战神的铠甲不见了，那两具尸体不见了，甚至连她视若珍宝的象牙匕首也消失了。在那之后，年轻的死灵法师用她掌握的法术尝试着确定它们的位置——结果就被精准地引向这个位置。这港口跟它们会有什么关系，她暂时无法断言，可这预示着肯定没什么好事。卡拉希望能向自己的导师请教，可现在时间根本不允许，而且她向来接受的训练都要求她尽可能独自解决问题。延误最佳的追踪时机，只会令今后的追查更加困难。这后果不是她可以承受的。如果盗墓贼试图把铠甲运往海外，那她必须马上阻止他们。

至于那两名死者……她也不知道应该怎么处理这两个人。她这一生的所学都无法解释在这两人身上发生的事情。

卡拉无视所过之处那些水手令人生厌的目光，径直走向她发现的第一间旅馆。一方面，这位黑发的女法师需要吃点东西，此外，她希望在此获取一些有用的信息。那盗取巴图克套装的家伙在经历如此漫长的跋涉之后，肯定也得需要进食吧。

船长的餐桌，还真是店如其名，它的外观确实稍稍超过了她的期待值。虽然整座建筑看上去相当破旧，但那头发灰白面容威严的店主还是尽量保持着内部的整洁有序。卡拉的直觉告诉她他曾经供职于某支海军部队，如果仅仅从外貌判断的话，此人应该来自西方某个富裕的国度。这留着络腮胡子神采奕奕的大块头店主正在跟一个试图吃霸王餐的年轻人吵得不可开交。尽管上了点年纪，但这店主的脾气依然火爆，不仅拿回了属于自己的饭钱，还把这家伙轻松丢到了雾气弥漫的街道上，令他躺在泥泞中好一阵都爬不起来。

店主在围裙上擦了擦手，这才留意到了新来的客人。"晚上好，女士！"他和蔼地弯下腰去，尽管现在腰围已经有些过于壮观，在看到她时，他整张脸上都露出了发自内心的笑容。"我是汉诺斯·杰隆南船长，您卑微的仆人！不得不说，您的到来令我这小地方蓬荜生辉！"

卡拉很不习惯被这样公然夸奖，一时间居然无言以对。不过杰隆南船长很清楚自己的言语对她造成的冲击，现在正耐心地等待着她反应过来。

"谢谢你，船长，"她终于回答道，"我想要点吃的还有……如果你有时间的话，我想问几个问题。"

"为了你，我亲爱的小宝贝，我会腾出时间来的！"

他自顾自哼着歌走到了一边。卡拉感到自己脸庞烧得厉害。杰隆南船长对她的赞美之情溢于言表，而她所修习的魔法没有一样教过她如何回应别人对她容颜的赞美。她知道自己的一些同伴也非常欣赏她的魅力，但在拉斯玛的追随者中，他们对待这些就像对待其他事物一样彬彬有礼。

卡拉坐到靠边的一张桌子旁，打量着其他顾客。他们大都忙着进食，但也有些人在忙于其他事务。她看到某个衣着暴露举止放荡的女人向一个水手靠过去，那女人开出的价格似乎还需要再行商议。在她右侧，两个男人似乎正在对一些交易讨价还价，他们喋喋不休的话语死灵法师一句也听不懂。有几名男性客人也在注视着她，只是虽然兴意盎然，却完全没有杰隆南船长那种老练。有个家伙用色眯眯的眼神看着她，被她用银白色的眼睛回敬了一个无情的白眼，这令他大为不安，于是赶快转回去低着头继续喝酒，而且连续几秒内都在不停地颤抖。

店主托着一个盛着烤鱼和某些海生植物的盘子回来了。他在死灵法师面前放下一只酒杯。"杯子里是苹果酒，请原谅我向您提供的饮料是如此平淡无奇，女士。"

卡拉在考虑要不要告诉他关于拉斯玛的追随者们在调配强力草药混合物方面的优势，但最终还是选择用亲切的方式接受了这温和的饮料。她看了看烤鱼，上面的香料正发出非常诱人的气味。当然，卡拉一开始设想的是它们从海里被捕捞上来就直接活生生摆上餐桌了。无论如何，能在这里得以如此文明地进餐，她感觉非常开心。"我需要付你多少钱呢？"

"你陪我坐一会儿，我就已经很满足了。"

她心中立刻充满了怒火，这些言语令她想到了刚才那向客人兜售色相的女人。"我不是——"

他看起来有点后悔。"不，不！这只是因为我好久没见过这么优雅的客人了，姑娘！我只是希望坐在这里回答你的问题！绝无恶意——"杰隆南将身子探过来低语道，"再说我也没傻到要强迫一位拉斯玛的追随者干点什么!"

"你知道我是什么人,还这么想和我坐在一起?"

"女士,我的足迹曾经遍布五湖四海。我见过许多魔法,但最可靠的法师一般都是拉斯玛的信徒……"

她回以淡淡的微笑,这足以让他本来红润的脸颊变得近乎酡红。"也许你就是我可以放心提问的人。"

船长放松地向后倚去。"等你尝过我的手艺,而且给过好评之后再谈这个吧。"

卡拉切开鱼肉尝了一小口,随即又切下来第二块匆匆咽下。

杰隆南微笑起来。"那么,还合您的胃口吧?"

的确如此。东方的丛林里出产许多不可思议的香料,但死灵法师还从没吃过可以与这条鱼相比的美味。卡拉放开心怀,在最短的时间里美餐了一顿。

杰隆南船长其实可以偶尔离开一下去招呼别的客人,但是到她用餐完毕,旁边只剩下两个面色阴沉的水手,显然,那两人累得除了眼前的麦芽酒与食物外,什么都懒得多看一眼。于是呢,店主就一直安静地坐在她对面,等着她把食物吃完。

"我的名字是卡拉·夜影,"她开始说道,"你知道我是什么人。"

"是啊。可你是我见过的最美的姑娘,没人能比得过你。"

卡拉立刻将自己的话题继续下去,不想在别的枝节上与他牵扯。"船长,你注意到这里有什么奇怪的人吗?"

他轻声笑了起来。"在吉库尔?你要是看见谁显得平淡无奇才叫不寻常哪!"

"关于……关于一个带着铠甲旅行的人,也可能是把它捆在什么坐骑背上?"死灵法师停下来仔细考虑了一下,补充道:"或者一个穿铠甲的人?"

"我们这里有的是士兵,这并不稀奇。"

"穿着深红铠甲的呢?"

杰隆南皱起了眉头。"那我一定会有印象——但,肯定没有。没人会这么穿的。"

卡拉的希望破灭了。她本来想接着问另外一个非常特别的问题,但又害怕如果一旦说出口,船长的态度将会改变。他可能熟悉她的教派,但有些话题依然过于黑暗,他可能根本无法接受。行尸走肉就是其中之一。

卡拉试图开口说点别的什么,但接着就打了个很长的哈欠。

对面的男人打量着她。"原谅我说话比较直接,女士,你的脸色不太好。我觉得你得好好休息一下。"

她试图否认这一点,不过紧接着又打了一个哈欠。"也许你是对的。"

"我已经腾出来两三个空房间,姑娘。这是为你准备的,不要钱——也不期望什么回报,你无须为此担心。"

"我会付钱的。"卡拉从腰带上的钱包里摸出一些钱币,"这些够吗?"

他只留下了一小部分。"这就够了……还有,在这儿别把所有的钱都摆出来。不是谁都像我一样好心的!"

死灵法师几乎动弹不了。卡拉的双腿像灌满了铅一样。她曾经用来让自己尽快达到目标的咒语几乎耗尽了她的黑暗法力。"我这就过去,如果你不介意我离开的话。"

"最好再稍等我一下,姑娘。我怕我的人还没有把房间收拾得足够妥当。这儿等着,我马上回来!"

她还没有来得及表示反对,对方就已经匆匆离去了。卡拉坐直了身体,尽量让自己保持清醒。大量的施法与高强度的体力活动的确令她难以支撑，但是，即使把这些问题都考虑在内，这种疲惫带来的压迫感也远远超出了卡拉的想象。那令她几乎相信——

她强迫自己站起身来，接着转向门口。也许卡拉对汉诺斯·杰隆南船长的判断出现了失误。也许他彬彬有礼的表象之后隐藏着阴暗的一面。

死灵法师意识到自己的思维已经开始混乱，她努力蹒跚着向出口走去，丝毫不关心角落里那两个水手会怎么看自己。如果走到户外的话，她也许可以让自己的头脑清醒一下。没错，港口虽然有着种种令人恶心的味道，但海风还是会令她舒服许多，或者可以重新找回平衡。

走到门口时，卡拉差一点儿摔倒，她感觉自己双腿软绵绵的几乎没有一点力气。死灵法师立刻深深地吸了一口气。那种头重脚轻的感觉减弱了一些，现在她勉强可以辨识周围的环境，但这黑发的女性需要变得更加清醒才行。在重新获得思考的能力之前，她暂时无法决定该如何处置店主。

她又深吸了一口气，可在头脑略微清醒的同时，一种不安向她直接袭来。

她抬起头来望向迷雾深处，看到几尺之外站着一个身穿破旧旅行斗篷的身影。那人将面孔隐在了斗篷兜帽的阴影之中，卡拉再向下看的时候，辨认出一只苍白的手掌。那只手掌中的匕首在薄雾笼罩的夜晚中闪烁着光芒。

一把象牙匕首。

那是卡拉的匕首。

另一只苍白的手抬起来，把兜帽稍微向后拉去，露出一张死灵法师之前曾经见过的脸。是巴图克坟墓里的那个维兹杰雷法师。

喉咙被撕裂了的维兹杰雷法师。

"你的咒语……用在她身上……效果更好。"一个嘶哑的声音从她身后传来。

卡拉试着转过身去，可她的动作实在太慢了。与此同时，当她意识到攻击者一共有两个的时候，她的毕生所学都已经来不及施放。

第二张苍白的脸孔冲着她露出残忍的微笑。那人的头颅微微向一边倾斜着，似乎没有完全连接在身体上。

那是来自坟墓的另一具尸体。那个脖子被扭断的瘦削结实的男人。

"你离开我们……没有选择。"

他的手已经抬了起来，刀柄冲上握着另外一把匕首。当她意识到这一点的时候，那不死者的手已经用力地挥下来。

它击中了卡拉·夜影的太阳穴。她不由自主地转向旁边，如果不是对方用手臂及时托住了她，她的脑袋可能就要撞碎在石砌的道路上了。对方居然极其温柔地将这女性放到了地面上。

"你……彻底……离开我们……没有选择。"

当男人说完这句话的时候，她彻底陷入了昏迷。

第六章

在第二天早餐前,诺雷克一直都留在舱室中。没人想理他,尤其是船长凯斯寇,这家伙显然对他昨天将食物撒在护栏旁的事情还耿耿于怀。不过诺雷克对任何交谈都没有兴趣,他只想早点平平安安地回到自己的舱室。

他整个晚上都在半睡半醒之中度过,一会儿梦到巴图克在疆场上叱咤风云,一会儿又担心弗兹汀的灵魂会来找自己报仇。直到鹰火号开船之前,这老兵都没有得到片刻的宁静。很显然,那些不安分的死灵不大可能一直追到外海。事实上,当这破船终于航行到风浪肆虐的海上时,诺雷克感觉耳边的声音听起来终于不那么诡异了,他安慰自己,之前看到的可怕景象都是自己臆想出来的。他深信弗兹汀已经长眠于那墓穴之中,可在那码头上看到的那个维兹杰雷法师又是怎么回事呢,那如此真实的影像令他陷入了深深的苦恼之中。

后者看上去与弗兹汀是如此相似。毕竟,在那该死的铠甲不停驱策下,诺雷克早已经身心俱疲。在墓穴中,在那小旅馆里,种种恐怖的杀戮的景象仍然停留在他的脑海之中。此外,战神的套装一刻不停地逼迫着老兵穿越了如此广袤的平原,却不曾让他休息片刻,强度接近变态的跋涉足以要了绝大部分人的命。如果不是意志还算强大，诺雷克怀疑自己恐怕早就已经横死在了路上。

当鹰火号开始进入深海的时候，波涛似乎更加汹涌激荡了。随着船体不断发出嘎吱嘎吱的声响，诺雷克越来越相信，这艘船迟早会被大海像撕裂火绒一样扯得粉碎。可不知为何，鹰火号依然顽强地劈波斩浪，不停地向前行驶着。凯斯寇船长和他的手下虽然穿着打扮混杂不堪，但却显然都是驾船的好手。他们在甲板上不停地跑来跑去，妥善地扎好每一条绳索，令船只永远以最佳状态应对这恶劣的天气。

但狂暴的天气始终是人力所无法掌控的。在海洋上抗争了几个小时后，他们发现天空变得越来越暗了，雷电不停地在四周轰鸣着。风力渐渐增强，所有船帆都已经被吹得鼓了起来，而且弧度越来越大，看上去随时都可能被狂风撕裂。诺雷克终于还是走出了舱室，不过立刻抓住了一根栏杆以防止自己从东倒西歪的甲板上被抛到海里去。

"右转舵！"凯斯寇在甲板上狂吼着，"右转舵！"

舵手立刻服从了命令，但风浪显然不会让他轻易达到目标。第二个船员也冲到了他身边，两个人全力想要完成船长下达的指令。

暴雨终于倾泻而下，狂烈的风雨迫使诺雷克退回了舱室。他完全不懂得航海，但这铠甲却逼他冒着生命危险来到栏杆旁边，浪头只要再大一点点就足以把他打到海里去。

一盏肮脏的油灯在天花板上剧烈地晃动，但仍然竭力维持着客舱内的照明。诺雷克蜷缩在铺位的一角，脑子里不停地思考着。他还没有完全放弃希望，盼望着从那该死的铠甲手中逃出，可到目前为止，他根本不知道自己还能做什么。这可能需要强力的魔法才能做到，可他不知道谁才有这种能力。除非有机会去询问维兹杰雷——

在码头上看到的那一幕在诺雷克的脑海中重视，这令他再度感觉浑身发冷。最好忘掉弗兹汀——还有萨顿。他们都已经死了。

夜幕渐渐降临，但风雨却没有停歇片刻。诺雷克忍着恶心令自己再次进入餐室，他在那里第一次发现，众人看着他的目光中不只有冷漠和蔑视。有些人甚至用充满敌意的眼光盯着他，仇视中也许还带着一点恐惧。诺雷克确信这些转变与铠甲有关。他自己是什么样子的人，恐怕这些人都没什么兴趣吧？铠甲肯定向他们传达了某种信息，它可能是炫耀力量，也可能是宣示权威。这个人为什么要乘坐像鹰火号这样破烂的船只呢？

他再次回到舱室享用自己的晚餐，他喜欢这种独处的气氛。这一次他感觉饭菜的口味比之前强了许多，但也可能是之前糟糕的食物彻底毁掉了他的味觉，令他再也尝不出来好坏。诺雷克狼吞虎咽地干掉了这份晚餐，然后缩了缩身子准备进入梦乡。老兵其实并不期待睡着，他对关于巴图克和黑暗墓穴的噩梦完全没有兴趣。不过疲惫感很快袭来，即便是经验如此丰富的老兵，也无法长时间对抗这种倦意。疯狂摇晃的鹰火号完全无法阻止他闭上自己的双眼。

"该……该好好休息了，"他听到一个嘶哑但非常熟悉的声音，"可是，毕竟，他们说……恶魔不需要休息，对吧？"

诺雷克差点儿跳了起来，两只眼睛瞪得圆圆的。室内几乎没有任何光亮，但即便如此，老兵也知道这个房间除了自己以外并没有其他人。

"该死的！"这不过是另一场梦魇。诺雷克死死盯着早已熄灭的灯火，意识到自己刚才已经睡着了。那个声音肯定是来自脑海深处，而不是其他任何地方。那是他已经失去了的同伴的声音……

萨顿的声音。

外面响起了一声巨雷，整个鹰火号都在随之颤抖。诺雷克紧紧抓住床铺的一边，试图令自己放松下来。

"你必须要……听弗兹汀的……诺雷克。现在……可能太晚了。"

他呆在了那里，眼神立刻转向门口。

"加入我们吧，朋友……来弗兹汀这里……还有我。"

诺雷克的整个身子都僵直了。"萨顿？"

没有回应，但门外的甲板发出了嘎吱嘎吱的声响，就好像有什么人正从上面走过，而它现在停在了他的门前。

"谁在外面？"

鹰火号的船身突然猛地下沉，差点儿将诺雷克摔倒在地上。他勉强抵着墙角稳住自己，双眼始终没有离开门口。难道崔斯特那嘶哑的嗓音仅仅是出于他的臆想吗？

那墓穴中的恐怖经历几乎击垮了老兵的神经，它比以往任何一场战争对他造成的震撼都要大，但仍有某种东西驱使着诺雷克走向门口。最大的可能，是打开门之后发现门外空无一人。萨顿和维兹杰雷法师不大可能等在门外，等着用残忍的手段干掉他们的同伴。这么恐怖的故事只可能存在于夜半篝火边老人吓唬小孩的低语之中。

如果没有穿上这可怕的铠甲的话，诺雷克也许会相信那些只是传说罢了。

甲板再次发出了嘎吱的响声。诺雷克紧紧咬着牙关，将手伸向门闩。

铁护手突然向前探去——同时闪耀出阴森的红光。

诺雷克努力将手缩回来，疑惑地看着它上面的光芒渐渐消散。他再次向前伸手，可这次什么都没有发生。诺雷克定了定神拉开门闩，随即打开了门——

无情的风雨立刻扑面而来，可并没有什么可怖的东西站在舱室之外，那预想中可怕的幻影伸着瘦骨嶙峋的指头控诉他的场景并没有出现。

诺雷克裹紧了斗篷匆匆走出去,迅速环顾四周。他看到那些弓着背的船员正在拼命地维持着正常的航行,可并没有发现任何所谓的幻影。

一阵匆忙的脚步声令他将目光转向船尾,他在那里看到一个凯斯寇的手下正急匆匆地跑向船头。这人目不斜视地从诺雷克身边冲过去,但老兵一把抓住了对方。他无视对方暴怒的眼神,大声问道:"你刚才看到有什么人过去吗?有没有什么人站在我门口?"

水手愤愤地向旁边吐了一口口水,然后像甩开一个麻风病人般嫌恶地挣脱他。诺雷克看着这人跑开后,又将注意力集中到护栏上。他发现自己脑海中突然充满了一个荒唐的念头,可正是它将自己推到了死亡和崩溃的边缘。

海浪不停地摧残着鹰火号本已经破败不堪的船体,看上去用不了多久就会将这破船连同所有人员一起抛进无底的深渊。海水疯狂地搅动着,有时又将船只抛向极高之处,令诺雷克怀疑自己很快便可以看到天堂。

可他始终没有看到自己臆想的那位造访者。船上并没有什么前来复仇的幽灵。未曾原谅他的萨顿·崔斯特和弗兹汀也没有站在他的舱门之前。他只是臆想到了他们的样子,就像之前他曾经相信的一样。

"你!你在外面干什么?进去!滚进去!"船长凯斯寇几乎是连滚带爬地瘸着一条腿从船头冲过来,对他大声吼道。这唯一的旅客居然胆敢在如此恶劣的天气中跑到甲板上,凯斯寇显然对此极其愤怒。可诺雷克搞不清楚他为什么要对自己的安危如此关心。与他手下刚才的表现相比,凯斯寇愤怒的声音中显然还带着一丝恐惧。

"怎么了?出什么问题了?"

"问题？"愤怒的船长回敬道，"问题？没什么问题！赶紧回船舱！看不到暴风雨吗！你这白痴！"

诺雷克心不在焉地对船长的要求表示同意，他可没兴趣与这人争执。在跛足船长的注视下，他回到了舱室，将凯斯寇那令人不爽的面孔关在了门外。过了一会儿，诺雷克听到他拖着假肢走开了。

诺雷克试着想要再次进入梦乡，可他的努力并没什么成效。起初，老兵的脑海里持续盘旋着一堆疑问，但也许只有一个找到了答案。这问题就是暗红色的护手为什么在他试图去外面搜索的时候发出了亮光。如果门外真的没有危险的话，这套铠甲为什么会出现保护性的反应呢？事实上，它目前虽然没有控制老兵，但它的动作显然是有目的的……

诺雷克一边思考这铠甲的反应，一边渐渐进入梦乡。不知过了多久，一声似乎要撕裂天际的巨雷使得整个舱室震颤起来，令他几乎从这临时搭建的床铺上掉下来。老兵无法判断方向，也不知道自己睡了多长时间。暴风雨依然如此强劲，诺雷克怀疑自己根本没有睡多长时间。从他以往的经验来看，飘风不终朝，骤雨不终日，很少能持续一天以上的风暴，虽然在深海之中可能会有所不同。

诺雷克努力伸展着四肢，试图让它们从麻木的状态中恢复过来。

一道与雷声截然不同的巨响凭空而起，令他跌倒在地上。他知道那是什么声响，虽然他听到的次数并不多。那是木板碎裂的声音。

对一艘在汪洋和风暴中挣扎的船只来说，谁都知道这意味着何种厄运。

诺雷克立刻冲出舱室奔向船头。船员嘈杂的呼喊声告诉他，这些人已经难以应付目前的威胁。当然，他也知道这些人要完成的任务有多么艰难，如果他刚才的判断没有错的话。船体破损已经非常严重，可想在如此混乱的情况下修复它……

只不过片刻之后，他最担心的事情摆在了眼前。就在正前方，几名水手正在拼命拉着一根绳子，试图阻止一根桅杆断成两截，另外几个人则竭尽全力想用木板、钉子和绳索将它重新加固。诺雷克现在只能告诉他们，一切都已经是徒劳。越来越多的桅杆都摇摇欲坠，只要有一根倒下，其他都会接二连三跟着倒下。

老兵想为此做点什么，可对航海一窍不通的他根本帮不上任何忙。诺雷克看了看戴着护手的双手，这暗红色的护手看上去是如此强大，似乎充满了力量。但现在巴图克的遗产并没有提供给他可以使用的能量。

沮丧的念头很快消退了，因为就在此时，每只护手上都出现了一道摄人心魄的蓝色光环。

诺雷克发现自己突然向前冲了过去——铠甲重新控制了他的行为。老兵这次稍微抵抗了一下，因为他搞不清楚铠甲到底想做什么。它肯定希望平安到达那遥远的目的地，不想跟诺雷克一起沉入冰冷的海底。即便是为了诺雷克的性命，它也得出手了。

"走开！走开！"凯斯寇船长向他咆哮起来，他肯定认为这笨拙的旅客只会把事情搞得更加糟糕。但诺雷克还是步履蹒跚地一步步接近了腿脚不便的船长。

桅杆发出了嘎吱嘎吱的声响，很显然用不了几秒就会倒下。诺雷克深深吸了一口气，焦急地等待着铠甲的行动。

"凯斯拉！奎扎尔·伊拉库斯！"

诺雷克从口中快速念出了这道咒语，但自始至终他都没有意识到自己在做什么。唯一引起他注意的是，在摇摇欲坠的桅杆旁边，突然出现了几个闪耀着绿光的形体。这些家伙拥有强壮的手臂和末端带着吸盘的手指，但是却看不到下肢的存在，看上去就像一些上古时代才会存在的巨大蛞蝓。这些怪物一边嘶嘶叫着，一边向前缓缓爬行，它们若隐若现的面孔看上去就像某些精神错乱的画师的涂鸦之作，比涂满油彩的小丑脸还要夸张得多。

水手们抛开了手中的绳索和木块，惊恐地四散逃开。桅杆终于开始向下倒去……

这些闪着绿光的家伙将桅杆推回了原位。有几个怪物继续竭力保持着它的稳定，而另外几个则继续向其他被毁坏的地方爬去。它们所过之处，都留下了黏稠的液体。一开始诺雷克还搞不清楚这些家伙到底想搞什么，不过随着时间流逝，他看到那些黏液很快变得越来越硬，越来越坚固，很快令桅杆变得稳若磐石。它们不停地疯狂爬行着，似乎根本不会有终止的时候。那几个支撑桅杆的家伙现在也已经完成任务，好整以暇地在原地等待着，他们发出嘶嘶的声响，看上去像是在为工作着的同伴们加油鼓气。

"凯斯拉！奎扎尔·伊拉库斯！"

这些怪物们立刻从桅杆旁聚集到一起。诺雷克将眼神转到这可怕的队伍上，同时检视着它们的劳动成果。尽管风暴依然猛烈，但桅杆却像是矗立在最温柔的春风之中。它们不仅修补好了桅杆，而且令这艘船只看上去比之前海港中另外那两艘更加坚固，更加能胜任远航的任务。

铠甲似乎对此还算满意，向这些怪物们随意挥了挥手。它们突然发出一阵强烈的光芒，令诺雷克不得不闭上眼睛以避免受到伤害。怪物们的嘶嘶声变得更加强烈和刺耳，最后，随着一声类似叹息的声音，强光渐渐减弱了——那些类似蛞蝓的东西消失了，甚至连地面上都没有留下任何黏液的痕迹。

暴风雨看上去并未有任何减弱的迹象，依然不停地肆虐着，不停地将鹰火号抛上抛下。尽管仍然面对着种种威胁，但船员们还是在船长的咆哮声中犹豫着重新回到了自己的岗位。从诺雷克身边走过的船员为他重新提供了一个更加宽敞的舱室,这些人脸上显然都写满了对他的恐惧。事实上,这些人极有可能被他召唤出的怪物们一哄而上分食干净,一想到同船的人里有一个可以随时召唤恶魔的家伙,他们心中便充满了极度的恐惧。

诺雷克对此毫不在意,他的双腿现在是如此虚弱,随时都有可能倒下。尽管是那附有魔法的战甲搞定了这一切,但他却感觉比自己独自亲手修复了整根桅杆还累。诺雷克期待着铠甲将他引导回舱室,虽然现在危险已经解除,可它显然给老兵丢下了一堆亟须解决的麻烦。

当他走在甲板上的时候,感觉这金属铠甲重得几乎要将自己压垮。他可以持续感受到鹰火号上那些人们不安的凝视。毫无疑问,他们很快就会忘掉自己的性命是拜他所救,而是开始担心跟一个恶魔领主同船共渡会有何种下场。恐惧最终也会导致暴力……

诺雷克虽然对此心知肚明,但现在只想回到自己的床上好好睡一觉,再大的风暴也不可能吵醒他了。到了第二天,他会对大家解释已经发生的一切的。

诺雷克希望到那时候不会有人再试图做什么傻事……那也许是致命的。

* * *

黑暗。温暖而不断延展的黑暗。

卡拉蜷缩着身子,她感觉这里是如此舒适,即使让她永远留在这里,她也不会觉得厌烦。可是,突然有一种感觉向她袭来——一种不安的感觉——令她翻了翻身……试着醒过来。

同时她听到了一个声音。

"卡拉！小姑娘！你在哪里呀？"

这声音听上去是如此熟稔，也将她渐渐从模糊的意识中拉出来。当卡拉·夜影试着清醒过来的时候，她的自我意识也渐渐恢复了。这种黑暗，这种虚无，牢牢地控制着她。它只会带来令人窒息的，无尽的长眠。

"卡拉！"

周围变得不再舒适。她感觉周身都是刮伤后的刺痛，不可名状的碎屑充斥在身旁，这种感觉更像是在棺材里，而不是在舒适的床上……

"卡拉！"

死灵法师睁开了眼睛。

她正处在一座木质的坟茔之中，四肢似乎都被冻结了。

猎犬不知在何处狂吠着。死灵法师不停地眨着眼睛，试着让自己的精力集中一些。周围一些裂缝中透出昏暗的光芒，令她更清醒地意识到自己现在的境况。她的四周被木头紧紧地禁锢着，那应该是一整根木头做成的棺材吧。不知为何她会被封存在这里——她会就这样死去吗？

那种幽闭的恐惧感几乎击垮了卡拉。她拼命想要移动自己的双臂，可却都是徒劳。她的身体全都被牢牢固定，甚至旁边的空隙都被塞满了藤蔓。更糟糕的是，她口中被塞进了苔藓之类的东西，双唇也都被牢牢封死。卡拉试着想发出一点声音，可满口的苔藓令她只能发出低沉的呜咽，她知道外面绝对不可能有人会听到自己这可怜的呼喊。

更多的猎犬在不停狂吠，这次离她更近了。她能确定那是杰隆南船长的声音，那人正在不断地呼喊着她的名字。

"卡拉！小姑娘！你能听到吗？"

她的双腿和双臂一样无法动弹，应该是被用同样的方式束缚了起来。卡拉的身体处于完全无法动弹的状态。

幽闭的恐惧感还在不断增长。死灵法师在她短暂的生涯中虽然也常常身处各种阴暗隐蔽的场所,但绝大部分时候她都可以自由地行动,自主地决定去向。但现在这该死的偷袭者却将她丢到了如此不见一物的所在。他们还不如直接杀了她算了!绝望的黑发女法师口不能言,可如果她不能马上逃出生天的话,那么死亡只能是她唯一的命运……缓慢地、悲惨地死去,过程不知会有多漫长。

一想到这点,卡拉就感觉身边的木头压逼得更加厉害了,如此的困境,她的导师从未教授过她解决之道。她想要逃脱,想要自由,不想被活活饿死在这里……

她被绑得和粽子一样,连嘴巴都被封死了,根本不可能吟诵出任何能令她脱困的咒语。可有种原始的本能,那是拉斯玛的追随者通常都会拥有的能力,现在正在她心中慢慢沸腾起来,似乎马上就要从她体内溢出。卡拉死死盯着眼前的木头,盯着那禁锢自己的坟墓。

她绝对不能就这么死去,绝不能还未施展任何黑暗魔法就放弃生的希望……

绝对不能就这么死去……

树干内部变得越来越热,变得越来越难以呼吸。死灵法师浑身都是汗水,束缚四肢的藤蔓变得越来越紧了。

我没那么容易死……

她银色的眼眸突然变得闪亮起来……变得越来越亮……

这禁锢她的树干爆炸了。

木头的碎片向四面八方飞去,飞溅到周围的土地上。卡拉听到有些人在咒骂,还有几只狗呜咽的声音。她顾不得这些人,事实上,冲破这个牢笼已经耗尽了她太多精力。死灵法师感觉自己向前倒了下去,但四肢都不再受任何束缚。她本能地伸出双手,试图保护自己的头颅不至于直接撞到地面上，但这并没有令她逃脱在跌倒瞬间产生的晕厥感。

她隐约听到周围传来的声音。一只兽类在她身边不停嗅探着，冰凉的鼻子甚至碰到了她的耳朵。她听到有人在呼喝那兽类，随即一双有力的双臂轻柔地放在她的肩头。

"卡拉！海神在上啊，你到底出了什么事，小姑娘？"

"杰隆——"她试着想说话，可依然什么都说不出来。

"放松，小姑娘！这边，你这笨蛋！把狗牵好！我来照顾她！"

"好的，船长！"

卡拉根本没有精力去关注这返回吉库尔的旅程，只是有那么一刻，当店主人抱着她前行的时候，几只狗差点绊倒他，他对其中一个同伴吼了一嗓子。她一会儿清醒一会儿昏迷，偶尔脑海中会闪过那两个不死的亡灵。它们两个的存在完全超出了她的想象，令她身心都受到了巨大冲击。

在卡拉的印象里，那两个家伙似乎从未真正出现在她的视野之中，更像是在精神层面上对她进行了打击，而不是对她进行物理打击。死灵法师可以轻松地操纵生死，没有其他职业比他们更加精通此道。尽管维兹杰雷法师和他那狰狞的同伴极其轻松地搞定了她，就像戏耍一个还没出道的小学徒一般。可为什么呢？更重要的是，身为亡灵，他们为什么还能在这个世界上行走？

答案也许来自之前她在墓穴中所犯的错误。从某种程度上来说，她所经受的训练显然无法搞定如此惊悚的事件。当她将那亡灵独自丢开的时候，它却能控制尸体。随后，它一定召唤到了生前的伙伴，在她返回之前，它们两个通过某种魔法逃走了。

这种解释非常简单，但不见得能真正令人满意。卡拉感觉自己漏掉了一些细节。一定是这样的。

"迷人的女法师？"

这句话在她脑海中回荡，压倒了她所有的思维。卡拉努力试着睁开眼——她到现在为止才意识到自己一直闭着眼睛——抬头凝望着眼前的影像，那是汉诺斯·杰隆南船长。"怎么了……"

"放松一些，小姑娘！你已经两天滴水未进了！这样对你的健康损害很大！"

两天？她已经被困在那根木头里两天了吗？

"从你失踪的那天起，我就开始不停地寻找，可是除了旅馆旁边那个小袋子之外，根本没有找到任何线索。"他手中握着一个小小的皮袋子，那是卡拉为了方便施放某些法术而储备相关草药用的。死灵法师在施法的时候，需要借助鲜血和其他一些东西，局外人对此是毫不知晓的。

古怪的是，她居然搞丢了那个袋子。这年轻的女死灵法师通常会把它系得非常结实，绑架她的人怎么可能花费如此宝贵的时间将袋子扯掉呢？当然，这件事情还是非常有意义的，不管它们是否有意还是无意，都留下了女法师被绑架的线索，只是不知道这些行尸走肉为什么会这样做。

可是，它们为什么留下她的性命，却将她藏在了一棵枯树中间。

她感到非常困惑。旅店老板迅速发现了她情绪的变化，于是问道："怎么了？要不要喝点水？要再裹一层毯子么？"

"我……"她的声音听起来有些类似蛙鸣——或者说更像是之前攻击她的那些家伙。卡拉非常感激地喝下了对方喂的水，然后再次试着说些什么。"我很好，船长……谢谢你这么关心我。我，我会为此，付钱——"

"我不想对你说粗话，女士！我不想再听到这个！"

他还真的引起了卡拉的好奇心。"杰隆南船长，大部分人，尤其是西部地区这些居民，肯定对我这种人毫无兴趣，即使让我烂死在那棵树里面也无动于衷，更不用说组织一支搜寻队伍去解救我了。你为什么要这么做？"

这大块头的男人看上去有些不安。"我只是为了照顾好我的客人，小姑娘。"

尽管仍旧浑身疼痛，但卡拉还是尽力坐了起来。杰隆南已经给她安排了一个房间，而她从未料到在吉库尔能有这种待遇，房间既整洁又舒适，而且完全没有鱼腥味，这简直是个奇迹！不过，如此令人愉悦的环境也没有阻住卡拉的问话。"为什么这么做，船长？"

"我曾经有一个女儿，"最后，他终于不太情愿地回答道，"你无须考虑太多，她和你长得并不一样，虽然也非常漂亮。"杰隆南清了清嗓子。"她母亲的家世比我好很多，不过我在海军中功勋卓著，我们顺利完婚了。我们有了一个女儿，泰拉妮娅，可她的妈妈都没有机会抱她一下。"这刚强的男人眼角流出了一滴泪水，可他迅速擦掉了眼泪。"在接下来的十年，也许还不止这么久，我一直无法面对现实，无法接受失去妻子的痛苦，可我还得照顾我的女儿。最后，我选择了退伍，而她也渐渐成长为一个迷人的小姑娘。我带着她穿过海洋，来到当年我印象中这片美丽的地方。祝福泰拉妮娅，她从未抱怨过，在这里健健康康地长大了。"

"吉库尔？"

"不要这么惊讶，小姑娘。十年前这里要洁净和美丽得多。直到一些邪恶的东西玷污了它，当然，被侵蚀的并不仅仅是这里。"

卡拉努力保持平静，尽可能地让自己的表情看起来不那么诧异。作为拉斯玛的追随者，她知道目前有股黑暗能量正在全世界散布开来。巴图克被洗劫的坟茔只不过是最新的佐证而已。死灵法师担心整个世界马上就要从目前微弱的平衡中彻底崩溃，地狱里的魔王即将卷土重来。

现在已经有恶魔再次出现在了人世间。

在卡拉走神的时候，杰隆南船长还在不停地往下说，因此后面的几句话她没有听清楚。然而，最后一句话引起了她的注意，令她不假思索地脱口问道："什么？"

可现在他的面孔已经变得非常冷酷，冷酷得令人不敢直视。"呃，这到底是发生了什么，好吧！我们刚来到这里的前两年，的确非常快乐。可那个晚上，我听到她在房间里尖叫，如果有人想进入她的房间，必须要先从我这里经过！我打碎了她的房门，可我——我根本没有看到她。她的窗户关得紧紧的，我也把所有的橱柜都搜查了一遍，可她就这么毫无理由地消失了。"

杰隆南到处寻找他的女儿，一些当地人也加入进来帮助他。他整整找了三天，三天里一无所获……直到那个夜晚，当船长快要入睡的时候，他听到女儿在呼喊他。

这濒临绝望的男人没有轻易放弃，他带着从前海军上将授予他的利剑，来到荒野中循着呼喊继续寻找他的孩子。在一个多小时里，他穿过了大片树林和山丘，一直不停地搜寻。

最后，他在一棵歪歪扭扭的大树下看到了他深爱的女儿，泰拉妮娅。这女孩的皮肤呈现一种奇怪的惨白色——甚至比卡拉还要白——张开着双臂准备迎接她的父亲。

她又呼喊了一次杰隆南的名字，而他很自然地给予了回应。他一只手执着剑，一边靠近他的女儿——

她的利齿差一点撕开了他的咽喉。

杰隆南船长曾经航行于世界各地，见过无数令人惊奇和讶异的事情，曾经跟随他的统帅对抗过海盗与劫匪，可从未想过有朝一日会亲手擎起自己独生的女儿，将她送上死路。

再没有比亲手杀掉女儿更令他伤心的事情了。

"它就被挂在楼下,"他最终喃喃说道,"用了最好的手艺和最好的设计。"稍停一下后,船长又补充道:"还镀了一层银。否则今天我可能也不会与你在一起。"

"她到底出了什么事?"卡拉听过类似的故事,不过每个故事的原因都不尽相同。

"该死的是,我始终没有找出来原因!在你神秘失踪之前,我已经很努力地将它遗忘了。我真怕你会遭遇同样的命运!"他的眼角又溢出了一滴泪水,"我一直记得她的惨叫……她失踪前的叫声,还有最终我不得不杀掉她时,她最后的悲鸣。"

杰隆南那恐怖的遭遇卡拉并不能感同身受,但墓穴中那两个不死亡灵的攻击却依然历历在目。"请原谅我,船长,我可能没有用心倾听你的悲惨往事,可你能不能告诉我,在我昏迷的这段时间里,有没有什么船只离港呢?"

卡拉的问题令这悲伤的男人愣了一下,不过他立刻接着回答道:"只有一艘船,一艘叫鹰火号的破船,已经出发很久了。我从来没见过一艘那样的船只!它像是被诅咒了一样,真奇怪为什么它到现在还没沉没!"

只有一艘船离开了这里。那应该是她要找的。"它要去哪里呢?"

"鲁·高因。它最常去的就是鲁·高因。"

她知道那个地方。那是双子海西面一个繁荣的国度,汇集了全世界各处的商人。

鲁·高因。那维兹杰雷法师的亡灵和它可怕的同伴从墓穴中一路跋涉到此处,它们翻越了崇山峻岭,一步步逼近自己的目标,却从未觉得疲倦。它们可能因为特殊的目的才来到吉库尔,作为前往其他国度的中转站,这里是一个极好的地点。可它们又为什么要去那里呢?

那只有一个原因。它们一定是在追踪之前队伍中的幸存者,那个家伙应该携带着巴图克的铠甲。卡拉想到了某个男人,但她也无法排除其他的可能性。

那么,这艘鹰火号上不应该只有活人,还有可能承载着某些亡灵。如果有后者的话,这两个亡灵肯定会把自己藏得严严实实,以免被人们发现。不过她也听过一些传说,亡灵们追踪自己的猎物时,都是不择手段的。穿越汪洋虽然困难,但并非绝无可能。

鲁·高因。那也可能只是另外一个短暂的歇脚点,但至少卡拉已经有了目标。

"船长,下一艘船什么时候出发呢?"

"小姑娘,你现在才刚刚能坐起来,更不用说——"

那银色的双眸固执地凝视着他。"什么时候?"

他摸索着自己的下巴。"用不了很久。但也需要一个星期,也许更长一点。"

不算太迟。到那时候,两个亡灵和它们追踪的对象早就已经远遁无踪,那铠甲就更不用找了。也许她的匕首也在它们手里,可比起鲜血战神的铠甲来,这都不算什么了。

即便那些家伙不一定是人类。

"我还有钱。你能帮我雇到一艘船吗?"

杰隆南盯了她一会儿。"这有那么重要吗?"

"比你想象得还要重要。"

这旅店的主人叹了口气,回答道:"有一艘船,它虽然不大,但是非常可靠,它叫作国王之盾,现在就停泊在港口的最北端。这艘船随时都可以出发。只是需要一两天时间招募船员和补给供养。"

"你能确定船主会听从我的安排吗?"

这句话引得杰隆南一阵大笑。"不要为此担心,女士!他从前虽然是个浪荡小子,但现在早就变成了一个好人!"

她心中燃起了希望,很显然自己的旅程马上就可以开始了。鹰火号虽然提前了几天启程,但依靠一艘更好的船只,卡拉可能用更短的时间便可以抵达鲁·高因。凭借她所拥有的独特技能,加上几个得天独厚的优势,她应该可以再次追踪到那些足迹。

"我需要和他谈谈。明天早晨我必须离开。"

"明天破晓——"

卡拉再次凝视着对方。她知道自己过于冒进了,船长非常担心她的健康状况。"我必须要这么做。"

"好吧,"他摇摇头道,"我会安排好一切事情的。明天早上我们就可以一起出发。"

卡拉被他的妥协感动了。"你帮我去说服国王之盾的船长就够了,没必要抛开你心爱的旅馆跟我去冒这个险。你不需要关心这些。"

"我可不希望看到我的客人陷入险境……或者比这还要糟糕,小姑娘。另外呢,我已经在这干巴巴的大地上待了太久了!再次投身大海的怀抱一定非常痛快!"他靠近了一些,然后冲着她微笑道,"而且,我不相信你可以和我一样说服那位船长,我的小姑娘!我是这里最好的船只的主人,我希望亲眼看着它在明天扬帆起航——否则我发誓它一定会有严重的问题!"

随后,他匆匆离开了,开始着手准备。卡拉如释重负地躺下来,慢慢捉摸着他最后那几句话。会有什么严重问题呢?

汉诺斯·杰隆南船长根本不知道这次决定会导致他堕入何种命运。

第七章

"我的人越来越不听话了,现在我非常了解他们的状态,葛莉安娜。蒙受伟大的召唤,我们一直就困守在这沙漠的边缘!"

"在这儿待这么久,完全是你的意思啊,我亲爱的奥古斯塔斯。"

他高大的身形笼罩了她。"那是因为你说,很快我们就能掌握巴图克铠甲的具体位置!我们马上就会知道那白痴会把它带向何方!"马莱沃林抓住她的头发把她拉起来,两个人的脸孔几乎贴到了一起。"找到他,亲爱的。找到他——我非常不希望以后要花时间去悼念你!"

她没有流露出一丝恐惧。那些在将军面前瑟瑟发抖的家伙都被他视如草芥,再也不可能赢得丝毫尊重,随时都可能沦为他的牺牲品。为了令自己看起来拥有无法估量的价值,葛莉安娜曾经付出过漫长而艰苦的努力,现在她决不能令自己功亏一篑。

"我要看看我能做些什么,但这回必须独立完成,你不能在场。"

他皱起了眉头。"你以前总是要求我在场。这次为什么不一样了?"

"因为这次我需要更深入的探究……如果在某一领域发生致命的

错误，那么我可能会因此送命，而且还会殃及在场的其他人。"

这理由很明显说服了将军。他扬起眉毛点点头。"很好。你还有什么需要的吗？"

一个声音突然在葛莉安娜头脑中响起——"必须要……一些祭品。"

女巫微笑起来，用一条手臂紧紧环着马莱沃林，送上了香甜的一吻。当她结束热吻后，心不在焉地问道："最近有没有什么人让你很不爽呢，亲爱的？"

他紧紧咬了一下嘴唇，带着不容置疑而毫无仁慈之情的语气道："托洛斯队长最近太让人失望了。我觉得他现在根本毫无价值可言。"

她用手轻轻摩挲着马莱沃林的脸颊，说道："那我也许还能让他变得更有价值。"

"明白了。我马上就把他弄到你这儿来。我只需要结果。"

"我想你会开心的。"

"希望如此。"

马莱沃林将军走出了帐篷。葛莉安娜立即将脸孔转向阴影的方向，那里有一处看上去比较特殊。"你看这样够不够？"

"我只能先试试，"卡扎克斯回答。这暗影从黑暗中移出来，向女巫飘近了一些。它的一部分遮蔽在女巫的脚上，使她产生了一种死亡逼近的错觉。

"我这次必须找到他！你也看到了，将军已经变得非常不耐烦！"

"我比那个凡人等的时间长得多，"影子淡然道，"我也比他更迫切希望有所发现。"

他们同时听到帐篷外传来的脚步声。卡扎克斯的身影立刻潜入了黑暗之中。葛莉安娜向后掠了掠头发，将自己诱人的衣着调整到最适宜观看的状态。

"你可以进来了。"她柔声说道。

一位年轻军官单臂抱着头盔走了进来。红发，微须，眼神无辜，看上去就像一只待宰的羔羊。葛莉安娜一边回忆着是否见过这个人，一边在脑海中思索着一些有趣的念头。"靠近一点嘛，托洛斯队长。"

"将军让我来的，"这军官的回答中流露着一丝不安。很显然，他对女巫的名声非常了解……更不用说她对男人的嗜好了。"他说你有任务要给我。"

葛莉安娜走向一张桌子，那是将军平素放置酒品的地方。女巫为托洛斯倒了一杯最醇的浓酒，然后举杯示意他来到自己身边。如同无法拒绝诱饵的游鱼一样，他走了过去，可面上仍然透着迷惑。

女巫把杯子塞在他手中，然后帮他送到唇边。与此同时，她的另一只手有意无意地划过了他的身体，令他更加不安了。

"葛莉安娜女士，"托洛斯结结巴巴地说道，"将军让我来这里是办事的。他可不想看见——"

"嘘……"她把酒杯推到他口边，让他抿了一口。这发色鲜红的战士在迷人的女性放下酒杯之前，迟疑地喝了一口，接着又喝了一口。女巫用那只空闲的手将对方拉到怀中，令两人的双唇紧紧贴在一起，很长时间里都没有分开。他一开始犹豫了几秒钟，但随即紧紧抱住了女巫，完全臣服在她的魅力之下。

"有这点乐子就够了，"魔鬼的声音在她脑海中响了起来，"我们要开始正事了……"

在这神魂颠倒的军官身后，影子渐渐地开始实体化。一阵如同濒死的大群苍蝇群所发出的声音响了起来，这声音足以令托洛斯队长从葛莉安娜的温暖怀抱中挣脱出来。油灯将这新生成的影子投入他的视野，那绝对不是人类的影子。

托洛斯将她推到一旁，一边将脸孔转向他臆想中的刺客，一边将手伸向佩剑。"你别以为能轻易——"

托洛斯队长的声音戛然而止。他大张着嘴，肤色变得惨白，手指虽然还在胡乱摸索着佩剑，但无边无际的恐惧瞬间吞没了他，令他的手颤抖到再也握不住剑柄。

恶魔卡扎克斯在他面前慢慢浮现出来，它看上去是如此令人毛骨悚然，就像一只超过七英尺高的螳螂，可除了地狱又有什么地方出产如此怪物呢。它的身体表面混杂着碧绿与深红的颜色，粗大的金色血管在不停地跳动。恶魔的头部就像刚刚褪去一层外壳的昆虫，硕大而没有瞳孔的黄色眼球俯视着那孱弱的人类。它的双颚比士兵的头颅还要宽阔——在实际上的口部附近还生着一些较小但同样锋利的颚骨——带着令人恐惧的热切不停地一张一合。这怪物的身上弥漫着一股类似腐烂植物的恶臭，而且这味道开始向整个帐篷里蔓延。

它伸出上面带有三趾利爪的节肢，闪电一般地将那目瞪口呆的军官拉到身边来。托洛斯试图发出最后的尖叫，可恶魔比他动作更快，立刻将一摊柔软而黏稠的液体喷到这可怜的人脸上。

卡扎克斯将前臂高高扬起，那是一对末端锐利如针的锯齿状镰刀。

他用这镰刀轻松贯穿了军官的胸甲，把这可怜的家伙像条鱼一样挑了起来。

军官的身体在拼命抽搐，这似乎令卡扎克斯感到异常开心。托洛斯的双手无力地撕扯着自己的胸膛和面部，却根本无力挣脱。

眼前的惨状令葛莉安娜皱起了眉头，她试着以发火和嘲讽来掩饰自己对恶魔真身的恐惧。"你玩够了没有？玩够了我们要开始办正事了。"

卡扎克斯丢开了那抽搐不止的身体。托洛斯掉在地上，鲜血浸透了他横躺在地上的尸体，看上去就像一具断了线的人偶。令人毛骨悚然的螳螂戳了戳军官的尸体，顺便将他推到女巫身边。"当然可以开始了。"

"我来绘制魔法阵。你准备做引导吧。"

"我会准备好的，绝对不会有差错，凡人葛莉安娜。"

女巫触摸着托洛斯的胸口，画出魔法阵所需的形状。她先画出几串同心圆，随后在最大的那一串中间画出五芒星。葛莉安娜接着绘出两个深红色的符文，以保护自己和卡扎克斯不被即将发动的法术之力伤害。

在经过几分钟的匆忙准备之后，一切就绪。女巫抬头看了一眼她的恶魔搭档。

"就像之前承诺的，我准备好了。"她无言的询问得到了刺耳的回答。

巨大的螳螂靠拢过来，它探出镰刀似的前臂，一直伸到葛莉安娜主法阵的中心。卡扎克斯口中迸出一连串的咒语，那听起来绝非人类的语言，粗粝的声音令女巫的双耳备受折磨。她十分庆幸自己刚刚施放的保护符文，这令她不至于受到那邪恶声音的伤害。

帐篷开始颤抖起来。无形的风不知从何处吹来，将葛莉安娜的头发吹向后方。油灯不停闪烁着，最后终于熄灭了，可就在那军官鲜血淋漓的胸口，另一道潮湿而带着邪恶绿色的光环显现出来。

卡扎克斯继续用恶魔的腔调吟诵着，同时在深红的法阵里绘出新的图案。葛莉安娜感觉到自然与地狱之力同时爆发出来，然后以一种人世间不可能存在的方式混合在一起。

她伸出手去，也参与到这恶魔的施法之中。现在，整个帐篷都因为各种能量之间的冲突而不停地噼啪作响。

"念出咒语，凡人，"卡扎克斯命令道，"在我们被自己创造的东西吞噬之前，施法吧……"

葛莉安娜听从了它的命令。古老的音节从她唇间一一流出，每个单词都令她热血沸腾，也令她那可怕的同伴身上的血管更夸张地跳动起来。黑暗的女巫吟唱得越来越快，她知道自己一旦出现卡顿，卡扎克斯所担心的事情便极有可能变成现实。

在托洛斯队长的尸体上，一只通体发霉长得像癞蛤蟆一样的东西出现了。它拼命挣扎扭动着，企图用还没成型的嘴发出喊声。

"让……我……休……休……息……"它似乎在发出请求。

这比恶魔还要丑陋的奇异生物先是试着攻击葛莉安娜，然后又将矛头转向卡扎克斯。不过，她刚才设置的结界被激活了，它每次出手守护咒符都发出蓝色的火花，这些火花显然令它吃了不少苦头。在不断受到挫折后，它终于开始瑟缩了，整个身体如纺锤般不停旋转着，似乎想用带爪子的四肢将自己完全破坏掉，然后彻底消失。

"你要服从我们的命令"她对被封印的怪物说道。

"我……要……休息！"

"在完成我们交给你的任务之前，你不能休息！"

可怕的眼睛带着毫无掩饰的怨毒，用一种近似人类的方式瞪着她。"很好……就一次，无论如何。你……到底要我……干什么？"

"没有魔法遮蔽你的双眼，没有屏障阻碍你的视线。为我们寻找目标，告诉我们它在哪里。"

这立在托洛斯冰冷尸体上的可怖之物颤抖着，发出低沉的回应。卡扎克斯和葛莉安娜都不由自主地退了一步——直到明白这家伙只是在嘲笑他们的要求。

"就……这些？为这个……折磨我……把我弄醒，还得……还得记着……"

重新平静下来的女巫点了点头。"做完这些，我们会让你继续睡下去的。"

它的眼睛转向恶魔。"告诉我……你在……找什么？"

螳螂在法阵的中心画出一个小小圆圈。一片橙色的雾气充满了那一区域，隐约有什么东西漂浮在上方。怪物的眼睛凝视着雾气，凝望着连葛莉安娜都看不到的事物。

"你找的东西……变……清晰了。那将……需要……付出报酬。"

"报酬，"卡扎克斯插嘴道，"你已经得到你那份了。"

他们的囚徒向下望了望尸体，同意了。

就在此时——一股强大的精神力量在葛莉安娜脑海中猛烈地冲击，令她不由自主地向后倒在柔软的靠枕之中。

她现在身处一艘破破烂烂的海船上，这艘船显然刚刚从一场她从未见过的惨烈风暴中幸存下来。风暴已经撕碎了不少船帆，但它仍然在不停地前行。

奇怪的是，葛莉安娜在甲板上没有看到一个船员，她简直要怀疑这艘船是不是幽灵驾驶的。不过，甲板另一边有什么东西吸引了她，令她不由自主地望向那边。女巫甚至还没有抬脚，就已经移动到了那里，现在她眼前出现了一间舱室的门。葛莉安娜伸出一只透明的手，试着想把门推开。

事实上她却已经穿门而入，就如她想象中的幽灵船员那样进入了舱室。然而，破败舱室中这孤独的旅客看上去根本不像个死人。事实上，他看上去与葛莉安娜最初的估计相去甚远。这是个如假包换的士兵，也是个如假包换的男人。

女巫想要去摸一下他的脸，可手指却穿过了他的肉体。即便如此，他还是稍稍做出了反应，面上甚至显出了些许笑意。葛莉安娜向下扫了一眼他的身体，发现巴图克的铠甲在他身上显得十分合体。

随后，角落中的一片阴影引起了她的注意，那阴影她再熟悉不过了。是卡扎克斯。

葛莉安娜知道自己现在必须小心从事。她凝视着目标,再次伸出手轻抚着战士的脸颊,喃喃问道:"你是谁?"

他稍微转过身来,似乎心存疑虑。

"你是谁?"她重复道。

这次,他嗫嚅着回答道:"诺雷克。"

她因为自己的成功开心地笑了,问道:"你乘的船叫什么名字?"

"鹰火号。"

"它要去哪里?"

他的态度发生了改变,沉睡的脸孔上两道眉毛紧紧拧在一起,看上去,即便是在梦中,他也不愿意回答这问题。

但葛莉安娜绝对不想在这个最重要的问题上失手,她又提问了一次。

他还是没有回答。女巫抬起头来,发现卡扎克斯的暗影正在变得越来越浓重,可她完全不信魔鬼的那一套。事实上,这家伙的出现只会把事情搞得更糟。

女巫重新转向诺雷克,酝酿着一种她之前只有在奥古斯塔斯面前才会使用的性感语气。"告诉我,勇敢英俊的战士……告诉葛莉安娜你们将航向何方……"

他张开了嘴巴。"鲁——"

与此同时,恶魔的阴影划过了他的脸庞。

诺雷克骤然睁开了双眼。"全名是什么——"

与此同时,葛莉安娜也在自己的帐篷中醒来,她的双眼凝视着顶篷,身上全是冷汗。

"你个白痴!"她咆哮着爬起身来,"你脑子里都想的什么?"

卡扎克斯双颚一张一合地回答道:"我认为我能比一个烦躁不安

的女人更容易找到答案……"

"有很多办法比恐吓更能揭示秘密！我已经取得了他的信任！再要一点点时间，我们就什么都知道了！"她飞快地考虑着这个问题，"也许还来得及！如果——"

她犹豫了一下，看着托洛斯躺着的地方——或者说，他曾经躺过的地方。

那尸体，连同溅在地毯上的血，全都不见了。

"梦境制造者已经拿走了它的报酬，"卡扎克斯说，"这位托洛斯队长死后也会遭受无穷无尽的折磨……"

"别管他了！我们得让那个制造梦境的家伙回来——"

螳螂拼命地摇晃着脑袋，用最激烈的方式表达着它的反对。"我还没傻到要去一个梦境制造者的领域向它发起挑战。它们的领域甚至比地狱还要可怕。我们可以在这里对它发号施令，不过在切断与它们的连接后，这帮家伙发起疯来可是无法无天的。"这恶魔向前倾了倾身子，"你觉得你的将军还能再付出一次灵魂吗？"

葛莉安娜没有理会它的建议，满脑子都在思索自己该如何向马莱沃林交代。她得到了那个人和他搭乘的船只的名字，可这就够了吗？鬼知道这船会开到哪里去！要不是那白痴一样的恶魔添乱，这家伙肯定不会犹豫很久，早就把目的地说出来了！只要——

"他说'鲁——'，"女巫喘息道，"肯定是那儿！"

"你想到了？"

"鲁·高因，卡扎克斯！我们这傻瓜要去鲁·高因！"她兴奋地瞪大了眼睛，"他往我们这边来了，跟我一开始说的一样！"

巨大的黄眼睛眨了一下。"你确定吗？"

"非常确定！"葛莉安娜在喉间发出低低的笑声，这笑声足以令任何男人心旌动摇，可恶魔却毫无反应。"我这就去告诉奥古斯塔斯！这完全可以让他老老实实等下去！"她进一步思考着，"也许我最终可以说服他去挑战沙漠。他想征服鲁·高因，现在他有了充足的理由去这么做！"

卡扎克斯给了她一个只有螳螂才能做出来的不解神情。"但如果这个叫马莱沃林的家伙把他的手下都投入到鲁·高因，那他肯定会失败的——啊哈哈！我明白了！真是个聪明的主意！"

"我不明白你的意思……也没时间跟你争！我得告诉奥古斯塔斯这铠甲正在一路向我们航行过来，就像正在感应我们的召唤一样。"

她丢下恶魔独自一人冲出了帐篷。卡扎克斯瞥了一眼那倒霉军官曾经横尸的地方，然后再次躲回了帐篷的角落里，躲回女巫刚刚曾经待过的地方。

"铠甲在向我们航行过来，没错，"螳螂嘟哝着，身体渐渐消失在暗影之中，"真想知道那将军会怎么看你……如果它根本没有往鲁·高因去的话。"

* * *

诺雷克突然睁开了双眼。"诸神在上啊——"

他突然停了下来，这才发现自己半个身子都已经掉出了床铺。尽管灯光已经熄灭，但诺雷克仍然可以清楚地看到整个舱室，看到自己是这斗室中唯一的主人。那向他探下身子的女性——那惊艳一瞥他不可能轻易忘却——很显然只是他梦境的产物。老兵无法确定她到底做了什么，可看上去她非常有兴趣与自己交谈。

一个没由来地和你攀谈的漂亮女人，多半只是看上了你的钱包。某次萨顿·崔斯特在被一个女贼横扫了几乎所有近期的收入之后，弗兹汀曾经这样总结道。可是，这种女人又能在梦中对诺雷克造成多少伤害呢，尤其是在他已经濒临绝境的时候？

他只希望自己还未醒来。也许这种美梦不会再有第二次，所以它更显得可贵。比起最近所经历的阵阵噩梦，这已经算是上天莫大的恩赐了。

诺雷克想到那些噩梦的时候，也在竭力回忆到底是什么令自己从这美梦中惊醒。肯定不是那名女性。是因为某种预感吗？也不一定。就在那暗色皮肤的女子靠近他的时候，他感觉到有什么极其可怕的东西正准备侵入自己的脑海……

鹰火号突然发生一阵剧烈的晃动，诺雷克差点儿摔倒。他的身体在惯性的驱使下撞开了舱室的门，整个身子都向外冲去。

诺雷克根本来不及做任何反应，可就在此时，他那戴着护手的手臂突然伸出来牢牢抓住了门框，让他没有继续前冲到甲板上，也令他逃脱了从护栏下跌入暴雨肆虐中的深海的命运。诺雷克自己也拼命地控制着前冲的身子，直到此时，他才感觉到手脚开始为自己所控制。

难道凯斯寇船长没有盯着他的船员们吗？如果他们这么不小心的话，那么巨浪和狂风很快就会把鹰火号撕成碎片！

他抓住扶手开始试着向船头走去。咆哮的海浪和轰鸣的雷声让他根本无法听到任何水手的声音，可不出意外的话，凯斯寇肯定正在痛骂手下的粗心大意。当然，船长肯定会看到他的手下——

可怜的鹰火号的舷边上根本看不到一个人。

诺雷克不敢相信自己的眼睛，他再次望向船舵那里。不知道什么人用一根粗大的绳子将它固定在某个指向上，看上去整艘船暂时还没有失控。可这艘船远远谈不上高枕无忧。几道船帆在疯狂的风暴中无力地飘散着，如果不马上想出对策的话，其中一道被撕开裂缝的船帆很快就会碎成几片。

船员们肯定已经躲到了舱里。没人想要放弃一艘还有价值的船只，即便是破烂如斯的鹰火号，可风暴实在是过于猛烈了。凯斯寇可能把所有船员都召集到了食堂里以商讨接下来的对策。当然，这办法必须——

本来该悬挂在他身边的救生艇现在不见了。

诺雷克迅速瞥了一眼护栏，只看到几截松散的绳索正在无力地拍打着船体。这里肯定没有发生什么意外，已经有人将救生艇放到了水里。

他从护栏的一端冲到另外一端，以确认这令他最为恐惧的事实。船员们放弃了鹰火号，将它和可怜的诺雷克丢到了肆虐的暴风雨之中……

这是为什么呢？

他已经知道了这问题的答案。老兵清楚地记得当这铠甲召唤出那群恶魔修复桅杆的时候，那群船员的表情。那是无比的惊恐——但不是对铠甲，而是穿着它的人。船员们极其畏惧诺雷克所拥有的力量。甚至在航程刚刚开始的时候，每次他进入食堂都会感觉到船员们警觉的目光。他们知道老兵绝非寻常旅客，而桅杆事件则更加印证了他们的猜测。

诺雷克冒着狂风暴雨再次靠近护栏，希望能看到哪怕一丁点船员们的踪迹。不幸的是，他们应该已经逃走好几个小时了，可能就是趁着他施法完毕极其疲惫的时候。这些人根本不怕横死在海上，对他们来说，灵魂被恶魔永久地驱策才是最可怕的。

可他们到底把诺雷克丢在了什么地方呢？他现在根本不指望自己能够驾驶鹰火号平安到岸，更不用说按照正确航线驶往鲁·高因了。

身后传来的吱吱嘎嘎的声音令这绝望的老兵迅速回过身去。

满身泥污的凯斯寇船长出现在甲板下层，他看上去非常不乐意见到诺雷克。这船长的肤色显得比从前苍白了许多，甚至有些像幽灵。

"你……"他喃喃低语道，"恶魔……"

诺雷克靠上前去，一把抓住了凯斯寇的双肩。"到底发生了什么？船员都去哪儿了？"

"逃走了！"船长咆哮着挣脱了他的双手，"他们都认为宁可淹死在海里，也比待在恶魔掌舵的船里强！"他推开了诺雷克。"要干的活儿多着呢！走开！"

目瞪口呆的老兵看着凯斯寇不停地奔忙着，看着他将一道道绳索再次收紧。他的全部手下都逃离了这艘船，可船长自己却坚持留在船上，竭尽全力让这艘船保持完好，而且还能继续航行。凯斯寇的行为看起来疯狂而毫无意义，可他显然已经决定竭尽全力。

诺雷克跟在他身后喊道："我能帮什么忙吗？"

浑身湿透的老水手回过头来轻蔑地瞥了他一眼。"那就跳到海里去！"

"可是……"

凯斯寇没有理他，接着准备扎紧下一条绳索。诺雷克向前迈了一步，但随即意识到现在自己无论说什么，船长都不会听的。凯斯寇现在对他是又恨又怕，但他却无法指责对方。因为诺雷克的存在，凯斯寇很可能连船只带性命都葬送在这深海里。

闪电再次从眼前划过，它离得是如此之近，诺雷克为了不至于被刺盲双眼，不得不立刻转过身去。考虑到自己现在根本帮不上任何忙，诺雷克只得向甲板下面的通道走去。也许离风暴远一些可以让他更好地思考。

当诺雷克走进鹰火号内舱的时候，摇曳的提灯还散发着微弱的光芒，可这光亮并不能让他在这空荡荡的船舱里找到心安的感觉。除了凯斯寇，所有船员为了摆脱他这所谓的恶魔，都已经逃离了鹰火号。很显然，如果他们觉得能干掉老兵的话，他们早就下手了，可铠甲所展现出来的力量明确地告诉他们，不要痴心妄想。

诺雷克不知道在巨浪与狂风的肆虐下，这艘可怜的鹰火号还能支撑多久。

他扫了一眼铁护手，这铠甲中与自己关系最密切的一部分。如果没有这套装备，他也不可能陷于如今的困境之中。

"好吧，"诺雷克一边自言自语一边抑制住了吐口水的冲动，"你现在计划要往哪儿去？如果船沉了，我们是不是要开始游泳了？"

刚说完这句话诺雷克就后悔了，他真怕铠甲会选择了自己的建议。老兵不敢设想自己穿着如此沉重的铠甲，怎么浮在水面上。就他而言，他除了几次短程的航海之外，几乎没有来到过海上，溺水对他来说是如此可怕的事情。缺氧窒息，肺里面灌满水，被无边无际的黑暗吞没……那还不如被一刀捅死来得痛快！

鹰火号又开始了新一轮的抖动，可这次是如此剧烈，整个船身都发出了令人感觉不妙的呻吟。诺雷克向上凝视着顶篷，不知道凯斯寇船长是否终于失去了对这艘船的控制权。

船身再次震动的时候，整艘船的甲板都开始弯曲起来。就在这一刻，老兵认为自己最恐惧的黑暗即将变为现实，他已经能感觉到海水的逼近。

但诺雷克不甘心就这样束手待毙，他冲向舷梯，试着回到甲板上。不管凯斯寇船长如何看他，他都打算帮助老船长重新掌控这艘船只，尽管他现在也不知道自己有什么办法。

他听到凯斯寇正在用自己的母语不停地咆哮着，也不知到底是在诅咒什么，冗长不绝且刺耳不已。诺雷克在风暴中四下扫视，希望能找到这可怜的船长。

当他发现凯斯寇的时候，同时也发现一场新的梦魇正从海上升起。

一头巨大的拥有上百条触手的怪物攀附在鹰火号船头,那东西的身体看上去如同一个巨大的红色球体。这巨大的水生动物就像一头大乌贼,只是不知何时被一种超越自然的力量剥开了皮,然后给它浑身装满了邪恶的倒刺。更糟糕的是,它的许多触手前端并没有吸盘,而是生满细小的爪子,这些爪子紧紧攫住了它所能触碰到的船体的任何部位。几段护栏轻易地被扯了下来,随后几块甲板也脱离了原位,紧接着触手开始伸向船帆。

凯斯寇船长在甲板上来回奔跑着,不停地躲避着触手的攻击,同时用一根带有钩子的铁棒随时进行还击。一条正在破坏甲板的触手终于被他击中了,深色的脓液从被撕裂的地方流出来。这船长不顾周围的危险,持续发动攻击,试图击退这巨大的海洋生物。眼前的一切显得如此荒谬而又可怕,这样势单力薄的一个人居然想要阻止根本不可能避免的灾难。

诺雷克再次低下头看了一眼护手,大声咆哮道:"赶紧干点什么!"

但铠甲并没有任何反应。

诺雷克看了看四周,试图找一件可用的武器,但一无所获。不过他最后还是看到了另外一根带着钩子的铁棒,立刻将它抓起来冲到凯斯寇身旁。

他的动作应该还算及时,因为就在此时,有两只巨大的爪子已经出现在拼命搏杀的船长身后。一只爪子刺入了凯斯寇瘦骨嶙峋的肩膀,他大叫起来。

诺雷克挥舞着铁钩重重击在那爪子上,尖利的钩子深深陷了进去,他接着竭尽全力往回拉动铁钩。

令他惊异的是,这只爪子被撕成了两段,前段跌落在了甲板上。与此同时,另外那只令人胆寒的爪子转过头来伸向诺雷克。此外,还有两只前端带着吸盘的触手也急速袭向老兵的右侧。

诺雷克挥舞着铁钩撕裂了其中一只触手，令它不得不向后退去。然而，另外的触手已经几乎抓到了他脸上，差点儿击中他的脸孔。他试图用铁钩阻住攻势，可却没有击中。

这从深海里爬出来的怪物到底是什么呢？尽管诺雷克·维扎兰承认自己对双子海的生物知之甚少，但他一生中从未见说过如此恐怖和令人生厌的东西。它看起来完全不像传说中的怪物，却更可能与之前套装所召唤出来的小恶魔属于一个族类。

恶魔？这东西是不是也会拥有某些邪恶的力量呢？这是不是可以解释为什么套装至今没有任何反应呢？它所留下的疑问实在太多了，尽管……

超过一打的触手从海中探出来，从不同方向重新向凯斯寇和诺雷克发动了攻势，它们其中有些生着奇形怪状的爪子，而有些则没有。这瘦高的船长显然非常擅长使用铁钩，他熟练而有力的动作与那苍白虚弱的外形极不相符，轻松将其中一根触手撕成了两段。诺雷克就没那么幸运了，他胡乱挥舞了几下，但并没有对任何触手造成破坏。

越来越多的触手暂时放弃了破坏船体，转过头来对付这两个负隅顽抗的家伙。有一根触手试着抓住了凯斯寇的铁钩，将它远远地抛到一旁，巨大的力量同时令船长摔倒在甲板上，他那只假肢最终也与身体分离。几根生有爪子的触手将他环抱起来，拖向那巨大的怪物。

诺雷克很想冲上去帮忙，可他自己的麻烦一点也不比船长少。触手缠住了他的双腿，然后又缠上了他的腰。有两只触手将铁钩从他手中夺了过去。老兵发现自己被吊在了空中，尽管身上仍然穿着那本该拥有强大力量的铠甲，可他依然感到肺里的空气正一点点被挤压出去。

几根爪子击中了诺雷克的脸颊。他听到凯斯寇发出一声怒吼，虽然他看不到船长，但却体会得到对方不甘赴死的抗争。

一根蜿蜒扭曲的东西缠住了诺雷克的咽喉。他拼命撕扯着，可却绝望地发现自己的力量根本不足以和对方匹敌。

铁护手突然发出了一道耀眼的红光。

那触手瞬间被从他的咽喉处扯开，但护手并没有松开它。诺雷克的另外一只手也发出了同样的光芒，接着攫住缠在他腰间的触手。

这怪物其他的触手都缩了回去，震惊不已的老兵紧紧抓着手中的两根触手，整个人都在鹰火号上空不停地摇晃着。暴风雨不停地向他席卷而来，但巴图克的铠甲不肯松开那怪兽，即便对方已经试图切断被它抓住的触手。诺雷克尖叫着，他感觉自己的双臂马上就要被拉断了。

"考瑟瑞——尼姆斯！"他张开口叫道，"拉扎莱……拉扎莱！"

一道闪电击中了那怪物。

怪物浑身颤抖着，差一点就将诺雷克丢开，但是仍在做最后的痛苦挣扎。可即便如此，铁护手的攻击仍在继续，很显然鲜血战神的套装还未完成它的全部动作。

"考瑟瑞——尼姆斯！"战士的口中还在重复刚才的咒语，"拉扎莱——戴卡达斯！"

第二道闪电径直命中了那海怪令人胆寒的眼睛。电光毫不吃力地烧毁了那只眼球，随即一阵热雨洒满了船只，也淋了诺雷克一身。

"戴卡达斯！"

诺雷克紧握着的触手开始变成死白色。它整个以令人讶异的速度开始石化。

整只海怪都变得僵硬起来，在那句咒语被呼喊出来之后，它的所有触手都停留在了当前的位置，不再移动一分一毫。这倒霉的战士手中那两根触手全部变成了死白色，随即逆向蔓延开去，在几秒钟的时间里便覆盖了整个怪兽。

"考瑟瑞——尼姆斯！"诺雷克第三次喊出了这句咒语——他觉得这应该是最后一次了。

一道更加强烈的闪电直接命中了这灰色海怪早已经被击毁的眼睛。

可怕的怪物被彻底击碎了。

铁护手松开了那两根已经四分五裂的触手，与此同时，诺雷克感到两只手重新开始属于自己。在半空中突然失去依靠后，震惊的战士拼命地伸手四处乱抓，试图再次抓住那已经碎裂的触手，可最终只抓到一点碎片。

诺雷克的整个身子迅速向下跌落，他现在希望自己摔死在甲板上，而不是沉入暴烈且没有尽头的深海之中。

第八章

"奇怪,"杰隆南船长一边盯着遥远的前方,一边低语道,"远处看上去有一艘救生艇。"

卡拉顺着他的方向扫了一眼,但什么也没有看到,船长显然拥有惊人的目力。卡拉问道:"船里面有人吗?"

"看不到人,不过我们可以靠近一些再瞧瞧。我不会为了节省几分钟而让一个遇险的水手丧命的……希望你能理解,小姑娘。"

"当然理解!"对于杰隆南为她安排的这次航程,她已经很感激了。老人将自己的船只和手下全部交到了她手里,在这之前女死灵法师根本没指望能找到任何人帮忙。而她作为回报付的那一点点钱,实在是算不得什么。但在她每次想要对船长表示感谢的时候,船长总是黑着脸警告她,她这样做会破坏自己对女儿那些最美好的回忆。

在卡拉意识到杰隆南其实同样需要这次航行之时,他们已经在海上航行了整整两天。如果说船长之前的情绪只是有点暴躁的话,那他现在似乎马上就要爆裂了。即便是海平面上如此晴好的天气,也无法令他的情绪平静下来。

"德瑞考先生!"听到杰隆南的喊声,一名身着军官制服面庞如雄鹰一般矍铄的消瘦男人立刻转过身来敬了个礼。当船长宣布航向将有所改变的时候，德瑞考并没有表现出一丝一毫的质疑。很显然这位副手对老人有着绝对的尊重和忠诚。"向前方的救生艇进发！"

"是！船长！"德瑞考立刻向水手们下达了准备营救生还者的命令。国王之盾号的船员们拥有迅速的反应能力和严格的组织纪律，这正是卡拉·夜影所期望的。跟随杰隆南的人们应该都拥有多年的从军经验，但这并不意味着他一直靠铁腕来统治众人。而杰隆南对每个人的人品都相当信任，对于一个领导人来说，这是一种极其罕有的品质。

国王之盾号靠近了那艘孤零零的小船，两个水手立刻准备将它拖过来。杰隆南和卡拉走到船舷观看他们的工作，可女死灵法师此时心中却突然涌起了一种不安。他们一路沿着鹰火号最可能经过的路线赶来，现在看到的这艘救生艇属于那艘船吗？难道卡拉的任务就这么结束了吗？她的猎物已经长眠深海了吗？

"船上有一个人。"杰隆南船长低语道。

的确，有一个水手躺在小船上，虽然船员们非常努力地想要保全这艘小船，但卡拉已经意识到，对这个男人而言，他们来得有些太迟了。

德瑞考先生放下两个男人去查看那救生艇。他们小心翼翼地沿着绳索滑下去，将那个趴着的人翻过身来。

那人已经僵硬了。

"死了有一天了，"其中一个人一边喊一边扮了个鬼脸，"让他彻底安息吧，先生？"

卡拉没有问他具体指的什么意思。在这种情况下，他们还能为一具尸体做什么呢。一个仪式……然后是水葬。

杰隆南点头表示同意，但是卡拉立刻伸出手阻止了他。"我需要看一下那具尸体……它会向我们揭示一些东西。"

"你怀疑他是鹰火号的人?"

"你不这么认为吗,船长?"

他皱起了眉头。"呃……可你计划怎么做呢?"

她没敢做出具体解释。"弄清楚具体发生了什么事情……如果我能做到的话。"

"很好,"杰隆南示意手下把那具尸体弄上来,"我会给你在近旁安排一个舱室,女士!我不希望别人看到你接下来要做的事情。他们恐怕根本理解不了。"

那具尸体很快就被弄到了杰隆南安排的舱室里。卡拉本来希望独自一人来处理尸体,但船长拒绝离开。尽管她给了老船长一个大概的解释,但对方还是拒绝了她的请求。

"我在战争中看到过无数人被残忍地砍成几段,见过无数你可能从未听说过的怪兽,面对过五花八门的死亡威胁……在我女儿遇害之后,再没有什么事情能让我望风而逃。我就在这里看着你,如果需要帮助,我一定全力以赴。"

"既然这样的话,那请先把门关好。我们不能让其他任何人看到这些。"

当他照做之后,卡拉在尸体旁边跪下来。这水手看上去应该是个终日劳碌的中年人。女死灵法师一边回忆着与鹰火号有关的点点滴滴,一边越发怀疑这小船就是来自那艘已经濒临绝境的船只。

那两个将尸体拖上来的水手在第一时间就将死者的双眼闭合起来,但卡拉现在重新让它们张开了。

"海神在上啊,你到底在做什么,女士?"

"做我应该做的。如果你愿意,现在依然可以离开,船长。你没有必要强迫自己留在这里。"

他挺直了腰杆。"我会留下来……不过据说被死人的眼睛盯上会带来坏运气。"

"它肯定不会带来好运气的。"女法师一边说一边将手伸进口袋里摸索着什么。失去匕首之后，她无法再像当初在巴图克坟墓里那样迅速地召唤出来一个幽灵。此外，如果真的那样做的话，杰隆南船长很可能会改变主意，阻止她继续干下去。不，她已经做了周详的打算，即便船长在中途试图打断她的行为，他也不可能真的干扰到她。

卡拉从一只小小的口袋里掏出来一小撮白色的粉末。

"那是什么东西？"

"骨粉和几种草药的混合物。"说话的同时，她靠近了这死去的水手的面庞。

"人的骨头？"

"没错。"听到这个回答，杰隆南船长没有发出任何声音，更没有提出抗议，这令死灵法师心中轻松了许多。卡拉将粉末举到那双眼睛前面，将它们撒到那毫无反应的白色球体上。

值得称赞的是，杰隆南依然保持着沉默。只是当她又摸索出一个黑色的小瓶子，并将其伸向死者的口边时，他还是再次打断了她。"你不会是要把这些东西灌到他喉咙里吧？女士。"

她凝视着老人。"我没打算亵渎亡者，船长。我现在所做的只是想找出这个男人的死因。他看上去死于脱水和饥饿，似乎已经有一个多星期水米未进。如果他真的来自我们所追踪的那艘船，这情况倒是令人很疑惑。我觉得他们的船长不可能让自己的手下一直忍饥挨饿吧？"

"凯斯寇是个疯子，一个来自异域的魔鬼，可即便如此，他对自己的船员还是很不错的。"

"我也这么认为。如果这个可怜的人不是来自鹰火号,那我们应该查一下他到底是从哪里来的。你同意吧?"

"抱歉女士……你说得没错。"

"没什么需要抱歉的。"她将小瓶子的上盖拧开,用一只手将水手的下巴支开。随即,卡拉熟练地将药瓶倾倒入他的喉咙,看起来至少有一半的药水流了进去。她满意地塞上瓶子,然后向后退去。

"也许你至少应该告诉我,你希望如何去发现真相。"

"你会看到的。"她也想解释,可现在杰隆南根本不知道她的工作有多紧迫。即便是在这些粉末和液体的双重作用下,它们的效力也不会持续很久,而且死灵法师还得在如此短暂的时间里进行施法。任何干扰都可能浪费掉宝贵的几秒钟。

卡拉用手指在水手的胸前画了一个圆,随后又向上划到咽喉,最后停在嘴巴上。与此同时,她开始低声念出几句咒语。做完这些之后,卡拉开始轻轻敲着尸体的胸口,一次,两次,三次,在这期间,她一直记录着所消耗的时间。

这死去的水手发出一声喘息,然后开始试图呼吸。

"诸神在上!"杰隆南发出一声惊呼,不由自主地后退了一步,"你把他拉回了人间!"

"不是。"卡拉简略地回答道。她知道船长对此的理解是错误的。外人根本不会明白死灵法师的工作。拉斯玛的信徒绝不像传说中那样可以轻松操纵生死,那违反了他们的教义。"现在,杰隆南船长,请让我继续下去。"

他咕哝了一声,但还是保持了沉默。卡拉俯下身去看着水手的眼睛。从那双眼睛中发出了一丝暗淡的金光,这是一个好的征兆。

她抬起了身子。"告诉我你的名字。"

从那冰冷的嘴唇中吐出来一个单词。"卡尔考斯。"

"你在哪艘船上工作?"

随后,他接着喘息道:"鹰……火……号。"

"那么,他是从——"

"拜托!不要说话!"她对船长说完这句话,接着转身对尸体问道,"那船沉了吗?"

"没……有……"

这就奇怪了。那这个人为什么要放弃船只呢?"是遭遇海盗了吗?"

卡拉再次得到了否定的答复。她预计剩下的时间已经不太多了,现在最好加快进度。"所有人都从船上逃走了吗?"

"没……有……"

"谁还在船上?"死灵法师试图令自己的声音听起来不是那么充满期待。

这尸体再次深深吸了一口气。"凯斯寇……船……长……"它闭上了嘴,这看起来有点不正常。这水手的身体看起来不愿意继续说下去,可它最后还是气喘吁吁地说道:"法……法……法……"

一名法师?这个答案令卡拉有些措手不及。她倒希望听到是什么蟊贼盗取了那件铠甲,考虑到这船员绝望的行径,之前攻击她的那两个亡灵也有极大可能。若是那些亡灵在船上现身的话,再坚强的水手可也能选择逃到危险重重的海上去。

"描述一下他!"

那嘴巴又张开了,但却没有说话。如同某些幻术一样,这个法术只能令死者说出一些简单的单词。卡拉默默地诅咒了一句,然后换了一个问法。"他都穿了什么?"

尸体猛吸了一口气,然后说道:"铠……甲……"

她感到浑身都绷紧了。"铠甲?红色铠甲?"

"是……是的……"

这是她没有预料到的。很显然，墓穴里的某个幸存者是个法师。可这个诺雷克·维扎兰就是之前亡灵口中所提到的那个人吗？她向水手重复了一遍这个名字，问它是否听说过。不幸的是，它并未向她证实这件事情。

不过，卡拉已经弄清了一大部分真相。这个叫作卡尔考斯的男人知道鹰火号最近的情况，它还在继续航行，而且那副铠甲就在船上。

"一个船员都没有，"她向沉默的杰隆南船长说道，"这艘船不可能航行很远，对吧？"

"如果只剩下船长和这个法师的话，这艘船最大的可能就是在原地兜圈子，"杰隆南犹豫了一下，然后问道，"你还有其他问题吗？"

她又开始施法，可是尸体没有继续回答任何问题。卡拉真希望匕首还在自己手中，这样的话她就可以拥有更多的时间来召唤出一个真正的灵魂，那东西能够坚持更长的时间，也能够更为清晰地描述一些事情。一名更为老练的死灵法师可以不借助工具来实现这些，可卡拉知道自己即便再经过几年的苦修，也未必能到达如此水准。

"他到底……"这位前海军军官继续坚持问道，"他到底遭遇了什么……另外，是否与那件事情有关，女士？在这风大浪急的海上漂流一天就足以致命了，可他看上去还有点不对劲……"

杰隆感到有些惭愧，他觉得有必要提醒卡拉。不过卡拉迅速向那尸体俯下了身子。"你的同伴们都在哪里？"

没有回答。她立刻将手放到尸体的胸口，手指感觉到那肉身有轻微的下沉。支持她魔法的液体已经开始失效。

死灵法师还拥有一个机会。死者的眼睛通常会保留一些他临死前所看到的影像。如果卡拉刚才撒到它眼睛上的粉末还有效力的话，那么她还是能通过自己的方式看到那些影像的。

她没有回头去看船长，径直说道："我接下来的工作绝对不能被打断。明白吗？"

"嗯……"杰隆南的声音听起来有些不太情愿。

卡拉凝视着那已经完全不会再动的眼球，然后开始喃喃低语。眼球中的金黄色攫住了她的精神，似乎在拼命将她向里拉。死灵法师本能地反抗着，渴望逃离那死亡的世界，逃离自己所设置的封印。

突然间，卡拉发现自己正坐在一艘在怒海中随波逐流的小艇之上，她正拼命地划着双桨，感觉就像地狱里的三大魔神正在她身后死死追赶。死灵法师低头看了一眼，发现自己的双手是如此粗糙厚重，那是一双海员的手——卡尔考斯的双手。

"皮埃特的船呢？"一个大胡子向她喊道。

"我怎么知道？"她发现嗓子已经恢复了发声功能，只是听起来充满了深沉和苦涩。"肯定就在旁边！如果我们继续向东划，那就有希望！这该死的风暴肯定会在那边停下来的！"

"我们本来应该带着船长！"

"他死也不离开他的船，就是沉了也不离开！他想跟那个魔王一块待在船上，随他去吧！"

"小心那个浪头！"又有人喊起来。

她抬头望向那个方向，接着令她无比惊愕的是，自己居然狠狠地吐了一口唾沫。她看到远处有两艘救生艇，上面挤满了绝望的人们。

大胡子突然站了起来，如此境况下，这绝对不是什么明智的举动。他目瞪口呆地望着她的背后——其实是卡尔克斯的背后——疯狂地指着那里。"当心！当心！"

卡尔考斯的目光迅速地转移过去，同时还在继续划着桨。

就在这水手的视野边缘，出现了一只巨大的蜿蜒不停的触手。

"掉头！掉头！"卡尔考斯吼道，"坐下来，布拉伽！"

大胡子跌坐在他的位置上。他们开始拼命地划桨，试图让这小艇转过头去。

卡拉听到远方传来的尖叫，那些人们的叫声压过了咆哮的海浪与轰鸣的响雷。她向那边望去，看到无数令人胆寒的触手已经掀翻了其中一艘小船。几个船员被触手末端的吸盘举到了空中，另外几人则被尖利的爪子紧紧攫住——就像被手握住一样——这些体形不均的船员看上去就像是触手末端开出的死亡之花。

卡拉一开始怀疑这些人将被吸入一个巨大的洞穴之中，但现在她看到的则是一只巨大无比近似鱿鱼的生物，但它只有庞大的球体和令人恶心不已的肉体，人间绝不会有如此可怕的东西。怪物并没有立刻将它们塞入口中，而是用触手的顶端控制着那些水手。这些可怜的人们不停地尖叫着，向远方的同伴发出绝望的求救声。

"划呀，该死的！"卡尔考斯咆哮道，"划呀！"

"我告诉过你，它绝对不会放过我们的！我告诉过你！"

"住嘴！布拉伽！住——"

一个巨浪向它们袭来，将其中一个正在大喊大叫的男人打落到水中。就在小船旁边，成排的触手立刻从水中探出来，将这卡尔考斯的同伴围在当中，急不可耐地向他伸过去。

"用你们的剑砍它们！这是唯一的——"

尽管人们不停地设法抵挡那些邪恶的触手，可他们还是一个接一个被从小船上拎起来，在空中无助地尖叫着——直到只剩下卡尔考斯，他举着一只船桨……无助地抵挡着攻击。

当湿漉漉的触手缠住卡拉的双腿，裹住她的双臂时，她禁不住打了一个冷战。她感到这些吸盘已经控制了自己的身体……不！这些都是发生在过去的事情,这一切只存在于卡尔考斯的经历之中,跟她没有关系!

尽管意识到了这一点,但水手那些惊悚的记忆还是令她感同身受,她知道又有新的恐怖事件要发生了。尽管身上的衣服还在,她依然感觉自己变得越来越冰冷——似乎生命力正在从身体里不断地被抽取出去。暴雨仍然倾泻而下,可他的肌肤已开始慢慢干枯萎缩,感觉就像一个破了洞的水袋。

然后,卡尔考斯感觉身体已经只剩一个空壳,生命力似乎也已经被窃取干净,随后那些触手突然将他丢回了船上。水手知道自己命不久矣,可在船上度过生命中的最后几分钟,总胜过被这见鬼的东西吞入腹中。

直到两只爪子伸到他怀里,将他整个立到小船边缘,他才意识到又有人来到了救生艇上。

不——那不是人——那是某种怪物。

它说话的腔调感觉比数千只昆虫一起嗡鸣还令人恶心,卡拉的双眼几乎看不清任何东西,而身体也因为紧张而无法准确感知对方的形体。死灵法师只能模糊看到一片可怕的翡翠与暗红所组成的东西正在向濒死的水手逼近,那东西绝对与人类没有任何关联。深黄色且大到不可思议的眼睛里看不到瞳孔,但却正凝视着不幸的卡尔考斯。

"显然你并不想死,"它的声音类似昆虫鸣叫,"我有件事情必须搞清楚!那个傻瓜在哪里?那件铠甲在哪里?"

"我……"水手咳嗽了起来,他的身体已经变得如此干枯,就连卡拉也能感受到这种痛苦。"什么……"

那非人的东西拼命地摇晃着他。一对如同针芒一般锋利的长矛不知从何处伸了出来,抵在卡尔考斯的胸口。"我的时间很紧,人类。在你死之前我可以让你感受到足够的痛苦。快说！"

卡尔考斯突然不知从哪来的力气，立刻说道："那个陌……陌生人……穿着……血色……还在……鹰火号上！"

"哪个方向？"

水手试着指了指。

现在卡拉已经知道它是只恶魔了。它继续用令人胆寒的声音问道："为什么逃跑？"

"他——船上有恶魔。"

这阴暗的生物发出了一声近似恐慌的叫声，卡拉甚至怀疑自己听错了。"不可能！你说谎！"

水手没有回答。卡拉感觉他已经死了。最后一次试着回答那怪物的提问，已经耗尽了他的生命力。

这若隐若现的家伙丢开了卡尔考斯，当尸体跌落在地的时候，死灵法师感觉到了一阵剧痛。她听到那恶魔发出一阵啾啾的声音，随后吐出了几个勉强可辨的字。

"不可能！"

卡拉最后孤独地扫了一眼整个救生艇和水手还在抽搐的手指——与此同时，眼前的一切都消失了。

卡拉深吸了一口气，紧紧地抓着自己的身体，双眼仍然凝视着那尸体。

她感觉到了旁边杰隆南船长的存在。这位前海军军官伸出两手放在她的双肩上试图宽慰她。"你还好吧？"

"多久？"死灵法师喃喃道，"用了多长时间？"

"从你有所动作开始？一分钟吧，最多两分钟。"

真实世界里只过去了这么短的时间，可这死者的记忆却是如此漫长和激烈。死灵法师之前也曾经施放过同样的法术，可她从未遇到过如卡尔考斯这般悲惨而恐怖的死亡。

鹰火号领先他们大约一天到两天的航程，除了船长和那个叫诺雷克·维扎兰的法师外，船上没有其他任何船员。这个人的姓令她开始有所警觉。"维兹杰雷的仆人"？这非常像某个完全靠不住的法师的姓氏！铠甲在他手里，他居然还敢穿在身上！难道他不知道其中的危险吗？

一个船员都没有，他根本连保持航线都做不到。卡拉终究还是有机会捉到他的，前提是那些亡灵和刚刚在她眼前杀死卡尔考斯的恶魔没有追杀过来。

"那么，"杰隆南一边协助她站稳，一边继续说道，"你发现了什么问题吗？"

"几乎没什么发现，"这次她说了谎，只求眼神没有出卖自己。"除了他的死因之外，没有其他发现。无论如何，鹰火号都还在继续航行，现在只有船长和我们的猎物在船上。"

"那么我们很快就能追上他们。两个人是不可能令一艘船以正常速度前进的。"

"我相信它现在最多领先我们两天的时间。"

他点了点头，然后低头看了一眼那具尸体。"你在他身上的工作完成了吗，女士？"

她尽量让自己不要颤抖，分享卡尔考斯最后那段记忆实在不是愉快的事情。"好了。我们现在可以埋葬他了。"

他会得到妥善安置的……"现在我们开始追赶鹰火号吧。"

当他离开舱室去找人处理这尸体的时候，卡拉·夜影裹紧了斗篷凝视着尸体，心里想着之前的承诺——对自己，也是对国王之盾号上所有人的承诺。

"一定要做到，"死灵法师咕哝道，"一定要捉到他，然后把铠甲再次藏起来。无论付出任何代价……无论有多少恶魔要阻止我。"

* * *

"卡扎克斯！"

葛莉安娜一直在等待，可恶魔始终没有回应。她向四周看了一圈，寻找着那阴影的踪迹。有时候，卡扎克斯喜欢恶作剧，喜欢搞一些极其黑暗的恶作剧。女法师对它这些把戏毫无兴趣，尤其是那些很可能给同伴们带来灭顶之灾的恶搞。

"卡扎克斯！"

依然没有回应。她将指节捏得咯咯作响，而灯火在此时却突然变得闪耀起来——可那恶魔的身影却依然没有出现。

葛莉安娜对此毫不在乎。她知道，卡扎克斯就在帐篷里。只要它出现，就代表着那个地方一定会有麻烦。这只螳螂有时候甚至会忘掉是谁在人世间帮它掩藏行迹。

无论如何，她都还有太多事情要做。这黑皮肤的女巫将炽热的目光转向装饰奢华的帐篷的一角，那里有一只巨大的宝箱。从外表看，它拥有橡木的箱体和包铁的边角，和四根如同狮爪一般强壮的柜子腿。两个强壮的士兵费了九牛二虎之力才将它抬到这里来。然而，正如那恶魔一样，葛莉安娜根本没有时间去寻找更为强壮的帮手，尤其是在他们都忙于安营扎寨的时候。

"过来！"

这低脚柜开始发出亮光。两只金属的柜脚开始动了起来，狮爪一般的脚趾伸展开来。

柜子开始向前走起来。

这笨重的柜子以它自己独特的方式走向葛莉安娜，它看上去就像这女子召唤出的一条猎狗。终于,在距离女巫几英寸远的地方,它停了下来,等待着新的命令。

"打开!"

随着一阵冗长的嘎吱声,柜子门打开了。

葛莉安娜满意地转过身,将一只手伸向她悬挂着的众多藏品。有一小块东西自动落了下来,落入她那等待着的手掌。女法师将它塞进柜子里,然后继续下一个。

一个接一个地,她将一堆藏品放入柜子里。如果有人在旁窥伺的话,就会发现无论葛莉安娜放了多少东西到柜子里,这柜子都没有被塞满的时候。这女巫总是能找到足够的空间,而且每次都没有例外……

就在她的工作接近尾声的时候,葛莉安娜突然感觉脊柱上传来一丝寒意。她立刻转过身去,在搜寻片刻之后,终于发现一个阴影就立在自己身畔。

"嘿!你终于回来了!你去哪儿了?"

恶魔起初并没有回答,它的影子几乎完全陷落在帐篷的褶皱深处。

"奥古斯塔斯已经下令拆掉所有的帐篷。他迫切希望我们立刻出发,只要一切准备妥当,无论昼夜。"

但卡扎克斯依然没有回应。葛莉安娜停了一下,她并不喜欢这种沉默。螳螂说话向来含混不清,就好像根本控制不了自己的舌头似的。"什么意思,你是怎么搞的?"

"那将军想要去干什么?"暗影突然问道。

"你怎么会问这个?当然是去鲁·高因。"

恶魔看上去好像是在思考这个问题。"好吧,那我也去鲁·高因。好吧……那也许是最好的……"

她向那暗影迈了一步。"你怎么了?你刚才去哪儿了?"它还是没有回答，这女巫走向帐篷的一角，她越来越愤怒。"要么回答我，要么——"

"走开！"

恶魔突然从暗影中现出形来，它整个巨大身躯都显现在人类面前。葛莉安娜倒吸了一口凉气，忙不迭地向后退去，最后终于跌倒在到处丢满靠枕的地板上。

这来自地狱的昆虫闪耀着它那黄色的眼睛，同时双颚不停地张合着。它的爪子和镰刀一般的前肢伸到距离葛莉安娜一寸——或者还要更近的地方。

"停止你的唠叨，不要惹我发火！鲁·高因是我们早就决定的目的地！只要我下了决定，你就不要再啰唆！"

然后……卡扎克斯就撤回到那黑暗的角落，它的物理形态渐渐消失了，它的阴影也渐渐变得黯淡。仅仅几秒钟的时间，它的一切行迹就完全消失在了帐篷的褶皱之间。

葛莉安娜还是躺在地上，直到确定那螳螂不会再次出现，她也没有爬起身来。葛莉安娜知道自己根本无法逃离那暗影的威胁。她这次是如此接近死亡，而这种威胁在今后会令她时时刻刻食不甘味。

卡扎克斯没有再发出声音，也没有做出什么动作。葛莉安娜不记得这恶魔什么时候曾经做过同样的事情。尽管他们之间拥有协议，可如果她没有迅速执行它的命令的话——她对此恐怕永远无法忘怀——这家伙倒是更乐于杀死她。协议应该不会轻易被打破，毕竟他们已经互相容忍了对方太长时间。如果卡扎克斯敢于冒着撕毁协议和与她翻脸的风险做点什么，那么葛莉安娜也有办法去摆脱它……然后将更多精力放到将军和那个白痴身上。再怎么说，她对付男人还是有一套的。

女法师将注意力重新转回到柜子那里，忙着将帐篷里所有的物品都塞到那里面，但她同时也在一直思量恶魔的行为。她不知道为什么恶魔要冒着打破协议的风险对自己进行近身威胁，她迫切地想知道这个答案。那不仅会揭示卡扎克斯为何有如此反常的行径，也能够解释它为何会表露出如此强烈的情绪。

葛莉安娜搞不明白，有什么东西会令这恶魔如此害怕呢？

第九章

遍及全身的剧烈痛楚令诺雷克·维扎兰意识到，他终究还是活着的。能够呼吸，则意味着他没有跌入无尽的深海，而只是掉到了甲板上。至于为什么他的脖子没有撞断，甚至连一根骨头都没有折断，他猜测大概是巴图克那该死的铠甲干的好事。它已经将老兵从可怕的怪兽手中救了下来，这对它来说是如此简单，简直就像小孩子的游戏一样。

然而，老兵却有些希望自己并没有得救。那样的话，至少他可以摆脱这无穷无尽的梦魇与恐慌。

诺雷克睁开眼睛，看到自己正躺在舱室之中，而外面的风暴仍在无休无止地呼啸着。只有两种力量可能将他重新拉回这里来，其中一种就是那套铠甲。可是，它在搞定那生满触手的怪物之后，应该已经非常虚弱，不会再有新的行动。诺雷克感到如此疲惫，他惊讶地发现自己居然还能动弹。但这种疲惫感是如此古怪，虚弱的老兵甚至怀疑那铠甲或者怪物是否抽取了自己的一部分生命力。

就在此时，门颤颤悠悠地打开了，凯斯寇船长一瘸一拐地走进舱室，手里端着一只有盖子的碗。诺雷克嗅到了碗里飘出的充满诱惑却同样令人恶心的味道。

"醒了？很好！没有浪费我的粮食！"这骨瘦如柴的船长没有等老兵直起身来，就把碗递给了他。

诺雷克立刻狼吞虎咽地吃起来，同时他并没有忘记向船长说一声"谢谢"。

作为回应，船长只是咕哝了一声。

"我昏迷了多久？"

凯斯寇想了一会儿，可能是为了确定具体时间。"一天。可能还多一点。"

"船怎么样？被那些怪物破坏得厉害吗？"

船长顿了一下。"船经常被搞坏……不过还能用，对，还能用。"

"没有那些船员，我们怎么继续航行呢？"

船长的脸拉了下来。诺雷克怀疑自己根本不会从凯斯寇那里得到什么像样的答案。很简单，没有船员配合，他们根本无法前行。很可能鹰火号目前正在四处袭来的波浪冲击下原地打转。他们应该已经从怪物的攻击下逃生，但这并不意味着他们可以平安抵达鲁·高因。

那怪物……诺雷克感觉自己的记忆实在是过于混乱，最后他不得不询问凯斯寇，之前到底发生了什么事情。

船长耸了耸肩。"我看到你掉下去了……那海怪也掉了下去。"

这位船长显然认为他遭遇的就是水手们口中常常提及的海怪。但诺雷克可不这么想，在目睹那些小恶魔和生着翅膀的怪物之后，他觉得这些应该也来自恶魔的力量——这次更不止一种，但都是拥有邪恶力量的铠甲所召唤出来的。

在关于巴图克如何爬到黑暗之巅的传说中，他起初也不过是匍匐于那可怕力量下的小喽啰，可最终却以法师的身份获得了它们的尊敬，并且得以统率一支恶魔大军横扫四方。然而，没人知道那些被篡夺统治权的恶魔头子是怎么想的。它们现在是不是已经留意到铠甲被从墓穴中带走，而且巴图克的幽灵极有可能借此重新建立自己在恶魔中的统治地位？

这些稀奇古怪的念头不断地冲击着他的头脑。但他现在最担心的还是自己的处境。如果鹰火号持续处在无人操作的状态，那么它只会在双子海上继续漂流下去，船上仅有的两个人迟早得死，而这艘船也终将在某场狂暴而连绵不绝的风雨中彻底沉没。

"我不是水手，"他一边吞咽着食物，一边对凯斯寇说道，"但是请告诉我可以干什么，我会去做的。我们总得让船回到航线上。"

凯斯寇轻蔑地哼了一声。"你做的够多了！你还想干什么？还要干什么？"

他的态度不仅仅打击了诺雷克的自信，同时也激起了这位战士心中的怒火。他知道这个烂摊子完全要归咎于自己——或者说，是那铠甲——但他的确诚心想为船长做点什么。诺雷克不知道铠甲会不会阻止自己，但不管怎么说，想去鲁·高因的是它，又不是老兵自己。

"听着！如果鹰火号再这么失控的话，我们都得完蛋！就算风暴没要我们的命，我们迟早也得饿死，要不就是触礁，整艘船跟石头一样沉到海底！你希望你的船落到这副下场吗？"

憔悴的船长摇了摇头。"傻瓜！你脑袋撞坏了吗？"他壮起胆子一把抓住诺雷克的手臂，"来！你过来！"

老兵推开手边的空碗，跟着凯斯寇走到外面的暴风骤雨之中。他迈出好几步之后才渐渐习惯了颠簸不堪的甲板，不过船长一直在前面等着他。凯斯寇看上去对这乘客充满了憎恶、敬畏与恐惧交织的感情。他没有向诺雷克伸出援手，可也没打算逼着虚弱的诺雷克快步跟上自己。

走出舱外,船长让诺雷克跟在自己身后。老兵紧紧抓住残留的栏杆,透过雨幕探视着凯斯寇想让他看的东西。而眼前还是他曾经见过的场地,空空荡荡的。既没有水手整理绳索,也没有舵手站在舵轮旁掌舵。

但是……舵轮在旋转。绳索也没有待在原地。诺雷克斜着眼睛,看着舵轮疯狂旋转,然后停下,有时转向一个方向,然后又向另一个方向纠正,就好像有一个无形的水手正在操纵它。

另一样事物又引起了他的注意。诺雷克被一根主帆索的突然松脱吓了一大跳,然而它接着迅速重新自己捆缚停当,打上了新的绳结。

他开始留意到了身边那些微妙的变化。帆索根据行驶需要而被升降,船舶在自行驾驶。舵轮指挥着鹰火号在固定的航线上劈波斩浪——如诺雷克所期望的那样一路向西。

船上没有其他船员,但鹰火号的运行却完全不受影响。

"这是怎么回事?"他向船长喊道。

凯斯寇只是意味深长地看了他一眼。

是那铠甲!它的力量再次震惊了诺雷克。它不仅搞定了可怕的恶魔,而且现在又在控制一艘没有船员的船只向正确的航向进发。无论如何,鹰火号都会到达它的目的地。

诺雷克蹒跚地走到了一边,但他并没想返回舱室,只感觉自己脑海中一片混乱。孤零零的凯斯寇跟在他身后,两个人都在雨中瑟瑟发抖。凯斯寇从怀中掏出肮脏的瓶子灌了口酒,但并没有与诺雷克分享的意思。诺雷克很想喝上一口——显然现在酒精对他很有好处——如果有更好的途径,他当然也想试试。他的脑子已经够乱了,现在只想让自己清醒一些。

"还有多久我们才能靠岸?"他终于问道。

凯斯寇把酒瓶从嘴边略略移开。"三天，或者四天吧。"

诺雷克露出一脸苦相。他实在是希望船能走得更快一些。而现在的局面是，整艘船都在自行其是，而唯一的同伴则是个相貌粗陋的船长，而且还把自己当作披着人皮的恶魔。

他直起身子。"我回舱去了，吃饭时候再出来。"

消瘦的凯斯寇没有阻拦他，只是一个人静静地往肚里灌酒。

诺雷克将暴风雨抛在身后，艰难地走向自己狭促的舱室。他真心希望自己留在更开阔的地方——哪怕再潮湿也无所谓——可凯斯寇就在甲板上，船长显然一直对老兵怀恨在心，甚至恨不得咬他几口。凯斯寇没有趁着诺雷克人事不省的时候割开他的喉咙已属幸运。当然，在目睹了诺雷克的所作所为，尤其是从那么高的地方摔下来也安然无恙，船长估计觉得就算放手一试也只会送了自己的性命。

他的猜测很可能是正确的。

雨一直下，诺雷克全身湿透，几次差点儿摔到在甲板上。在作为佣兵为各个雇主效命的岁月里，他面对过无数严酷的天气，甚至包括最要命的暴风雪。可那一切都比不上这场风暴，他只能祈祷，祈祷在鹰火号抵达鲁·高因之前能够看到这场风暴停息。

当然，首先这艘船要真的能平安到岸。

暴雨令他的视野变得极其狭窄，他无法看清船的另一边，也无法看到近旁的波涛。诺雷克只能不停地眨着眼睛，试图看清脚下几码远的地方。他从未觉得舱室离自己有这么远，沉重的铠甲对他没有任何帮助，而金属的板甲简直比平时的两倍还要沉重。不过，诺雷克至少不用担心它会因此锈蚀。巴图克在铠甲上施放的魔法令它始终保持如新，就像它的恶魔主人第一次穿上时一样。

诺雷克不止一次跌倒在甲板上。他一边诅咒着恶劣的天气，一边再次爬起身来，拼命揉着眼睛想要看清自己居所的小门还有多远。

一道模糊的身影似乎在船尾的过道凝视着他。

"凯斯寇？"他疑惑地喊了一声，随后意识到船长不可能在假肢损坏的情况下爬上船尾。况且这身影比船长要高，而对方的宽肩披风让人想起维兹杰雷法师——

让人想起了弗兹汀的披风。

他向前迈了一步，想看得更清楚一些。那身影看上去半笼在薄雾之中，诺雷克怀疑这是不是自己在无尽的苦闷与疲劳之下产生的幻觉。

"弗兹汀？弗兹汀？"

阴影没有回答。

诺雷克向前又迈了一步——突然感觉整个后颈都开始发寒。

他转过身去。

他的视野中出现了第二个若隐若现而又略微矮小的身形，对方瘦得像个杂耍演员，或者说更像个盗贼。背后类似旅行斗篷的东西在风中飘舞着，遮挡住了他身体的绝大部分，但诺雷克能想象得出那张仍然保持微笑的死者的面庞，他的头微微歪向一边，因为他的脖子断了。

"萨顿……"他脱口喊道。

他的双手突然感到一阵刺痛。诺雷克低下头去，勉强看到护手上发出的淡淡红光。

一道闪电轰然劈下，瞬间照亮了整艘船只——事实上它离得如此之近，令诺雷克怀疑鹰火号已经被击中，尽管船上并没有什么东西受到损伤。在这一刻，令人几乎致盲的亮光包围了诺雷克，令他暂时忘掉了那两个死灵。

诺雷克的视力终于恢复了正常。他眨着眼在船头船尾四处张望，但那可怕的阴影已经消失无踪。

"萨顿！崔斯特！"几近崩溃的老兵大喊大叫着。他转回到船尾，接着继续呼喊。"弗兹汀！"

回答他的只有疾风骤雨，狂怒地在海上向他咆哮。诺雷克无奈地放弃了尝试，折回船头再次一遍遍呼唤萨顿的名字。他穿过甲板，不停地向各个方向扫视。诺雷克·维扎兰根本没有办法解释自己为什么如此渴望见到两个已经死去的同伴，为了忏悔，还是为了辩解？他能做什么呢，虽然清楚夺去他们生命的是那套铠甲，这曾经的雇佣兵也无法原谅自己，无法原谅自己在那至关重要的一刻忽视了弗兹汀的意见。如果那时他听从法师的建议，又何至于落到今天如此田地？

如果当时没有固执己见，他的朋友就不会惨死了。

"崔斯特！该死的！如果你真的……如果你真在这里，出来啊！对不起！我对不起你！"

一只手搭在他的肩头。

"你在喊谁？"凯斯寇问道，"你喊什么呢？"

尽管身处黑夜与风雨中，诺雷克也能看到船长黯淡双眼中不断增加的恐惧感。在凯斯寇看来，诺雷克要么疯了，要么就是想召唤新的恶魔出来。而这任何一种可能都不是船长所希望的。

"没人……什么也没有！"

"不是恶魔？"

"不会，绝不会有。"他推开了凯斯寇船长，现在只想好好睡一会，可他也不想回到自己的舱室里。诺雷克回头看看迷惑而沮丧的老船长，问道："船员的铺位在下面吗？"

凯斯寇黑着脸点点头。很可能他就睡在离这些铺位不远的船舱里，所以他不喜欢这问题。和一个召唤魔鬼的家伙同船共渡已经够恶心了，现在这家伙居然还想睡在他旁边。凯斯寇肯定觉得一旦同意他的要求,自己的甲板下难免不会冒出来形形色色的各种恶魔……

"我要挑张床睡。"诺雷克不再顾及船长的感受,径直钻下了船舱。与怪兽的战斗可能使他过于疲惫,结果唤醒了潜意识中对那些死去的同伴的负疚。很可能这一切都是他的幻觉,就像在吉库尔的码头看到弗兹汀的幻觉一样。他朋友们残缺的尸骸仍然留在墓穴里,等待着被下一批寻宝人发现。

可是,当诺雷克一边抖落身上的雨水,一边寻找合适的铺位时,他的脑海中依然存在着疑惑。老兵望着自己被护手包覆的十指,感觉得到它们现在都完全受自己支配。如果刚才的一幕全是幻觉,如果弗兹汀和萨顿的幽灵不曾在甲板上与他相见,为什么护手会在那一瞬间发光呢?

* * *

在死一样寂静的黑夜中,奥古斯塔斯·马莱沃林将军的部队正在穿越埃拉诺克广袤而可怖的沙漠。很多人对这次远征毫无信心,但他们在接到命令后,也只有服从这一条道路。其中一些人势必死在征途上——如果他们真能抵达富饶的鲁·高因——但这并不能阻挡他们的脚步。每个人都希望自己能活下来,活着拿到当初被承诺的财宝,那富饶的港湾王国的一部分。

将军自己意气风发地驱马走在队伍的前面,头顶戴着巴图克的头盔。一团由葛莉安娜召唤出的微光围绕在他身边,为他的战马照亮了前路。这自然也为那些试图偷袭他的人指明了目标,不过马莱沃林丝毫没有放在心上。除了古老的头盔外,将军身上穿的是自己的一套魔法铠甲,他试图向整支队伍证明,自己毫无畏惧之心,没有什么能够击败他。

葛莉安娜跟随在她的情人身旁，似乎对一切都漠不关心，但她的法术却在无声地侦测一切潜在的威胁。女巫身后跟着一辆马车，车上装着马莱沃林的折叠帐篷和各种私人物品——还有葛莉安娜那只宝箱。

"终于……那铠甲就要落入我手中了，"将军一边低语一边凝望着那无边的黑暗，"我能感觉到它接近了！得到它，我就圆满了！得到它，我就能够控制数不清的恶魔！"

葛莉安娜一边思索一边质疑道："我的将军，您真的肯定它能做到这一切吗？没错，头盔拥有魔力，而施加在铠甲上的法力更大，但现在这头盔带给我们的只有麻烦而已！如果铠甲更是这样呢？我希望不会如此，但是获取巴图克的秘密需要付出的代价可能远远超出我们的想象——"

"不可能！"他极其激动地打断了她的话，以至于身后的卫兵纷纷拔出刀剑，怀疑这女巫要背叛他们的主人。奥古斯塔斯·马莱沃林示意他们收起武器，然后盯着葛莉安娜。"不可能的，亲爱的！我已经见识过头盔为我展现的辉煌景象，我确信巴图克的暗影正在召唤我，让我投身他的胜利之中！我见到了这头盔和铠甲结合后所展示的所有力量！鲜血战神的灵魂就驻留在这套铠甲之中，而他希望由我来完成他的愿望！"他扬手指向沙漠，"那个穿着铠甲的傻瓜现在为什么正向我奔来？因为那就是命运！告诉你，我就是巴图克的继承者！"

女巫极力安抚着他的情绪。"如您所言，我的将军。"

马莱沃林突然安静下来，可洋洋自得的笑容再次浮现在脸上。"就像我说的那样，不久之后，没错，鲁·高因马上就会落入我手中。这一次，我绝不可能失败。"

葛莉安娜与这位威斯特玛的长官已经共度了许多时日，也许比他的任何手下都更了解他。不过，从古至今人们虽然都喊着要征服那里，但一切都停留在口号而已，那里也是马莱沃林梦想征服的地方。她从未听他说过曾经在那里遭遇过失败。"你去过那里……从前去过吗？"

将军轻轻地调整着头盔，就好像它是自己身体的一部分，他将脸转向一侧，尽量不让自己的脸暴露在阳光下。"是的……如果不是因为我的兄弟……它已经是我的了……但是这次……这次，维兹郡必败无疑！"

"维兹郡？"她冲口问道，声音中充满了怀疑。

幸运的是，马莱沃林将军没有注意到这点，只是望着黑暗中起伏的流沙。葛莉安娜没有重复这个名字，就算不忘掉它，她也希望马上把它丢到一边。也许这只是个口误，就像他曾经犯过的那些无关紧要的口误一样。毕竟，将军需要考虑的事情太多了，太多了……

她知道将军从未身临神庙之城凯基斯坦，也从未渡海踏上那片陆地。而且，奥古斯塔斯·马莱沃林是独生子——他是个不受祝福的私生子。

但……葛莉安娜知道，有个人不仅到过那传说中的维兹郡，而且试图控制和破坏那里，但最终却被他的兄弟坏了好事。

那是巴图克。

女巫悄悄向头盔瞥去，想要了解它的意图。威斯特玛的军官所经历幻境显然只迎合他自己的欲望，即使她曾经私下里偷偷尝试，但并未得到多少有用的画面。没错，或许奥古斯塔斯戴着这顶头盔的时间越久，就越难以把他的生命与可怕的鲜血战神分割开来。

在每次意外发生的时候，这头盔到底起了多少作用？葛莉安娜漫不经心地触摸着左手上的一只黑宝石戒指，将宝石转向她情人头部的方向。她悄悄念出两个充满禁忌的词汇，谨慎地观察着将军是否注意到了她的口唇蠕动。

他根本没有留心，现在也没有注意到无形的卷须正从戒指上探出来，自不同方向朝头盔包抄而去。只有葛莉安娜知道它们的存在，它们搜寻着，探索着，试图发现任何散布在这古代头盔上的力量。

如果最后能够查明它们是如何对将军施加影响的，女巫就可能利用这些强大的魔力，向实现自己的目标跨出更近的一步。即便仅仅获得些许新知识，也对提升她自身的能力大有好处——

一道暗红的光芒在头盔上闪耀起来，照亮了从戒指上伸出的触须，令葛莉安娜不禁瞠目结舌。一股强大的力量闪电般向她袭来，在吞噬那些卷须的同时，也向她的手指汇合而去。女巫生怕自己受伤，急忙伸手想摘下戒指。

但还是晚了。暗红的光芒吞噬下最后一缕卷须，然后汇入黑宝石之内。

宝石咝咝作响，眨眼间便开始熔化。熔化的宝石滴落到她的手指，在皮肤上燃烧，令那一片血肉开始干枯……

葛莉安娜强忍着尖叫的欲望，把极度的疼痛压抑成几不可闻的一声喘息。

"你说什么？亲爱的。"马莱沃林将军漫不经心地问道，视线却从未离开眼前的风景。

她竭力抛开苦痛，让自己的声音听起来还算平静。"没什么，奥古斯塔斯。只是咳嗽了一下……有粒沙子钻到了我喉咙里。"

"嗯，是挺麻烦的。你应该戴块面纱。"他再没说什么，或许是集中注意于指挥官应尽的责任，也可能是再次迷失于巴图克的往事之中。

葛莉安娜小心地环顾了一下四周。没人注意到刚才那惊人的法力冲突。只有她自己的魔法感应，见证了她的失败与所受到的惩罚。

她暗自庆幸自己的运气还不算太糟，又小心地检查一遍自己受到的伤害。戒指已变成了一块熔渣，珍贵的宝石在她指间留下了黑色的灼烧印记。她最终设法除去了指环，但熔化的宝石也在她手上留下了令人痛苦且永不消退的疤痕。

伤害总的来说并不严重。她从前曾经为魔法忍受过更惨烈的痛苦。不，葛莉安娜更加关注的是头盔对她探索行为的激烈对抗。它之前从未对她的法术做出过如此强烈的反应。这几乎能证实潜伏在头盔中的某些东西已经觉醒了，一些有着自我意识的东西。

她一直认为，远古的鲜血战神在他的铠甲上施放了威力巨大的法术，以协助他进行战斗。这种防御力量显然是非常灵敏的。然而，如果她只是发现了真相的一小部分呢？如果那些杀死巴图克的人也不清楚他到底掌握多少疯狂的魔法呢？

真正支配铠甲的是那些魔法吗——还是葛莉安娜发现了更多真相？

难道巴图克本人正在从地狱中寻求返回人间的道路？

第十章

国王之盾号在驶离吉库尔的第五天冲进了这场风暴里。卡拉曾经期望该死的鬼天气能够在他们抵达彼处之前消散，可事实上，这只能怪他们自己。杰隆南船长拥有一支极其出色的团队，他们对于大海的脾性了若指掌。死灵法师相信再没有其他船只能够保持同样高的效率和速度，可不幸的是，即便迅捷如国王之盾，也不可能比风暴移动得更快。

不幸的卡尔考斯已经被正式海葬，基于对死者的尊重，卡拉吟诵了一段在自己族人葬礼上常用的悼语。在她眼中，卡尔考斯只是去了另外一个位面，在那里，他会以新的形式继续存在，和更早抵达的人们一起努力维护万物的平衡。然而，她还是感觉有些内疚，同时心存疑虑，这面色苍白的女法师并没有忘记自己被困在树洞中的那段经历，那个时候，她的求生欲望是如此强烈。卡拉长久以来的信仰告诉自己，如果她不幸死亡，那么被打破的不仅仅是关于她自身生命的平衡，也不会再有什么人能够继续追踪那失踪了的铠甲。这种事情绝对不能发生。

就在即将进入那片风雨飘摇的水域之前，卡拉·夜影开始躬下身去查看汹涌的水面。杰隆南船长建议她回到安全的舱室里去，但她拒绝了。船长觉得她是在搜寻鹰火号——事实上这也是原因的一部分——但她主要是担心卡尔考斯记忆中的恶魔再次归来，尤其是巨大无比的海怪以无比残忍的方式杀害了那艘船上如此多的船员。卡拉仍然没有向船长提及恶魔的存在，荣誉感令她坚持继续独自追踪下去。她还相信，在他们所有人当中，她最有可能在国王之盾试图逃跑的时候做些事情来吓退它或者转移它的注意力。

尽管身陷疯狂的海面与狂风暴雨之中，杰隆南的手下依然拥有昂扬的斗志，同时对她保持着绝对的礼貌。在一段时间里，卡拉一直被那些关于水手们的传言所困扰，担心自己要花费大量的精力才能解决这些麻烦。尽管有一些人毫不掩饰地表达了对她的钦佩——即便如此，他们应该更清楚她真正的吸引力在哪里——大部分人对她都是不置可否。事实上，只有德瑞考先生尝试着接近她，但他的态度也是如此拘谨与正式，甚至比她自己还要束手束脚。她已经礼貌而平静地拒绝了他的接近，在这期间，她发现对方的态度甚至有些谄媚。

而杰隆南船长确信自己很久之前就已经打消对这位乘客的疑虑。当他不再把卡拉当作贵客相待的时候，其实在某种程度上已经把她看作了自己的养女。这位前海军军官时不时便对卡拉有些关心过头，以至于女法师怀疑他是不是把自己当作了他的爱女泰拉妮娅。卡拉允许他这样做，并不仅仅因为这样令他精神振奋，对于女死灵法师来说，她也从中感受到了些许安慰。她的成长过程中从未体味过父母之爱，而成年后魔法训练更是占据了一切，对拉斯玛的信仰令她将绝大部分精力都集中到学习如何更好地维持这世界的平衡。这种平衡高于世间一切，包括普通人最为看重的家庭。

国王之盾号跃过了一道扑面而来的巨浪，随后又重重地跌落到水中。卡拉死死抓住围栏，努力想要看穿层层雨帘和薄雾。虽然天色已晚，但她长久以来早就习惯在黑夜中视物，现在她甚至比最有经验的水手看得更远更清楚。现在他们已经可以确定到达了——或者说已经穿过了——那片卡尔考斯和他的伙伴们殒命的海域，这意味着整艘船随时可能遭到那些非自然力量的攻击。

"卡拉女士！"德瑞考在她后面喊道，"情况越来越糟了！你必须赶紧到下面来！"

"我没事。"虽然这死灵法师并非出自名门，但她并不喜欢别人这样称呼自己的名字。这都是杰隆南的错，老船长在首次将她介绍给手下的时候，出于他自己认为的尊重，刻意向大家强调了她的称谓。既然船长都这么称呼，那么船员们自然也就都跟着这么称呼她了。

"可是风暴——"

"谢谢你的关心，德瑞考先生。"

他自然是不会跟她争辩的。"那一定得小心，我的女士！"

当他挣扎着向原路返回的时候，卡拉确认了一件事情，那就是为什么她会感觉到杰隆南和他的手下一直在不遗余力地阻止自己的鲁·高因之旅。她知道在那里要面对当地民众对自己族人的偏见。死灵法师们可以操纵生死，而大部分人不喜欢被时时提醒他们将来一定要直面死神，而他们的灵魂也许还要受到诸如她这样的死灵法师的操纵。

尽管女死灵法师拒绝了德瑞考，但她很快发现自己根本不该在船头长时间滞留。黑夜一点点临近，天气又是如此恶劣，她所能看到的距离已经越来越短。直截了当地说，她现在的努力已经没有任何意义。尽管如此，她还是决定再坚守一段时间，直到接近她作为一个人类所能承受的极限。

海浪在不停地上下翻涌，这种起起伏伏的单调景象究竟受控于何种混沌蛮荒的力量啊。只有偶尔出现的海洋生物和一块看上去已经漂浮了很久的朽烂木头会暂时打破这无尽的循环，除此之外，卡拉再努力也没看到任何东西。当然，这也意味着那些恶魔并未出现，从某种程度上来说，女法师还是感觉比较庆幸的。

喷溅的海浪与迷雾模糊了她的视线，她擦了一下眼睛，然后将目光转向国王之盾号的左舷。那里只有更多的波涛，更多的泡沫，更多的——

那里有一只手？

卡拉转过身子凝视着那片黑暗的水域，整个人都陷入了紧张之中。

就在那里！那是一只手和某个男人的上半截身体。她无法辨识出更多细节——不过她确信看到了浮在水面上的肢体。

卡拉没有很快反应过来这种情况意味着什么，她又迅速转向甲板……杰隆南那位副手的身影正在渐渐变小。"德瑞考先生！海里有个人！"

幸运的是，对方很快对她的话做出了反应。德瑞考喊过来三个人，他们迅速冲到了女死灵法师的位置。"告诉我在哪里！"

"看！你瞧见他了吗？"

他审视着疯狂的水面，然后严肃地点点头。"一个脑袋，还有一只胳膊，我想他可能还能移动。"德瑞考大声呼喊着舵手，令他将船只靠近那个方向，然后尽量压低声音对她说："这种情况下我们可能很难救得了他，不过我们会尽力的。"

她没有理会德瑞考，她更清楚那人的存活几率有多低。如果自然的平衡法则判定这个男人可以生存下来，那么他就应该会获救。如果他运气不好的话，那就只能像卡尔考斯一样，灵魂渡往一个新的位面，继续扮演另外一个维持平衡的角色，就如拉斯玛的教义所讲的那样。

当然，平衡法则也提到，即便是在那里，人们仍然有生的希望，仍然会竭尽全力争取生还的机会。拉斯玛的教义提倡实用主义，但并不主张冷血无情。

肆虐的风暴令国王之盾号举步维艰，但它还是竭尽全力一点点接近这垂死挣扎的人。不幸的是，随着夜幕慢慢降临，这模糊的人影在一重又一重的波涛中时隐时现，靠近他已经变得越来越艰难。

就在此时，杰隆南船长也加入了进来，并且在第一时间接管了这支队伍。令卡拉惊讶的是，他要求两名水手将长弓拿过来，德瑞考告诉她，船长对于这种武器非常精熟。

"他是打算结束那个可怜人的苦难吗？"她震惊地问了一句，然后盯着这位前海军军官。在这之前，卡拉一直希望他能够救救那可怜的水手。

"看好了，我的女士。"

当弓箭手们迅速在箭矢尾部系上绳索的时候，她禁不住为自己的愚钝眯起了眼睛。与其仅仅试着将一根绳子丢向水中那个男人，他们更希望用箭矢将绳索送达他身边。即便是在暴风雨中，他们使用弓箭的精准程度也要远远超过手掷。尽管风险仍然很大，但成功几率还是要高很多的。

"赶紧！赶紧开弓！"杰隆南咆哮道。

两名水手立刻各自射出了第一支箭。其中一支箭嗖地从目标上方飞过去，但是另外那支箭则落到了距离在水中挣扎的目标不远的地方。

"抓住！"德瑞考大吼道，"抓住！"

那个人并没有向绳子伸手。女死灵法师冒着巨大的风险将身子越过船舷，试图令那漂浮在水面上的绳子更接近目标。如果那绳子能够碰到他的话，他也许会做出反应。卡拉知道，她们教派中的长老可以用意念来控制许多物体,但是她要学的东西实在太多了,在这一方面的研究还远未达到如此高度。她唯一希望的,就是在如此绝望的境地中将自身所学逼上一个新的境界。

不知道是她几近绝望的信念还是混沌的海浪所起的作用,绳子现在距离那男人的手臂已经只有几英寸远。

"抓住它!"船长鼓励道。

突然间,那人的身体剧烈摆动起来。一道巨浪席卷了他,在经过令人窒息的几秒钟后,这倒霉的家伙消失了。当卡拉再次看到他的时候,他已经漂浮在距离绳索几码之外的地方。

"该死的!"德瑞考用拳头拼命击打着围栏,"他可能已经死了——"

那漂浮的身体再次抽搐起来,看上去马上就要沉入海中。

大副指着那个方向吼道:"他不是被海浪打沉的!"

陷入恐慌的卡拉和船员们眼睁睁看着那人的身体被拉扯了两次,然后再次沉入水底。

而这次,他再没有浮上来。

"鲨鱼肯定已经把他吃了。"最后,有一个船员低声咕哝道。

杰隆南船长点了点头。"把绳子收起来。你们已经尽力了。他很可能已经丧命,可不管怎么说,我们更得担心自己的处境,对吧?"

船员们努力想要抑制住自己的情绪,一个个慢慢返回了自己的岗位。德瑞考先生在卡拉身后站了一会儿,仍然试图再看一眼那消失了的水手。

"大海有它自己的规律,"他低语道,"我们都得试着去学习如何与它和平相处。"

"我们将它视作平衡法则的一部分,"她回答道,"可他本来能得救的,真是令人悲哀。"

"你最好赶紧离开那儿,我的女士。"

卡拉轻轻触碰了一下他的手背,然后回答道:"谢谢你的关心,不过我想在这里停一会儿。我没事的。"

德瑞考不情愿地再次离开了她。孤独的死灵法师将手伸入斗篷,从脖颈下方掏出来一幅小小的红色画像,上面有一头可怕的巨龙,它的眼中燃烧着灼热的烈焰,爪子闪耀着凛冽的寒光。拉斯玛的信徒深信这世界的背后隐伏着一头叫作塔格奥的巨龙,它不仅担当着整个世界的支点,而且协助维持着高阶天堂的平衡。所有的死灵法师都极其尊敬这头闪耀着光芒的巨龙。

卡拉默默地祷告着,祈祷塔格奥能够目送那男人进入另外一个位面。她也同样为水手卡尔考斯祈祷着,尽管国王之盾号上的水手都没有留意这些。外人是不可能理解塔格奥的存在的。

这苗条的拥有一双银色眼睛的女性对她的行为非常满意,接着转过身回到了甲板下自己的舱室之中。尽管卡拉把全部精力都投入到了她的任务中,但进入舱室还是令她觉得放松了许多。长时间在海面搜寻恶魔,后来又眼睁睁看着营救行动失败,这几乎榨干了她所有的精力。这女法师对自己向来非常苛刻,平时只摄入能保持体能的一点点食物,而她站立的时间却比任何一个男人都要长。现在卡拉已经精疲力竭,只想好好地睡一觉,哪怕睡到天昏地暗。

卡拉这间舱室本来是汉诺斯·杰隆南为自己女儿预留的,所以崇尚简朴的她现在不得不去面对那些过于淑女的陈设和柔软得要命的枕头。不像其他船员,她的卧榻是一张真正的床,而且这张床被很好地固定在了地板上,因此不可能在风暴造成的倾侧中滑出房间。为了保证她在酣睡时不至于因为狂暴的风雨而从床上被抛到坚硬的木地板上,床的两侧都安装了带有柔软填充物的护栏。她几乎已经累得半死,因此很快发现这些护栏对自己是多么重要,甚至要对它们心生感激了。女死灵法师怀疑仅仅靠自己的力量，到底能够在一张光秃秃的床上安睡多久。

卡拉脱掉了潮湿的斗篷坐在床尾边沿上，试着让自己的思绪集中一些。其实不仅是斗篷，她身上的衣服也都彻底湿透了，从纯黑色的上衣到皮裤，还有靴子。湿漉漉的衬衣紧紧地贴在身上，令她感觉越来越冷。杰隆南一直对女死灵法师不曾随身携带任何其他衣物感到惊讶，在航行开始之前也曾经坚持要求她至少要带一套衣服。当他说这些衣物的颜色与她自己的黑色服饰基本相近的时候，她终于还是让步了。拉斯玛的教义中根本不曾提及任何时新服饰，死灵法师们只会寻求那些具有功能性和耐用性的衣服。

卡拉甚至开始有些庆幸自己当初的妥协了，她迅速换上了另外那套服装，然后将湿衣服晾挂起来。在航行之中，她每天晚上都要举行相同的仪式来保持自己的洁净，因为一个经常需要面对鲜血和死亡的人同样有权利让自己清清爽爽的。

这年轻的女性生平第一次感到一张柔软的床铺是如此令人惬意。如果船长知道她是穿着整齐地入睡的话，可能会非常惊讶，但在这种性质的旅程中，她别无选择。如果卡尔考斯记忆中的恶魔突然现形，她必须在第一时间做好应战的准备。她唯一的妥协是那双靴子，出于对杰隆南和他女儿的尊重，她将靴子放在了床尾的位置。

那盏灯不知什么时候被浇灭了，卡拉·夜影缩到了床角。疯狂的巨浪迅速将这倦怠的法师推入梦中，她感觉自己就如同在摇篮里一样被晃来晃去。她渐渐忘掉了这世界上还有其他的麻烦……

直到一道微弱的蓝光穿透她的眼睑，将她从梦中惊醒。

起初卡拉以为那只是自己梦境中的产物，但她的意识逐渐在清醒，闭着眼睛依然能够感觉到自己的每一根神经都陷入了紧张的状态。死灵法师警觉起来——随即爬起来跪在床上，双手指向那超出现实存在的光亮。

考虑到这间舱室位于海面以下,卡拉首先想到的是船体终于因为海水冲击破碎了。不过随着最后一丝睡意的消失,她看到的东西令她感觉更加不安了。那蓝色的光不仅仅存在于她的梦境之中,现在甚至已经覆盖了小小舱室的一部分。它看上去非常朦胧,就好像墙上起了一层薄雾,而且还在不停地颤动着。卡拉感觉到全身都开始刺痛。

从这充满魔法力的阴霾中,走出了两个看上去似乎湿淋淋的人形。

卡拉张着口,一时间没有确定自己应该吟唱一道咒语还是应该大声呼救。可就在此时,她的声音——或者说她的整个身体,事实上——都已经不受她控制。死灵法师一开始还不明白出了什么情况,但就在此时,其中一个家伙拿出了一把她极其眼熟的象牙匕首,那匕首上闪耀着令人心绪不宁的蓝光,从前卡拉每次试图举着它施法的时候,它也闪耀着同样的光芒。

那个已经死去的维兹杰雷法师,现在就这么满身湿漉漉的,静静地站在那里,他脖颈上那个大洞现在被披风上竖起来的衣领遮挡得严严实实。法师冷酷地盯着他,一眨不眨的眼睛似乎在默默地警告她,最好不要有任何愚蠢的反抗行为。

他身边,另外那名同伴正狞笑着甩掉身上的海水。两个死灵身后的蓝光正在慢慢淡去,传送他们过来的魔法门也随之消失了。

两人中身形较小那个向前迈了一步,嘲弄似的向她鞠了一躬。就在此时,卡拉突然认出了这个人,她和船员们都见过他。那是之前漂在海上那个无助的水手。弗兹汀和他的朋友用诡计欺骗了她,用这一手来窥视他们的一举一动。

这食尸鬼一般的家伙咧开大嘴笑起来,露出了满口黄牙和朽烂的牙床,这副尊容搭配着剥落的皮肤和潮湿腐烂的肉身,实在是狰狞到了极点。"再见到……你……真……真好,死灵法师……"

* * *

如果鹰火号最终抵达鲁·高因的时候,风暴还没有停歇,它也许会将另外一些意料中的事物送到海岸边来。对这一点,诺雷克·维扎兰还是觉得庆幸的,就像庆幸这艘船在日出之前抵达了目的地一样,在这个时候,整个王国都还陷于沉睡之中,几乎没有什么人留意到这艘透着阴沉与险恶的黑船。

鹰火号停泊的时候,铠甲上的魔法中止了它的效力,好让凯斯寇船长和诺雷克可以尽他们自己的力量来解决接下来的麻烦。这艘船吸引了小部分人的目光,但幸运的是,似乎没有人留意到这艘船的自行其是,比如无人干预的路线调整和船帆的自动降低。

当最终踏板被放下的时候,凯斯寇一脸殷切地盼着他的乘客就此下船,虽然他一句话都没有说,但显然再也不希望对方回来。诺雷克伸出一只手,试图对这骨瘦如柴的异国水手表示一下感激,但凯斯寇用他那只完好的眼睛扫了一眼护手,然后一眨不眨地迎上了老兵的目光。诺雷克不安地与他对视了几秒钟,然后迅速走下了甲板。

但只是离开鹰火号几码之后,他还是情不自禁地回头望了最后一眼——因此看到船长仍然在紧紧盯着自己。两个人又对视了几秒钟,然后凯斯寇向诺雷克缓缓地举起一只手。

老兵向他点点头作为回敬。凯斯寇似乎对这小小的交流比较满意,随后放下手转身离开了,他现在主要的精力应该放在这艘受损严重的船只上。

诺雷克刚刚迈出去一步,就听到从另一个方向传来的喊声。

"鹰火号又一次逃过了厄运。"一名看上去年纪更老迈的船长模样的人,正站在旁边一艘船的甲板上对此发出感慨,他用杏仁状的眼睛望着这边,满面风霜的脸上,一大丛白胡子正在微微摆动。尽管天气如此恶劣,时辰又是这么早,他还是向诺雷克报以最灿烂的微笑。"不过这次看起来就差了一点点!你们是迎着风暴冲过来的,对吧?"

老兵只能点点头。

"明白人不用多说话,你们这次真是太幸运了!不是每个搭乘她的客人都能安全抵达终点!她的运气实在是糟透了,尤其是对她的船长来说!"

这回比之前任何一次都要糟糕。诺雷克虽然这么想,但他不敢告诉那位船长实情。他又点了点头,然后开始继续往前走,但是那老船长又一次叫住了他。

"来这里!刚结束一次这样的航程,你需要找个旅馆歇歇!去最棒的亚特马!那是一位很好的女士经营的,虽然她的丈夫已经去世了!告诉他们是马席夫船长安排的,让他们好好招待你!"

"谢谢你。"诺雷克低声回答道,希望这个回应能让这过分热情的男人满意。老兵现在只希望能尽快从码头离开,他心中仍然担心有什么人会察觉鹰火号上的不妥之处,从而怀疑到他身上。

疲惫的老兵拉紧身上的斗篷,满心焦虑地向前走了几分钟之后,终于将那些船只和货栈抛在了身后,真正进入了那个传说中的鲁·高因。这么多年来,他听说过无数关于这个王国的故事,但从来未曾造访。萨顿·崔斯特曾经说过,只要你能够找到那里,就可以买到任何你想要的东西……而且数不胜数。世界各地的商船络绎不绝地往返于此,运送各种合法与违禁的货物。鲁·高因代表着最开放的市场,尽管统治阶级确信秩序仍在继续维持。

这城市从未有过片刻的安宁。据萨顿说，只要你用心去找，就一定能找到那种充满异国风情的欢场，花几个银币便可得享片刻雨水之欢。当然，在这种场所中必须时刻警惕苏丹那些忠心耿耿的守卫，毕竟在鲁·高因，有些活动是禁忌。崔斯特自己曾经讲到过一些关于鲁·高因那可怖的地下城的传说。

尽管从那墓穴之中到现在发生了那么多意外，但诺雷克穿行在街道之间的时候，还是立刻对这座城市提起了兴趣。他身边到处林立着华丽的建筑，苏丹的标志高悬在每座由石头和灰浆筑成的楼顶之上。异常洁净的鹅卵石路面延伸向四面八方，清晨的第一辆马车已经出现在他的视野里。那些身披着飘逸长袍的人们一个个从阴影中行走出来，打开每一座商铺与帐篷的大门，开始准备迎接新的生意。一些货车停在了帐篷前面，向各个商家提供林林总总的新货。

风暴已经渐渐减弱，天空中还有几片乌黑的卷云，伴随着偶尔的隆隆之声。诺雷克的心情放松了很多，到目前为止，铠甲对他并没有什么要求。至少在一段时间里，他应该可以按照自己的意志行事。在鲁·高因这座巨大的城市中，应该会有一些负有盛名的法师，他们可以帮助自己解除这该死的诅咒。借着这个理由——这应该是一件轻松便能搞定的事情——诺雷克开始任由自己的眼睛到处乱瞧，以便找到任何可能对自己有帮助的蛛丝马迹。

在这黎明的时刻，街道了挤满了形形色色的人，其中包括了不同的装束，不同的身形，不同的种族。商旅们来自种种遥远的地方，有来自恩斯汀格和堪杜拉斯的，而那些身着黑色服饰的人们则来自凯基斯坦和其他更远的地域。事实上，在这里，外地人似乎比当地人多得多。诺雷克非常喜欢眼前这些衣着纷繁的人们，这让他可以轻松融入其中而不会引来任何人的侧目。即使是这身铠甲，也没有让他引起过多的注意，因为到处都能看到跟他装束类似的人。其中一些人看上去刚刚从船上下来，而另一些人，尤其是一些头戴包着头巾的头盔，任凭银色披肩飘扬在蓝灰色铠甲之外的人们，显然就是这个自由国度里那位统治者的忠心卫士。

所有建筑都保持了统一的风格，下半部是平顺整齐的底楼，而上半部则是尖塔。诺雷克出生在茅檐低矮的农耕之家，旁近领主的城堡虽然高大，但却毫无威仪与典雅可言，此时面对这种种充满异国风情的楼宇，他禁不住一次又一次发出感叹之声。每一幢建筑都拥有自己的独特之处，但并不雷同，一些看上去高大巍峨，一些则明显玲珑许多，似乎是为了互相弥补地面与高处空间的不足。

突然间，一阵号角声响了起来，霎时间诺雷克周围的街道上变得空无一人。紧接着，他差点被一队刚才见过的那种身着蓝色胸甲和包巾头盔的巡逻卫士撞倒。鲁·高因是一座充满活力的城市，但是萨顿也说过，它看上去治安非常严谨。更令诺雷克疑惑的是，他从码头一路走来，从未有一个人拦下他来询问哪怕片言只字。世界上主要的港口多是戒备森严，即便晚上也不会有所懈怠，但他在这里却没见到一个守卫。尽管鲁·高因向来以开放闻名，但这着实令他有些想不明白。

他走在街上，饥渴交加的感觉涌了上来。他本来在鹰火号上吃了点东西，但后来一大部分精力都放在了即将抵达的海港上，因此都没来得及吃饱。另外一方面，诺雷克其实希望进城去找点更合胃口的美食，而不是忍着恶心把凯斯寇那些令人毫无食欲的食物塞进肚里。

由于之前铠甲曾经及时地向老兵提供过金钱，所以他现在并不担心囊中羞涩。他环顾四周，几个风格不一的酒馆和旅馆就在这附近，但其中一座风格迥异的酒馆吸引了诺雷克的注意力。

最棒的亚特马！告诉他们是马席夫船长安排的，让他们好好招待你！而如今，那座名字一模一样的旅店就在老兵儿码之外的地方。这是一座木质的建筑，门口上方悬着一个近似球形的标志。这座房子看起来历经沧桑，但是依旧稳健如初，所以诺雷克根本无需担心进去后会有灭顶之虞。他振作了一下精神向前走去，希望铠甲不会突然强逼着他转身走向别处。

诺雷克按照自己的意愿平静地走进了旅馆里，而他看到的一切，令他对此地的期望值又上升了一些。尽管时间尚早，但亚特马的生意已经非常忙碌，里面坐了一大堆水手，还有几名商人、旅者和行伍打扮的人，大家都在自己的位置上大快朵颐。诺雷克不想引起别人的注意，因此悄悄选择了一个角落坐下来。

一名身材苗条的少女走了过来等候他点餐，这少女看上去过于年幼了，根本不适合在这种环境下工作。诺雷克的鼻子告诉他，身后不远处就是烹调食物的地方，而他则下定了决心，不管怎样都要先来上一大杯麦芽酒。那少女行了个屈膝礼匆匆离去了，这给了他一个打量四周的机会。

他这一生在旅店和酒馆里蹉跎了太多岁月，但至少这一次，食物闻起来完全没有以前那种令人反胃的味道。侍者把桌子和地板都清理得非常干净，每个食客的食物和饮料弥散着诱人的香气。总的来说，亚特马的情形令他再次确信，鲁·高因是一个繁荣的王国，这里的每一个人都乐享太平，即便是低种姓的人们也没有例外。

那少女带来了他点的食物，它们看上去令人胃口大开。少女向他微笑着，应该是在等待他付款。而诺雷克也在盯着自己的护手，期待着接下来的奇迹。

可是什么也没有发生，这铁护手根本没有甩出一把金币来。诺雷克试着掩饰自己的焦虑。难道这铠甲想要让自己陷入困境吗？如果他没有办法付账，人们把他丢出去都算是客气的了。他扫了一眼门口,那里站着两个膘强体壮的门卫,那两个家伙在他进门时并没有注意他,但是现在他们似乎对诺雷克和少女的交谈十分感兴趣。

少女重申了一遍价格,这次她的表情已经变得没有那么友善了。诺雷克盯着自己的护手,心中默念道:快变出来!该死的。我只是想好好吃顿饭!你能做到的,不是吗?

可依旧什么也没有发生。

"有什么问题吗?"那女孩问道,脸上写满了"我已经知道真相"的表情。

诺雷克没有回答,只是一直伸开和握紧自己的手掌,看来凭空出现金币的可能性已经越来越小了。

这年轻的女侍者扫了一眼那两名门卫,开始向后退去。"对不起,先生,我……我还要去其他桌……"

两名门卫向她这边望了望,接着开始朝她走过来。

少女向他们做了个手势,现在他们知道自己该干什么了。

他站起身来,双手按在桌子上。"等等!这不是你——"

与此同时,他听到自己手掌下发出硬币与桌子碰撞的声音。

她也听到了这声音,脸上突然又浮出了笑容。诺雷克再次坐下来,他的脸已经变得苍白一片。"对不起,刚才我脑子有点乱。我从来没有来过鲁·高因,所以不知道这个价格是否合适。这些够了吗?"

她脸上的表情已经告诉了他答案。

"啊,先生,足够了,这些太多了!"

越过她的肩膀,他看到了两张疑惑的脸孔。那两个大块头拍了拍少女的肩膀,然后回到了他们自己的位置上。"这些食物和酒水需要多少钱,你就拿走多少好了。"他告诉那少女,心里的一块大石头终于放下了。当她照做之后,诺雷克又补充道:"最大那枚金币给你了。"

"谢谢你,先生,谢谢你!"

她像一阵风似的跑回了柜台,显然这是她从业以来所收到的最大的一笔小费。这景象令诺雷克暂时开心了一会儿。那该死的铠甲还不至于让他走投无路。

他凝视着护手,突然意识到刚才发生了什么。铠甲没有用任何言语,就让他明白到底是谁在真正地控制局面。诺雷克现在的生活完全在它掌控之中。在它面前耍花招只是自取其辱。

不过诺雷克也顾不得那么多了,现在还是先享受这顿美餐吧。比起凯斯寇船长供给的一日三餐,这里的饭菜简直让他尝到了天堂的味道。一边进餐,老兵一边思考着,接下来该在这神秘的国度做什么。铠甲对他的控制是如此之严,但他坚信一定有什么办法绕过它的监视。在鲁·高因这样充满活力的地方,他不仅能找到法师,同样也能找到大量祭司。即便法师们对诺雷克的境况无能为力,那些天堂的侍者们也可能有办法拯救他。很显然,一名真正的祭司拥有比这被施加了魔法的铠甲更加强大的力量。

可是怎样才能跟这些人接上头呢?诺雷克担心那铠甲会不会在神圣之地接受净化时奋起反抗。在他接近一所教堂的时候,它只需简单地扭转他的方向,一切便都落空了。或者说,他是不是连这一步也做不到呢?

对一个绝望的男人来说,这似乎值得一试。铠甲需要他活着,而且还得让他好好地活下去。这是一个可乘之机。最起码,诺雷克得想办法拯救自己的灵魂,而不仅仅是肉身。

他吃完饭后,迅速干掉了剩下的麦芽酒。在这段时间里,那少女不止一次前来探看,看他还有什么需要,很显然,这都是因为他刚才那无比慷慨的小费。诺雷克又给了她一个稍微小点的金币,这令她笑得比之前更开心了。然后,他开始询问她一些关于这座城市的信息。

"当然，那边有个竞技场。"这名叫作米拉姆的少女迅速回答道，很显然她已经被无数外地人问过了同样的问题。"还有那座宫殿！你一定看到了那座宫殿！"她的眼睛里闪着迷离的光芒，"那位苏丹，杰海因，就住在那里……"

这个杰海因一定是名英俊少年，否则米拉姆不会对他如此着迷。虽然苏丹的宫殿算得上一处有趣的风景，但那里应该没有他需要的东西。"还有其他的吗？"

"广场附近还有阿拉戈剧场，还有托马斯大教堂，所有的忏悔都在大教堂里进行，不过萨卡兰姆祭司只允许人们在中午的时候进去，而且那个剧院也正在修理中。啊，城市最北面有各种比赛，赛马的，赛狗的——"

诺雷克停止了倾听，他现在已经得到了自己想要的信息。如果神圣之地或者高阶天堂有什么力量能够胜过巴图克这邪恶的遗产的话，大教堂是最大的希望。萨卡兰姆教堂代表了双子海两侧最强大的力量。

"有些老人和学者喜欢城墙外那些维兹杰雷神庙的废墟，尽管那里黄沙漫天，根本看不清多少东西……"

"谢谢你，米拉姆。这些已经足够了。"他准备离开，脑子里盘算的都刮着如何才能够通过迂回的方式接近萨卡兰姆地区。

四个穿着鲁·高因警卫惯常装束的人走进了亚特马，但他们的兴趣并不在饮酒上。相反地，他们一进来就直接向诺雷克望去，个个表情阴沉。老兵可以确定，这些人知道自己是谁。

从前的诺雷克向来因有精准的直觉和军事才能而令人钦佩，眼前这个四人队散开之后，已经将他绕过对方从前门冲出去的希望彻底掐灭。虽然这些警卫还没有抽出来自己的长弯刀，但每个人都把手放在了刀柄附近。诺雷克任何一个错误的举动都会让自己被飞出的四把利刃砍成几截。

这谨慎的老兵假装没有觉察这一切，回过头去继续问那少女："有一个朋友跟我约好了在这旅馆的后街上碰头，你们后面有其他出口吗？"

"那儿有一条路。"少女向诺雷克指了一下，不过他立刻轻轻地拉住她的手，将另外一枚金币放在她手中。

"谢谢你，米拉姆。"诺雷克轻缓地从她身边挤过去，看上去就像是要去柜台再要最后一杯酒。四个警卫都愣住了。

在快要走到柜台那里时，他突然转身向后门冲去。

诺雷克虽然看不到那四个男人，但他想这些人一定会猜到自己的意图。他加快了步伐，希望能够尽快到达出口。一旦逃出来，他就有希望让自己消失在越来越密集的人流之中。

他推开了门，立刻从门边闪出去——

他突然停住了，一对粗壮的手抓住了他的双臂，很快将他制住了。

"抵抗只会让你的下场更惨，西方人！"一名身穿带有金色护符斗篷的黑皮肤警卫吼道。他凝视着诺雷克说道："你做的好事啊！这是一个！我们从这里开始！"

四个从里面追出来的警卫从诺雷克身边走过去，向刚才那人敬了个礼，然后准备离去。诺雷克脸上露出了痛苦的神色，他现在才意识到自己陷入了一个不怎么高明的圈套。

他不知道这帮人追捕自己到底是何意图，但在目前这种情况下，他对此并没有太大好奇，他更疑惑的是为什么巴图克的铠甲对此毫无反应。很显然，那帮人多半是对它有所企图，可为何它不肯解救自己的宿主呢？

"听好了，西方人！"那长官走近诺雷克想要击打他，不过最终还是将手放了下来。"老老实实跟我们走,没人会虐待你!胆敢反抗……"他将手放到了长刀的刀柄处,这威胁的意味已经不言而喻。

诺雷克点点头表示明白。如果铠甲没有打算反抗的话,他自己可没兴趣独自单挑这一支巡逻小分队。

逮捕诺雷克的队伍围成方形,他们的头领走在前面,而诺雷克则被夹在中间。这支队伍沿着街巷向前走去,渐渐远离了人群。有几个人好奇地看了看他们,但是没有人同情这惹麻烦的外来者。似乎他们总以为外乡人多的是,死上一个两个能有什么影响?

没有人能解释诺雷克为什么被逮捕,不过他感觉这与鹰火号的到来有一定关系。当初他以为港口那里一个守卫都没有,现在看来可能他错了。鲁·高因并不像表面上看起来那么纪律散漫,它对于那些乘船来到此地的外来者的态度极其谨慎。观察得十分仔细。这事儿也可能跟凯斯寇船长有关,毕竟,向当局汇报船上发生的一切,同时要求他对自己的损失负责,这都是情理之中的事情。

那为首的卫兵突然转向旁边一条狭窄的街巷,他的手下立刻紧随其后。诺雷克皱了皱眉头,不再考虑凯斯寇和他的鹰火号。这些人现在穿过了一条人迹稀少狼藉不堪的道路,走入一处阴暗的所在,这里看上去即便是最明亮的正午也显得极其昏暗。卫兵们开始变得紧张起来,就好像有什么东西要突然出现了。

他们并没有走出多远,就又转入了一条伸手几乎不见五指的小巷。这支队伍走进去几码之后,立刻停了下来。

所有人立正站在那里,甚至都不敢大声喘气。事实上,这四个卫兵站得如此笔挺,以至于诺雷克不得不怀疑他们是否只是几个木偶,而现在操控者刚刚停止操作他们的提线。

似乎为了印证这一点,一道身影不知道什么时候靠了上来,那是一个衰老不堪的男人。这男人拥有银色的长发和胡须,身披一件考究的宽肩长袍，那样式令诺雷克觉得极其熟稔……会是弗兹汀吗？可是，这个身影，这个维兹杰雷法师，跟诺雷克那位不幸的朋友相去甚远，而且能力似乎要远超过那死去的法师。

"离我们远些……"他向那些卫兵命令道，他的声音是如此强势，充满威严，尽管看起来年事已高。

那长官和手下立刻顺从地转过身去，很快沿着原路消失了。

"他们什么都不会记得的，"这位维兹杰雷法师说道，"就算其他人协助他们，一样也什么都想不起来……这正是我想要的……"当诺雷克试图说话的时候，这银发的老人只不过望了他一眼，他立刻闭上了口。"如果你想活下去的话，西方人……你，也必须听我的话……一切都要按照我的意愿行事。"

第十一章

"你不舒服吗,我的女士?"杰隆南船长问道,"现在除了吃饭时间,我感觉你都没有出过自己的舱室。"

卡拉直直地盯着他的眼睛。"我很好,船长。国王之盾号马上就要靠近鲁·高因了,我必须得准备接下来的行程。我要考虑的事情太多了。很抱歉,如果我看上去对你们不太友好甚至粗鲁的话,还请原谅。"

"没有不友好……就是感觉有些太冷淡了,"他叹了口气,"好吧,如果你需要什么,一定要告诉我。"

她需要的东西太多了,可这位好船长什么也帮不了她。"谢谢你……帮助我那么多。"

当女死灵法师向自己的舱室走去的时候,她能感觉到船长一直在注视自己。无论卡拉处于任何绝境,杰隆南都会竭尽全力去帮助她,对于这一点,她心中非常感激。不幸的是,他所提供的任何帮助,都无法令这迷人的女法师摆脱目前所面临的窘境。

卡拉进入舱室的时候,就看到那两个亡灵正站在靠里的墙角等着她,从它们的站姿就能看出来,这个种族拥有众所周知的那种耐性。弗兹汀已经握紧了那把闪耀着微光的匕首,上面所施加的维兹杰雷的法术令女死灵法师对它们两个根本无可奈何。法师那双黄色的眼睛一眨不眨地盯着她。卡拉猜不到弗兹汀到底在想什么,因为它几乎面无表情。

但萨顿·崔斯特不是这样,这亡灵一直不停地笑着,就像有什么开心的事情要跟人分享一样。卡拉真想帮它扶正一下它的脑袋,因为这脑袋不是歪向这边就是歪向那边。

这两具亡灵身边弥漫着恶臭,她其实已经告诉过它们,不要把味道扩散到舱室之外的地方去了。作为一个死灵法师,这些邪恶的味道对卡拉的影响并不算大,但她还是极其不喜欢这些味道。女死灵法师的研究和信仰决定了她每天都得面对各种死亡领域的事,不过之前的体验都是与自己的团队在一起。现在一切都颠倒过来了,两个亡灵居然对自己指手画脚呼来喝去。

"那位好船长……让……让你一个人……是……我希望的。"崔斯特喘息道。

"他只是关心我,仅此而已。"

这瘦高的亡灵轻笑起来,那声音就像某个食肉动物喉咙里卡了块骨头。也许这个男人在罹难之时,那粗大的气管里真的卡了一块什么骨头。这样就能解释为什么他说话一直是这种腔调了。尽管萨顿·崔斯特不需要呼吸,但是他讲话时还是需要有空气来配合的。

当然,崔斯特的维兹杰雷同伴因为喉咙上破了个大洞,就只能永远保持沉默了。

"让我们期盼……他的关心……离我们房间……远一点。"

弗兹汀指了指床沿,女死灵法师立刻理解了这个无言的命令。她一只手紧紧攥着自己的食物,然后坐到那里,等待着它们的下一个命令。这维兹杰雷法师已经掌控了匕首太久,它的魔法足以完全压制住卡拉·夜影。

崔斯特的眼睛眨了一下，对于一具尸体而言，这已经算是意识极其清醒的表现了。他不像弗兹汀，直到现在，他还在假装自己是一个活人，虽然所有皮肤都已经朽烂不堪。作为一名维兹杰雷法师，很显然他更清楚现实的情况，因此能更好地把握住形势。从另外一方面来说，战士应该是更喜欢人类生活的方方面面。卡拉怀疑他这个笑容可能很容易激怒陷入困境中的同伴。

"吃……"

在它们坚定的眼神下，她妥协了。与此同时，她一直在冥思苦想，想要从记忆中找到一些可以令自己重获自由的办法。到目前为止，它们并没有与卡拉进行任何身体上的接触，也没有试图伤害她，但这并没有平息她的不安。亡灵们有一个坚定的目标——那就是找到它们的朋友，那个诺雷克·维扎兰。如果，在某一时刻，比如最终接近目标的时候需要牺牲卡拉，她觉得这些家伙不会有丝毫犹豫的。

维扎兰是它们的同伴，它们的战友，但很显然，他残忍地杀害了这两个伙伴，然后带走了那套铠甲。萨顿·崔斯特并没有告诉她详情，但她从这健谈的亡灵的话语中梳理出了许多有用的信息。崔斯特甚至从来没有指责过诺雷克，而只是说它们需要找到自己的伙伴，然后结束在墓穴中发生的那些事情——因为卡拉没有像它们希望的那样留下来，所以现在她必须要陪着它们完成这个可怕的任务。

卡拉沉默地吃着东西，尽量让自己的目光避开那可怕的两个家伙。她感觉自己最好不要与他们四目相对，尤其是那个崔斯特。可惜当她快把这一碗饭吃完的时候，这个直言不讳的亡灵突然用刺耳的声音问道："它……它味道……好吗？"

这个奇怪的问题令她吃了一惊，她抬起头来看着它。"你说什么？"

一根惨白的皮肉不全的手指伸向那碗。"这食物。它……味道……好吗？"

它所拥有的记忆，超出了卡拉的预想。她所认知的亡灵，绝不会对鱼汤有什么兴趣。人肉，没错，在某些情况下它们会吃人，但是从不动鱼汤。不过现在女死灵法师想碰碰运气，她将碗伸了出去，尽量用平稳的语气问道："你要尝尝吗？"

崔斯特看了看弗兹汀，对方的表情和石头没什么区别。这消瘦的亡灵最终向前迈了一步，抓住了这只碗，然后迅速回到它所钟爱的位置。卡拉从来没想到一具会走路的尸体能拥有如此迅捷的移动速度。

它用残缺不全的手指掬起一点食物残渣，然后将它们送到嘴边。萨顿试着咀嚼，鱼的残渣跌落到了地板上。尽管它们两个行动起来和人类差别不大，但是这已死的身体不可能再拥有生前所有的功能。

它突然把剩下的食物吐了出来，与此同时，腐烂的脸上露出扭曲与狰狞的表情。"好脏！它吃起来……吃起来……死人味。"萨顿盯着她。"它死了太久了……他们还……煮熟它……太……太过分了。"它似乎在思考着什么，但眼睛一直盯着卡拉。"我想……也许它们……不煮熟……不如……吃鲜的……还好点……对吧？"

黑发女死灵法师没有作答，她实在没有任何兴趣继续与这亡灵的对话，更何况争论是不是生肉更好吃这样的话题。相反，卡拉试图将话题转回她最关心的那一个——如何继续追踪诺雷克·维扎兰。

"你曾经去过鹰火号，对吧？你在船上待了很久，后来不知道发生了什么事情，船员最后弃船逃走了。"

"没在船上……在它下面……在大多数情况下……"

"在它下面？"她似乎看到它们两个用远超常人的力量紧紧抓着船底，即便是再汹涌的波浪也别想令它们松手。只有一个亡灵才能完成如此艰巨的任务吧。"你是什么意思……大多数情况下？"

萨顿耸了耸肩，来回晃了晃它的头颅。"我们可以上船……一小会儿……时间……在那些傻瓜跳……船之后。"

"他们为什么要离开？"

"他们看到……不想看到的……"

这不是一个非常有用的回答，不过这场谈话持续的时间越长，它们用来考虑如何对付她的时间就越少——那种很有可能断送女死灵法师的性命的想法。

卡拉再次想到了它们这种邪恶而不懈的坚持。亡灵们一步步设法接近自己的目标，甚至不惜像一对七鳃鳗吸附在鲨鱼身上一样将自身挂在船壳之外。它们紧紧抓着鹰火号的船壳穿过那场卡拉刚刚经历过的暴风雨的场景，恐怕这一生都无法从她的脑海中驱散。看起来，诺雷克·维扎兰恐怕很难逃脱它们的魔爪。

可是……他现在已经逃得那么远，即便是它们曾经将手掌伸到离他咽喉只有几码之远的地方。

"如果你和它一直跟着那艘船，为什么到现在追捕还没有结束呢？"

亡灵的脸上的笑容立刻消失了，取而代之的是无比的阴冷，这让它的表情看起来比之前更加可怕。"那一定是……是的。"

它没再说什么，当卡拉望向弗兹汀的时候，它阴沉的面容上看不到任何有价值的信息。她迅速思考了一下它们的回应，最终决定继续探究它们在鹰火号上的失败。"我应该能帮到你们，你们知道的。下一次，绝对不会出错的。"

这次，弗兹汀又眨了眨眼睛。女死灵法师不知道这意味着什么，不过维兹杰雷法师的举动应该是有某种含义的。

萨顿·崔斯特眯起了眼睛。"你会……多……帮助……我们需要。相信……那个……"

"但我不一定仅仅是受你们控制的傀儡。我知道是什么驱动你们前行的。我知道你们为什么要如此长途跋涉。作为一个盟友而不是囚徒,我帮你们完成目标的可能性要大十倍!"

这具瘦高的尸体在沉默中将它手中的匕首抛起来,接住,又抛起来,又接住,反复数次。这应该是它生前下决定之前的习惯动作。显然死亡并不能改变这些癖好。卡拉感觉它每次不得不集中精力思考的时候,都会这么做。"你不知道的事情……还有很多。"

"我想说的是,我们不需要互相敌对。我的法术当初曾经间接导致了你们的遇害,导致你们踏上了这次征途,我觉得我应该负一部分责任。你们在找这个诺雷克·维扎兰,我也在找他。那我们为什么不能合作呢?"

那法师又眨了一次眼,看起来就像想说什么似的——当然,这是不可能的。作为它与外界交流的传声筒,它眼睛向下望了一眼自己的同伴。两个亡灵彼此交换了一个漫长的眼神,这令女死灵法师怀疑它们是在用一种超出自己认知的方式进行交流。

萨顿·崔斯特突然发出了一阵古怪的笑声,这笑声在狭窄的舱室里显得格外刺耳,不过卡拉可不希望杰隆南船长或者其他人听到。维兹杰雷法师对这里施放了一个隔音的法术。对国王之盾号上的人们而言,女死灵法师现在比她沉睡时还要安静。

"我的朋友……他带走了一件……有趣的东西。你……成为我们的好伙伴……当然可以……想拿回你的匕首……对吧?"她一时间不知道该怎么回答,崔斯特接着补充道:"没那么便宜的事……我们得……靠它……你应该懂我的意思。"

卡拉当然清楚。这匕首不仅仅让它们可以压制住她,而且很可能还提供了令它们可以在人类世界自由行动的能量。当初应该就是这把匕首在无意中召唤出了弗兹汀的幽灵,如果现在将它从这亡灵的身边夺走,那么凋零的不仅仅是它们的身体,很可能就连灵魂都永远陷入万劫不复之中。

它们两个绝对不希望这样的事情发生。

"你会帮助我们……我们需要的。你会协助……当真相……被我们遇到这些……蒙蔽……你要做……在白天……什么都能看得到……"

弗兹汀第三次眨了眼睛,这次居然带着一种极其痛苦的感觉。它对这两人的交谈从来没有任何兴趣,看上去每一件事情的决策权都交给了它这能发出声音的同伴。

崔斯特站起身来,居然还在笑。卡拉·夜影越看这个瘦高家伙的脸孔,越怀疑它保留了太多生前的印记,就像那碗鱼汤令它如此厌恶一样。看上去带有几分幽默的笑脸,在某种程度上应该仅仅是他死亡那一瞬间表情的冻结。如果有机会撕开那个叛徒诺雷克的心脏,它的脸上一定也是挂着笑的。

"如果我们必须……要和你合作……我的好朋友有个建议……你必须……服从……不管任何情况。"

它和维兹杰雷法师都开始靠近她。

卡拉从床上跳了起来。"你有匕首,不需要其他方法来控制我。"

"弗兹汀相信……我们有办法。我很……抱歉。"

尽管不太可能有人听得到,但她还是立刻张开口大叫起来。

法师第四次眨了眨眼睛——女死灵法师压根儿没能发出任何声音来。这脸色苍白的女性看上去是如此惊骇和愤怒。卡拉知道,自己有许多法术精熟的同门可以将这两个亡灵变成沉默而顺从的仆人。几年后,她也应该可以做到。但是现在,亡灵们却会将她变成傀儡——它们正在试图进一步收紧她身上无形的镣铐。

崔斯特的笑容显得残忍而冷酷，他那空洞的眼白在卡拉眼中显得是如此刺眼，而每一次因为说话而呼出的腐烂味道都令她感觉无比恶心。"给我……你的左手……它不会……很疼。"

卡拉根本没得选，只能勉强地答应了。萨顿·崔斯特用自己朽烂的指头握住她的手，就像对爱人一样轻柔地抚摸着她。卡拉感觉自己的整个脊背都在发凉，她曾经听说过类似的故事……

"我怀念很多……比如生命……女人……很多事物……"

它的一只大手垂了下来。崔斯特极其夸张地点了下头，随即向后退了一步。它仍然紧紧握着卡拉的手，然后将她的手掌翻了过来。

弗兹汀将闪着微芒的匕首刺入了她掌中。

卡拉喘息着——随后开始感觉到有些不适，但还算不上疼痛。她惊讶地望着眼前的一切，似乎不敢相信这些都是真的。至少有两寸长的刀刃穿过了她的手心，但她却没有看到鲜血流出。

匕首刺入的地方闪耀着夺目的黄色光芒，笼罩了她的整个手掌。

这个维兹杰雷法师最后似乎想说点什么，但它只能发出一些呼呼的喘息声，看来即便是重新把它破裂的喉咙缝补起来也无济于事。

"让我来……"崔斯特咆哮道。他又盯了一眼被控得牢牢的女死灵法师，开始吟诵道："我们的生命就是……你的生命。我们的死亡就是……你的死亡。我们的命运就是……你的命运……把这把匕首……和你的灵魂……绑定……"

与此同时，弗兹汀抽出了匕首。这个维兹杰雷法师将匕首扬到她面前，让卡拉确认一下上面没有血痕。它随后指了指她的脸。

她审视着自己的手掌，甚至看不到最轻微的伤痕。这已死的法师仍然能够施放极其强大的法术。

崔斯特将她推到床边，示意她坐下来。"我们成为……一体了。如果我们失败……你也失败。如果我们灭亡……或者被出卖……

你……一样……为此……永远痛苦……"

卡拉不禁轻轻颤抖起来,它们束缚自己的方式远远超过了之前凭借匕首所达到的。如果这两个家伙在完成它们可怕的任务之前遭遇意外,那么卡拉的灵魂也会随即被它们拖着坠入无尽地狱,再无法得到救赎。

"你不需要这么做!"她想要从对方那里寻求些怜悯,可连一丝一毫都没有找到。对它们来说,已经没有什么比复仇更加重要了。"我会帮助你们!"

"现在……我们确信你会的。"崔斯特和弗兹汀再次后退到了舱室的角落。匕首闪耀着金色的光芒。"现在……绝不要……欺骗……当你遇到……法师。"

尽管它们刚刚如此对待卡拉,但她还是极其疑惑地问道:"法师?在鲁·高因?"

弗兹汀点了点头。萨顿·崔斯特的脑袋晃晃悠悠地偏向了一侧——也许对他来说,这颗脑袋有时候显得过于沉重了。

"是……的,一个维兹杰雷法师……就像……我这朋友……一个老家伙……知识很渊博……很有名……名叫……卓格南。"

* * *

"我的名字叫作卓格南,"身着披风的法师扫视了一遍密室,这才说道,"请坐,诺雷克·维扎兰。"

诺雷克又打量了一遍这维兹杰雷的密室,结果比刚进来时感觉更加不安了。不仅仅是因为这老迈但绝对无比强大的老人轻松解救了他,更重要的是,这位卓格南显然非常清楚在他身上发生的一切——包括那可憎的铠甲的追求。

"我非常清楚，可恶的巴图克不可能一直藏身在铠甲中，"当诺雷克试着坐上一张摇摇晃晃破旧不堪的椅子后，他对老兵说道，"一直都确信。"

他们经过了一小段时间的跋涉，才从繁华的大街转到一条气味不佳的小巷，最后进入了这昏暗的房间。从门口看，这应该是一座废弃已久，老鼠肆虐的建筑，但它的内部却……是一座古老庄严的大厦。卓格南告诉他，这里传说曾经是鲜血战神的兄弟霍拉松的宅第。

在巴图克的兄弟失踪很久之后，这里最终成了废弃之地，但某些神秘的法术依然保护着这里，令它免遭那些贪心之徒的觊觎——直到卓格南最终想出对策绕过了这些法术，才得以进入墓穴之中。后来这位维兹杰雷法师觉得自己与此地实在是太有缘分了，于是便搬了进来，继续在这里进行他的研究。

他们穿过一座空荡荡的大厅，大厅地面上铺着图样各异的地毯，其中包括形形色色的动物、人类战士，甚至还有一些在传说中才会提到的建筑。最后，两个人才进入这个特殊的房间，年迈的法师把它称作自己的家。挨着墙壁的是一层又一层的书架，上面摆满了各种书籍和卷轴，对于一个多年征战的老兵来说，眼前的景象简直难以想象。他试着读了读，大部分书目根本不是用平民所惯用的语法写的。

除了书籍之外，书架上还有几件其他可以称作装饰物的东西，比如一个被擦得锃亮的头骨，几瓶深色的液体。整个房间的主要家具只有一张做工精良的桌子和两个古旧但透着庄严的椅子。在苏丹的宫殿里，这些陈设往往属于某个王公大臣。诺雷克起初并没有期待会从这位维兹杰雷法师的密室里看到此类陈设，就像其他普通人一样，他觉得卓格南这样的法师应该拥有种种可怕的道具。

"我是一名……研究者。"这年迈的法师突然补充道,似乎他意识到了需要对自己周围的环境有所解释。

他是一名研究者,研究什么呢?也许这可以解释为什么诺雷克抵达码头之后没有任何卫兵阻拦他。一个研究者,他可以轻松施放一些小法术,从而控制至少半打卫兵的意识,令他们直接将这外国人送到他手中。

一名研究者会涉猎很多黑暗的魔法,他知道巴图克的铠甲中蕴含了何种致命的法术——而且显然不止一次轻松压制过类似的魔法。

最重要的是,诺雷克为什么会心甘情愿地跟着他走到这里呢。从逃离墓穴至今,他第一次燃起了摆脱这寄生在自己身上的铠甲的希望。

"在一或两周之前,我获得了一些影像。"这法师将他干瘦的手伸向一大摞图书,显然是想从中找到什么。"巴图克的遗物已经觉醒了!一开始我不相信,可当它重复出现的时候,我相信了这个事实。"

从那时以来,卓格南一直在坚持施法探索其中所隐藏的真相——在这个过程中,关于诺雷克的秘密一步步被发现,而铠甲强加给他的旅行也被法师所掌握。虽然年迈的法师无法系统观察老兵从墓穴逃出来后的旅程,但他大概也能推断出对方的行动轨迹。很快,这个男人和他的铠甲来到了距离维兹杰雷法师一步之遥的地方,接下来发生的意外对卓格南来说则是意料之中的。

法师从书架上抽出一本巨大的册子,然后把它轻轻地放在密室正中的桌子上。他一边翻阅一边说道:"铠甲设法来到鲁·高因,这让我非常吃惊,年轻人。如果听之任之的话,巴图克的亡灵一定会想办法达成它的遗愿。我确信它来到这个自由的国度,是出于两个特殊的原因。"

诺雷克对这些原因根本没有兴趣，他更关心的是维兹杰雷法师有没有可能将自己从那铠甲的束缚中解救出来。"那些法术就在这本书里面？"

年迈的法师抬起头来。"什么法术？"

"当然是把我跟这东西分开的法术！"诺雷克用一只手狠狠地敲了敲胸甲，"这该死的铠甲！你说过你有办法把这东西从我身上剥下来！"

"我记得不久前刚刚跟你说过，想活下去，你就得按我说的去做。"

"可是这铠甲！该死的，法师！我只关心这个！赶紧念点咒语！趁着它现在还没有发作，赶紧把它从我身上剥下来！"

银发的法师低下头看了看他，就像一名慈父在看自己发牢骚的孩子，然后才说道："我虽然暂时无法去除这套铠甲，但我向你保证，在我的力量压制下，你根本不需要担心它再有所动作。"卓格南把手伸进了长袍深深的口袋里，掏出了一根类似短棒的东西，但诺雷克很快发现，它比想象的长了太多太多。事实上，当法师将它从口袋里掏出来后，这根棍子很快膨胀到了四英尺还多——事实上，它应该是一根覆满精致符文的闪闪发亮的法杖。"看好了。"

卓格南用法杖指着他的客人。

诺雷克曾经跟着弗兹汀去许多地方旅行过，他自然知道有人用一根魔法杖指着自己意味着什么，于是立刻向旁边跳开。

"等等——"

"弗瑞奥斯克！"法师大喝了一声。

一个火球向战士疾飞过去，火焰瞬间散开，一张火毯把诺雷克包围起来。

但在距离他鼻尖还有几寸的地方，火焰突然熄灭了。

一开始，诺雷克确信是这套铠甲再次救了自己，但他很快听到了这年迈的法师轻笑着对他说："不要担心，年轻人，这不会伤到你分毫！你知道我的意思了吗？我已经完全控制了铠甲！如果我愿意，现在就可以把你烧成一堆焦炭，铠甲根本救不了你！是因为我中断了法术，你才会安然无恙！现在请坐回去吧……"

诺雷克感觉那灼热的气息仍然充斥在鼻孔里，他瘫倒在古旧的椅子上。卓格南这令人胆寒的展示证明了两件事情。首先，老法师的声明是真的，在他的强大法力下，铠甲的力量已经被完全压制。

其次，诺雷克显然把自己交到了一个残忍而且几近疯狂的法师手中。

可是……他还能做什么呢？

"你手边有一瓶酒。喝点吧，那能让你平静下来。"

这瓶酒并没有让诺雷克放松下来，因为在前一秒这酒和放酒的桌子还没有出现在他手边。尽管如此，他还是给自己倒了一杯酒，虽然不知道接下来会发生什么，诺雷克依然硬着头皮喝了一口。

"那会让你感觉好一点。"卓格南将那厚重的书册翻了一页，然后凝视着他的客人说道。他的另外一只手很随意地握着法杖。"你了解鲁·高因的历史吗？"

"不太多。"

法师放下书册走了过来。"第一件我需要马上告诉你的事情，这事情关乎你现在的境况。鲁·高因在崛起之前，曾经有一段时间是凯基斯坦帝国的殖民地，这里有维兹杰雷的神庙，也有一支军队驻扎。然而，在巴图克与霍拉松兄弟的时代，帝国将它的力量撤回到了海的那边。维兹杰雷依然保持着强大的影响，但也为此付出了巨大的代价。"近乎孩子气的笑容在他那张黑暗与消瘦的脸孔上蔓延开来。"这很有意思，真的！"

诺雷克对他这些历史课程完全没有兴趣，他皱起了眉头。

但卓格南却完全没有注意到他的表现，而是接着说道："在那场战争之后，巴图克被击败随即被处死，但帝国再也没有恢复它的荣光。更糟的是，它最伟大的法师，那最无上的光芒，在身体上遭受了重创，精神上受损则更加严重。我说的，当然，就是霍拉松。"

"那人来到了鲁·高因。"诺雷克及时补充道，他希望通过这一点，能够令天马行空的老人回到他所期待的话题上。然后，也许，卓格南最终可以帮到这可怜的战士。

"是啊，没错，鲁·高因。当然，那时它还没有被如此命名。是啊，霍拉松，他虽然取得了胜利，但却遭遇了如此的痛苦。他来到这片土地，试着去投入新的生活——然后，就像我先前告诉你的，就此消失了。"

老兵等着这位主人继续说下去，但卓格南只是凝视着他，就像他刚才解释的已经是全部。

"我知道了，你根本没明白。"这身着披风的法师最后才意识到问题所在。

"我知道霍拉松来到了这片土地，而他那该死的兄弟的恶心的铠甲也来到了这里！我知道的是人们一个个被屠杀，恶魔从土地里爬出来，我知道我的生命再也不属于我自己，而是落到了那个亡灵领主手里头！"诺雷克再次站起身来，显然酒意已经涌了上来。卓格南现在完全可以举起法杖轻松地杀掉他，但诺雷克的耐心已经到了尽头。"要么帮我，要么弄死我，维兹杰雷法师！我没时间上什么历史课！我想摆脱这该死的命运！"

"坐下来。"

诺雷克坐了下来，但这次并不是出于自己的意愿。卓格南的面上掠过一丝阴郁的表情，提醒了这位倒霉战士，对方不仅可以轻松控制半打卫兵的意志,而且压制住了那该死的铠甲。

"诺雷克·维扎兰,尽管你表现得很让我失望,但我还是会拯救你——尽管没有任何一个维兹杰雷的仆从可以放任你亵渎那个古老的名字!我会救你的,当你引导我到那里的时候,我已经为此搜寻了半生的时间!"

不知道卓格南用了什么法术,诺雷克被压到了椅子上,几乎连气都喘不过来。"什么?你说什么?我带你去哪儿?"

卓格南用近乎怀疑的眼神看着他。"为什么?这个城市下面一定埋着些东西,这副铠甲也在寻找——巴图克的兄弟,霍拉松的墓穴……传说中的神秘避难所!"

第十二章

奥古斯都·马莱沃林将军像往常一样,在深夜里巡视了一圈营地。也正如每个夜里所做的一样,他会认真审视这些值夜的手下的表现。不称职的家伙会受到严厉惩处,不管他职位有多高。

不过,在今天这个特殊的夜晚,将军的做法与往常略微有些不同,只是他那些疲惫不堪的手下根本没有注意到罢了。这一夜,马莱沃林在巡视时依然带着巴图克那顶深红色的头盔。

这顶头盔跟他的铠甲不怎么配套,但他一点也不在乎。事实上,他越来越觉得自己应该把铠甲也染成头盔的颜色。不过到目前为止,他只想出来一种办法可以让铠甲与头盔的颜色相匹配,但这法子肯定会引起一场全面的暴动。

他用一只手调整了下头盔,令自己戴起来更舒服一些,这动作简直像是在抚摸自己的爱人。之前葛莉安娜建议他摘下这头盔的时候,他感觉非常不爽,他怀疑这女巫只是担心自己因此变得越来越强大。事实上,当他获得这一整套装备以后,他根本不再需要女巫的魔法支持——虽然她在其他某些方面也称得上迷人和娴熟,但马莱沃林知道自己肯定能找到一个更乖巧顺从的姑娘来满足自己的欲望。

当然，生理需求可以暂时放在一边。鲁·高因正在向他招手。他虽然在维兹郡受过欺骗，但现在肯定不会了。

——可你配得上它吗？你配得上巴图克这些遗物的荣光吗？

马莱沃林愣住了。这个声音来自他的脑海深处，前一夜他也曾经被如此质问过。一直以来他最担心的问题，再一次被大声地提出来，可他却从来不敢让任何人知道。

——你配吗？你要证明自己吗？你能把握自己的命运吗？

营地远处一点微弱的光芒引起了他的注意。他刚想传唤卫兵，却发现那模糊的身影正向这边走来，对方手中拿着一支快要熄灭的火把，看上去应该是自己人。那人走到距离将军两三码远的地方停下来，昏暗的光亮映出一张士兵的脸孔。

"马莱沃林将军，"这卫兵恭恭敬敬地低声说道，"你一定得看看这个。"

"这是什么东西？你找到了什么？"

但是这卫兵将身子转向了来时的黑暗之处。"这样会看得真切一些，将军……"

马莱沃林皱着眉头跟在这卫兵的身后，一只手紧紧握在剑柄之上。毫无疑问，卫兵非常清楚自己接下来必须向他的领袖展示一些重要的东西，否则他会付出巨大的代价。马莱沃林向来不喜欢有人打扰他巡视。

两个人走过了一段崎岖不平的道路。卫兵在前面领路，他们小心谨慎地越过了一座沙丘，来到了另一端。越过这些沙地，一座满是岩石的山脊在黑暗中显露出隐约的轮廓。将军怀疑这卫兵想要去那里。如果不是……

卫兵停了下来。马莱沃林根本没搞明白他为什么非要举着火把。这微弱苍白的火焰根本照不清多远的路途，但若是前方潜伏着敌人的话，火光很容易提醒对方这两个人的靠近。他诅咒自己为什么没有命令卫兵熄灭火焰，不过随后他开始宽慰自己，不管卫兵没有想到这一点，至少现在来看他的行径不像是个叛徒。

奥古斯都·马莱沃林吐了口唾沫，然后咕哝道："好了？你看到了什么？就在这些石头里？"

"这很难解释，将军。你必须得瞧瞧，"暗影中的卫兵指了指右边的地面，"往那边走，将军。如果你来……"

也许这个家伙发现了一些废墟。马莱沃林对此会感兴趣的。维兹杰雷拥有漫长的历史，而且在埃拉诺克附近活动频繁。如果这里是他们某座神庙的遗址，也许它会遗留下一些将军感兴趣的东西。

他脚下的土地，就是刚才卫兵告诉他要踏足的地方，突然塌陷了。

马莱沃林蹒跚地挣扎了一下，随后倒了下去。他害怕失去自己的头盔，于是用一只手紧紧地护住它。因为失去了任何可以阻止自己下沉的机会，将军的双膝很快陷入沙中，没多久，沙子已经淹到了他的脖颈。他被迫用右臂支撑着全身的重量，现在只觉得手臂一阵阵的剧痛。他试图让自己挣脱出来，但松软的沙地令他的所有努力都化为了徒劳。

他抬起头试图寻找那个把他带到这里来的小兵。"别傻站在那里，你个白痴！帮我——"

那名卫兵凭空消失了，连他手中的火把也已经了无踪影。

马莱沃林努力稳住身形，最后终于挣扎着爬了出来。他极其小心地将手伸向佩剑——结果发现那把剑也不见了。

你配得上吗？那个声音又在他脑海中响起。

沙地里突然出现四个丑陋而近似人形的生物。

虽然夜色如此深沉，将军依然能够看得到它们那坚硬的外壳和如甲虫一般的脑袋。一对前臂如同超大号的钳子，露出令人胆寒的锋芒，但这些恐怖场景并非马莱沃林的臆想。他知道这些沙漠蛆虫，这是一种巨大的节肢动物，它们常年游荡在埃拉诺克郊外的荒野中，以凶残的猎杀手段闻名于世间……任何人都不希望被它们盯上。

虽然多年以来便有谣言散布，大量这种如甲虫一般的怪物曾经导致许多商队就此失踪，但将军从未听说它们潜伏在自己的军营附近。虽然马莱沃林的武装并非最强大的——但这些训练有素的战士显然对虫子毫无吸引力。它们更喜欢小一点和弱一点的目标。

比如像现在，孤零零的一名战士被诱拐到它们中间？

他只要找到那个该死的小兵，他就能查出来到底是谁背叛了自己。不过现在马莱沃林有更重要的事情要做，那就是首先不要让自己成就了这些甲壳恶魔的盛宴。

你配得上吗？那声音再次响起。

就像突然受到了什么刺激，其中一只丑陋的甲壳虫突然将钳子伸向马莱沃林，它的双颌兴奋地发出咔哒咔哒的声音，似乎正在期待一场血腥的奖赏。尽管它们并非真正来自地狱的恶魔，但对于普通人类来说，也已经足够残忍和凶暴了。

不过奥古斯都·马莱沃林可不是什么普通人。

当那凶残的爪子伸向将军的时候，他本能地向前挥手试图反击。然而，令他吃惊的是——很显然他对面的怪物也相当震惊——本来空荡荡的手中突然出现了一把被深红色光芒环绕着的黑色利刃，光芒瞬间照亮了周围的一切，甚至比最粗壮的火炬还要明亮。剑刃在空中划出一道闪亮的弧光，它的重量和平衡感简直完美到了极点。

剑锋毫不犹豫地切开坚硬的甲壳，整只断裂的螯肢嗖地飞到了旁边。那甲壳恶魔发出一声尖锐的嘶叫，迅速向后退去，黑色的液体从它前臂的伤口中不停地滴下来。

马莱沃林将军没有丝毫停滞，而是立刻抓住了这难得的机会，挥动令人讶异的利刃娴熟地对第二只怪物展开了攻势。在它倒下之前，将军已经将目标转向了下一个，第三只怪物在他无情的攻势下不得不向后退去。

两只幸存的怪物加入了战团，分别从不同的方向开始发动攻击。马莱沃林向后退了一步，调整了一下身形，随即再次逼近那只刚刚被他砍掉前臂的怪物。那怪物的另外一对肢体应声落地，与此同时，这位作战经验丰富的军人扭转身子全力挥动长剑，砍掉了其中一只的脑袋。

一股恶臭的液体立刻喷涌出来，令将军瞬间感觉目眩神迷。他最后的对手抓住了这个机会，一把将他拖到地上，接着试图咬断他的咽喉。马莱沃林本能地用他那穿着护甲的手臂撑住怪物的双颚，希望这护甲能够多支撑一会儿，支撑到他恢复清醒。

他单膝跪在地上拼命向上推，努力拉开他与怪物的距离，希望能把它的双颚推开。努力终于有了点结果，当他察觉到角度适合的时候，立刻用另一只手挥动长剑，竭尽全力砍向那甲壳恶魔的头颅，剑刃轻松地穿过了它那厚厚的护甲。

这可怕的甲虫发出一声短促而尖锐的叫声，倒毙在了马莱沃林将军手下。

将军心中感到一阵恶寒，立刻将它的尸体推到一边，然后站起身来。他那完美无瑕的铠甲上滴着甲壳恶魔的体液，但除此之外，它们并没有对他造成任何实质性的伤害。他笔挺地站在那里望着眼前的黑暗，心中依旧充满了那种被出卖的愤怒，但同时也有着强烈的满足感。毕竟他自己亲手干掉了四只如同地狱访客一般的怪物。

奥古斯都·马莱沃林摸了摸自己的胸甲，那里溅满了甲壳恶魔的体液。他死死地盯着自己的护手，半天都没有移开视线，那上面弥漫着令人恶心的味道。他一时冲动，再次将手伸向胸甲，但这次并非要把它擦干净，而是试图把它抹得到处都是——就像当初巴图克所做的那样，用敌人的血来涂满自己的身体。

"现在……也许你配得上了……"

他转过身去，最后终于在苍茫的夜色中看到了那个背叛的卫兵。然而，马莱沃林本能地感觉到，他面前的存在要比凡人强大太多，更不用说有多阴险了。

"现在我知道你……"他低语道。当真相大白时，他的眼睛微微睁大了。"或者我应该说……我知道你是谁了……恶魔……"

那家伙无声地笑了，没有人类会这样笑。马莱沃林将军震惊地睁大了双眼，看着这卫兵的身体开始扭曲变形，慢慢变成了完全不属于人类的外形。它高大的身体上伸出了六条肢体，一对前肢就像是尖锐的镰刀，中间则是拥有利爪的节肢，下端支撑身体的是两条类似昆虫后肢的长腿。

一只螳螂，来自地狱的螳螂。

"向您致敬，威斯特玛的奥古斯都·马莱沃林将军，勇士、征服者与皇帝——鲜血战神真正的继承者。"这可怕的昆虫向他敬了一个怪异的礼，然后用那两柄尖利的镰刀敲了敲沙地。"我要向你祝贺，你证明了自己的价值……"

马莱沃林扫了一眼自己的手掌，空空的没有任何武器。当他不再需要的时候，那把魔法长剑就消失了——不过将军能感觉得到，在未来如果自己还需要的话，他可以随时再把它召唤出来。

"你就是在我脑海里说话的家伙，"这位将军最后终于回答道，"那个欺骗我的声音就是你……"

这恶魔稍稍向旁边侧了一下脑袋，那明亮的眼球突然闪过一丝精光。"我从来不说谎……只是鼓励了你一下。"

"如果我没有通过这场小小的考验呢？"

"那我只能说很遗憾。"

这怪物的话语令马莱沃林将军轻笑了起来，他实在不知道还能怎么回应它。"那么，我真是该庆幸自己没有失败。"马莱沃林一边思考，一边用一只手调整了下头盔。从第一次戴上它之后，他那曾经有限的力量就开始迅速增长了起来——现在又出现了魔法长剑和一只恶魔。事实上，这只螳螂说的也许没错，奥古斯都·马莱沃林应该已经真正成为了巴图克的继承人。

"你已经获得了认可，"恶魔用它那种令人齿寒的声音说道，"所以我这么说——卡扎克斯是我的名字——但是有一件事情你还没有掌握！在你成为巴图克之前，你必须要做到！"

马莱沃林将军明白了。"那套铠甲。那套铠甲正被那个乡下来的白痴穿在身上！好吧，即使它正穿过大海往我这边来！葛莉安娜说它正在接近鲁·高因。这就是为什么我们现在要去那里。"他一边考虑一边说道，"也许现在是验证她到底发现了什么的时候。也许你的目的……"

"最好不要跟我提你那个女巫，大人！"卡扎克斯用尖锐中带着焦虑的声音打断了他，"她的人品……不是任何时候都值得信赖的。他们最好不要处理……"

马莱沃林短暂地思量了一下恶魔的声明。卡扎克斯等于在暗示它与葛莉安娜有过一段过节儿，现在回想起来，这似乎是理所当然的。女巫一直以来都在和黑暗力量打交道。这一点让他产生了兴趣，无论如何，这家伙并不愿意让她知道他们之间这场对话。是因为吵翻了吗，还是因为背叛？好吧，如果这些与马莱沃林有关的话，那就更好了。他点了点头。"很好。在我决定必须要做什么之前，我们不会让她知道我们的谈话。"

"我很欣赏你的理解力。"

"这是必须的。"将军根本没有时间去考虑女巫的问题。卡扎克斯抛出了一个他非常感兴趣的观点。"你提到了那套铠甲？你清楚那东西吗？"

这邪恶的螳螂再次点了点头。即便是在这只有黯淡星光的夜里，将军依然能看见那些可怕的静脉在它的身体里搏动。"到目前为止，这个白痴正带着它去往鲁·高因……但他会将铠甲藏在城市的高墙之内，以免它真正的主人得到它……"

"那一点我已经考虑到了。"事实上，马莱沃林将军一路上都在考虑这件事情，但是现在越想越觉得恼火，虽然他从来没有向任何人表露过自己的愤怒。他有时候觉得自己可以轻松控制鲁·高因，抓住那个乡下人也是轻而易举的事情，但有时候也觉得这两件事并不是那么容易达成的，失败的几率会很大。事实上，马莱沃林希望让自己的部下远离那些未知之地，他更期待那个陌生人来到自己所掌控的沙漠。不幸的是，将军不能指望那个傻瓜会按照自己的意愿行事。

卡扎克斯靠了过来。"这个王国，非常强大，她的战士久经征伐。在那里，带着铠甲的家伙会非常安全。"

"我知道。"

"不过我有办法让你得到鲁·高因……靠一股非常可怕的力量……一股人类根本无法掌控的力量。"

马莱沃林几乎不敢相信自己听到的话语。"你的建议是——"

卡扎克斯突然转头向营地的方向望去，就像听到了什么似的。恶魔愣了片刻之后，立刻将注意力重新转回到这个人类身上。"当你离那座城市还有一天路程的时候，我们会重新会谈一次。喏，你必须要准备……"

恶魔解释的时候，将军一直在仔细倾听。一开始，他对恶魔的建议有着本能的排斥，但是，卡扎克斯告诉他为什么要这么做之后，奥古斯都·马莱沃林看到了自己的回报——也越来越感兴趣了。

"你想要这么做吗？"螳螂问道。

"是的……是的，我会……很乐意。"

"我们很快会再见面的。"卡扎克斯说完这句话，整个身体毫无征兆地开始变得模糊不清，很快只剩下一团影子。"到那时，我会再次向你致敬的，将军！我会向巴图克的继承者致敬！向新的恶魔之王致敬！向新的鲜血战神致敬！"

说完这些之后，卡扎克斯的身影便彻底消失在夜色之中。

马莱沃林将军立刻向营地走去，他的思维一直处在高速运转之中，丑陋的螳螂的话语一直在他心中回荡。这个晚上成了他生命中的一个转折点，他的所有梦想最终都会实现。恶魔对马莱沃林的考验和之后阴暗行事风格所带来的影响，都被它所承诺的这些冲淡了——那足以保证铠甲和鲁·高因轻松落入将军手中。

恶魔之王。那只螳螂这样说。

* * *

又一夜过去了。这是国王之盾号抵达鲁·高因港口前的最后一夜。

过了这个晚上，卡拉就要独自踏上这片陌生的土地了，当然，还有两个奇形怪状的同伴随行。

她如同往常一样将自己的晚餐带回舱室，在两个亡灵的注视下吃完它们。弗兹汀始终站在角落里，这阴沉的维兹杰雷法师看起来就像是一尊雕像，但是最近萨顿·崔斯特靠得越来越近，也变得越来越健谈，它现在正坐在靠近她床边的一张长凳上。这瘦高的死灵偶尔也会试着与她交谈，毕竟女死灵法师可以在户外为它们做很多事情。

不过，有一个话题还是引起了她的兴趣，让她鼓起勇气与这亡灵进行了一次交流，那是关于逃走的诺雷克·维扎兰的。卡拉感觉崔斯特在提到这个从前的伙伴时，总是透着一些古怪。它的话语中对于这个谋杀了自己的家伙并没有什么恨意。大多数时候，它都只是在向女死灵法师讲述他们之前一起冒险的故事。崔斯特看上去甚至有几分同情诺雷克，尽管这老兵做出如此可怕的事情。

"他救……我的命……不止三次……"亡灵在几次被诱导着谈到它那背信弃义的朋友后，终于总结道，"从来没有一场战争……比那次……更糟糕。"

"你从那时起就跟他一起旅行？"崔斯特提到的这场战争应该发生在西部王国，那大约是九年前的事情了。他们可以在一起合作那么久，显然关系已经非常牢固。

"是的……只有……诺雷克病的时候……他离开我们……三个月……然后……赶上我们……"这腐烂的亡灵看了看维兹杰雷法师。"记得吗……弗兹汀？"

法师极其轻微地点了点头。卡拉原以为它会以某种方式阻止萨顿继续讲述类似的故事，不过弗兹汀自己似乎也陷入了回忆之中。活着的时候，它们显然都非常尊敬诺雷克，仅仅是从刚才的话语中，女死灵法师就能得出这样的结论。

然而，这个诺雷克·维扎兰却残忍地杀害了他们两个，如果不是靠那种超越常人的复仇怒火的支持，这两个人的灵魂应该早已经灰飞烟灭了。这两个亡灵心中充满了复仇的欲望，只希望撕裂维扎兰的身体，将他该死的灵魂永远打入万劫不复之地。令她奇怪的是，除此之外它们根本不在乎其他任何事情。萨顿·崔斯特和弗兹汀完全不像传说中的那些亡灵。

"找到他后，你们打算怎么做？"这个问题她之前也问过，但一直没有得到明确的回答。

"我们会……做……必须做的。"

这次回答一样不能令她满意。它们为什么要向卡拉隐瞒真相？"他那样做之后，你们之前的友谊肯定已经荡然无存。诺雷克为什么会犯下如此可怕的罪行呢？"

"他……做了……必须要做的。"崔斯特给予如此神秘的回答之后，接着露出一个夸张的笑容，卡拉看到了它那泛黄的牙齿和朽烂的牙床。这两个亡灵每天都将全部精力放在它们的任务上，它们的外形一天天地越来越不像人类。也许它们永远都不会腐烂，但与生前的样子相比，会变得越来越干瘪。"你很漂亮……"

"什么？"卡拉·夜影眨了眨眼睛，不敢确定自己听到的是否准确。

"很漂亮……充满活力……的活人。"亡灵突然向前走了一步，抓起她那乌黑的头发。"生命真美好……比……任何东西……"

她拼命强忍着不敢打战。萨顿·崔斯特的目的太明显了。它已经回忆起了太多生的乐趣。其中对食物的体验，已经令它陷入了彻底的失望之中。现在，连续那么多天与一个活生生的女人待在如此狭窄的舱室里，很显然它想要再次尝试一下那种不一样的乐子——卡拉不知道自己如何才能阻止它进行这样的尝试。

突然间，萨顿·崔斯特突然转过头盯着他的同伴。尽管卡拉没有察觉到任何异样，但她还是感觉到这两个亡灵之间刚刚进行了一些沟通，而这些内容绝对不是瘦高的亡灵所喜欢的。

"离开我……至少……这幻觉……"

弗兹汀没有说话，它唯一的反应是眨了下眼。不过，多少令它的同伴平静了一些。

"我没想……摸她……很多……"崔斯特与她的眼神交会之后，

再次审视了她一下。"我只是——"

有人重重地敲起了门,它立刻躲到了角落里。这亡灵的移动速度是如此之快,令卡拉几乎不敢相信自己的眼睛。在她的认知里,亡灵不可能拥有如此快捷的速度,它们向来以坚忍和邪恶的耐心而著称。

它隐藏在维兹杰雷法师旁边,低声道:"回答。"

她照做的同时,心中大概已经猜到是谁来了。只有两个人敢来到她门前,一个是杰隆南船长,不过在这之前他们刚刚交谈过,另外一个——

"好的,德瑞考先生?"女死灵法师问了一句,把门打开一条缝。

他看上去有些不安。"我的卡拉女士,我记得你曾经要求有绝对的隐私,不过……不过我希望你能跟我到甲板上来一会儿。"

"谢谢你,德瑞考先生,不过,就像我之前跟船长说的,我在下船之前还有太多事情要做。"她开始准备关门。"谢谢你的邀请——"

"就算呼吸两口新鲜空气好吗?"

他的语气令女死灵法师有些困惑,不过她现在没有时间考虑这些。崔斯特已经特别强调过,她除了去食堂拿食物回来,不能有任何在外面的时间。这两个亡灵希望它们的活木偶能够一直待在它们能看到的地方。"我很抱歉,不行。"

"那就这样吧。"他转过身子准备离去——却突然狠狠地推了一下门,舱门把卡拉打回到床上。这一下并没有把她打晕,但是她的确在那里愣了一会儿,彻底被他的行为弄得手足无措。

德瑞考单膝跪在了门口。他抬起头看到了那两个死灵,脸色顿时变得苍白。"我的天哪!"

一把匕首突然出现在崔斯特手上。

德瑞考伸手去拿自己的匕首,卡拉看到它就挂在这位水手的身侧。很显然他一直都带着这东西,只是刚才与死灵法师没话找话的时候,他一直隐藏着它。当德瑞考发现不妥的时候,他条件反射似的做出了反应——但是他从没想过会看到这样一幕。

当萨顿·崔斯特举起手臂的时候,第二个人冲进了这狭小的舱室。是汉诺斯·杰隆南船长,他在第一时间的反应是抵住那高举的匕首,以免它伤害到自己的副手。不过在看到这两个近在咫尺的邪恶形象时,他并没有表现出太多的惊讶。事实上,杰隆南似乎非常高兴看到这两个亡灵。

"我不会让它再发生了……"他低语道,"你不会伤害到她……"

卡拉立刻明白了船长的意思。在他的心里,眼前的亡灵和从前那些未曾搜寻到的怪物没什么区别,它们不仅挟持了她的女儿,而且最后将她变成了自己不得不毁灭掉的邪恶生物。现在他会把满腔的怒火全部发泄到它们身上。

他手中的镀银长剑已经出鞘了。

崔斯特举起匕首刺了出去,灵活的身形与它那衰败的身体毫不相称。这把匕首砍在了杰隆南持剑的手臂上,令他不由自主地趔趄了一下。但这位前海军军官并没有退缩。亡灵的武器深深地砍入了杰隆南船长的肌肉之中,鲜血喷涌出来,但他还在继续攻击,长剑刺向了对方那完全没有生命迹象的身体。

萨顿·崔斯特脸上露出了嘲讽的笑容,伸出手准备握住这柄长剑。对于一个死灵来说,凡人的武器根本伤不到它分毫。

船长的长剑削断了它靠下的两根指头。

卡拉突然感觉十分痛苦,这种痛苦使她立刻弯下了腰,整个人瞬间陷入了崩溃的状态。

崔斯特发出一声轻嘶,然后缩回了那只残废的手掌。它盯着杰隆南,喘息着对它的同伴说道:"做点什么……当我还有……脑袋……在肩膀上……"

女死灵法师的视线被泪水模糊了,即便如此,她还是看到弗兹汀眨了一下眼睛。

"小心!"她拼命地喊了一声。

一堵能量墙从本来属于她的那把祭祀刀中爆发出来,将杰隆南和德瑞考重重弹到对面的墙上。与此同时,维兹杰雷法师将一只手放在了背后的墙上。

一道蓝雾笼罩了两个亡灵,而且这道雾气变得越来越高,也越来越宽。

这两名水手挣扎着站起身来。德瑞考先生向前迈了一步,但是杰隆南把他拉了回来。"不!它们对付我们的唯一武器就是这个女孩!我发誓我会把它们切成肉酱喂鱼——不,这么烂的肉,鱼都不会吃!你看好这女孩!"

他的副手立刻冲到了卡拉身边。"你还能站起来吗?"

在他的搀扶下,卡拉站了起来。尽管她仍然感觉剧痛无比,但至少现在已经勉强可以进行思考——也意识到了刚刚发生了什么。

通过这把祭祀刀,弗兹汀将她的生命与两个亡灵的存在捆绑到了一起。杰隆南的打击对萨顿·崔斯特来说根本没有任何意义,它早已经掌握了这人类的软肋。他们的每一次成功进攻,都只会令卡拉更加痛苦。

所以,即便杰隆南船长能够用手中这把镀银长剑把它们砍成肉酱,也一样会杀死这个他一直想要拯救的女孩。

她不得不发出警告。"德瑞考!杰隆南必须要停下来!"

"没事的,我的女士!船长知道他在做什么!他这把银色长剑正适合对付那些东西!在这么近的距离里,在它们施放另外一个法术之前,船长就能把它们干掉!"德瑞考皱了皱鼻子,"我的天,这里太臭了！自打发现你表现有些异常之后，杰隆南船长就想起了你在吉库尔的遭遇，他感觉你肯定又遇到了什么意外！今天晚饭后他把我喊到了他的舱室里，告诉了我他的忧虑，然后要我陪他一起来这里，我们已经准备好了对付这些该死的东西——他虽然说过可能要面对危险，可我真的不知道会是这些东西！"

女死灵法师只得再次喊道："听着！它们在我身上施放了法术——"

"这就是为什么你一直什么都不说，对吧？"他把女死灵法师推到了门口，杰隆南的手下正在那里等着。有些人手中拿着武器，但没有人敢冲进来，相较于船长和他的副手，这些人更害怕那两个阴森恐怖的亡灵。"快来！我们带你离开这些怪物！"

"可那不是——"卡拉突然停下来，身体自己动了起来，扭曲着挣脱了那为首的水手。

那人伸手抓住了卡拉的手臂。"不是那边！你最好——"

令她惊愕的是，自己的手突然握成了拳头——然后击在了那名试图保护她的水手的胃上。

这一拳算不上狠，但是却令德瑞考大惊失色。这位杰隆南的副手向后退了一步，看上去比那名水手还要惊讶。

卡拉转向了那两个亡灵……看到那阴沉的维兹杰雷法师正在召唤她加入它们的行列。

虽然她在拼命抵抗这种召唤，但她的身体却不由自主地向那边走去。亡灵身后的蓝色烟雾已经扩散到了整面墙。人们发现这些亡灵正准备借机逃走——而且打算带走卡拉。

卡拉在拼命抵抗，她知道自己绝不能跟这两个家伙一起走，况且，她清楚那道墙后面是什么，是漆黑冰冷的大海。崔斯特和它的同伙不需要呼吸，但是卡拉不行。

来我这里，死灵法师……一个声音突然在她脑中炸开。弗兹汀的双眼直直地盯着卡拉的眼睛，他的意念如潮水一般碾压过卡拉的内心。

卡拉再也控制不了自己，立刻向亡灵那边奔去。

"女士，不要啊！"杰隆南船长一把抓住她的手臂，可他受伤的胳膊根本无法抓紧她。卡拉挣脱之后，立刻冲上去想要握住萨顿·崔斯特残破的手掌。

"我……得到她了！"

弗兹汀抓住这个同伴的手臂，随后故意地向后倒去——拖着崔斯特一起消失在了蓝烟之中。

"抓住她！"船长大吼起来。德瑞考喊了一句什么，也许是她的名字，不过现在什么都晚了。

女死灵法师逐渐消失了——也许是投入了那令人窒息的大海的怀抱之中。

第十三章

霍拉松的坟墓……神秘避难所……

诺雷克·维扎兰努力让自己走过拥挤的灰色通道，一路向下进入曲折回环的门廊。

霍拉松……古老的雕塑林立在墙壁两侧，他感觉每一尊都极其熟悉。老兵认出了阿提斯·祖恩，他的一个极其愚蠢的导师。考比亚，为自己的目标牺牲了无辜的生命。麦雷狄，这位议会的领袖成了他曾经极力赞颂的那些事物的牺牲品。杰斯林·卡特拉，已经背叛了他的朋友。埋葬在这里的每一个人他都认识——除了其中一个。

除了他的兄弟，霍拉松。

"你在哪里！"诺雷克喊道，"你在哪里？"

突然间，他停在了一个巨大而黑暗的地穴前。地下室的两侧墙上有许多壁龛，每个壁龛里都有维兹杰雷法师装束的骷髅。地穴正中的巨大石棺上，雕刻着向弯月躬身的巨龙，那应该是一个家族的徽记。

"霍拉松！"诺雷克叫道，"霍拉松！"

这声音在地穴里回荡着，仿佛在嘲笑他。他怒气冲冲地走到石棺前面，伸手去推棺盖。

当他触碰到棺盖的时候，两侧的骷髅突然发出一阵哀鸣。诺雷克吓得差点儿退回去，但是愤怒和决心战胜了其他情绪。他丝毫不在意那些死者的警告，用力将棺盖从精美的大理石棺上拉开，重重地将它丢在地板上，它瞬间被摔得粉碎。

在棺材里，诺雷克看到一具被遮盖住的身体。他感到一丝胜利的喜悦，随手将上面的织物揭开，看到了他该死的兄弟那干瘪悴憔的脸。

突然间，一只满是腐肉且爬满穴居蛆虫的手紧紧抓住了他的手腕。

他拼命挣扎着，但那粗大的手指根本没有放松分毫。更糟糕的是，那具尸体在石棺中渐渐下沉，似乎下面是无尽的深渊，这令诺雷克感到一阵寒意。老兵虽然拼命挣扎，但却无可逃避地被拖进了石棺之中，拖进那黑暗的深渊之中。

当死亡的世界将他重重包围时，他不由自主地发出了一阵尖叫——

"醒醒。"

诺雷克身子不停地抖动着，两只戴着护手的手掌依然护在身前，试图挡住那噩梦中的一切。他眨了眨眼睛，渐渐意识到自己身在卓格南的密室之中，仍旧坐在那张古旧的椅子上。那个关于他兄弟的墓穴的梦——不，是巴图克的兄弟——实在是太真实了，真实到可怕。

"你睡着了，做了个梦。"年迈的维兹杰雷法师说道。

"是的……"不像平时的梦境，老兵觉得这个梦实在有些过于鲜活了。事实上，他觉得自己可能永远都不会忘记这个梦。"实在不好意思，我刚才睡着了……"

"你无须道歉。毕竟,是我给了你这些酒,才让你睡着的……梦也是我让你做的。"

突然爆发的怒火令诺雷克差点儿就从椅子上跳起来——但是卓格南伸出一只手警告他不要轻举妄动。"你最好坐下来。"

"你都做了些什么?我睡了多久了?"

"我只是让你睡了一小会儿。你睡了多久……差不多一天吧。一个晚上过去了。"这法师拄着那根法杖走近了一些。但卓格南看上去并不疲倦。"至于为什么这么做,我只能说,我现在已经向我们的目标迈出了第一步,我的朋友。"他的笑容充满了期待。"现在,告诉我,你在梦里看到了什么?"

"你不知道吗?"

"我可以让你做梦,但我无法操控你的梦境。"

"那你的意思是我自己制造了那个噩梦?"

年迈的法师轻轻捋了捋自己银色的胡须。"也许我可以影响到一些事物的选择……但最终结果取决于你。现在,告诉我你梦到了什么。"

"这有什么意义吗?"

卓格南的语气变得不再那么友善。"它与你的性命休戚相关。"

诺雷克意识到自己没有什么选择的余地,最后只能做出让步,告诉法师他想知道的一切。老兵详细地描述了现场的一切,甚至包括雕塑的面容与它们的名字。卓格南点了点头,看上去对此非常感兴趣。他又提了一些问题,其中很多是诺雷克第一次忘了提及的细节。对这用心聆听的法师来说,任何一个细节都是不能漏掉的。

当诺雷克讲到在石棺中发生的那些恐怖事件时,维兹杰雷法师显得特别感兴趣。听到诺雷克描述那些骷髅法师和打开石棺后的一切时,卓格南看上去格外开心。当老兵开始回忆自己深陷石棺,马上就要坠入无尽深渊的时候，他开始不停地颤抖，但法师却逼着他继续回忆，不能漏掉任何微小的细节。

"这真是太令人着迷了！"当诺雷克终于结束讲述时，卓格南禁不住感叹道，他根本不在乎老兵被迫回忆这些噩梦时有多痛苦。"这么生动！它一定是真的！"

"什么……是真的？"

"你肯定真的看到了这座坟墓！真正的神秘避难所！我非常肯定！"

如果这满脸皱纹的老法师希望诺雷克可以一起分享他的喜悦的话，那他大概得失望了。老兵不相信自己看到的是真实的……即便有这么一个地方，诺雷克也不想参与其中。一想到离开巴图克的墓室之后，又再次涉足他那令人恶心的弟弟的墓穴，老兵就感到不寒而栗。那是诺雷克痛苦和恐惧的开始，他现在只想逃离这拥有魔法的铠甲的控制。

当他向卓格南讲述这些的时候，对方回答道："你会得到这个机会的，维扎兰……如果你愿意再次面对噩梦的话。"

不知怎地，诺雷克对法师的反应一点都不感到惊讶。巴图克与卓格南似乎拥有共同的文化和历史背景，那就是专注于自己的野心，而从来不计后果。凯基斯坦帝国和维兹杰雷的建立应该都是基于这些原则，他们的上层人物为了获取强大的力量，甚至不惮于研究如何召唤恶魔。如果那些恶魔愿意合作的话，他们甚至连这个研究的过程都可以省略掉——这些年来流传着很多关于堕落的维兹杰雷法师的故事，他们都跟烈焰地狱里最邪恶的力量合作过，无一例外。

即便是弗兹汀，有时候也暗示自己去冒险尝试一些更加危险的法术。不过诺雷克相信自己的朋友应该没有卓格南那么疯狂，这个老头子为了自己的目的甚至会逼着无辜的人一再去体验那阴森恐怖的梦境。

可是，老兵现在有选择吗？只有卓格南可能让诺雷克摆脱那该死的铠甲，但接下来呢？会有什么样更无法预知的命运在等着他？

诺雷克扫视了一眼书架上那些陈旧的维兹杰雷书籍和卷轴，他怀疑这只代表了卓格南那浩瀚的学识的一小部分。老法师将他留在这个房间，但显然并没有对他掩藏自己的什么秘密。事实上，如果有什么人可以解救诺雷克的话，恐怕也只有这名维兹杰雷法师——且前提是诺雷克可以承受如此沉重的代价。

再说了，他还有其他选择吗？

"好吧！做你必须做的……马上就做！我想结束这些！"诺雷克虽然这样喊着，可是他心里非常怀疑，自己悲惨的命运是否有结束的那一天。

"当然。"卓格南说完后转过身伸手去拿另外一本厚厚的书册。他仔细翻阅了几页之后，自顾自地点点头，然后合上了书册。"是的，马上就得做。"

"做什么？"

老法师把书册放回原处，然后回答道："巴图克与霍拉松之间虽然互相憎恨，但他们两个始终被命运捆绑在一起，即使死亡也不能分开。这套铠甲把你带到鲁·高因来，说明虽然经历了这么长时间，他们两个依然纠缠不清。"他皱起了眉头。"你和这铠甲几乎被死死地绑定到了一起。另外还有一个我不曾预料到的问题，我现在非常疑惑。也许等这件事情解决了，我会花点时间来搞定它。"

"你还没有告诉我你到底想做什么，"老兵提醒卓格南道，他不希望对方再因为什么分神。他隐隐约约感觉到，这兄弟两个的命运纠缠，现在这套铠甲可能也牵连在内，不过这跟他没什么关系，他也不想继续深究。他与铠甲的联系始于进入巴图克的墓穴之初，而现在卓格南可能很快会将这些金属的东西从他身上剥离开来。在那之后，维兹杰雷法师会怎么处置这套铠甲呢——也许是将它融化掉打造一些农具或者其他无害的东西。

"这次我会施放一个法术，它能让我们找到那墓穴的真实位置，我非常确信，这座墓穴就在城市下方的某个地方！"卓格南的眼睛里闪烁着希望的光芒，"这需要你再次返回梦境……不过这次你会处在清醒的状态。"

"我怎么才能在醒着的时候做梦？"

老法师翻了个白眼。"不懂就不要乱问！诺雷克·维扎兰，当我开始施法的时候，你就会开始做梦。放心，你需要知道的就这么多。"

这虚弱的老兵极其不情愿地点了点头。"好吧，就这样！我们开始吧！"

"准备工作可能需要点时间……"

年迈的维兹杰雷法师走近了一些，然后用法杖的杖端绕着椅子画了个圈。一开始，诺雷克对此毫无兴趣，但是就在卓格南画完之后，这个圆圈突然变成了耀眼夺目的黄色光环，那明亮的光环在不停地跳动。老兵吓得差点儿从椅子上跳起来，但是老法师用眼神警告他不要轻举妄动。诺雷克只能努力让自己平静下来，也许再等一会儿，他的目标就会实现了——那就是自由。为了这个，他当然可以忍受卓格南给他带来的任何痛苦。

老法师喃喃念着什么，随后伸出一只手覆上诺雷克的前额。老兵感觉到有轻微的震动，但并没有其他不适。

卓格南开始用手指在空中画出一道道符文，每完成一个，那符文便开始闪闪发光。诺雷克只是瞥了一眼，便感觉似乎看到了当初在巴图克墓穴中的那些守卫。这些景象令他更加警惕起来，可是现在他已经没有任何退路，只能硬着头皮面对接下来的任何施法。

"沙扎瑞……沙扎瑞……汤米……"

诺雷克的整个身体都僵硬了，似乎铠甲已经再次获得了控制权。然而，经验丰富的老兵知道这不可能，卓格南早就已经向他证明，那拥有魔法力的铠甲已经被彻底压制住。不，这只是另一个法术所起的作用。

"汤米！"银发的法师大喝了一声，将法杖高高举过头顶。尽管他年事已高，但是看上去比任何人都更强大，更可怕，诺雷克即便是在沙场鏖战时，也从来没有见过更加强大的对手。一道噼啪作响的白色光环围绕着维兹杰雷法师，令他的须发肆无忌惮地飘舞起来。"沙扎瑞——萨鲁费！"

诺雷克的身体不由自主地剧烈颤抖起来，呼吸也变得越来越急促。一股强大的力量将他推倒在椅子上。法师的密室突然间在战士眼前消失得无影无踪，他不由得感觉一阵头晕眼花。诺雷克感觉自己开始漂浮起来，尽管他的手脚根本无法动弹。

诺雷克面前出现了一片朦胧的翡翠色薄雾，它们正被一道隐约可见的光环包围。他感觉卓格南在遥远的地方向自己喊着什么，可是他讲话的速度实在太慢了，他根本无法理解，就好像维兹杰雷法师所处的时空变得极其缓慢，甚至连声音的传播都变得比蜗牛还要迟缓。

眼前的影子逐渐清晰，变成了一个精致的圆形门户。圆形内的翡翠色迷雾渐渐消散了——在这期间，一道影像，或者说一个地方，出现在了他面前。

这就是那墓穴。

它的外观令诺雷克大为恐慌。从很多细节上来看，这里的改变甚多。维兹杰雷法师的骨架外不再套有法袍，而是做工精良的铠甲，这令它们看上去更像是巧夺天工的石雕,而不是真正的死人。那些巨大的蜘蛛网不见了,破破烂烂的挂毯上绘有各种魔法生物,比如龙族、巨鸟,还有其他林林总总。代表着兄弟俩部族的徽记也没了,替代它的是一头用双爪紧紧攫住太阳的大鸟。

诺雷克想要说点什么,但却发不出任何声音。但就在此时,他却听到了卓格南那令人痛苦的声音。法师的声音听上去比之前显得更加遥远。

突然间,墓穴的影像开始在诺雷克眼前消散,而且消失得越来越快。尽管他依然安坐在椅子上,却感觉到自己正在快速向后跑向那通往霍拉松墓穴的走廊。鳞次栉比的雕像在诺雷克眼前一闪而过,与墓穴一样高速消失在他眼前。那些脸孔虽然转瞬即逝,但有些还是非常眼熟,只是他们与战神的人生并无交集。相反,这些全部是诺雷克生命中出现过的人——萨顿·崔斯特、弗兹汀、诺雷克的第一位长官、他所爱过的几名女性,甚至还有凯斯寇船长。有几个人他记不太清楚了,其中一名女性令他印象深刻,这不仅仅因为她苍白而雅致的面容,或者那满头的乌发,最令他在意的是,她的眼睛充满了异国的风情,而且闪耀着银色的光芒。

但最终所有的雕像都消失在了他的视野里。现在他所看到的只有泥土和岩石,他真怕自己是被埋入了地穴之中。卓格南又喊了些什么,不过他喊的内容诺雷克根本一句也听不懂。

最终,那些泥土和岩石被更多的粉末状物体取代了……沙地,他最后终于意识到这是什么。一缕微光出现在他视野的边缘,也许那是太阳的光芒吧。

诺雷克!

老兵摇了摇头,试图确认叫声是不是来自自己的臆想。

诺雷克!维扎兰!

声音听上去有些像卓格南,但是他从未听见过卓格南的声音变成这个样子。维兹杰雷法师的声音听上去有些焦虑,甚至带着些恐惧。

维扎兰!击败它!

诺雷克感觉到内心的悸动,他担心自己的灵魂……

他不由自主地举起了左手。

"不!"他大吼了一声,只感觉这声音是如此遥远,根本不像是自己发出来的。

他另外一只手也举了起来,现在他的整个身体都被铠甲控制了。

诺雷克已经离开了座椅,但是一股强大的力量试图将他压制下来。他看到面容扭曲的卓格南用双手死死地握着法杖,正努力想把他推回去,令他远离那神秘避难所的影像。他也看到自己那双戴着护手的双手已经迎上维兹杰雷法师,想要从卓格南手中把法杖夺过来。

法杖在两个人的全力抢夺之下终于断裂了,卓格南紧握的地方爆裂出明亮的黄色光芒,而诺雷克的指缝间则闪烁着血红色的亮光。诺雷克感觉到强大的魔力正从那里流过——

"——击败它,维扎兰!"卓格南不知道在什么地方喊道。他的嘴唇并没有张开,但他紧张的表情和声音却直接出现在诺雷克的脑海中。"这铠甲比我想象得强大!我们从一开始就被欺骗了!"

什么都不用说了。他非常清楚法师的意思。这拥有魔力的铠甲自始至终都没有受到维兹杰雷法师的控制,它只是在等待一个时机,等待卓格南探索到它自己一直在搜寻的目标。

霍拉松墓穴的位置。

在有些事情上,卓格南的判断是对的。他曾经说过,巴图克和他痛恨的兄弟被永远地联结在了一起。所以现在诺雷克知道了为什么铠甲要拖着自己从世界的那一端长途跋涉到这里。因为某个未知的缘由，它最终还是来到了这片霍拉松的安息之地，这个信念是如此强大，死亡都无法阻止它完成任务。

这件铠甲拥有自主意识，它远比诺雷克聪明，也比到目前为止他遇到的任何人都要狡诈。很可能在鹰火号刚刚抵达鲁·高因的时候，它便已经感知到了卓格南的法力……而且通过某种方式判断出这位维兹杰雷法师可以帮助自己更顺利地达到目的。

不可思议，难以置信，令人咂舌……但事实可能就是这样子。

诺雷克的护手闪耀着能量的光芒。卓格南发出一声叫喊，接着向后倒去，不过只是因为过于震惊，而不是就此战死。那双护手松开了法杖，随后，右手不知穿过了多远的距离，伸到诺雷克眼前。

可就在它这么做的时候，诺雷克眼前的景象又开始扭曲着试图躲开它，就好像有其他的力量试图阻止这铠甲达到目的。影像渐渐开始消散，扭曲——

但这铠甲却丝毫不为所阻，那只右手坚定地出现在了影像的最中央。手中现出了一道暗红色的光环。

"沙扎瑞——吉奥沃克斯！"

当诺雷克不由自主地从双唇间吐出这两个词语之后，他的身体开始渐渐消失。他惊恐地叫着，但是却无法阻止这一过程。他的身体就像一道青烟，舒展着，扭曲着——涌入了那不断消失的影像之中。

当诺雷克和那魔法圆门消失的时候，他的叫喊声也戛然而止了。

* * *

这一天，他们损失了两个人，其中一个丧命于沙漠蛆虫之口，另一个则死于沙漠高温，可葛莉安娜却感觉奥古斯都·马莱沃林变得越来越兴奋了，就好像他不仅仅已经得到了巴图克的铠甲，而且拥有了他梦寐以求的权力和荣耀。这令女巫感觉非常不安，只要一想到有这种可能，她就焦躁不已。将军的表现与平时相比实在大相径庭。如果他的心情变得这么轻松，那肯定是因为有足够的理由。

葛莉安娜怀疑是卡扎克斯在背后做了什么手脚。她最近很少看到这只恶魔，这可不是什么好兆头。事实上，自打那天晚上马莱沃林明显有违常规地独自进入漆黑的沙漠之后，螳螂的表现便开始变得冷漠。至少有两次，她与卡扎克斯会面讨论他们的计划时，螳螂的言谈都显得陌生而充满猜疑。但在这之前，他们两个的合作可一直都是亲密无间的。

她觉得卡扎克斯想得到铠甲。不过它不能自己动手。

然而，如果它不能直接动手的话，那也可以找一个人类傀儡……而奥古斯都看上去就是一个很好的人选。女巫怀疑螳螂已经开始对自己的情人下手了。现在她确信自己低估了这只恶魔。

葛莉安娜必须要重新夺回对将军的控制权。如果她失败的话，她失去的可能不仅仅是自己的地位——性命都可能会赔上。

马莱沃林下令停下来休息一会儿。他的部下非常诧异他们的将军在天色如此晴明的时候驻足歇脚，且周围的环境如此恶劣，根本不适合逗留。成堆的跃行魔——跳来跳去的巨大而可怖的怪物，趾端生着尖利的锋刺——已经骚扰了他们很久，但这支部队保持着足够的警备，从未让它们的尖牙利爪派上用场。杀死一只跃行魔，其他的家伙就会一拥而上把自己的同伴撕扯得干干净净。像绝大多数沙漠生物一样，它们的食物简单而纯粹，吃别人，也被别人吃，只有不断地厮杀抢夺，才能有生存的机会。

但比起如此怪物来，酷热和风沙才是这支部队更大的敌人，这也是将军最后让步的原因。不过若是可以选择的话,他倒是根本不痛惜人命,不管死多少人,他们也得一口气从这里走出去。

"我快看到它了。"当她驱马靠近将军身边的时候,他这样说道。马莱沃林一直走在整支队伍的最前面,而现在他则坐在马鞍上望着眼前苍茫的一片。"我几乎可以感知到它……"

她将坐骑靠近将军身边,然后伸出一只手想要抚摸他。但是端正地戴着巴图克血之头盔的马莱沃林将军,甚至没有看她一眼,这不是一个好兆头。

"我们肯定会得到它的,"她试图用最柔媚的声音来唤起他的兴趣,"想象一下,你马上就要攻陷鲁·高因,穿上那整套的暗红色战神装备!他们肯定会认为鲜血战神再次重生了!"

话一出口她就后悔了,因为她想起了他的那些回忆,还有关于头盔的事情。将军没有被上次邪恶的事件所困扰,但是葛莉安娜依然记得自己手指上的灼痛。

幸运的是,奥古斯都看上去依然在沉思。最后,他向葛莉安娜的方向看了看,似乎对女巫所说的话很满意。"是啊,那会是一副非常奇妙的景象——他们迟早会看到!我现在几乎就可以描绘出那副景象……恐惧的尖叫,末世的灾难,他们最后会明白自己的命运是什么,会由谁来主宰!"

也许她现在还能得到那个她一直在寻找的机会。"你知道,我亲爱的,如果我们还有时间的话,我会帮你施放另外一个搜寻法术。在头盔的帮助下,它会——"

"不,"他简短地说完这个字,就把眼神从她身上移开了,然后又补充道,"不。没那个必要。"

将军没有看到女巫的战栗。不需要只字片言,他便已经察觉到了她内心最深处的恐惧。马莱沃林一直在坚持寻找巴图克其余那些拥有强大魔法力量的铠甲。头盔也是因为某种机缘巧合才落到他手中,而在那之后,他一直不遗余力地令女巫通过这件头盔来搜寻剩下的组件。尽管之前他们已经发现了那个叫作诺雷克的家伙正身着马莱沃林的最爱行走在大地之上,他依然坚持让女巫每隔一段时间就通过头盔来追踪这流浪者的行走路线。

现在他这副毫不关心的口气,仿佛他根本不在乎这件事,就像他已经确认铠甲会落到自己手中,而且不再需要一双可以用魔法跟踪它们的眼睛。现在他从里到外都不再像是葛莉安娜所熟知的那个奥古斯都,她感觉这并不仅仅是出于头盔的影响。很显然,头盔早就已经将他牢牢控制,他根本离不开它,哪怕一分一秒。

她开始怀疑到了卡扎克斯。

"如你所愿,"葛莉安娜最后回答道,"我们多久之后继续行进,亲爱的?"

他扫了一眼太阳的方向。"一刻钟以后。不会再久了。我已经准备好了在适当的时候迎接自己的命运。"

她没有要求将军详细说明。十五分钟,足够她完成自己的工作。"那么,我的将军,我会离开一会儿,好让您可以安静地思考自己的问题。"

将军甚至没有对她的离去做出反应,不过她也没有觉得惊奇。是的,卡扎克斯肯定控制了他的一举一动,这次甚至是直接控制的。通过这么做,恶魔已经迈出了第一步,不仅切断了将军与女巫的联系,而且迟早将她送上死路。

"我们会看到他的头被挑在长矛上。"她喃喃低语道。卡扎克斯找不到任何阴影来隐匿行迹,因此在入夜之前只能远离这支队伍。这意味着葛莉安娜可以放心地施放自己的法术,不必担心被那只狡诈的螳螂发现。

女巫在远离队伍的沙丘之后发现了一处理想的所在。她自己根本不害怕沙漠蛆虫之类的东西，在旅程开始时施放的保护法术依然非常强大。这法术甚至可以保护施法范围内的那些士兵，但也会让葛莉安娜无法施放其他法术。很显然，她没有这个雅量。士兵多死两个少死两个，对她来说根本没有任何区别……

女巫从马鞍上解下自己的水瓶，然后跪在滚烫的沙地上。她从瓶中将一些冰凉珍贵的液体倒到枯焦的土地上。葛莉安娜对于自己在剂量的控制上非常满意，然后封上了瓶口，迅速开始投入工作。

葛莉安娜用修长的手指将湿沙揉捏成一个近乎人形玩偶的东西。同时开始低吟咒语配合自己的创造。沙子逐渐凝成了一个男人的形象，他拥有宽阔的肩膀和肌肉虬结的躯干，看上去似乎还穿着铠甲。

葛莉安娜知道这些水分不可能维持太久，于是迅速又掏出一个小瓶子来。女巫低语着，将瓶子里的液体滴了少许在这玩偶的胸部。这瓶中的液体对她来说非常珍贵：这是她通过身体的献祭所取出来的一部分血液，然后通过某种神妙的法术保存至今。

这表示巴图克的铠甲需要用鲜血来进行标记，更重要的是，它可以令葛莉安娜和她刚刚创造的小雕像连接起来。更进一步来说，她希望能再次触及那个诺雷克，就像自己当初在船上所做的那样。当初他们之间的距离还不算太远，她与卡扎克斯比较容易地进入对方的梦境，但是现在若想施放同样的法术，就必须消耗她更多的生命能量。上一次施法时，帐篷里的那名上兵以生命为她提供了必需的能量。这次葛莉安娜相信自己一样会成功，而且不会对自身造成多大伤害。

她在雕像周围画了个圆圈，然后双手展开手指手心向下——各放在她这创造物的两边。她低下身去俯向那应该是脸孔的位置，低声吟唱出最后一段咒语，同时断断续续地念着那士兵的名字。

"诺雷克……诺雷克……"

周围的景物开始变得模糊。葛莉安娜眼前的景象发生了变化，她感觉自己就像一只雄鹰一样迎着风飞上了天际。她飞得越来越快，快得甚至看不清脚下的辽远大地。

她的法术开始起作用了。尽管对那个傻瓜并没有太多的印象，她还是全神贯注地回忆他的面容和身体。

"诺雷克……让我知道……让我知道你在哪里……"

她的眼前遽然发生了新的变化，突然变成了彻底的黑暗。这突如其来的改变令葛莉安娜不知所措，施法差一点点就被彻底破坏。敏锐的思维令她可以继续保持这极其宝贵的联系，可是如果这次失败了，她根本没有时间再做新的尝试。即便是离开队伍这么一点时间，也有可能引起奥古斯都的怀疑。

"诺雷克……让我知道……"

他的脸孔出现在她眼前，双目紧闭，双唇倦怠地微合着。有那么一会儿，女巫怀疑这家伙是不是已经死了，不过她很快意识到，如果对方真的死了的话，自己的魔法不可能取得如此成效。那沙雕只能对活着的目标起到作用。

如果没死的话，那又发生了什么呢？葛莉安娜开始做进一步探索，试图进入诺雷克所在的环境之中。这样做的时候，她和现实世界的联系变得十分薄弱，但却利于她在那里获取更多的信息。

到最后，女巫看到了她的猎物所在的地方。

女巫得到的信息令她十分震惊，她立刻失去了与诺雷克的联系。他的脸孔消失了，消失得是如此之快，令她不由自主地陷入了眩晕之中。葛莉安娜重新陷入了黑暗，她发现自己正在飞速坠回沙漠之中，与刚才的旅程正好完全相反。

精疲力竭的女巫长出了一口气,向后倒在滚烫的沙地之上。

她根本没有在意身体的不适,更不用说观察周围的情况了。刚刚看到的一切充斥了她的脑海。

"这样……"葛莉安娜低语道,"我终于得到你了,我可爱的玩偶。"

第十四章

卡拉·夜影感到一阵剧烈的轰鸣,这轰鸣声将她从无尽的黑暗之中拉了出来,她拼命地想要吸气,但却感到一阵窒息。死灵法师再次试着去呼吸,可她的肺根本没有办法正常工作。

卡拉拼命咳嗽着,试图把海水咳出去。她每一次咳嗽,都在努力让肺空出来一点,好吸进救命的空气。

最后她感觉自己勉强可以呼吸了,虽然还是那么艰难。女死灵法师依然蜷缩在那里,一边大口地喘着粗气,一边试图找到身体的平衡。她的意识在渐渐恢复,慢慢开始对身边的事物有所感知,开始能感觉到周围的寒意,还有那被海水浸透的衣服。她努力将口中的一些杂物吐出来,逐渐意识到自己正脸朝下趴在沙滩上。

就在此时,卡拉感觉整个世界又开始了新的震动。她努力抬起头来,看到头顶上布满了乌云,那与国王之盾号一路上所遇到的恶劣天气并无二致。事实上,她怀疑这些乌云就是那场风暴的前兆,现在它们已经做好了攻击东部海岸的准备。

她回忆起之前的事情,想起杰隆南船长与那些亡灵的战斗,想起后来那两个亡灵拖着自己进入传送门,逃入了冰冷狂暴的大海之中。可之后的事情，她一点印象都没有。卡拉根本不清楚她是怎么活下来的。女法师不知道杰隆南和他的手下遭遇了何种命运。那道传送门看起来对船体没有任何影响，如果国王之盾号能够在这场灾难中幸存下来，那么它应该会接着驶向达鲁·高因——如果它现在还没有抵达的话。

卡拉一边眨着眼睛，一边想着那座城市。就算不去考虑国王之盾号的命运，可拉斯玛又会将她引向何方呢？浑身湿透的女死灵法师竭尽全力单膝跪起身来，试图看清周围的环境。

卡拉起初看到的东西没有给她任何启示。周遭是沙滩和一些典型的海岸植物。她没有看到任何人，或者类似的迹象。她面前是一道高高的山脊，不爬上去的话，她根本无法看到内陆的任何景象。她左看右看，想找到其他更省力的方法，但这两个方向并没有给她任何新的希望。她唯一的选择依然只有这座山脊。

卡拉尽量不去回忆自己在双子海的那些遭遇，开始竭尽全力向前走去。她知道自己应该尽快脱掉那些湿得要命的衣服，可是更害怕自己裸露的身体随时可能被当地人看到。此外，除了有风，天气还是比较温暖的。如果她继续往前走一段时间，衣服很快就会干。

卡拉没有看到萨顿·崔斯特和弗兹汀，但这并不意味着她已经摆脱了那两个亡灵。很可能它们两个在激烈的水流中被冲散了，她感觉这两个家伙被冲到了更远的海岸那边。如果是这样的话，女死灵法师就更得尽快赶到鲁·高因了，尽可能早地找到它们提到的那个维兹杰雷法师，那个卓格南。她怀疑这法师会更乐于和亡灵合作，看上去它们一直试图借助他的学识来找到自己从前的战友。可不管怎么样，卓格南的出现都是她摆脱这些亡灵的最好契机，而且能够借此定位到诺雷克和那铠甲。

女死灵法师费了不少力气才爬到这砂石丛生的山脊之顶——然

后发现了一条破败不堪的小路。更令人欣喜的是，她在南面看到了一片昏暗的类似建筑的东西，她猜想那应该是一座城市。

鲁·高因？

卡拉努力振奋精神，开始向南面走去。如果像她期望的那样，鲁·高因就在前方，那她也得经过至少一天的跋涉，尤其是在身体状况如此之差的情况下。更糟糕的是，她早已经饥肠辘辘，而且每走一步，都觉得饥饿在噬咬她的肠胃。可无论如何，卡拉都不可能向饥饿妥协。她已经为了自己的使命跋涉了那么远，怎么可能在这小小困难前止步？

不过，卡拉还没有走多远，便听到身后传来一阵嘎吱嘎吱的声音，她停下来向后望去，欣喜地发现有两辆满载的货车正从北方向她驶来。她看到一位大胡子老人和一名体格敦实的妇人，然后又看到一个大眼睛的年轻人和一个看上去像是他妹妹的女孩。很显然，这个商人家族正在将货物运往繁华都市。精疲力尽的女死灵法师停下来，希望他们能对这浑身湿透的流浪者略施援手。

老人目不斜视地带着他的商队从卡拉身边行过，但是他的妻子看了看卡拉，还是让老人停了下来。他们简短地交谈了几句，随后这妇人用尽量平和的声音问她道："你还好吧，年轻人？发生了什么事？需要帮助吗？"

疲惫的女死灵法师几乎没有力气回答，她好不容易才指着东方道："我的船，它——"

她根本不需要再说什么。年长的妇人面上露出了悲伤的神情，甚至连那老人都表现出了怜悯之情。任何在此居住或者旅行到此的人都领略过大海的狂暴。毫无疑问，这支商队对海难并不陌生。

那老人用令人难以置信的灵敏步伐走过来。当他靠近之后，他问道："还有其他什么人吗？只有你自己？"

"没……没有其他人了。我……船应该没事……我是……从船上掉下来的。"

那妇人发出了同情的叹息。"你身上湿透了，年轻人！而且你的衣服破烂不堪！赫西亚！给她找一件上衣，还有一张暖和的毯子！赶紧给她换上！快！"

卡拉并不想被人白白施舍。她相信自己的口袋里应该至少还有几个金币。"我会付给你们钱的，请放心。"

"别说废话！"那妇人的丈夫说道。不过当她坚持将几个钱币塞到他手中的时候，他还是收下了大部分。

赫西亚——就是这两位商人鲁宾和杰米丽的女儿——递给卡拉一件显然是她自己的衣服。很明显她注意到了女死灵法师那严肃的穿衣风格，出于尊重，女孩给她选了一件黑色上衣，同时拿过来一条灰色的毯子好让她裹住自己。卡拉在鲁宾和他的儿子拉努尔的视线之外脱掉那些湿漉漉的衣物，换上了干净的新衣，立刻感觉好多了。

不过卡拉在穿上这件上衣之后，就有些后悔脱下她自己的斗篷了。虽然这件衣服的颜色符合她的审美，但是它有些太紧了，而且领口极低。不过她什么都没有说，她知道这已经是最好的选择，更重要的是，这样可以让她安下心来思考更重要的事情。这也就是为什么她坚持要付钱。

让卡拉感到欣慰的是，杰米丽让她坐到了第一辆货车上。拉努尔正处于对女性最感兴趣的年龄，一开始他只是装作毫不在意地打量这女法师，等到她换了这身干净的衣服之后，他对她的兴趣显然就更浓厚了。卡拉不想伤害他，但也不想让自己跟这施以援手的一家人有任何瓜葛。

最后，在这一家人的帮助下，卡拉·夜影在太阳下山前的一个多小时抵达了鲁·高因。她在第一时间就想跑去港口看看杰隆南船长是不是已经到岸,不过毕竟手边还有更紧急的事情。那就是追踪诺雷克·维扎兰和巴图克的铠甲。

卡拉在热闹纷繁的集市上告别了杰米丽一家。她满怀感激地返还了那张毯子,然后试图在市场上找到一套便宜而实用的斗篷。找这么一件连帽斗篷花掉了她一个小时的宝贵时间,不过她现在感觉自己踏实多了。卡拉本来还想再买点其他衣物,但她口袋里的钱币实在有限,现在最好还是先去找点吃的。

她小心地向当地人打听那个神秘的黑暗法师卓格南,最后得到了些有用的信息。他似乎住在一所古旧的建筑里,那儿离这庞大的城市有一段距离。除了偶尔有人找他买点丹药什么的,很少有其他人去拜访他。卓格南离开他的居所,基本都是为了去拜访一些其他学者,或者寻找一些他自己感兴趣的东西。

在一个主要供应蔬菜同时也卖各种维兹杰雷施法用品的小贩那里,卡拉打听到了路线,她随后便走入了这迷宫一般的街道。各种嘈杂的声音和炫目的色彩令她眼花缭乱,不过这次她可不想再迷失方向。她时不时地向路过的行人打听,问他们是否见过一个身穿红色铠甲的男人,不过没有人给她确定的回复。

被挟持到海里之后,她几乎失去了所有的随身物品。她的口袋里除了两样物品外,就只剩几个钱币了。不幸的是,那些药粉和化学物质全部都毁掉了,现在仅存的两个药瓶暂时派不上用场。但令她惊讶的是,塔格奥的徽记依然挂在自己脖子上,她感谢这伟大的守护神龙。它令女死灵法师在这陌生的土地上感到一丝慰藉。

这些损失并不意味着她再也不能施法了,不过现在的确受到了限制。幸运的是,她早前换下了所有的衣物,现在没有人能从服饰上辨识出她的职业,尽管那样的话也许会有一两个商贩试着向她兜售更多的信息。在鲁·高因,死灵法师并不受欢迎。王国里占据统治地位的萨卡兰姆教派对维兹杰雷教派的容忍度都非常有限,虽然年轻的苏丹相对还算宽容。一两个萨卡兰姆教徒从她身边走过,不过到目前为止,除了短暂的一瞥,他们对这身材苗条的年轻女性并没有过多留意。

卡拉用自己的钱币购买了足够支撑很长时间的食物,这样在找到卓格南之前她就不必再为此头疼了。不过想到要面对一位技艺超群的维兹杰雷法师,她就觉得有些发怵,但直面其锐显然是不明智的,很可能一上来就会被对方干掉。她不能想当然的认为两人的相遇会是友好的。两个法师派系之间的仇恨一直都未曾消弭。

三名骑马的卫兵从她身边经过,他们目光严肃,一只手始终放在佩刀旁边。为首的一个显然是他们的头领,骑着一匹鞍鞯华丽的白色种马,而他的两个手下则身跨棕色的健壮坐骑。卡拉平时很少骑马,但是她现在突然意识到,如果按照自己之前的计划继续前进的话,最好是想办法搞到一匹马。在埃拉诺克沙漠,黑暗法师可找不到什么法术来减轻旅行的负累。甚至在故乡的时候,卡拉就已经听说过那里严酷的自然环境。

卡拉周围的环境渐渐变得破旧而潮湿,这和她一开始造访的区域形成了鲜明的反差。她暗暗责备自己没有足够的钱币,甚至没有办法再买一把合用的匕首。杰隆南船长在甲板上借给她的那一把遗失在了海中。这女死灵法师开始全神贯注于施法,她心中极其希望在这种紧迫的情况下自己仍然能够施放出足够的力量。

最后,她终于找到了小贩含糊不清地描述过的那座古旧建筑。尽管它的外观看上去破败不堪,但卡拉感知到了它周围层层魔法力量的波动。有些似乎拥有悠久的历史,甚至比这建筑还要古老。不过其他法术显然比较新一些,有些应该是最近才施放的。

卡拉一步步迈上外面的台阶,仔细打量了一下破损的大门,然后走了进去——她发现自己正站在一座古旧但宏伟的大厅之中，它似乎仍然在向人们讲述那些过去的辉煌与荣耀。这座拥有高耸圆柱的大厅看起来已经废弃了太久，其破旧程度与它的外部结构没有什么区别，以至于卡拉觉得有必要出去重新确认一下自己是否走错了地方。不过她很快确认了这一点，矗立在这里的并非一片废墟，而是一座古老而且宏伟的建筑，即便是如今的鲁·高因也完全不如它辉煌。

女死灵法师慢慢走入大厅之中，她虽然还记挂着自己的任务，不过现在她的大部分注意力却被宏伟的大理石柱和几乎覆盖了整面墙的石头壁炉所吸引。她小心谨慎地一步步走过铺满巨大拼花地板的地面。

事实上，卡拉每走一步，都更加被这地板吸引。地面上有以高超的技艺刻画出的现实与虚构的世界。巨龙蜷伏在大树周围，狮子追逐着羚羊。身着重甲冷血无情的战士正在互相厮杀。

远处的墙壁上突然发出一声哗啦的声响。

卡拉停了下来，立刻凝视着那个方向。可是，尽管她的夜视能力非常强，却也只能隐约看到另一端淡淡的灰色门廊。女死灵法师静静地等待着，甚至不敢大声呼吸。可是，接下来并没有什么新的声响，卡拉松了一口气，她想到这古老的建筑是由大理石和其他石块筑就的，偶尔有落下来的石屑也属正常。即便是轻微的回响，也可能会引起如此的震动。

可就在此时，她听到身后有什么东西刮擦大理石地板的声音。

她转过身去，突然意识到亡灵们可能一直在追踪自己，直到此时才选择现身。卡拉知道自己根本无法与它们对抗，可她也没打算束手就擒。它们已经做得太多了，够过分了。

不过，迎接她的并不是那永远咧嘴笑着的萨顿·崔斯特和他的法师朋友，但却令她更加吃惊。

一个灰色的身形缓慢但坚定地举起一柄长剑指向卡拉，他的意图非常明显。卡拉开始怀疑他只是个藏在暗处准备劫掠的蠡贼，不过几秒钟之后她就发现自己错了。当然，即便卡拉没有认出来这个家伙是谁，也已经看清对方身上全都由小石块组成的铠甲——甚至包括他的皮肤。

这石块拼凑起来的战士紧盯着她，眼里充满杀机。那野蛮的表情和当初只存在于地板上的形象一模一样。它猛地向卡拉挥出一剑——却将它自己的弱点暴露出来，它虽然在高度和宽度上都与人类相似，但是却单薄得跟地砖没多大区别。

不过，卡拉从来没觉得这是它的弱点。它既然是魔法创造出来的，那就不可能过于脆弱。攻击这石板战士无异于击打一堵石墙。她怀疑这石剑的锋利程度也绝对不会输给新磨砺出来的刀剑。

可是，就这么让它为所欲为吗？很显然卓格南不大可能用这种方式来欢迎每一位造访者。不，卡拉觉得这更可能是某些隐藏在阴暗之处的死灵法师所施放的法术，这种法师往往效忠于某些绝对黑暗的魔法力量。她了解一些类似的侦测法术，而且也清楚某些法师会利用此类法术来保证自己的安全。卡拉最近没有经历过类似的事情，不过她很确定地回忆起了早前一些与此相关的信息——那也许能阻止这次的致命邂逅。

那石板战士的身后发出了一阵嘎嘎的声响，女死灵法师惊恐地发现第二个战士从地面爬了起来，加入了第一个的阵营。卡拉迅速转向自己的右方，伴随着同样的噪音，第三个石板战士也站起来了。

"我没有恶意，"她低语道，"我在找你们的主人。"它们是卓格南的仆从吗？卡拉只希望自己没有找错地方。但也可能是之前给她指路的那些人，他们辨识出了女死灵法师的身份，然后故意指向这里，让她自己寻上死路。对于当地人，尤其是那些信奉萨卡兰姆的人们，他们可能觉得死上个把死灵法师根本无关紧要。

第一个石板战士几乎已经把剑挥到了卡拉的头顶。她没有其他选择，只能反击。

女死灵法师紧紧握住胸前的塔格奥徽记，然后迅速吟唱出几句咒语，将徽记指向第一个进攻者。与此同时，卡拉警觉地向后退了一步。如果她的法术发挥效果的话，那么即将被摧毁的可不仅仅是眼前这魔法造就的卫兵。

空气中出现一大批尖利的魔法弹丸，随即如雨点一般落在距离最近的那个石板战士身上。巨龙塔格奥之利齿——或者简单点，叫作巨龙之齿——撕裂了那守卫的石头身躯，它碎成了无数小石块，撒落得到处都是。石板战士还想继续移动，但是它的四肢已经碎成了齑粉，又怎么能再移动分毫呢。它的表情依然阴郁无比，此时却拼命想要对卡拉发起最后一击，只是徒劳之后轰然倒在地上，碎成了千万块小石子。

卡拉松了一口气，至少现在已经灭掉了一个敌人，同时祈祷自己有足够的力量来对付剩下的对手。召唤巨龙之牙，令这本来就已经非常虚弱的女死灵法师感觉更加疲倦了。可是，如果卡拉还能继续进行两次施法，从而完全解决掉这两个没有生命的敌手，那么也许她还能得到休息的机会。

女死灵法师再次紧紧攥住了胸前的徽记，低声吟唱出几个单词——

突然间，卡拉周围开始剧烈地震动，这震动是如此强烈，让她几乎无法站稳。她向下看了一眼，发现地面上无数的碎石现在正在迅速集结到一起。令她恐惧的是，开始是一只脚，渐渐地，双腿也重新凝聚成形。这石板战士一点点重新恢复了原样，跟被破坏之前几乎没有差别。

卡拉所施放的塔格奥之利齿失败了。她向后退了一步,迅速进入黑暗的大厅,开始向大门奔去。她还有其他一些法术可以使用,但是考虑到自己的身体状况,还有这封闭的环境,她没有必要冒着生命危险继续施法。

"沃考斯!"一个叫声响了起来,"沃考斯……尼亚尼斯!"

当这声音响起的时候,三个邪恶的战士同时停止了动作……然后突然崩塌了,碎裂的石块落到地板上,在这古老的大厅里发出沉重的回响。但是这些碎石并未停留在原地,而是迅速回到了之前雕绘有战士图案的那些地砖之上,每一块都精准地返回了自己固有的位置。一块挨着一块,毫无差池。仅仅是片刻之间,这些穷凶极恶的战士不仅放弃了它们的进攻,而且彻底又变成了地板上的图像。

卡拉转过头去看着这施以援手的人,觉得对方就是那个神秘莫测的卓格南。"谢谢你的帮助——"

站在她面前的这个人看上去像个乞丐,根本不像是城里那些小贩描述的那个充满威严身着优雅得体的维兹杰雷服饰的老人。这眼睛充满血丝须发皆白乞丐模样的老人看起来有些过于老迈了,他的身体看上去还算硬朗,但是皮肤布满皱纹,而且水蓝色的眼睛中透着疲倦,卡拉甚至觉得他是这世上最年迈的老人。

他伸出一根粗糙的手指压在唇边。"安静!"不过这老丐的低语也有些过于响亮了,"太邪恶了!太危险了!我们根本不该来这里!"

"你是……你是卓格南吗?"

老人困惑地眨了眨眼睛,然后掸了掸自己那破旧的丝绸长袍,似乎是在找什么东西。几秒钟之后,他终于抬起头来回答道:"不……当然不是!现在,安静!周围有太多恶魔!我们必须要小心！一丝一毫也不能松懈！"

卡拉快速地思考着。这老人也许是个法师，或者只是某个法师的仆从。也许卓格南只是看他疯了，出于同情才收留了他。她决定直奔主题。或许这人还算理智，能帮自己找到一些跟维兹杰雷有关的线索。"我需要见你的主人，卓格南。我会告诉他一些他感兴趣的东西，那就是巴图克的——"

"巴图克？"当听到那死去的战神的名字时，这乞丐的脸色立刻变得苍白，"巴图克？不！恶魔来了！我警告你！"

就在此时，另外一个声音在建筑的出口响了起来。"是谁？是谁侵入了我的领地？"

女死灵法师转过头正想说话，但这衣衫褴褛的老人却以令人难以想象的速度冲到她身边，用一只手捂住了她的嘴，然后低声道："嗫声！我们不能被他听到！他可能就是巴图克！"

相反，这位新来者更可能是位维兹杰雷法师——至少更可能是卡拉要找的人。令人奇怪的是，他看上去好像刚出了点什么意外，因为他的脸上有些瘀伤，而且每次抬起右腿的时候都感觉沉重无比。这位更加老迈的法师臂弯里有一个小包裹。她更加确信此人便是卓格南，他一定是刚刚完成某些任务。

"诺雷克？"他喊道，"维扎兰？"

他知道卡拉正在追寻的那个人！她想要回应，但却没想到那乞丐的力气是如此之大，她居然张不开口。

"闭嘴！"这乞丐低声道，"这儿到处都是恶魔！我们必须要小心！不能被看见！"

卓格南走近了，这个距离显然已经能看到他们——可是，他好像根本没有看到这两个入侵者，就好像他们是空气一样。

"奇怪……"他用力地吸了口气，然后皱起了眉头，"闻上去好像有个死灵法师在附近……可是这也太荒唐了。"卓格南扫视了一下地面,尤其是那些战士的图像。"没错,太荒唐了。"

他还在凝视着,似乎陷入了沉思。这法师一次也没有注意到挣扎着的女性和那奇怪的乞丐。最后,他摇了摇头,一边自言自语一边向其他方向搜寻着,最后完全消失在了另外一条道路上。令卡拉沮丧的是,他就从自己和那个疯子身边走了过去,却完全视而不见。卓格南向黑暗走去,同时一直望向她早前发现的那道门。

远离了那个急需他救助的人。

直到卓格南的身影消失在门后,这衣衫褴褛的老人才将他的手从卡拉口边松开。他对女死灵法师低声道:"我们在这里待的时间太长了!我们最好回去!我们在外面的时间太长了!他会发现我们!"

她知道这人说的不是卓格南。不,从他之前的反应来看,他说的应该是另外一个人——巴图克。

老人带着她穿过布满雕像的地板,一直走到大厅的最中央,在那里,不知名的工匠在地板砖上雕刻出了精致而复杂的神庙,这些庙宇也许仅仅存在于传说中的维兹郡。卡拉一点儿也不想跟着他,可是就像从前被那些亡灵所俘获一样,她的身体完全不受自己控制,甚至不能大声叫喊。

"我们马上就会安全的!"这疯狂的家伙对她喃喃说道,"我们马上就会安全的!"

他用右脚重重地踩了一下——突然间,庙门打开了,地板上出现了一个椭圆形的大洞,女死灵法师可以看到一道台阶直通向下——会通向哪里呢?

"来,来!"疯狂的老人对她呵斥道,"在巴图克发现我们之前!赶紧来,来!"

她别无选择,只能跟着他向下走去,在遥远的前方,她看到淡淡的昏黄灯光。当卡拉深入到地板之下的时候,她感觉到上面的石头发生了变化,似乎维兹杰雷的神庙又恢复了之前的形态。

"我们在这下面是安全的,"这疯狂的老人向她保证道,他现在看上去平静多了,"我兄弟永远都不会发现我们在这里……"

兄弟?她没有听错吧?

"霍拉松?"卡拉突然冲口而出,此时令她惊讶的不仅仅是自己刚刚做出的判断,更讶异于她突然可以发声讲话了。很显然,在这岩层和泥土之下,对方不再害怕有人听到她的声音。

他正视着卡拉,水蓝色的眼睛第一次这么认真地盯着她。"我们认识吗?我不认为我们彼此认识……"卡拉没有立刻回答他,于是他耸耸肩继续往前走,同时继续喃喃说道,"我不能确认我们是否认识,不过我想我们可能知道对方是谁……"

卡拉·夜影依旧没有别的选择,只能继续跟随着他,她并没有注意到周围的变化。女死灵法师的思维现在几近崩溃,她的世界已经完全颠倒。

她来到这里是为了寻找鲜血战神的铠甲,可是她找到的——尽管他们的时代已经过去了好几个世纪——却是巴图克那该死的兄弟,活生生的、会呼吸的霍拉松。

* * *

当诺雷克恢复知觉的时候,令人无法置信的灼热正在向他袭来。起初他猜测这应该是来自卓格南的密室中的火焰,它的威力如此之大,居然可以穿透邪恶铠甲中所蕴含的神秘力量。不过随着意识越来越清醒,他逐渐意识到这种灼热到底来自何处,它虽然令人难以忍耐,可并没有燃烧起来——这是来自太阳的热量。

诺雷克翻了个身躺在地上,他用手遮住刺眼的阳光,试图弄清楚他的方位,这时候他才看到周围到处都是沙海。他扮了个苦相,不知道自己现在到底身在何方。诺雷克看到在远处有一片阴云,好像暴风雨正从那里直逼过来。鲁·高因就在那些乌云的下面吗?似乎他走到哪里,暴风雨就要跟到哪里。如果真的是这样的话,那么他现在应该身处这沿海国度的北方或者西北方。

可为什么呢?

卓格南曾经说过,那铠甲欺骗了他们。这些话语是如此真实。它将维兹杰雷法师和他耍得团团转,很显然是借助法师的力量它才最终确定了自己的目标。那里就是霍拉松的坟墓?卓格南曾经是如此确信。如果是的话,为什么诺雷克会出现在如此荒凉的地方?

这疲惫不堪的战士费了很大力气才站起身来。他看了看太阳,感觉至少还有一两个小时太阳才会下山。可是走回鲁·高因可能要花两天的时间——他不知道自己会不会死在路上。更重要的是,他不能确定这套铠甲会不会让他回去。如果它坚持要留在这里,它会尽一切可能让诺雷克停留在沙漠之中。

诺雷克试着向前走了几步以测试铠甲的决心。当他感觉这东西没有任何阻止自己返回城市的意图时,他立刻加快了步伐。至少,诺雷克希望能找到一个过夜的地方,哪怕只是在山间的岩缝里休息一个晚上。不过这就需要他在日落之前赶往那座小山,尽管现在天气酷热,他还是立刻加快了步伐。

诺雷克向前赶路的时候,他感觉双腿实在是疼痛难忍。起伏不定的沙丘令他经常难以前进。他有时候甚至发现当自己绕过一堆沙丘的时候,甚至连本来的方向都搞错了。

不过,尽管路上有着重重阻碍,那座山终究还是越来越近了。诺雷克祈祷着,祈祷能找到一点水,他在沙漠里几乎已经快要渴死了。如果不能赶紧找到饮水的话，也许在到达小山之前他就——

一个巨大的带着翼展的阴影从他身上掠过——迅速跟上了他。

诺雷克抬起头来，试图避开那刺眼的阳光。他看到了两三只正在空中飞行的东西，但是看不太清楚。这是秃鹰吗？在埃拉诺克沙漠可以经常看到它们，不过这些东西看上去明显大很多，而且飞行方式也不像是鸟类。诺雷克习惯性地立刻将手伸向本来挂佩武器的地方，可是什么也没有摸到，他不禁再次诅咒巴图克的铠甲，诅咒这东西又一次将他置于如此危险的境地，甚至舍不得给自己一把趁手的武器。

尽管他早已疲惫不堪，但老兵还是立刻加快了步伐。如果他能到达那片岩石丛生的区域，就能找到藏身的地方，这样的话也许还能稍微防御一下那些飞行的怪鸟。秃鹰是典型的食腐动物，不过这群鸟类有些过于凶悍了，他一时间也无法分辨它们到底属于何种族类，只是心中觉得非常不安。

那片阴影再次覆盖了他，只是这次大了许多，也明显了很多。显然这些禽类降低了高度以求将他看得更加清楚。

诺雷克几乎在同一时间感觉到这些身披羽毛的家伙落在了自己身后。疆场厮杀多年磨炼出来的直觉令他下意识地扑倒在地上，接着便听到了巨大的爪子刮擦铠甲的刺耳声音，他的头发险些被这怪物给攫住。这坚强的战士咕哝了一声，翻过身来准备面对那些禽类。很显然他可以吓跑秃鹫，尤其是现在他已经向那帮家伙证明自己并非躺在地上等死的可怜虫。

可它们并不是秃鹫……尽管它们的祖先应该就是这些沙漠里的食腐动物。

四只和他差不多高长着鸟头的怪物站在他面前，双翼不停地鼓动着，下肢生着尖利的爪子，跟人类手掌类似的上肢上也长着类似的利爪，看上去恨不得立刻将他的脑袋从脖子上扯下来。它们如鞭子一般的尾巴猛烈地抽向诺雷克，令他不得不拼命地向后退去。恶魔一样的鸟类发出尖利的叫声，试着围住这可怜的人，它们的叫声令诺雷克感觉头昏脑胀。

诺雷克盼着巴图克的铠甲能做点什么，可是这东西现在却没有任何反应。他一边诅咒，一边努力让自己站稳身形。就算要死在这里，他也绝不可能束手待毙，至少铠甲可以帮他抵挡一阵子。他这辈子绝大多数时间都在一场又一场的战争之中厮杀。这一回，并没有什么不同。

一只巨大的秃鹫向他扑过来。诺雷克以令自己根本不敢相信的敏锐速度躲了过去，然后抓着它的腿将它扔到地上。这些怪物虽然体格庞大，但就像它们的祖先一样，它们的骨骼生得更适合飞行，因此体重出奇的轻。他充分利用了这一点，靠自己的体重来压制住这尖叫着的怪物，随后竭尽全力去拧断它的脖子。

不过当他从那无力的怪物身上爬起来的时候，另外三只幸存的家伙的攻势却更加猛烈了。但现在它们面对的诺雷克已经和从前不一样了，这是一个在这么多天里第一次靠自己战胜了对手的战士。当第二只怪物试图偷袭他的时候，他却已经将一把沙子甩进了这狡猾的东西的眼睛里。可怕的怪鸟用尾巴盲目地向诺雷克扫去，却让经验丰富的老兵趁机抓住了它的两只前爪。

这怪鸟嘶鸣着试图飞走，但诺雷克抓住它拼命地甩来甩去，借此击退了另外那两只怪鸟。这只鸟的爪子徒劳地撕扯着他戴着护手的双手，现在巴图克的铠甲倒是很好地保护住了自己的宿主。

诺雷克感觉自己的鲜血沸腾了。这些沙漠里的怪鸟对他的攻击令他感觉到的不仅仅是危险。从很多方面来看，它们都成了他的不满和愤怒的牺牲品。他已经历遍了太多苦痛，太多恐惧，但每次都无能为力。战神的铠甲是拥有强大的魔法力量,但却从未听从过他的命令。如果这铠甲肯听从他号令的话,他早就用魔法把它们烤成飞禽大餐,或者用大火球把它们直接轰成炭粉。

他的护手突然开始闪耀出明亮的红光。

诺雷克急切地望着它们,然后又看着这些秃鹫一样的恶魔。没错,我需要这地狱般的火焰……

他抓住了一只怪鸟的脖子。疯狂的鸟喙想撕破他的脸,不过这令他更下定决心尽快结束战斗。

诺雷克死死盯着那怪物。"燃烧吧!"

这生着双翼的怪物突然浑身着起火来,伴随着一声狂乱的嘶叫,它立刻倒了下去。

战士没有分毫的迟疑,立刻将它掷向另外两只幸存者,其中一只的身上随着燃起火来。最后一只怪鸟立刻转身向反方向飞去,其速度之快,就像有一只地狱猎犬在后面拼命地追赶它。诺雷克对它的逃走毫不在意,接着专心去彻底解决掉第三只怪鸟。

它的羽毛已经完全烧焦,可还在试图追随刚逃走的那同伴的步伐,只是它受的伤太重了。它勉强还能抬一两下爪子,可是对这充满复仇怒火的老兵来说,根本构不成任何威胁。诺雷克抓住了它一只翅膀,然后提着它的脑袋——现在这可怜的家伙无力地用爪子挠着他的胸甲。

诺雷克脸上的肌肉迅速抽搐了一下,然后拧断了它的脖子。

事实上,这场战斗只持续了一到两分钟,不过在这短暂的时间里,老兵的心境已经发生了巨大的变化。当诺雷克将这覆满羽毛的尸体丢到沙地上的时候,他突然感觉到一阵兴奋,而在之前的任何战斗中,他都没有过这种感觉。这并不仅仅是因为他取得了胜利,而是因为该死的铠甲居然服从了他的意志。诺雷克弯曲着手指,第一次认真地欣赏这护手的工艺。也许是与卓格南的相遇改变了一切，也许是因为与它那么长时间的抗争终于取得了成果，以至于它开始接受这宿主成为自己的主人。

也许他可以测试一下。毕竟他已经看过了它的所作所为，他现在可以用一个最基本的命令来测试它。

"很好，"他说道，"听着！我需要水！我现在就要！"

他的左手感到刺痛和些微的抽搐，就好像铠甲在寻求控制权——控制他的权限。

"去做。我命令你！"

护手向地面指去。诺雷克跪下来，用他的食指在沙地上画了个圆圈，随后在圆圈外面一道一道地画了几圈，在每个圆圈中都画了一个小十字架。

诺雷克念出几句咒语，但是他这次非常欢迎他们。

整个图阵突然裂开，每个图案之中都闪耀着微小的火花。它的中心现出一道微小的裂缝。

然后，它的表面开始冒出水泡。

诺雷克立刻屈膝跪下，尽情地痛饮着清水。这股水流清凉而甘甜，令他感觉如饮醇酒。干渴的战士不停地饮水，直到最后再也喝不下去。

他向后仰去，用一捧清水洒在自己脸上。柔和舒缓的水滴慢慢地从下巴淌过去，流到他的脖颈，然后又流到他发烫的铠甲上。

"我喝够了。"他最后说道。

他将手挥向那微小的清泉。地面的裂缝很快合上了，那股泉水很快渗入沙地，不久便已经无影无踪。

诺雷克心中充满了胜利的狂喜，禁不住纵声大笑起来。这铠甲已经连续两次臣服于他。现在已经两次了，他变成了主人，而不是奴隶。

他振奋精神，继续向小山进发。现在诺雷克不再担心自己是否能在沙漠中生存下来。如果这铠甲完全顺从于他，他又怎么会活不下来呢？就此而言，他还有什么做不到的呢？自从巴图克之后，还没有什么人可以如此控制这铠甲！拥有了它，诺雷克不再是一个无名小卒，而是真正的局势掌控者。他也不再是盲从的追随者，而是一名领导者……

从一个乡巴佬变成叱咤风云的帝王？

这番景象令他大为兴奋。诺雷克王，脚下这片土地的统治者。骑士们会对他俯首帖耳，名媛淑女们渴望得到他的青睐。大地在他脚下，无数的财富等着他去挥霍……

"诺雷克王……"他低语道。老兵面上再次浮起了一丝邪恶的微笑，这笑容在诺雷克·维扎兰的生命中从未出现过。事实上，尽管他自己一无所知，可他的微笑却像极了另外一个男人，一个比这老兵所在的年代早得多的男人。

那个男人的名字叫作巴图克。

第十五章

夜幕笼罩了埃拉诺克沙漠,而恶魔卡扎克斯也回到了奥古斯都·马莱沃林这里。将军已经焦躁不安地等了它至少一个小时,现在正在帐篷里不停地来回踱步。他命令所有的军官和警卫远离他的住所。作为进一步的警戒,甚至不允许有帐篷驻扎在他的附近,以防止有人窃听。马莱沃林与螳螂的沟通应该不可能传到第三个人的耳朵里。

甚至连葛莉安娜都不允许将她的帐篷安到近旁,但将军通知她这件事情的时候,她没有任何抗拒的意思。不过他对女巫的逆来顺受并没放在心上,他现在所有心思都集中在了自己的新盟友上面。对他而言,女巫现在完全可以收拾行装自行滚蛋了。如果她不识时务的话,将军最后免不了要狠下心来辣手摧花。她与卡扎克斯之间似乎有着无法调和的仇恨,而现在马莱沃林对恶魔的需求远远胜于一个人类魔法师,不管这女魔法师拥有何等诱人的魅力。

换个女人很简单,建立不朽功业可就难了。

按照马莱沃林的要求,帐篷里只挂了一盏灯。他不知道恶魔是否会在灯下留有影子,不过,如果会的话,这样至少不大可能被他的手下发现，这样对将军更加有利。如果让他们看到自己的将军跟一只螳螂相谈甚欢，恐怕这些人随时都会不要命地逃到黑暗的沙漠深处，根本不管那里到底隐藏着多少危险。

灯光的闪烁引起了他的注意。奥古斯都·马莱沃林转过身去，注意到一个暗影正从火焰中显现出来。

"你来了，对吧？"他喃喃说道。

"我如约而至，大人……"

暗影变得更加深沉了，随后开始实质化。片刻之间，那如螳螂一般的可怕怪物出现在人类面前。虽然这恐怖的家伙完全有能力将他一块一块地撕碎，但他却有种预感，那就是像卡扎克斯这样的家伙迟早都会臣服在他的脚下。

"还有一天多就可以到达鲁·高因了，战神。你改变主意了吗？"

放弃那套铠甲？放弃改变自己命运的机会？"你这些废话是在浪费我的时间，卡扎克斯。我的决定不会轻易改变。"

螳螂那球形的黄色眼睛闪烁着，它轻轻地扭动脑袋，就好像想试图透过帐篷看到什么。"让我们就女巫简短地说几句，伟大的战神。我认为她跟我们的事情不该有任何牵扯……也许包括其他任何事情。"

但奥古斯都·马莱沃林却假装对此心存不满。"有时候她对我来说还是很有价值的。如果失去她，我会很痛心。"

"我给你的这些建议她根本瞧不上，战神。你必须相信我在……"

将军没有忽略卡扎克斯所使用的小伎俩，持续称呼这个新头衔或者会使马莱沃林乐于听取它的话语，但恶魔没有成功地让他接受自己的提议。马莱沃林还在继续评估它和葛莉安娜的价值。"你和她到底有什么过节儿?"

"一个愚蠢的协议——我希望它能尽快终结。"

这不算是直接的回答,但至少是将军想要得到的信息,他现在有了谈判的筹码。"你会提供所有我要的东西?所有我们提到过的东西?"

"所有的一切——而且非常乐意,战神。"

"好吧,如果你需要,现在她就是你的了。在你做完要做的事情之前,我会在这里等你。"

如果说恶魔从未表现出任何不安,那么将军现在的话语显然已经令它方寸大乱。"我非常感谢您的好意,战神,不过我只能拒绝您……而且建议将来某个时候由您亲自动手。"

无论螳螂是不愿意还是不能接触葛莉安娜,就像他所预料的那样。不过,这对他来说似乎也没什么意义。这绝不会影响到他的决定,一点都不会。"我会派一支小队到她的帐篷去监视她。这能保证她绝对不会干扰到我们。也许以后我会决定如何发落她。在此期间,除非你还有别的什么事情要告诉我——我希望现在就开始。"

恶魔的眼睛又开始闪烁,这次它看上去极其满意,而它的声音在将军耳朵里就像是一大群垂死的苍蝇嗡嗡不停。"那么……你需要这个,战神……"

这可怕的螳螂用两只生满骨骼的前爪握住了一柄双刃匕首,匕首应该是用某种黑色金属打造的,手柄和匕首两面都镌刻着符文。手柄处镶嵌着两块石头,大的那块殷红如血,而小的那块则苍白如骨。两块石头都闪烁着微微的光芒,这并非来自外部的闪光。

"拿好它……"恶魔催促道。

奥古斯都·马莱沃林急切地将它握到手中,他掂量着这巨大的匕首,感觉着它精妙的平衡。

"我可以用它来做什么？"

"刺破皮肤。让几滴血流出来，"螳螂昂起了它的头，"这不是什么大事……"

将军握着匕首轻轻地拍打着帐篷。他喊了一声某个军官的名字，然后望向自己身后的卡扎克斯。"你最好先暂时消失——"

不过卡扎克斯已经预料到了他的要求，随即消失在了暗影之中。

一名精瘦微须肩上缀着银色徽记的战士从外面的黑暗中走进了帐篷，然后向他的长官敬礼道："到！将军。"

"扎科。"这是马莱沃林最得力的副官之一，将军会怀念他的，可是比起近在咫尺的荣耀，这点损失根本不算什么。"女巫必须被监视起来，没有我点头的话，不允许她接触自己的任何物品。"

那军官的面上浮出了一丝冷酷的微笑。就像马莱沃林的其他副官一样，扎科一点儿都不喜欢这个女巫，她对将军的影响实在太大了。"好的，将军！我会严格执行，请放心！"

将军又想到了一些其他事情。"不过首先……不过首先得选好执行任务的卫兵。快去！"

扎科迅速行了一个礼消失在了黑暗之中，不久之后便带了四个强壮的战士回来了。扎科带着战士们进入马莱沃林的帐篷，然后站在了队伍的最前面。

"全到了，将军！"他大声说了一句，然后立正站在那里。

"很好。"马莱沃林简短地检视了一下这支小小的队伍，然后盯着他们，"你们一直对我忠心耿耿。"他用指头轻轻敲着匕首的手柄，对面的五个人都没有注意到他这个动作。"你们曾经为我出生入死……我对此表示感谢。不过，现在有一份极大的荣耀在等着我们，我必须要确认你们有为我战死的决心……"

马莱沃林在旁边看到了一道移动的影子。很显然卡扎克斯已经等不及了,他不理解将军为什么还要做这个简短的演讲。这些人将会是第一批。因此,他们会将将军的新命令传播出去。

"明天注定是一个光荣的日子,是改变命运的一天,你们都会成为见证者!现在我要求你们,我的朋友们,考验你们的时候到了,我希望你们能够完成这最后一个誓言!"他向所有人举起了匕首。两个战士不安地眨了眨眼睛,但是其他人没有任何反应。"扎科!你很荣幸地成为第一个!向我展示一下你的勇气!"

这小胡子军官毫不犹豫地向前走了一步,伸出他空空的双手。他已经不是第一次向自己的长官发出血誓,而且在这五个人之中,只有他最理解马莱沃林的心情,将军急需他们向自己表达忠心。

"手心向上。"当扎科按命令去做之后,马莱沃林将匕首朝下——对着掌心肉最厚的地方——刺了下去。

扎科强压下喘息,双目直直地向前望去,就像早已经预料到了这些一样。正因为这一点,他没有留意到匕首和被刺破的地方有什么异样。匕首柄上的两颗宝石闪烁着光芒,穿透了他的手掌。更令人惊奇的是,从那小小伤口中流出来的血液并没有在手掌上蔓延开,大部分看上去都被吸入了那黑色的匕首——然后很快消失了。

"来,喝口酒,扎科。"马莱沃林下完命令后,将匕首收了回来。当他的副手走开后,将军示意第二个人过来,然后再次重复刚才的程序。

当五个人都完成同样的程序之后,奥古斯都·马莱沃林向他们表示了敬意。"你们将自己的生命交到了我手中。我发誓,我一定会令它们的价值得到最大的体现。解散。"当这些战士离开的时候,他喊住了扎科。"在你跟女巫交涉之前,让里考尼乌斯上尉带着他所有的手下到我帐篷里来,没问题吧?"

"是,将军!"

当所有人都离开之后，卡扎克斯的声音从暗影中飘了出来。"干得太慢了，战神。照这样的话，会耽误好几天。"

"不，现在会快很多的。这五个战士所获得的荣誉，他们都会看到的。扎科会告诉里考尼乌斯，然后他们每个人都会被告知。我会要求军官们给那些为我效命的战士准备足够的酒。我向你保证，这个进度会变得难以置信地快。"

几秒钟之后，里考尼乌斯，这个比将军年龄还要大的消瘦的金发男人已经在外面候命了。在他身边，是一队整装待发的战士。马莱沃林先按照刚才的方式刺了这位队长一下，然后又依次用同样的方法对待剩下的战士们。已经饮过酒的战士们表现得更加热切了。

可是，当里考尼乌斯的几个手下刚刚完成这一进程时，扎科一头冲进了帐篷，他看上去极为焦躁，单膝跪在他的长官面前，因为羞愧而低下了头。

马莱沃林将军显然对这一高贵的仪式被打断相当不满，他立刻大吼道："说吧！到底发生了什么？"

"将军！那个女巫——她不见了！"

马莱沃林企图掩饰自己的烦躁。"她那些东西呢，都还在帐篷里吗？"

"是的，将军，不过她的马不见了。"

葛莉安娜根本不可能在半夜骑行到沙漠里去。马莱沃林装作不经意地看了一眼身后，恶魔的影子有些许的改变。很显然，卡扎克斯并没觉得这两个消息里头有任何一个是好的，但是在这关键时刻，人类与恶魔都没有兴趣将时间浪费在她身上。如果女巫察觉到了他们的意图而选择逃走，这对将军来说并没有什么影响。她还能怎么兴风作浪呢？也许，一旦马莱沃林穿上成套的铠甲，他就可以轻松捕获她，但是现在将军有更重要的事情要处理。

"别管她,扎科,回到你的岗位上去。"

这名副官如释重负地向将军表示了感谢,然后急匆匆地离开帐篷。马莱沃林将军转过头去接着继续自己的任务,将匕首刺入下一个士兵手中,然后顺便称赞了他的勇敢。

这个进程的确很快,就如之前他向螳螂承诺的那样。在荣誉感和酒精的作用下,这群人迅速将自己在将军那里所受的待遇传遍了整个营地,每个人现在都急于向将军和同伴们证明自己的价值。他们觉得明天将军就会带领他们迎接新的胜利,拥抱新的财富,那些都是远远超越他们梦想的东西。他们可能并没有想到,这些人的数量还不足以攻克一座像鲁·高因那样的大城市。马莱沃林将军从来不会轻易心血来潮——他们是如此猜测的——如果这次他没有制定完备的战斗计划来保证成功的话。

深夜时,最后一名士兵向将军证明了自己的忠诚,伸出了自己的手,匕首已经划破了他的手掌。

这名士兵和带领他进来的长官向他们无比敬畏的将军行了礼之后,离开了帐篷。奥古斯都·马莱沃林听到帐篷外传来了欢呼声,每个人都在享受自己的醇酒烤肉,还有对未来巨额财富的憧憬。

"起作用了,"卡扎克斯从阴暗的角落现出身来,用刺耳的声音说道,"每个人都体会到了被匕首刺痛的感觉,它已经吮吸到了所有人的鲜血……"

将军在手上反复地把玩着这把用于仪式的武器,最后说道:"没有一滴漏出来,一点也没有被玷污。这些鲜血都去了那里?"

"都在匕首里,战神。每一滴都在匕首里。我向你承诺过一支即使鲁·高因都不可能抵挡多久的军队,记得吗?"

"我记得……"他抚摸着头盔,自扎营以来,他始终未曾摘下它。它似乎已经成了将军的一部分,他发誓永远都不会让它离开自己,只有在一些无可选择的情况下才暂时摘掉它。"我再说一遍,我接受交易的所有后果。"

螳螂的身体尽可能地向前弓了一下,以表达自己的感谢之情。"那么,现在没有什么理由继续滞留了,马上出发吧……"

"告诉我现在得做什么。"

"在你脚下的沙地上画一道符文。"卡扎克斯用它一条节肢在空气里比画着。恶魔干枯的指尖划出一道闪耀着橘红色火光的符文,将军震惊地睁大了眼睛。

"你为什么做这些?"

"这必须要拥有指挥权的人来做。你愿意做这个卑微的人吗,战神?"

马莱沃林望着卡扎克斯在空中的杰作,躬下腰开始在地上一笔一画地模仿。令他震惊的是,当他完成这一切的时候,他的双唇开始喃喃地念出一串咒语。

"不要犹豫!"螳螂急切地催促道,"他知道这些咒语。你会知道它们的!"

他的咒语……巴图克的咒语。奥古斯都·马莱沃林任由它们缓缓地从自己口中流出,享受着自己所感受到的力量。

"将匕首插到中间,"当将军照做之后,恶魔又补充道,"现在……念着我那地狱里的领主的名字!念着彼列的名字!"

"谁是彼列?我知道巴尔、墨菲斯托和迪亚波罗,可是不知道这个彼列。你说的是巴……"

"不要再提那个名字!"卡扎克斯烦躁地叫道。螳螂左右扭动着它那可怖的脑袋,就像害怕被什么人发现一样。这恶魔最后终于察觉到并没有什么可害怕的,于是它平静了下来,回答道:"地狱里除了彼列,没有其他任何领主。是他给了你如此神妙的礼物!记好了!"

螳螂以为马莱沃林对魔法世界一无所知，但是将军却很清楚，统治地狱的是三大魔神。不过，他也清楚这三兄弟早就已经被放逐到了人间，他们统领地狱的时代早就结束了。事实上……有一个隐晦的传说提到了巴尔的墓穴，它似乎就在距离鲁·高因不远的地方，尽管将军一直怀疑这传说的真实性。谁会把一座城市建在魔神的墓穴之上呢？

"如你所说，卡扎克斯。彼列，是地狱的统治者。我只是想确定一下这个名字。"

"重来一遍！"这巨大的虫子嘶叫道。

这些咒语再次从马莱沃林的口中念出。他又一次紧握住吸血鬼一般的匕首，将它高高扬起在符文之上——彼列的符文，将军现在意识到了。当咒语结束的时候，急切的将军高叫出了恶魔领主的名字……

"将匕首插入中心——一点不能偏！"

马莱沃林将军将这柄双刃匕首深深地插入了沙地之中，正好落在了图案的正中间。

什么都没有发生。他抬起头等待着即将到来的恐怖景象。

"退后。"卡扎克斯向他建议道。

一道狰狞的黑烟从匕首周围浮了起来，就如同响应这位未来统治者的召唤一样。在他们两个的注视下，烟雾在迅速地升腾，先是覆盖了整个匕首，然后扩展到了帐篷里。马莱沃林用他那双训练有素的眼睛盯着这烟雾弥散，盯着它渐渐变成一只巨大的手爪形状。

"用不了多久了，战神。"

马莱沃林面无表情地拈着高脚杯，去找他最好的葡萄酒。这一晚，他正好新开了一瓶醇酒，那瓶酒包裹如此严实，根本不用担心它会在坎坷的旅程中破碎。将军打开酒瓶，轻轻闻了闻，然后满意地给自己倒了一整杯。

就在此时，外面响起了一声尖叫。

听到这尖叫，奥古斯都·马莱沃林的手抖了一下，但并不是因为恐惧或者痛苦。只是他从未听到过如此撕裂灵魂的叫声，尽管他一生戎马，经历过无数大风大浪，但这骤然而至的声音还是令他大为震惊。当第二声、第三声、第四声响起来的时候，马莱沃林却发现自己已经完全没有反应了。他甚至举起酒杯，向半埋在沙地里的匕首和那看不到的卡扎克斯的领主敬了一杯。

当他这么做的时候，外面已经响起一片痛苦的和鸣。营地里绝望的尖叫声几乎刺破了将军的耳膜，但他却丝毫不为所动。战士们——他的战士们——曾经向他宣誓效忠，无论去做任何事，也不管通过任何方式去完成。这一夜，他心中牢记着这些誓言，也接受了他们的献祭——毫不保留地——为了更好地完成他的任务。

他重新望向帐篷。螳螂显然是误解了他的动作，开始变得警觉起来。"你已经来不及拯救他们了。我在地狱里的主人已经接受了这份契约。"

"拯救他们？我现在只想好好敬他们一杯，感谢他们为了我的命运所做出的牺牲！"

"啊……"恶魔感慨了一声，它终于第一次看清了马莱沃林将军的真面目。"我搞错了……"

尖叫声还在继续。有些声音听上去不太一样，似乎有些战士在试着逃走，可是他们又怎么能逃过这些不断蚕食他们灵魂的东西呢。有些战士则表现得非常忠诚，他们在不停地呼叫着自己的长官，恳求帮助。马莱沃林给自己又倒了一杯酒，然后坐下来等待这一切的结束。

最后，尖叫声终于彻底消失了，外面只剩下了一些焦虑的马嘶声，那些马儿根本理解不了到底发生了什么。但很快整个营地一片死寂。

突然之间，外面响起了金属互相撞击的声音，将军疑惑地望向卡扎克斯，但是这恶魔什么都没有说。在外面，那种铿锵的声音在不断变得密集和响亮，不断地向他们接近。马莱沃林将军干掉了杯中酒，然后站起身来。

外面的噪音戛然而止。

"他们在等着你……战神。"

奥古斯都·马莱沃林将军整了整衣冠，尤其是那头盔，然后向外走去。

他们的确就在外面等着他，他们的队列堪称完美。其中有几个举着火把，这让他可以看清楚他们的脸孔，其中一些面容确信属于跟随他多年的忠诚下属。他们都站在那里，扎科、里考尼乌斯，还有其他几位军官，他们的手下都紧随其后。

当将军进入他们的视线后，人群中突然响起了一声致敬，这声音是如此高亢，腔调却显得无比粗野。当马莱沃林看到这个过分热情的战士的时候，他微笑了起来。不管从前这些战士的皮肤或黑或白，现在他们看上去都有些过于苍白了。他们呼喊的时候，可以看到口中尖利的牙齿和长而分叉的舌头。至于眼睛——

眼睛变成了彻底的红色——血红——即便没有火炬，也可以看到他们眼中燃烧着熊熊的邪恶欲火。这些不是人类的眼睛，它们充满了恶意，看上去更接近那只螳螂。

这些可怕的战士依然披着他那些忠诚下属的躯壳，同时也是他全新的军团成员，承载着协助他通往荣耀之路的使命。

卡扎克斯走出帐篷站到了他身边，这可怕的螳螂现在根本不需要再隐匿行迹了。毕竟，现在它正站在自己人身边。

"欢迎来自威斯特玛的马莱沃林！"卡扎克斯叫道，"欢迎，鲜血战神！"

这支恶魔军团再次为奥古斯都·马莱沃林欢呼起来。

* * *

葛莉安娜距离营地是如此遥远，她根本没有听到任何声响，但是女巫感觉到了一股极其邪恶的魔法力量。她常年专注于各种黑暗的魔法，因此这种散发着地狱气息的不可思议的魔法只能证明一件事情，那就是她所担心的事情已经变成了现实。幸亏女巫已经离开了，否则她肯定无法摆脱这种命运，只能被迫加入到奥古斯都那些毫无戒心的战士的行列中去。

这次，卡扎克斯低估了她。螳螂已经借助他人之手来对付女巫，这样就能打破他们之间多年前所签订的契约。恶魔选择了将军作为新的盟友，它曾经暗示过，打造一个新的战神，要比得到那套铠甲更为有趣。葛莉安娜应该意识到这一点，几个月前它应该就没有与自己继续合作下去的意向了。

可是，到底什么原因导致它突然转向奥古斯都呢？难道是因为对她的恐惧吗？从那天晚上这巨大的昆虫差点儿得手——彻底将她干掉，彻底毁掉他们之间的契约——女巫想知道到底是什么事情令一只来自地狱的生物如此愤怒。到底这虫子害怕什么呢，以至于如此匆忙地投奔了马莱沃林？

不过到最后，这些都不是问题。她对卡扎克斯和奥古斯都两个都没什么兴趣。自从她早前通过一个简短的法术侦测到一些本来不该她看到的事情后，她就彻底失去了跟这两个奸诈的家伙继续合作的兴趣。如果自己可以成为真正的时局掌控者，那为什么还要整天担心背后会挨一刀呢？

女巫一边驱马前行，一边下意识地看了看自己的手，她已经不是第一次这么做了。葛莉安娜左手里握着一块小小的水晶，她用法术将这水晶与自己的目标做了一个连接。只要水晶在发光，女巫就知道自己行走在正确的道路上。

只要它一直亮着，她迟早都会找到那个傻瓜，让他成为自己的傀儡。

在背叛她的同时，卡扎克斯犯了一个可怕的错误。她一直无法理解，恶魔是如何独自察觉到了古老的战神铠甲的存在。它需要人类的帮助，这也是他们两个当初结盟的原因。为什么该死的螳螂会如此确信它已经得知了那铠甲的具体位置，从而彻底抛弃她转投向马莱沃林将军。不过这没什么奇怪的，葛莉安娜也有过类似的想法，不过卡扎克斯肯定会为了它的错误付出惨重的代价。

恶魔肯定认为会在鲁·高因附近找到那铠甲，之前他们已经确认了这个方位。而女巫也一直对自己的侦测法术深信不疑。除了那个沿海的国度，还有可能是其他地方吗？一个孤独的旅者有可能被途径的商队带走，或者等着被一条船捎到更靠西的地方。不论哪种方式，诺雷克现在都应该还停留在城内。

可他现在并没有。从某种程度上来说，他已经离开了，而且非常明智地放弃了在沙漠中骑行，不然他的坐骑很快就会毙命的。当葛莉安娜发现他最新的位置时，她震惊了。经验丰富的老兵已经完全摆脱了奥古斯都的侦测。如果将军之前允许她施放那种她建议的法术，铠甲可能现在已经落入他手中了。将军应该已经穿着巴图克那套暗红色的战甲大摇大摆地靠近鲁·高因，而忠诚的女巫则会常伴身侧。

而现在，葛莉安娜只能寄希望于另外一个傻瓜，她会说服这蠢货去使用它……当然,是在她娴熟的指导下。他看上去应该是个容易控制的呆子,她很容易便能将他玩弄于股掌之间。他长得还不算太差,虽然比起她的前任情人来还是有些逊色。这让她觉得控制她的新玩偶并不会特别无聊。

当然,如果有其他的方式可以令她掌控如此惊人的力量,她也不介意干掉这个诺雷克。总会有其他可用的男人,可用的白痴。

葛莉安娜不停地向前赶路,她现在只担心卡扎克斯会把它和奥古斯都正在忙的事情放到一边,转过头来专心追杀她。当然,这样就彻底违背了他们之间的契约,在祸及女巫的同时,对它也没什么好处。更有可能的是那可怕的螳螂已经将她抛诸脑后,正在为刚刚获得的成就志得意满。不久之后,它一定会找到某种合适的方法切断他们之间的关联——更不用说斩断她的头颅和四肢了。

尽管那时候动手可能已经晚了。葛莉安娜一旦获得自己的猎物,最后被撕成碎片撒落在大地各处的肯定是卡扎克斯,而不是她自己。也许她会要求诺雷克把这虫子的头颅带来,好重新开始收集战利品。她的所有藏品都不得不在今夜忍痛丢弃了。

她扫视了一下四周,试图找到一些猎物的蛛丝马迹。为了减少在黑暗中骑行的风险,女巫施放了一个法术来增强马匹和她自己的视力。这令马儿可以轻松避开种种坎途和捕食者的魔爪,同时让女巫可以集中更多的精力来搜寻那老兵。

就在那里!女巫勒住坐骑,凝视着远处一片怪石密布的小山,水晶一直指引着她前往这个方向。葛莉安娜在马鞍上挺直身子张望了一会儿,找寻着一切可能的迹象,但却一无所获。作为一个经验丰富的战士,那个傻瓜肯定会给自己寻找一个满意的藏身之处,而方圆数英里之内,这座小山是再合适不过的了。他肯定就在那里。

现在葛莉安娜心中充满了期望,她快马加鞭继续向前奔跑。当她走近时，她感觉自己在山的左边看到了一个人影。没错……那肯定是个人，他正抱着膝盖坐在那里。

当女巫靠近的时候，身着重甲的他立刻一跃而起，身手之灵敏令女巫大为惊讶。葛莉安娜可以看到他正紧张地凝视着后面，但是却什么也看不清楚。呃，这总算不是张令人讨厌的脸。狡诈的女巫想道。比她印象里船上那次要好看多了。如果他能证明自己的价值，并且对女巫俯首帖耳的话，那么他们之间的相处肯定就没什么问题，她也没有必要急着去寻找下一个替代者。

"谁在那里？"诺雷克喊道，"你是谁？"

她在距离他很近的地方下了马。"我只是一个流浪者……没人想要伤害你。"现在，葛莉安娜用那块水晶照亮了眼前的一小块地方，也让他看到是什么好运气闯进了他那卑微的人生。"只是一个想要找些温暖的可怜女人……"

女巫看似无意地移动了一下闪耀着光芒的水晶，让亮光映照着自己妩媚的面容和窈窕的身躯。她看到老兵的眼神突然变得明亮起来。那再好不过了。他看起来应该很容易被人牵着鼻子走，以换取他想要的欢愉。完美的欺诈。

他的表情突然变得阴沉了。"我记得你，没错吧？"他又靠近了些，高大的身形立在她的面前。"我要再好好看看你的脸。"

"当然。"葛莉安娜将水晶贴近了自己的曼妙身躯。

"还不够亮，"诺雷克喃喃说道，"我需要更亮一些。"

他举起了左手——戴着护手的掌心突然亮起了一团火球，那比水晶要明亮千百倍。

葛莉安娜倒抽了一口气。她本来以为自己会遭遇一个白痴，一个完全不懂法术的寻常战士。可是，他却可以召唤出如此强大的火球，显然水平已经超过了绝大部分的魔法学徒。

"好多了……我肯定认得你……你的脸,不管怎样!在鹰火号上!"他非常满意地点了点头,"我在那里梦到过你!"

葛莉安娜镇静下来,立刻回答道:"那个时候我也梦到了你。梦到了一位勇士,一位杰出的战士,当恶魔追杀我的时候,他救了我。"

正如她所预料,她的言辞和语调迅速柔化了这个男人的心。尽管她还没有获得男人全部的信任,不过她现在看到了一些同情和自豪——诺雷克意识到,这女人把自己看作她的救世主。女巫靠近了诺雷克,半眯着眼睛充满怜爱地望向这个男人,她肯定对方已经被自己打动了。

"你有危险吗?"他面上掠过了一丝关切。老兵望向葛莉安娜的身后,似乎非常期待有什么恶棍正在追赶她。

"他们还不知道我已经逃走了,我……我昨晚又梦到了你,我知道你就在这附近,等着我。"葛莉安娜用一只手轻轻抚摸着他的胸甲,然后整个身子贴了过来,他感觉到了对方温热的唇。

可诺雷克没有接受这香艳的诱惑,而是在考虑着其他问题。"你是一名女巫,"他最终回答道,"你叫什么名字?"

"葛莉安娜……梦境里我的骑士曾经告诉我,他的名字是诺雷克。"

"没错……"显然他非常满足女巫加给他的头衔,然后微笑着问道:"你是一个法力强大的女巫?"

女巫的手指在胸甲的缝隙间慢慢地滑动。"我在某些领域……还算有些天赋。"

"我需要一个女巫,"他用几乎只有自己才能听到的声音说道,"我需要有人帮我来处理掉这件铠甲……不过现在并没那么重要了。我有时间来考虑这件事情,凡事总有轻重缓急。在进行其他事情之前，我得先完成这些。"

葛莉安娜没怎么注意他说的话，她已经计划好了接下来的事情。诺雷克绝对不像女巫之前设想得那么简单，不过他至少相信了自己编的故事，而且将自己当作同伴，如果没有其他枝节的话。当葛莉安娜对他有了更进一步的了解，她会推进他们之间的关系。他显然对女巫的魅力没有多少抵抗力，女巫很快会得到她想要的东西。

当然，如果她能够帮助诺雷克解决眼下最棘手的问题，给予这玩偶最宝贵的帮助，那么她的任务进程应该会大大缩短。尽管葛莉安娜没有听懂他对这铠甲的描述，他还有其他一堆头疼的事情——不管它们是什么——她肯定都可以帮他完成。

"当然啦，我会尽我所能协助你，我的骑士！你冲破那么多艰难险阻来保护我，我也只能报答这些了。"她短暂地扫视了一下沙漠，"它们无比强大，而且在黑暗力量的绝对控制之下。"

葛莉安娜想测试一下他的实力，想看看他到底掌握了多少强大的力量。但令她吃惊的是，诺雷克只是耸耸肩，然后随口回答道："战士，魔法，恶魔……我从来没有害怕过它们。在我的保护下，它们不可能对你造成任何伤害。"

"我真不知该如何表达我的感激之情。"她低语着，靠上去热切地吻着他。

他推开了女巫，这倒不是因为厌恶，而是此刻完全没有兴趣与她乐享鱼水之欢。相反地，诺雷克看上去又陷入了对其他问题的沉思。

"我考虑过了，"战士最后对女巫说道，"想到为什么我最终来到这里。它肯定就在这附近。它一直在躲着我……"他低下头又看了看她，眼中有些东西令葛莉安娜突然感觉到不安。"但你有可能会找到它！毕竟你连我都能找到！卓格南做不到的，你应该能做到。"

"我会尽我所能。"深肤色的女巫回答道，她的确非常好奇这男人关注的到底是什么。也许,那东西对她也非常有价值?"我们在找什么呢?"

他看上去对女巫的一无所知非常诧异。"当然是霍拉松的坟墓!"当他讲话的时候,他的面部又发生了变化,这令葛莉安娜禁不住抬头看了看他——这次她看到了一张完全陌生的脸孔。
"我兄弟的坟墓。"

第十六章

鲁·高因的下面居然有如此庞大的世界。

不，卡拉纠正了一下自己，这并不算是一个世界，但从某种程度来看，它跟上面那辉煌壮观的王国相比并没有小多少。这个老人看上去有些古怪且心神不宁，卡拉确定他绝不可能是霍拉松。老人带着卡拉穿过一道又一道令人迷惑的走廊，卡拉实在有些头昏脑胀，直到最后也没有记住来时的道路。她不停地上楼梯，下楼梯，穿过一道道门廊，一个个房间，最后来到了一间干净明亮陈设优雅的卧室。老人告诉她，现在可以休息了。

卡拉甚至不记得自己是何时躺下的，不过她发现自己如今正安卧在柔软的床上，抬头便可看见做工精致的顶篷。她曾经觉得国王之盾号的那个舱室已经算是非常漂亮的了，但是跟这里比起来，它实在不值一提。令她好奇的是，她感觉这地方似曾相识，而且这里看上去就像前一天才刚刚装潢完毕。巨大的木床表面打磨的锃亮，床单崭新洁净，大理石地面纤尘不染。她的手边有同样精致的床头柜，而椅子则放在远处的角落里。墙上挂着带有浓厚维兹杰雷风格的壁毯，上面有最杰出的工匠所织就的种种奇妙生物和令人叹为观止的施法场面。若非意识到自己已经成为这个极其危险的疯子的囚徒，而且现在身处地面之下的洞穴中，女死灵法师其实还是会觉得非常舒服的。

她不敢留在此处。虽然在传说中霍拉松并没有他的兄弟那么邪恶，但他也并不仅仅是一个野心勃勃的维兹杰雷法师，他同样驱策过无数恶魔，只是现在看起来在经历过无数个世纪的迷失之后，他已经完全失去了理智。卡拉很好奇他是怎么活了这么久的。记载显示，施放如此大幅度延长生命的法术必须要有某种神秘力量的的支持。如果霍拉松为了自己的需求再次投向恶魔的怀抱——尽管他现在独自咕哝的内容基本与此相反——这并不能解释他为何陷于如此境地，但却更令卡拉觉得自己应该在他返回之前找到逃走的路。

焦虑的死灵法师本来和衣躺在床上，她迅速起床，然后向门口走去。卡拉很难感觉到霍拉松在这里施放了什么法术，方圆几百英里内的任何一个魔法师都根本探测不到它的存在，她对此百思不得其解。也许这一次，同样的法术会解释他们为什么感知不到。如果这些法术就隐藏在霍拉松的领地之内，那么就算是世上最伟大的魔法师站在它的门口，也不可能注意到脚下有什么蹊跷。

女死灵法师壮着胆子拉了下门把手，可是大门纹丝不动。她又试了一次，结果还是一样令人沮丧。

卡拉对于自己被锁在房间中的事实丝毫没有感到惊讶，可是这种结果还是极大地打击了她。自从开始这次追踪以来，她已经被囚禁了很多次，而现在她开始怀疑自己是否还有机会从这监牢中逃出。卡拉不想放弃努力，她将手放在把手上，念出了一道解锁的咒语。这并不是什么强大的法术，它在维兹杰雷的元素魔法中居于最底层，不过拉斯玛的追随者发现对手创造的这种法术还是有它的可取之处的。卡拉对它没有报太大期望，可是实在也没有其他办法可想，她的魔法能力毕竟还是有限。

把手开始转动了。

女死灵法师被意料之外的成功吓了一跳，差一点就打开了大门。卡拉深深吸了一口气，然后极其小心地将门打开一条小缝，接着偷偷望向外面的走廊，试着回忆当初来时的方向。她简短地判断了一下，立刻转向右边跑了出去。

走廊的尽头是一道向上的台阶，希望就在前方。卡拉冲上了台阶，如果一直沿着这个方向逃去，也许女死灵法师很快就能找到出去的路。

卡拉纵身跃了两下，已经从台阶上纵入了一条极其宽大的走廊。女死灵法师扫视一圈，没有发现霍拉松的身影，立刻闪身冲进了旁边一座更大的厅堂之中。尽管她的寝室极其奢华，但这座大厅却显得如此古朴庄严，只有偶尔出现的门廊打破了它的单调感。让她感到奇怪的是，她看到身边映出一道黄色的光芒，但却看不出它来自何方。它可能来自任何方向。这里没有火炬，根本没有什么地方可以放置它们。

在匆匆前行的时候，卡拉也曾想过去尝试推开路上其中一扇门，可是她知道当务之急是找到出口。任何蛛丝马迹都可能令霍拉松发现她的逃逸。不管女死灵法师有多么迫切地想了解这里，了解疯狂法师和他的密室中更多秘密，她都更希望能亲手去探索，而不是让那疯子强行展示给自己。

前面的走廊突然向右急转弯。卡拉急匆匆地向上迈去，希望越过这道转弯之后就能看到出路。沮丧的女死灵法师用尽可能快的速度穿过转角，一边祈祷前路尽头是另外一道楼梯，或者，最好是真正的出口。

可是，她只看到一堵漆黑的墙。

就在她眼前几码的地方。女死灵法师将双手放在墙上，试图检查一下它到底是出于自己的幻想，还是魔法构成，或者仅仅是一道幻象。不幸的是，事实上它和卡拉看到的一样坚固，虽然她完全想不明白为什么会有这么一道墙横在眼前。

卡拉不得不向后退去，现在她只能考虑别的方向了。重新回到楼梯上没有任何意义，她也只有去一一尝试那些门了。当然，它们并不一定会直接通向霍拉松的领域。

她走到第一扇门前，小心翼翼地打开了它。卡拉最近的运气是如此之差，她真害怕一打开门就看到那个疯狂的维兹杰雷老法师。门后面是一条弯曲而幽长的道路。

"呃，这是个骗局？"她低声自语道。真正的出口会在这条通道的后面吗？她几乎不敢相信这疯狂的主人会如此设计他的巢穴。

卡拉·夜影匆匆走进那条隐秘走廊，甚至都懒得关上身后的门。在通道尽头，她应该会找到逃生之路。她是会重新返回那座古老建筑呢，还是会通过某个秘密的道路回到鲁·高因？

可是，女死灵法师只找到了另一扇门。

她别无选择，只能打开它。现在没有其他的通道，也没有其他的出口。不过，这扇门终究还算给了卡拉一些希望。她沿着通道前行了一段时间，霍拉松的迷宫似乎快要走到尽头了。

另一道走廊映入了她的眼帘。

这道门和卡拉身后那一道的宽度很相像，不过她根本不在乎这个。当然，它们的设计规格应该都差不多。毕竟，是同一个男人创造了它们。

随后，她看到一道敞开的门就在不远处。

疲惫的女死灵法师怀满恐惧地走了过去。她偷望向里面，希望自己的猜测是错误的。

迎接这虚弱的女性的,是另外一道弯曲的走廊。

"塔格奥啊,指引我离开这疯子吧!"为什么这走廊会再次通往大厅呢?这个事实令卡拉不停地眨着眼睛,却不知该如何是好。这道门和她刚才进入的那道正好处在相对的位置。她怎么可能像这样绕圈子?这走廊穿过了大厅?怎么可能呢!

卡拉毫不犹豫地走向剩下那道门。如果它不能将女死灵法师引导到其他地方,那霍拉松这诡异的领地就算将她彻底击败了。

令卡拉感到欣慰的是,门内有一个巨大的房间,房间尽头是两道高耸的青铜大门,门上雕刻有极其精美的龙纹,双侧则是带有扶手的宽大楼梯。保存完好的大理石地板覆盖了整个宽阔的房间,石头墙面上则覆满了种种壁毯。

卡拉走进了这巨大的房间,犹豫着要走上哪一座楼梯,或者打开哪一扇门。正对着她的大门看上去是如此诱人,但是楼梯也同样令她心动,它们都有可能通向回到地面的出口。

头顶突然传来一声轻微的响动,卡拉循声抬头,看到的景象令她大吃一惊。

远处,白发苍苍的霍拉松坐在她头顶正上方的长餐桌旁一张椅子上,一边进餐一边在喃喃自语。卡拉听到的声响,正是这个疯子举起餐刀审视着一只精美的镀金盘子里满满的肉类。虽然处于下方较远的位置,但卡拉依然闻得到它诱人的香气。当她望过去的时候,这老迈的维兹杰雷法师正举起一杯酒慢慢饮完,居然连一滴都没洒出来。她惊讶的不是这疯狂的法师居然如此遵守餐桌上的礼仪——而是因为他正端坐在天花板之上。

事实上,卡拉看到的整个画面都是颠倒的,但却没有什么东西掉下来。椅子,桌子,充满了食物的餐盘,甚至包括霍拉松的长胡子——都完全蔑视自然规律，全部倒置着。女死灵法师目瞪口呆地盯着天花板，看到门和楼梯与霍拉松现在所处的位置完全契合。若不是霍拉松和他那些奢华的食物，卡拉肯定会觉得自己只是看到了天花板上的一面镜子。

饮完酒后，霍拉松昂起了头——或者是低下了头——最后终于看到了瞠目结舌的年轻女死灵法师。

"来！来！"他向她喊道，"你迟到了！我可不喜欢有人迟到！"

卡拉害怕被他用那种可怕的力量拖到天花板上，这样可就再也没有机会逃走了。她匆匆穿过大厅，向青铜大门跑去。那里肯定能通向他无法控制的地方，一定会！

她回头最后望了一眼那疯狂的家伙，然后拉开最近的一道门冲了出去。如果她可以在他动手之前——

"啊！很好！很好！坐在那里！坐在那里！"

霍拉松就坐在先前她看到的那张华美的餐桌前，漫不经心地审视着她，不过这次桌子没有悬在天花板上，而是居于她刚刚进入的房间的最中心。同样的食物和美酒静静地躺在他面前的桌子上。她可以看到之前在另外那间密室中出现过的楼梯和门廊，而现在它们都安安稳稳地待在霍拉松和他的美食背后。

卡拉情不自禁地抬头望向天花板。

她眼中的楼梯和门廊都是颠倒的。

门廊的旁边有一尊青铜铸就的巨人雕像，就好像有人在离开时匆匆将它放置到了那里。

"拉斯玛，请保护我……"卡拉喃喃低语道。

"坐，女孩，坐下来。"霍拉松命令道，他似乎完全无视了女死灵法师的失望，"该吃饭了，该吃饭了。"

卡拉想不到任何可以拯救自己的办法，只能听从他的命令。

* * *

风暴席卷了整个沙漠,巨大的黑云从东往西覆盖了奥古斯都·马莱沃林的全部视野。黎明已至,但现在甚至比日落以后还要阴暗。有些人可能觉得这糟糕的天空预示着厄运的到来,但将军却完全不这么认为,他觉得自己的时代终于要来临了,他终于要把命运牢牢握在手中。鲁·高因就在眼前,而且他非常清楚,那个猥琐的白痴就穿着那身辉煌的铠甲躲在那里——他那充满荣耀的铠甲。

这是卡扎克斯最后向他保证的。可那个家伙现在跑哪儿去了呢?风力渐劲,今天不可能有什么船只出海。那家伙肯定还待在城里。

将军站在一座巨大的沙丘上审视着鲁·高因。在他身后,马莱沃林的恶魔主人正耐心地等待着他的命令,没有什么人可以看到它的存在。因为一道特殊的魔法,这邪恶的生物可以完全避开人们的视线,尽管最终它肯定会撕掉这层伪装。他们需要这些人建立一条从烈焰地狱通往人间的道路,不过这需要一段时间。然而这并不会让马莱沃林觉得困扰。现在,就让对方觉得他们的敌人不过只是一支卑微的人类军队吧。这会让鲁·高因的指挥官们因过于自信而傲慢轻敌。他们一定会速战速决,而马莱沃林将军早就已经准备好了对他们大开杀戒。在消失了这么长时间后,卡扎克斯再次现身,进入了将军的视野。这令马莱沃林有些吃惊。尽管卡扎克斯在身边这些恶魔中占据着统治地位,但阴险的螳螂移动得仍然相当小心,即便在如此阴暗的天气中,仍然害怕被人看到。

"你为何鬼鬼祟祟的?你怕什么?"问话的同时,马莱沃林变得有些疑惑了,"你能让我知道吗?"

"我什么也不怕!"螳螂厉声喝道,它的下巴在疯狂地抖动,

"什么都不怕！"尽管如此，它还是压低了声音补充道，"我只是有点……谨慎……"

"你的举动看起来好像是在害怕什么。"

"不……怎么可能……"

马莱沃林将军再次想起了卡扎克斯听到巴图尔的名字时的反应，事实上，许久以来鲁·高因都一直有一个传言，这城市就建在那个魔神的坟墓之上。这些稀奇古怪的传说中到底隐藏了多少真相呢？

马莱沃林将军觉得自己可以晚些时候再去调查恶魔焦虑的原因，他将视线重新转向鲁·高因。整座城市都毫不戒备。即便是在这清晨时刻，他隔着如此遥远的距离都能看得出来，那支刚刚驶出城门的骑兵巡逻队从头到脚都透着漫不经心。他们按部就班地沿着既定的线路巡行，根本不觉得会有什么人胆大妄为到要攻击这座城市，尤其是从这沙漠之中发动进攻。鲁·高因可能更害怕遭到来自海上的猛烈攻击，虽然这个概率似乎微乎其微。

"我们可以让巡逻队尽可能靠近一些，"他告诉螳螂，"然后再捉住他们。我想在对这座城市发动攻击之前，先看看你这些战士到底有多勇猛。"

"不是我的战士，"卡扎克斯纠正道，"是你的……"

骑士们渐渐地远离了城墙。马莱沃林注视着，等待着，知道他们很快就会到达自己所期望的位置。

"弓箭手准备。"

一排身影走上前来，它们非人的眼睛中闪耀着迫切的渴望。这些恶魔披着马莱沃林的战士们的躯壳，同时也继承了这些受害者的知识和战斗技能。奥古斯都·马莱沃林扫了一眼这些恶魔的脸孔，它们看上去和自己从前那些最优秀的弓箭手没太大区别。现在，恶魔们需要证明它们会做的同样出色——或者，最好，能更棒一些。

"集中火力。"他命令道。

它们早已蓄势待发。卡扎克斯念出了一个简短的命令——所有的长弓都向天举了起来。

当这些包着头巾的骑士逐渐接近的时候,马莱沃林调转了马头,以便更容易让他们看到。

其中一名巡逻队员注意到了他,并且开始大声向同伴示警。整支巡逻队大约四十来个人全都望向了这个不速之客。

"做好准备。"这人敦促他的马匹向其他的骑手靠近了几步,就像是准备与他们会合一样。那些人骑行得谨慎了一些,但算不上特别明显。

最终,鲁·高因的战士们到达了马莱沃林将军所期望的位置。

"开始!"

箭矢尖锐的破空之声接连响起,此时,即便是最猛烈的风暴也无法压下它们的声响。死亡之雨倾泻而下,落到了敌人身上。

第一支锋镝落在了地上,其他有些则射空了,但也有很多命中目标。马莱沃林看到一根箭矢闪耀着明亮的火焰射中了为首的骑兵,他的铠甲似乎没有起到任何保护作用,箭矢直接没入了他的胸口。更令人吃惊的是,他胸前的创口那里燃起了熊熊火焰,很快便将他整个人吞没了。尸体从受惊的马上跌落下来,撞上了另外一匹坐骑,那匹马在躲闪的时候,又把自己背上的骑手甩落到了地上。

另外一根箭矢射中了一名骑兵的大腿,这可怕的伤口同样燃烧起来。骑兵尖叫着拼命地拍打着伤口,可是火焰很快便四处蔓延开来。他的坐骑不停地上蹿下跳,终于把他也摔到了地上。即便如此,火势也没有减退分毫,而且很快升腾到这可怜的家伙的腰间。

这支四十余人的巡逻队死伤已经超过三分之一,所有的尸体都在熊熊燃烧。有几匹马也当场倒毙。其余的骑兵都在拼命想要控制住自己惊恐失措的坐骑。

奥古斯都·马莱沃林的脸上浮出一丝笑意,他转过头面向这支致命的队伍。"第二和第三队……前进,攻击!"

这些怪物骤然爆发出一阵战斗怒吼,这足以令绝大多数人感到心惊胆战,但将军只是微微颤抖了一下。恶魔战士们向沙丘冲过去,它们如同之前马莱沃林那些战士一样,保持着紧密有序的队列,不过马莱沃林也看到它们野蛮的一面——这些非人的家伙一边冲锋一边不停地嘶吼着。它们在人数上完全压倒了对方,而且对方现在迫于火焰的攻势,根本无法撤离战场。

巡逻队中的一名军官发现了这支可怕的队伍,随即高声示警。幸存的骑士们立刻转头准备向鲁·高因方向逃去。但马莱沃林无意让他们离开。他扫了一眼弓箭手们,下令开始另一次齐射。

这次,箭雨越过了他所期待的目标,但是却达到了同样的效果。片刻之后,骑士们前方被箭矢射中的地方燃起了熊熊大火。只不过十来秒的时间,一道火墙阻断了所有逃生的希望。

这片刻的时间,已足够令恶魔们逼近它们的敌人。

它们手持长矛和重剑围住了骑手们。几名骑手和他们的马匹软绵绵地倒了下来,其他骑手开始奋起还击。其中一名骑手挥剑向对手发出了本来应该是致命的一击,但对于马莱沃林那邪恶的战士来说,这根本没有任何意义,它连晃都没晃,接着把震惊的骑手从马上击落。

另外一名巡逻队的长官试图再次抵抗,但两名恶魔将他从马上拽了下来,撕裂了他的铠甲,接着将他撕成了碎片。

"它们真是充满了热情……"卡扎克斯饶有兴趣地说。

"只要它们记得今天早晨我说的话。"

"没问题,它们会效劳的。"

其中一个幸存的骑兵拼命地朝鲁·高因的方向逃去。一个恶魔正抓住他一条腿，试图把它从这骑兵的身体上撕扯下来，但它的另外一个同伴却突然扯住了它的魔爪，这才令可怜的人类逃过了被分尸的命运。

"看到了吗？我曾经承诺过的，它们会遵照您的命令，战神……"

"那么，尽快处理掉剩下的家伙，我们继续进发。你会一直在我身后，对吧？"

"就现在而言，战神……"卡扎克斯觉得没有人形的遮掩，它在第一场战斗中就露面有点过于显眼了。在日光下，它显然不可能像那天晚上一样为自己创造一个幻象。事实上，马莱沃林将军现在比那次看得更加清楚，他发现对方的形体并不像其他生物一样真实而具体。

螳螂模棱两可的解释令将军想要跟它再做一番讨论，但是他最后还是决定将这讨论推后。铠甲正在召唤着马莱沃林，他现在只想赶紧攻陷这座城市，拿到他最爱的东西。

接下来，对巡逻队的屠杀只持续了短短几分钟，防御者的队伍几乎每秒都在减少。当恶魔将战士们屠戮殆尽，鲜血洒满沙地的时候，马莱沃林自己的部队也已经压了上来。

就在此时，那个唯一的幸存者已经到达鲁·高因的城门下。号角在城墙里面响了起来，警示着王国已经遭受攻击。

"很好，让他们见识见识我们的本事！"他高高地扬起一只手——手中握着那把燃烧着烈焰的黑色长剑。"前进！"

当马莱沃林将军的部队从隐蔽处冲出来的时候，天上的乌云开始激烈地翻滚，轰鸣的闪电在云间时隐时现。在乌云之下，两排狂躁的战士正在前进。刚才的鲜血盛宴已经令恶魔们大为兴奋，甚至忘记了尽量去伪装成人类。不过，只要它们对将军唯命是从，将军很乐意原谅这些小小错误。

呼啸的风吹得马莱沃林的斗篷猎猎作响。他略略低下头，调整了头盔的角度，以免风沙吹到眼睛里。尽管天气如此狂暴，但雨水始终未曾落下。可就算现在暴雨倾盆而下，也不可能阻挡他的脚步。

恐惧应该已经在守城部队中蔓延开了。此时，这些战士应该正在研究他的部队，并断定，虽然有一整支的巡逻队被屠杀，但敌人看起来在人数上并不占优势。他们现在有两种选择，要么固守在城墙之内——要么派出一支强大的力量，将那幸存的士兵口中所述的恐怖力量屠戮殆尽。

奥古斯都·马莱沃林对于常人的情感了若指掌，他判断对方会选择后者。

"所有人列成编队！"

这来自地狱的军团分散开来，逐渐组成了两支极为壮观的队列。鲁·高因的指挥官现在应该非常清楚，对手正在向他们进一步展示自己的实力。不过这些指挥官肯定觉得眼前的入侵者是一帮白痴，居然会如此轻易地向守城者暴露真正的力量。

鲁·高因也在等待着，看有没有第二股力量接踵而至。他们也在思量为何马莱沃林敢令自己的部队如此逼近城墙。指挥官们在犹豫是否要在对手的援军到来之前，先对这一拨人痛下杀手。

一部分焦躁不安的恶魔离开了自己的位置，不过大部分还在安分地遵守秩序。它们新的领主已经承诺了足够的鲜血与杀戮，所以它们现在甘于受它的控制。一旦这座城市的城墙被攻破，它们就只有一个命令需要执行——把那个穿着深红色铠甲的男人迅速带到马莱沃林面前。

至于其他，那就只剩下尽情的杀戮了。

当他的队伍跨过那支可怜的巡逻队支离破碎的遗骸,快要抵达城门附近的时候,墙垛上突然出现一长排包着头巾的身影,每个人都将长弓对准了他们。箭矢如急雨一般纷纷飞向第一排的攻击者——其中包括了将军本人。

但是,每一支利箭在接近马莱沃林的时候,箭支上都出现了短暂的闪光……即便是射向他的马匹的箭支也不例外。无数支箭矢就这么消失了,由此也能看得出来弓箭手们是多么迫切地想要干掉敌人的最高统帅。

不过,他身边的战士就没这么幸运了,有些箭支射中了它们的咽喉,有些则插在了它们的脑袋上。第一排的战士悉数中箭,第二排也有许多没有幸免的,看上去战神已经损失了接近半数的手下。

鲁·高因的城市上方闪耀着夺目的雷电,为巡逻队复仇的第二次攻击似乎马上就要展开了。一支庞大的队伍冲出了城门,骑兵与步兵踩着整齐有序的步伐向凶残的入侵者杀了过去。这支包着头巾的大军不仅仅在队列上远长于马莱沃林的手下,而且在数量上也占据了压倒性优势。如果他猜得不错的话,这支大军根本没有把眼前的对手放在眼里。他们想要将军为刚才的屠杀付出惨重的代价,也想为己方赢得荣誉。

"白痴,"他低语道,同时努力想抑制住自己的笑意,"一群冲动的白痴!"

马莱沃林将军没有下令撤退。在正常情况下,他这种举动无异于自杀。也许他的手下可以击退比己方数量更多的敌人——鲁·高因的指挥官不可能没有考虑到这种情况。

随着敌人逐渐逼近,他向手边一名幸存的战士发出指令,后者手中握着战斗的号角。

令人毛骨悚然的战士将号角放到唇边,随后,如鬼泣一般的悲鸣响彻了整个战场。

奥古斯都·马莱沃林将军那些本来应该已经死掉的战士从沙地上爬了起来，它们根本不在乎箭矢给自己造成了何种损伤，纷纷开始向前冲去。这些身披重甲的家伙有的咽喉上插着箭支，有的眼睛上露着箭羽，如此骇人的场景令鲁·高因的守城者不由自主地发出恐惧的叫声，许多人转身后退，甚至撞倒了后面一排的同伴。这种场景是如此令人胆寒，整个包覆着头巾的战队几乎都停住了脚步。

马莱沃林如闷雷一般的吼声响了起来。"干掉他们！把他们全部干掉！"

恶魔们随之咆哮起来，开始向数量庞大的人类对手发起进攻。

他们用地狱一般的力量撕裂每一个人类对手，扯下他们的四肢，甚至连头颅也不放过。鲁·高因守军中的一个主要领袖几乎被重剑斩成了几截，其他许多人则在被撕裂时发出了惨绝人寰的尖叫。重剑与长矛对将军的部队几乎没什么影响，虽然偶尔也会有一个恶魔倒下。尽管也有一二损失，但胜利的天平已经严重倾斜了。守城部队的尸体已经开始堆积起来，但是有些指挥官依然无视这可怕的境况，逼迫着他们的同伴继续走向这令人胆寒的死亡之路。

城墙内再次响起了号角声，一阵新的箭雨飞向入侵者。不幸的是，这轮进攻几乎没有成功的希望，甚至招致了更加不幸的结果——地面上的守军反倒有许多死在了自己人的箭矢之下。第一波齐射之后，号角又响了起来，不过它只带来了更多的死亡。

可怕的不仅仅是恶魔，马莱沃林投入战斗后也毫不逊色于这穷凶极恶的军团。黑色巨剑毫不犹豫地扫过敌人的身体，无论铠甲还是骨头都无法阻滞它分毫。很快，恶魔们给将军让出了一块地方，让他得以全情投入杀戮之中。马莱沃林的黑色铠甲已经从头到脚都被染成了鲜红色，但如果说有什么不同的话，就是一切只是让他变得更加残酷和冷血。

突然间,马莱沃林将军身旁的地面突然发生了爆炸,他的坐骑重重地摔了出去,命丧当场。幸运的是,将军只是被甩到了几码之外的地方。这场爆炸足以杀死任何普通的人类,但他却只是眩晕了几秒钟。

将军抬起头来,看到城墙之上站着两个身穿长袍的人,他们无疑是年轻的苏丹手下那些维兹杰雷法师。马莱沃林曾经预料到鲁·高因会派遣法师来对付自己,不过一旦卷入嗜血的屠杀之后,他就把这些抛诸脑后了。

他胸中升腾起了从未有过的怒意。他想起了维兹郡,想起了霍拉松和那些同伙是如何欺骗自己的,如何将他那可怕的军团引入了陷阱之中……

"不!"奥古斯都·马莱沃林举起一只拳头,口中爆发出一段他自己从不知晓的咒语。在他的头顶上,整个天空似乎都要爆炸了。

一股疾风冲上墙垛,但是只精准地击中了法师们所站的位置。众人都看到他们两个被卷到了高空之中,他俩无助地挥动着双臂,似乎想要施展什么法术来进行反制。

战神将拳头重重地砸了下来。

伴随着狂乱的叫喊,两名维兹杰雷法师砰地落了下来,就好像被两张巨弓全力射到了地面上一样。

当法师们坠落的时候,就连恶魔们都被这可怕的冲击力吓到了,纷纷向后退去。只有马莱沃林满意地看着这一切——他对维兹郡复仇的第一步成功了。他的记忆与巴图克的记忆交织在一起,连他自己现在都说不清哪些是属于自己的。只有一个鲜血战神——而他就站在这座瑟瑟发抖的城市的大门前。

目光敏锐的马莱沃林看到对方一名军阶颇高的指挥者落在了自

方手中，身披黑色斗篷的恶魔正强迫他跪下，接下来，恐怕就是当头一剑。

将军迅速做出了反应，他召唤出一支魔法剑，剑身劈开了那震惊的恶魔。身着黑甲的可怕战士尖叫着很快萎缩成一团，只剩下薄薄的一层干肉包裹着骨架。一缕绿色的烟雾从干瘪的尸身中升起，很快飘散在风中。

马莱沃林跨过那堆尸骨和金属，面向那个他刚刚救下的军官。将军知道恶魔不可能心存仁慈，干掉一个随从对他来说算不上什么损失。征服鲁·高因之后，他可以从地狱中随意召唤任何野兽。

虚弱的军官试图对抗马莱沃林，不过对方仅仅做了一个手势，他的长剑就飞了出去，直直插在另外一名护城者的咽喉上。

将军抓住这倒霉的军官的脖子把他揪起来。"听好，想活命就别乱动，白痴！"

"你最好现在就杀了我——"

将军的手握得越来越紧，这军官渐渐接近窒息。最后，他略略松了松指头，好让这可怜的家伙喘口气。"你的命——还有鲁·高因所有人的命，都在我手里！只有一样东西能救你们！一样东西！"

"什——什么？"他的囚徒大口地喘着气，现在看上去显然已经识时务了许多。

"城里面有一个外来者！他身上穿着一件血红的铠甲，那颜色就像你我血管里流淌的鲜血一样！把他带来见我！把他交出来，从城门把他领出来，送到我这里！"

将军看到这指挥官脸上犹豫不决的神色，显然是在努力计算得失。"你会——你会因此结束战争？"

"当我得到我想要的，我就会结束它……在我看到他之前，鲁·高因不会有和平！看好了，你们这低矮的城墙根本无法挡住我的攻势！"

这男人几乎没有犹豫。"我——我会做到的！"

"那就赶紧去！"马莱沃林将军轻蔑地将这军官往旁边一甩，两个试图攻击他的恶魔都扑了空。他又向对方补充道："让他们撤退！任何进入城门的人都不会被干掉！跑得慢的，等着给乌鸦当午餐吧！这就是我给你的回报——远比你应得的要多！"

那指挥官跌跌撞撞地逃向鲁·高因的方向。马莱沃林看到他向城墙上的某个人打出了信号。片刻之后，城里面响起了悲凉的号角。

一个身着重甲眼睛比马莱沃林的铠甲颜色还要赤红的家伙走了过来。这张面孔应该是属于曾经的扎克。"就这么让他们跑了，战神？"

"当然不是。把他们全部打倒，不许放一个活人进城。如果有人逃进去了，你们也不能追击到城里面。"他扫了一眼那军官逃走的方向，发现那家伙根本没打算等自己的同伴们。"保证他活着回去！他要回去传很多话。"

"是，战神……"曾经的恶魔扎科鞠了一躬，然后犹豫地问道，"不进城？我们要放弃鲁·高因吗？"

"我只想要铠甲！我们会骚扰他们，尽可能破坏他们的防御，只要我得到铠甲和那个胆敢偷走它的家伙的脑袋，这座城市就安全了！"马莱沃林将军——或者说战神马莱沃林——残酷地笑了。"我向他们承诺战争会结束，但是在我得到铠甲之前，鲁·高因根本不可能知道什么叫作和平。一旦我得到它，我将遵守承诺。永远结束战争……躺在坟墓里享受和平吧！"

第十七章

"那是什么声音?"诺雷克一边问,一边扫视了下他曾经在沙滩上画下的符文。

葛莉安娜靠近他身边摇了摇头。"我只听到了雷声,我的骑士。"

他站起来再次仔细倾听着。"听起来像是在打仗,声音是从城市那边传过来的。"

"可能只是场庆典吧。说不定今天是苏丹的生日。"

诺雷克皱了皱眉头,不知道她为什么要一再否定自己的猜测。虽然巴图克的记忆现在已经跟他自己的混杂在一起,他很难将两者准确区分开来,不过这两种记忆都可以让他准确地判断出自己所听到的讯息。那些纷杂的声音,起伏的呼号,它们听起来充满了血腥和暴力……

他身体的一部分突然特别渴望加入其中。

不,他还有更重要的事情要做。霍拉松的坟墓——那个迷人的女巫将它称作神秘避难所——肯定就坐落在这附近,说不定就静静地躺在他的脚下。

他再次跪了下来,完全没有在意葛莉安娜突然做出的如释重负的表情。他曾经绘出的图案——一个被圆环围绕的歪七扭八的三角形，每个角上都挂着一轮新月——看上去并不怎么正确。老兵本来不该知道这些法术的存在，这些咒语也不会再给他造成困扰了。不过，巴图克对它们了若指掌，因此诺雷克·维扎兰也该清楚是怎么回事。

"少了什么？"

女巫犹豫了一下。"你可以在两者中选择一样。想要找一个人的话，你必须在三角形中加入一个五角星。或者换个地方吧，你可以用一个更大的五角星来容下其他的一切。"

她完全理解了他的意图。诺雷克做了个鬼脸，为自己居然忘掉如此简单的事情而觉得惭愧。随后，他微笑着望向女巫。"很好。"

尽管她的魔法技能对于他自身能力的提升极有帮助，而且她那诱人的身形早已经唤醒了他男人的本能，但这并不意味着老兵能够轻易信任这位新伙伴。她讲述的一切都半真半假，女巫向他隐瞒了太多东西。他能够感觉到这女巫的野心。她看到了自己对她有用的一面，就像自己也在估算她的利用价值一样。只要女巫能够帮他实现目标，他并不介意接受她的谎言。当然，如果之后她试图背叛老兵的话，他会毫不犹豫地像对付之前那些背叛者一样对她痛下杀手。

诺雷克内心的某些部分仍然在与他已经变化的样子作斗争。即使是现在，他都能真切地感觉到，他本来不该如此看待这名年轻的女性的。然而，他却如此轻松地接受了这些想法。

老兵将思维重新转向自己眼前的任务。他必须要找到霍拉松的墓穴，虽然到现在他都搞不明白为什么要做这件事。或许当他找到目标的时候，原因自然就见分晓了。

他画了个更大的五角星，同时决定了要找寻的是那座墓穴，而不是那个人。霍拉松应该早就变成一堆白骨了吧，想要精确定位他可没那么容易。那座庞大的建筑应该会是一个更好的施法对象。

"你之前施放过这样的法术吗？"

葛莉安娜看了他一眼，眼中充满了自豪。"我当然做过了！"她现在看起来有点发颤。"不过我从来没有见过真正的神秘避难所，也没有接触过类似的东西。"

"那不是问题。"诺雷克心中已经有了计划。他感觉自己可以念出那串必要的咒语，可以将它的力量全部投放到那片区域，但是这势必会分散他自己的精力，从而极有可能导致最终的失败。神秘避难所看起来把自己掩藏得非常好，即便在铠甲击退了卓格南后，仍然有神秘力量将诺雷克推离了他的目标。就如巴图克自己的坟墓一般，霍拉松的长眠之地可能会建在更加安全的地方。建造者显然不希望它受到玷污，更不想被蟊贼洗劫一空，那里肯定被施放了大量强力的防护法术，就如老兵之前在卓格南的密室里领教的一样。

但是在葛莉安娜法术的协助下，诺雷克现在可以更好地把精力集中到他们的目标上。很显然这个法术效果不错。如果不是因为……

他向女巫解释了一下，她点点头。"我觉得这个可行。我们必须同心协力，不过呢，我们的内心可能会互相有所抗拒。"

葛莉安娜伸出了双手。诺雷克将自己的手掌放在了她手中。女巫轻笑着望向他，可是笑容中显然有着别样的味道，这令老兵暂时忘掉了她女性的诱惑。他再次从女巫眼中看到了原始的野心。如果对方觉得他还有利用价值的话，迟早会想办法彻底控制他。但是他脑海中也浮现出了一些更加阴暗的想法，甚至为此不惜付出任何代价。这件事情只有一个主导者——那只能是诺雷克。

"描述一下，"她喃喃低语道，"描述一下你想让我们去的地方……"

诺雷克脑海中浮现出了第一次看到那墓穴的样子。他确信自己一开始看到的景象都是最真实的,那阻止他进入神秘避难所的力量也曾经尝试着搅乱他的记忆。身披长袍的骷髅,在新月图案上镂着龙纹的石棺,这些肯定都是墓穴中真实存在的景象。

葛莉安娜紧紧握着他的手向后靠了靠,紧闭着双眼仰向天空。她一边低吟着咒语一边轻摇身体,同时紧紧拉着他佩戴护手的手掌。

诺雷克闭上了眼睛,否则他很难摆脱那妖娆身体的诱惑,就更不用说继续想象霍拉松的安息之所了。某种渴望在他身体里渐渐膨胀。起作用了。他将会被传送到神秘避难所。

然后呢?

诺雷克没有时间去设想这个问题的答案,他感觉身体骤然变轻,就好像灵魂突然脱离了躯壳。唯一还能感受到重量的地方便是他的双手,女巫依然紧紧地抓着他。

"奈扎里奥斯·艾洛!"葛莉安娜高声吟唱道,"艾洛那·吉!"

战士的身体在纯粹的能量撕扯下显出裂纹。

"艾洛那·吉!"

诺雷克感觉身体发生了巨大的位移——

——接下来的一刻,他感觉双足踏上了坚硬的石头。

诺雷克·维扎兰突然睁开眼睛四下张望。他看到了蛛网密布的墙壁,而每堵墙边都有一排雕像,所有雕像都拥有不同的面孔和身体,它们目不转睛地凝视着前方。他无法回忆起每个人的名字,但其中一个人是他永远无法忘怀的——那就是他的好兄弟,霍拉松。

不——霍拉松不是他的兄弟!为什么自己要在这件事情上纠缠呢?

"我们做到了!"葛莉安娜终于注意到了身边的一切,她狂喜地喊了一声,然后冲上去开始狂吻诺雷克——但是,老兵真的很想一把将她推到地上。

"是的,我们做到了。"他回答道,一边试图将她紧紧缠在自己身上的双臂挣开。

"我们合体以后无所不能,"她在耳边呢喃道,"没有人可以阻挡我们……"

没错,葛莉安娜正在寻求他们两人的结盟。这迷人的女巫非常清楚他所拥有的力量,那是铠甲最终赐予他的。诺雷克觉得她一旦有机会穿上铠甲的话,就绝不再需要任何合作伙伴了。他需要尽快甩掉这个女人。

诺雷克将视线从这邪恶的女人身上移开,望向那古旧到发霉的走廊。一道淡黄的奇异光芒照亮了废弃的厅堂,但他却看不出这光芒从何而来。诺雷克记不清自己第一次闯入这黑暗领域时的情形了,不过这里的一切看上去都颇为眼熟,他注意到了某处不同的地方。他离目标不远了。

"这边。"诺雷克说完大步向走廊的方向奔去,根本没有回头看女巫是否跟上了自己的步伐,他感觉石棺就在前方不远处。葛莉安娜匆匆地赶上来挽住了他的手臂,仿佛两人是在月光下散步的恋人。老兵没有急着挣脱她,这样也好,正好可以让她随时处于自己的监视之下。

从那些尘封的雕像中,诺雷克时不时可以看到熟悉的脸孔。他满意地看着每一个雕像,默默地记下它们的次序。这些面孔不仅为他指明了方向,而且通过某个特殊的雕像,他意识到现在离最终的密室已经不远了。

然而……然而雕像上的一些东西也引起了老兵的不安,尽管从表面来看它们与他记忆中的形象并无二致,但有些细节还是令他感觉到困扰。某些雕像的面容看上去有些不太对劲——鼻子的轮廓,嘴唇的曲线，下巴的架构。最重要的是，所有的眼睛看上去都透着不同的情绪。这虽然不至于令诺雷克驻足不前，但也已经让他几次放慢脚步仔细端详。

"这是什么？"葛莉安娜悄声问道，她其实更急于抵达最终的目的地。

诺雷克看到了一尊头颅浑圆的雕像，这令他想起了从前一个喜欢多管闲事的法师，那个家伙是霍拉松在维兹杰雷议会的支持者，名字好像叫作奥斯库，但是它的眼睛小了点，而且工匠还把眼球搞成了昏昏欲睡的样子，和那个永远精力十足的家伙看上去实在相去太远。这尊雕像貌似脱离了它原来的位置，但真正令他觉得困扰的，还是那双眼睛。

不过诺雷克在墓穴中才待了这么短的时间，根本没有在那些幽灵一般的雕像上花费多少心思。他现在宁可认为是当初的那些工匠一时疏忽犯下了如此错误。

"没什么，"老兵最后回答道，"来吧。"

他们又继续向前走了几分钟，最后终于到达了那座墓室。诺雷克微笑着研究这个古老的遗址。这里的一切都还保持着它应有的样子。左右壁龛里维兹杰雷法师的骷髅静静地迎接新人的到来。台子上巨大的石棺与他梦境中的样子毫无二致。

石棺。

"霍拉松。"他低语道。

诺雷克胸中突然涌起了一股冲动，他拉着葛莉安娜走向这精美的石棺，当初在梦境中对此处的恐惧早已经被抛在脑后。现在诺雷克只想立刻打开它，他将女巫丢在一边，上前伸手抓住了棺盖。

就在此时，他的眼光再次从部族的徽记处扫过，有些东西引起了他的注意。

巨龙仍旧在原来的位置，但是在它下面出现了一颗炽热的星星。

他向后退了一步，感觉脑海中的迷雾正在渐渐散去。这一路上出现了太多错误，有无数细节都不对劲。

"出什么问题了？你为什么不打开它？"

经验丰富的老兵怒视着这叛逆的标志，突然怒喝道："因为它不是真的！"他将手挥向那些早已经死去的法师。"这些东西没有一样是真的！"

"你疯了吗？"葛莉安娜伸手摸了摸石棺说道，"它比你我都结实多了！"

"是吗？"诺雷克伸出了手——如他所愿，那把乌黑的长剑出现在了他手中。"让我们看看真相到底是什么吧！"

葛莉安娜满怀着惊讶与沮丧，看到老兵高高举起手中的长剑，将它劈向厚重的石棺。

锋刃毫不迟疑地切入了棺材，但是却未显现出任何劈过的痕迹。两片巨大的石棺并未一分为二，也没有因此分崩离析……更不用说霍拉松那森森白骨是否会因此散落一地了。

"幻觉……或者类似的东西。"他转过头去望着墙边那一排排的恐怖雕像，仿佛这些死物才是罪魁祸首。"他在哪里？霍拉松在哪里？"

"也许从另外一条通道能找到他。"葛莉安娜建议道，她的声音中透着犹疑，显然她怀疑这个男人现在是否真的处于清醒之中。

"对，可能是这样。"诺雷克一刻也没有等待女巫，立刻冲出了这间密室。他向前冲了一段距离，在这条孤零零的走廊中寻找着另外一条通道，另外一道门户。可是，他对这些的记忆并不真切。在他的两次梦境中，都只有这一条走廊。伟大的的神秘避难所似乎仅仅是由墓穴和这些通道组成。很难想象这是一座巨大的建筑。

除非他看到的一切都仅仅是为那些好奇和贪婪的闯入者而设计的——真正关键的密室都隐藏在了其他地方。

沮丧的战士停下来盯着眼前的某个雕像,那是他——不,是巴图克的——从前的对手。这个大胡子的家伙看上去正幸灾乐祸地瞧着诺雷克。

这令他做出了一个新的决定。他再次举起黑色长剑。

"这次你想怎么做呢?"葛莉安娜猛然喝道,她对这家伙的耐心终于达到了顶点。诺雷克显然拥有强大的力量,可到目前为止他除了在原地团团转还会做什么?

"如果实在没有路的话,我就自己劈开一条!"诺雷克死死盯着雕像上那居高临下的笑容,恨不得立刻将这幅嘴脸化为齑粉。从这个位置开始动手应该是最理想的。他握紧长剑,决定给予这幸灾乐祸的雕像致命一击。

就在诺雷克晃动身躯即将把满脸嘲笑的雕像劈开的时候,他身边的一切突然发生了巨变。地板开始隆起,墙壁向后方移去,成排的雕像如晕厥一般纷纷向后跌倒。蛛网逐渐萎缩,直到最后完全消失。楼梯如鲜花一般绽放、扭曲、回转,而一些地板在停止上升后,又略略地向下回落了一些,这让他们俩感觉自己似乎身处悬崖边缘。与这一切混乱景象相反的是,那昏黄的光芒始终没有任何变化。

"你都做了些什么啊?"葛莉安娜尖叫道,"你个白痴!它们全都散架了!"

诺雷克没有回答她,他现在甚至没有办法站稳脚跟。在沉重铠甲的拖累下,老兵身不由己地向后倒去。长剑从他手中飞了出去,随即变得无影无踪。地面再次剧烈震动,令他根本无法站立起来,更糟糕的是,他现在正向那裂缝边缘滚去。

"拉我起来!"他不顾一切地向女巫喊道。护手撕裂了石头地面,但却抓不住任何东西。在他周围,神秘避难所正以毫无逻辑的方式继续变形,整个墓穴现在看上去就如同一个正在痉挛的人类。

葛莉安娜犹豫地看了他一眼,随即望向了自己的右边,那里有一道楼梯正在发生形变。

"该死的,救救我!"

她对这呼救嗤之以鼻。"真是浪费我的时间!你、奥古斯都、卡扎克斯——你们这帮家伙都一样!我还是靠自己吧!你要是没办法把自己刨出来,就乖乖在这里等死,白痴!"

葛莉安娜最后轻蔑地扫了一眼诺雷克,然后开始向台阶冲去。

"不!"老兵心中充满了愤怒和恐惧,他从来没想过一个人会同时愤怒和恐惧到如此地步。当女巫迈向自己的逃生之路时——完全不管诺雷克要面对何种悲惨命运——他已经出离愤怒,脑海中只剩下如何去惩罚她的背叛。

诺雷克用右手指着她,威力强大的咒语已经冲到了唇边。现在只需要施一个简短的法术,他就可以永远告别这狡诈的女人。

"该死的!不!我不要!"他最终还是无比厌恶地垂下了手。如果她愿意,就让她独自逃命去吧。老兵不希望自己的手中再染上另外一个人的鲜血。

不幸的是,铠甲并未答应他。

诺雷克的手再次举起,这次铠甲完全违背了他的意愿。他拼命想要把手放下来,但是他发现在这次可怕的施法中,自己完全没有任何主导权,而只是一个执行者。巴图克的铠甲要为葛莉安娜的失败而惩罚她——这不顾一切的报复根本没有考虑它宿主的意愿。

护手闪耀着暗红色的光芒。

周围依然一片混乱,暗色皮肤的女巫正在努力奔向扭曲的楼梯。不幸的是,楼梯现在扭向了另一边,令她不得不重新调整自己的方向。当诺雷克伸出手的时候,葛莉安娜正在伸脚迈向第一级台阶。

"不!"诺雷克无助地对着护手大喊。他又看看那逃跑中的女人,对方根本没打算停下来回头再看一眼自己这垂死挣扎的同伴。"快跑!赶紧逃离这里!"

当这些话脱口而出之后,诺雷克才意识到自己做了一件多么愚蠢的事情。以女巫那多疑的性格,她肯定要回过头来看看究竟,而这势必要耽误她几秒钟的宝贵时间。

这战士拼命挣扎着,企图阻止那邪恶的咒语从自己口中爆发出来。

葛莉安娜听到他的呼喊,果然回过头来。女巫指着这倒伏在地上的老兵,随即念出一个短促的单词,她的音调是如此阴森,诺雷克感觉这辈子都没有听过如此阴森的咒语。

在她施完法的同时,周身亮起了灿烂的蓝色火焰。葛莉安娜昂着头发出令人毛骨悚然的吼叫——在眨眼之间被烧成了一堆灰烬。

诺雷克还没从这女巫的惨死中回过神来,却突然感觉全身都剧痛不已,仿佛每一根骨头都断裂了。尽管铠甲用魔法干掉了葛莉安娜,但她的魔法也成功击中了老兵。他不停地尖叫着,浑身不受控制地开始颤抖。更加糟糕的是,尽管他已经痛苦不堪,但铠甲却丝毫没有想要帮助他的意思,反倒试图强迫他站起身来,逼着他往女巫刚刚惨死的楼梯那里走去。

虽然铠甲做到了第一步,但他并没有办法继续前行。它的每一次尝试,都被一股无形的力量给推了回来。诺雷克握紧拳头拼命敲打着眼前的空气,但反震的力量只会令他更加痛苦。

"求你了!"他哑着嗓子恳求道,根本不在乎这铠甲是否能听到他的声音,"求你……救命……"

"诺雷克!"

他透过被苦痛的泪水模糊的双眼，想试着看清到底是谁在呼喊自己的名字。这是一个女性的声音。难道是葛莉安娜的鬼魂在呼唤他加入死亡的队列吗？

"诺雷克·维扎兰！"

不……这是另外一个声音，年轻但充满了威严。他试着转头，尽管最轻微的扭动都带来了巨大的痛楚。在远处，他看到一个似曾相识的女子身影，她有着苍白的皮肤和黑色的长发，正站在一道水晶门里，从另一道楼梯上向他奔来。她身后站着一个须发雪白狂乱的高个子老人，他看上去古怪焦虑，同时充满了畏惧。这老人似乎比年轻的女性更加面熟。

诺雷克知道，这老人不可能是其他人。

"霍拉松？"战士不假思索地脱口而出。

一只手掌立刻伸了出来，护手上闪耀着魔法的光芒。巴图克的铠甲对这个名字做出了反应——肯定不是什么欢愉喜悦。诺雷克能感觉到法术正在形成，这应该和刚才导致葛莉安娜瞬间殒命的那种差不多。

与此同时，整幢建筑似乎都在为自己的所见所感而愤怒，诺雷克听到一声悲鸣，那听起来好像是在对铠甲做出反应。霍拉松和那女子突然消失了，楼梯扭向了另外的方向，原来的位置出现了一堵一堵的墙壁。诺雷克发现自己突然站在一座圆柱林立的大厅里，这里看上去仿佛刚刚结束一场盛大的舞会。然而，眼前的一切又迅速发生变化。

不管现在身在何处，不管那女子和霍拉松去了哪儿，铠甲都不在乎。战士的口中突然念出另外一道咒语，一个炽热的熔岩之球出现在他手中，随即飞向最近的墙壁爆炸开来。

那悲鸣变成了咆哮。

整个避难所都开始颤抖起来。巨大的冲击力从四面八方袭向诺雷克。更糟糕的是，他意识到逼近自己的不仅仅是空气，还包括墙壁和天花板。地板也开始向上隆起。

诺雷克举起了双臂——这是他再一次可以自主活动——徒劳地抵抗着汹涌而来的墙壁。

* * *

这顿盛宴是如此奢侈，它不仅超出了卡拉的想象，也远远胜于杰隆南船长曾经提供给她的每一餐。如果不是意识到自己现在已经成为那疯狂法师的囚徒，卡拉应该会非常乐意享受这顿大餐的。

用餐过程中，女死灵法师曾经不止一次鼓起勇气试图从白发苍苍的法师那里寻求囚禁自己的原因，但是得到的只有喋喋不休和前后矛盾的呓语。

偶然间他提到了自己是如何发现的这座神秘圣殿——也就是传说中的霍拉松之墓——然后，法师告诉卡拉，他凭借自己无与伦比的法力建造了如今的一切。

还有一次，霍拉松告诉他的囚徒，他曾经造访埃拉诺克，混在庞大的集会中学习圣歌之律——这地方离那座城市并不太远。

她甚至听说法师在那一地区可以轻松操纵某种神秘力量，其便捷超过了在这个世界的其他任何地方。不过后来他又说，他带着极大的恐惧越过重洋逃到了这里，即便如此，他依然害怕自己兄弟的黑暗遗产会对他紧追不舍。

卡拉逐渐开始怀疑与自己说话的其实是截然不同的两个人，一个是真正的霍拉松，而另外一个仅仅以为自己是霍拉松而已。她只能认为是巴图克的兄弟在经历恐怖的手足相残之后，再加上幽居数百年,他那本来就脆弱的心灵已经彻底崩溃了。女死灵法师有些同情他的处境,但卡拉从来没有忘记,这个疯狂的法师仍然违背她的意愿将她囚禁在地下的迷宫之中,况且在古老的传说中,他的魔法之黑暗,丝毫不逊色于他那个叫作巴图克的兄弟。

比疯狂的主人还要令卡拉沮丧的是,神秘避难所似乎不仅仅是霍拉松那强大力量的延伸。很多次她几乎可以确信,这东西也有自己的意志甚至是个性。她注意到有时候周围空间的改变是如此精巧,墙壁的移动完全不需要法师费心。卡拉甚至注意到桌子和食物的改变。更重要的是,每次当女死灵法师试图把话题引向巴图克时,一种极其特殊的黑暗就会渐渐在她的周身弥漫——就好像这座建筑希望尽快结束如此令人不安的话题。

当他们进餐完毕后,霍拉松立刻要求她起身。在他的密室里,他没有就"恶魔"之类再继续喋喋不休,但这个眼中泛着泪光的老人在行事上依然极其谨慎。

"我们必要要小心,"霍拉松喃喃自语着站了起来,"我们必须事事小心……来……我们还有太多事情要做……"

卡拉一边心不在焉地听着他絮絮叨叨的警告,一边也站起身来——眼前的景象是如此令人讶异,令她在震惊之余碰倒了自己的椅子。

桌子上出现了一只完全由木头构成的手掌。这只手掌抓住了她那空空如也的盘子,然后将它放到了桌子下面。与此同时,更多的手纷纷出现,每一只都抓住了桌上一样物品,然后将它们放到了桌下。震惊不已的卡拉向后退了几步,这才发现自己的椅子之所以没有倒在地上,完全是因为地面上伸出了两只大理石所构成的手臂,它们在椅子倒地之前紧紧地抓住了它。

"来吧!"霍拉松叫道,现在他的表情似乎有点暴躁,不过看起来他完全没有受到这些古怪手臂的影响。"没时间了,我们没时间可浪费了!"

在餐厅自我清洁的时候,他领着卡拉上了一段楼梯,然后穿过一道抛光的橡木门。门后面是另外一道楼梯,不过这次是向下的。

尽管几次想询问他们到底要走向何处,但最后年轻的女死灵法师还是安安静静地跟在他的身后,直到他们来到另外一扇门前,这扇门看上去似乎会带他们重新回到宽阔的宏伟大殿。

霍拉松打开了门,这是另外一座她曾经进入过的宏伟大殿,也是法师的实验室。卡拉终于忍不住叫了起来。

"这不可能!这座房间根本不在这里!"

他看女死灵法师的眼神就像看一个疯子。"当然,它就该在这里!毕竟我也正在找它!你在说什么蠢话!当你找一个房间的时候,它就应该待在你想要的地方,懂吗?"

"可是……"卡拉最终还是停止了抗议,毕竟无法辩驳的事实就摆在眼前。这里应该是她和霍拉松曾经进餐的地方,但现在展现在她眼前的却是如此宏伟却又杂乱无章的房间。

想一想在避难所中不可思议的旅程,黑发的女死灵法师最终得出了结论,这老迈法师的家可能根本并未存在于凡人的世界之中。

任何建筑师都无法解释她所遇到的物理问题,这应该是传说中最强大的维兹杰雷法师才能做到的。他们可以任意操纵建筑的建构,创建一个被叫作"口袋中的世界"的东西,这里面的自然法则完全由他们的意志来决定。

霍拉松已经完成对神秘避难所的改造吗?卡拉找不到其他任何理由来解释她所经历的一切。如果是这样的话,那么他已经创建了一个全新的奇妙世界!

尽管衣衫褴褛蓬头垢面,但在这密室之中,霍拉松看上去已经比之前威严了很多。他稳步走向房间的中心，伸出手臂指向房顶，卡拉怀疑他的指尖会冒出火花和闪电，或者狂风骤起，抑或这维兹杰雷法师的身体会开始闪闪发光。

可他却只是退回了女死灵法师的身边，然后说道："我把你带到了这里……可我也不知道为什么。"

卡拉花了一点时间来理解这句话，然后才回答道："是因为那件铠甲吗？你——兄弟的——铠甲？"

他又开始望着天花板。"是吗？"

很显然，天花板没有回答他。

"霍拉松……你一定还记得他们对你兄弟的遗体做了什么，他们——既有你的人，也有我们的人。"

他还是继续盯着天花板。"做了些什么？呃，是啊，难怪我记不得了。"

卡拉感觉自己好像在对着天花板说话，她抓紧时间继续说道："听着，霍拉松！有人试图从他的墓穴中把那件魔法铠甲偷走。我跟着他们一路追到这里！他现在可能还在鲁·高因！我们必须要找到他，拿回那件铠甲！没人告诉你这铠甲里潜伏着多少邪恶吗？"

"邪恶？"他的双眼微微张开一些，看上去充满了野性，"邪恶？这里？"

卡拉暗暗诅咒了一声。她再次激起了他的雄心。

"这么多邪恶存在！我必须要小心！"他用一根手指谴责似的指着她，"你必须走！"

"霍拉松，我——"

就在此时，不知在法师和他的巢穴之间发生了什么。几秒钟以后，她感觉到整个房间都在颤抖，这不是那种建筑受到冲击时出现的抖动，而是类似某种生物在发抖。

"不，不，不！我必须要躲起来！我必须要躲起来！"霍拉松看起来陷入了完全的恐慌。他甚至可能马上就会逃离这房间，但是整座房子已经再次开始变形。法师桌子上那些设备和药品都消失了，从地板上升起来一只巨大的水晶球，下面有一只巨手将它擎到与人眼平齐的位置。

球体中心渐渐形成一个人形，这个人卡拉·夜影从未亲眼见过，但是她立刻就认出了这是谁——拜他身上那暗红色的铠甲所赐。

"就是他！诺雷克·维扎兰！他穿着那铠甲！"

"巴图克！"她疯狂的同伴厉声说道，"不！巴图克来找我了！"

卡拉抓住了他的手臂，冒死想要结束这段危险的探索之旅。"霍拉松！他在哪里？是不是也在这座避难所里？"

在水晶球里，诺雷克·维扎兰与一名暗色皮肤的女人冲过了蛛网密布的走廊，走廊里有着一排排古老的雕像，它们看上去都是按照维兹杰雷法师的形象雕刻的。诺雷克带着一把巨大的黑色长剑，而且看上去正准备大杀四方。卡拉已经听萨顿·崔斯特讲过太多次他这个朋友的故事。这家伙看上去似乎很可能犯下滔天罪行。

不管答案如何，卡拉知道自己没有办法靠近他。"回答我！这是避难所的一部分吗？肯定是！"

"是的，没错！现在离我远点！"他挣脱了女死灵法师，然后转向大门——但是从地板和墙上萌生除了无数的手臂，它们阻止他放弃卡拉。

"什么？"诧异于这些手臂激烈的行为，她几乎什么也说不出来。霍拉松的大本营似乎在对抗他的意志，逼迫他重新回到卡拉身边。

"让我走！让我走！"疯狂的法师对着天花板高叫道，"她是恶魔，我不要她！"当这黑发的女死灵法师盯着他的时候，霍拉松那满是皱纹的脸上透着懊恼。"好吧……好吧……"

于是他又回到了水晶球前,指着里面的影像。就在此时,诺雷克正面对着一座雕像愤怒地吼叫着,但水晶并不能将声音传回来。然后,他举起了那把黑色长剑准备攻击。

就在此时,霍拉松叫了起来:"格瑞考斯·道米尼乌斯·伊斯特·布阿!格瑞考斯·道米尼乌斯·昂图!"

水晶球里的画面一片混乱,墙壁、地板和楼梯都发生了剧烈的变化,移位变形,突然出现或消失。在这狂暴的最中心,两个可怜的人正在苦苦挣扎。不管怎样,诺雷克·维扎兰已经没有办法自救了,他已经滑落到了一处边缘,由于身边的一切都在剧烈变化,他根本没有机会站起身来。那女人——那是一个女巫,卡拉是这么认为的——完全放弃了无助的战士,选择逃向相对稳定的楼梯。

"格瑞考斯·道米尼乌斯·昂图!"她的同伴又暴喝了一声。

这语气令卡拉情不自禁地望向他的眼睛,她觉得自己从这双眼睛里只看到了死亡。那么,一切都要结束了吗?他没有死在那些亡灵的手中,也没有毙命于她自己的法术之下,最后却要倒在巴图克这疯狂兄弟的施法之下。女死灵法师本来对此没有什么感觉,但她从崔斯特那里听了太多关于老兵的故事,此时心中居然涌上了一丝伤感。也许他真的是一个好人。

但时候还没有到。水晶球显示出诺雷克正准备诛杀他那任性的同伴。他伸出一只戴着护手的手掌指向她,然后喊出了什么——

只有卡拉注意到了他面上恐惧和悔恨的表情。没有志得意满,也没有阴郁的急迫,只有对将要向那逃走的女人所做的一切的恐惧。

但这没有意义,除非……

"他在说什么,霍拉松?你知道他在说什么吗?我需要知道!"

水晶球里突然爆发出一个男人可怕的声音。"该死的!我不想这么做!"随后她又听到,"不!快跑!快离开这里!"

这呼喊充满了苦涩的滋味，听起来完全不像一个穷凶极恶的复仇者，但是画面仍然显示他准备好了击杀这逃跑中的同伴。可是，他的表情看起来完全没有这种意图。诺雷克·维扎兰看起来就像是在和自己抗争，或者——或者——

当然！"霍拉松！你必须结束这些！你必须救他们！"

"救他们？不，不！我要干掉他们，干掉那恶魔！没错，我迟早要干掉它！"

卡拉又扫视了一眼水晶球——她不仅见证了女巫可怕的死亡过程，也看到这女人对老兵的最后一击。诺雷克的尖叫充斥了霍拉松的房间，这水晶球依然在满足女死灵法师刚才的要求——传送声音。

"听我说！恶魔藏在铠甲里，而不是那个男人身体里！你明白我的意思吗？他的死不仅会是一场悲剧，而且会打破平衡！"霍拉松倔强的脸上流露出了沮丧的表情，她顺着他的眼光望向天花板。他似乎在从那里寻求一些力量，一些不存在于他的意识之中的力量。她最后终于忍不住叫了起来："巴图克是恶魔，可穿它铠甲的人不是，巴图克只是窃取了一个生命！"女死灵法师再次凝视着法师，愤怒地说道："霍拉松和他的兄弟有什么区别！"

从每一堵墙，每一块天花板，每一块地板，都显出了嘴巴的模样，卡拉对它们的反应大吃一惊。她只听到无数相同的声音。

"不……不……不……"

水晶球突然变得越来越大，而最令人吃惊的是，它居然打开了。从中升起了一座楼梯，卡拉觉得它可以通往——看上去非常可能——直接通向正在垂死挣扎的诺雷克。

霍拉松拒绝帮助她，但神秘避难所没有。

女死灵法师立刻冲进了水晶球，只有在迈上第一级台阶的时候稍微减缓了一下速度。尽管为她提供了这条通道，但具有神秘力量的避难所仍然在继续攻击诺雷克，这令营救变得困难了很多。卡拉试着呼唤老兵，看他有没有可能自己逃出来，这样她就不用身陷险地了。

他回应了两声——喊的是霍拉松的名字。困惑的卡拉将自己的手收了回来，然后向他打了个手势，表明自己是来营救他的。可当她这样做之后，他却很快做了一个古怪的回应，看上去并不是想逃到她身边——而是想干掉她。

"恶魔觉醒了……"她身后有一个声音喃喃说道。

是霍拉松。她没有意识到他已经走进了自己的视线。卡拉以为他肯定会远离危险的。她现在知道为什么诺雷克——或者说是那件铠甲——会有如此激烈的反应。这件拥有魔力的铠甲试图满足创造它的那个人的终极目标，也就是杀死他的兄弟。

但在它发动攻击之前，避难所已经开始重新控制形势。诺雷克和他周围的一切飞速向后退去，很快离他们越来越远，几乎消失在了视野之中。卡拉看到墙壁开始收缩，这座建筑似乎想要将它的对手封装在石头盒子里……或者还要更狠。她能想得到，铠甲一直想要将霍拉松置之死地，而神秘避难所最好的选择就是将它毁掉，即使这会赔上一条无辜的性命。与其留给巴图克的遗产一次成功的机会，它们宁可将铠甲和诺雷克·维扎兰同时毁灭。

但这种死亡完全违背了卡拉·夜影当初接受的训练，它违背了平衡法则。现在，诺雷克的末日即将来临，女死灵法师不顾一切地跳入混乱的水晶球中，希望这与霍拉松心灵相通的庇难所能够对自己网开一面，同时也放过那倒霉的战士。

希望它们不会认为卡拉同样是可以牺牲的。

第十八章

诺雷克根本无法动弹,甚至连呼吸都十分困难。他感觉自己似乎被一只巨大的手掌紧紧握住,整个身体正在慢慢被捏成一堆肉酱。可从某种程度上说,他还是希望就这样结束的。因为死亡至少可以结束他的罪孽。如果不是他想洗劫那座墓穴,噩梦就不会由此破土而出,更不会有人因此丧命。

最后,当诺雷克安然准备受死的时候,一股巨大的力量将他向上方拽去。他感觉自己就像被一个强力弹射器弹了出去。看来,他已经暂时摆脱了被碾碎致死的命运,但也仅仅可能是要更换另外一种死法而已。这根本不像上次在鹰火号的短暂坠落,诺雷克觉得自己不会再有逃出生天的机会。

可就在此时有什么东西——不,是某个人——抓住了诺雷克一只胳膊。他转过头试图看清到底是谁救了自己,但这次转头只给他带来了铺天盖地的眩晕,甚至连上下左右都分不清楚了。

诺雷克毫无预兆地摔到了沙地上,剧烈的撞击令他几乎失去了知觉。

老兵就在那儿躺了一段时间,他忍受着巨大痛楚再次诅咒命运,诅咒自己终究还是如此绝望地死去。他忍受着入骨的疼痛，眼前一片模糊，根本看不到任何东西。但令他欣慰的是，现在痛苦的感觉正在一点点变淡。葛莉安娜临终前的绝望一击对他造成的伤害开始减弱了，现在他已经不用再面对被碾碎和窒息而死的绝望。

诺雷克听到了隆隆的雷声，几乎无法聚焦的双眼模模糊糊辨出风暴肆虐中的大片沙漠，这里应该是鲁·高因附近。他同时意识到，自己并非孤身来到此处，就在现在，某个人就站在他身边。

"你能站起来吗？"一个熟悉的女声轻柔地问道。

老兵强忍着痛楚，没告诉对方，自己根本不想站起来，但他最后还是咬紧牙关试着坐起身。做完这些之后，诺雷克立刻开始感觉天旋地转，但心中却为自己完成这简单的动作而感到骄傲。

最后，他的视线清晰了，可以让他看清到底是谁在跟自己说话。这是一位黑发的女性，在那些墙壁收缩之前，他曾经看到过这张脸孔，而现在一些新的记忆也被唤醒了。老兵想起了在霍拉松墓穴里那些如梦境一般的情形，在诸多雕像之间，那张惊鸿一瞥的脸孔。

霍拉松。他突然想起来，当时巴图克的兄弟就站在这苍白柔弱的女性身边。过了这么多个世纪，霍拉松居然还活着。

诺雷克不由自主地颤抖了一下，这令她误以为是伤痛引发的。"小心点，你已经安全了。我们不清楚它对你造成了什么伤害。"

"你们是谁？"

"我叫卡拉·夜影，"她一边回答着，一边跪下来仔细看他的脸，纤细的手掌轻轻碰了下他的面颊。"你受伤了吗？"

真的，她的手让人感觉太舒服了，可诺雷克知道最好还是别告诉她这事儿。"没有，你是一位治疗师吗？"

"不完全是。我是拉斯玛的追随者。"

"死灵法师？"这个结果虽然令人震惊，但对诺雷克的冲击还算不上很大，他最近经历了太多比死亡还要糟糕的事情了。死灵法师的确很容易做到这一切，不过他也承认，自己从来没有见过这么迷人的女死灵法师。他从前遇到的几个拉斯玛的信徒，全都有着阴郁的外表，这帮家伙宁可跟亡灵滔滔不绝也不愿意跟活人多说一句话。

他突然想起来，对方虽然已经告诉了自己名字，但他还没有做自我介绍。"我的名字是诺雷克——"

"是的，诺雷克·维扎兰。我知道。"

"你怎么知道？"他想起来之前她也曾喊过自己的名字，可是在他的记忆中，两个人从来未曾谋面。他不会记错的。

"自从你穿着巴图克的铠甲离开那座墓穴后，我就一直在追寻你。"

"你追我？为什么？"

她向后仰了仰身体，显然很满意他在逃离霍拉松那诡异的领地时没有受到太多伤害。"在与维兹杰雷并肩奋战之后，我国人民肩负起了将战神那些邪恶的残骸隐藏起来的责任。那个时候，我们没有办法破坏他的尸体，也毁不掉他的铠甲，但我们可以阻止那些堕落的法师和致命的恶魔从他身上找到什么利用价值。"

诺雷克想起了在大海中遭遇的那些巨大怪物。"这跟恶魔有什么关系呢？"

"巴图克最早仅仅是它们的一个爪牙，但他的力量发展得是如此之快。在他死前的那段时间，即便是地狱里最强大的领主，都对他的力量敬畏有加。尽管他只在铠甲上留存了一部分力量，但这些力量足以打破生死之间那微弱的平衡，甚至，可能比这还要可怕。"

尽管诺雷克已经目睹过这种力量，但终究还是无法完全相信她。他挣扎着想站起身来，卡拉帮了他一把。老兵低头望着女死灵法师，回忆着刚刚发生的事情。"你救了我。"

她扭过头去，表情似乎有点尴尬。"也算是吧。"

"否则我已经死了，对吧？"

"很有可能。"

"那就是你救了我，可你为什么这样做？为什么不让我死？如果我死了，铠甲就不会再有宿主，它就会变成一堆破铜烂铁！"

卡拉盯着他的眼睛。"你并没有选择穿上巴图克这该死的铠甲，诺雷克·维扎兰。是它选择了你，尽管我并不知道为什么。不管它做过什么，不管它犯下什么滔天大罪，我觉得你是无辜的——你值得被拯救。"

"可是更多人会因为它死去！"他的表情看起来是如此痛苦，以至于女死灵法师情不自禁地想要给他一些温柔的抚慰。"我的朋友们，旅馆那些男人，鹰火号的船员，还有刚才的女巫！他们有谁是该死的？——我眼睁睁地看着他们一个个死于非命！"

卡拉把一只手放在他的手心里。诺雷克担心铠甲会有所反应，但它什么都没有做。也许铠甲只专注于自己那些最邪恶的目标，因此现在不过是暂时休眠而已——也有可能是在等待出手的最佳时机。"有个办法可以终结这一切，"卡拉回答道，"我们必须把铠甲脱下来。""你以为我没试过吗？你以为我没有反抗过吗？我拼命撕扯这双铁护手，也没扯下来哪怕一点点铠甲的碎片，问题是有用吗？我连这该死的靴子都脱不下来。我身体整个被封了起来，就像它变成了我血肉的一部分！你真想把它脱下来？那就连我的皮肉一块拿走！"

"我知道这很麻烦。我也明白，在大多数情况下，法师们是没有办法逆转铠甲所做的一切——"

"那你到底想做什么？"沮丧的士兵厉声说道，"刚才你就应该让我死！那也比现在强！"

尽管他的情绪是如此暴躁，但黑发的女死灵法师依然保持着平静。她环视了一下四周,仿佛是在找什么人,或者什么东西,然后她才接着说道:"他没有跟来。我早该知道的。"

"谁……霍拉松?"

卡拉点点头。"这么说你也认出他了?"

诺雷克长吁了一口气,接着解释道:"我的脑子……我的脑子现在一片混乱。有些记忆是属于我的,可另外一些……"他犹豫了一下,确定对方肯定觉得自己疯了。"……我想,其他那些应该属于巴图克。"

"没错,看起来非常像是他的。"

"你不吃惊吗?"

"传说中,战神和他那深红色的铠甲是两位一体的。随着时间的推移,他将一个又一个强大的魔法灌注到铠甲里,灌注到了它的每一片鳞甲之中。在他死后,有传言说铠甲就如同忠诚的看门狗一样,继续守护着巴图克的尸身,就如他活着的时候一样对抗所有的敌人。他的生命已经烙在了上面……其中一些卑鄙的记忆渗入了你的心灵。"

疲惫的老兵听得不寒而栗。"我穿着它的时间越长,就越容易向它屈服。我不止一次觉得自己就是巴图克!"

"这就是为什么我们必须要去除它。"她皱起了眉头,"我们必须设法说服霍拉松。我觉得他是唯一有可能做到的人。"

诺雷克并不喜欢这个办法。上次他和那个白胡子老头互相对视的时候,铠甲立刻表现出了深深的敌意。"那可能会再次激怒铠甲。这也可能是为什么它现在变得如此安静了,"他突然明白了,"它想得到他,它想得到霍拉松。它让我这么长途跋涉,让我经历这么多艰难——都是因为它想干掉巴图克的兄弟!"

从她的表情来看,他们得出的结论是一样的。"是的。就如他们所说，血脉相连，即便是两个坏透的家伙也不例外。在与维兹杰雷的战争中，霍拉松最后协助法师们杀掉了自己的兄弟，铠甲肯定保留了这份记忆。现在，毕竟铠甲又一次重见天日，它肯定会寻找机会复仇的——哪怕霍拉松实际上已经死掉了好几百年。"

"但他没死。就如你所说，血脉相连，它肯定知道霍拉松还活着。"诺雷克摇了摇头，"这并不能解释它为什么要等这么久。众神啊！它肯定是疯了！"

卡拉伸出手拉着他的手臂。"霍拉松一定知道答案。我们必须想办法回到他那里。我觉得他是结束战神诅咒的唯一希望。"

"结束这一切，谁说的？"一个完全不像人类腔调的刺耳声音响了起来，"不……不……我想要的和这完全不同，他……"

卡拉盯着诺雷克的身后，老兵立刻转过身去。

"小心——"女死灵法师只来得及说出这两个字。

一根如同针尖般锋利的长矛向他猛刺过来，差一点将他的头颅削掉。在这危急关头，卡拉用力将他推向一边。不幸的是，矛尖势头完全不减，直直地刺入了这女性的胸膛。

随后，长矛迅速向后抽回。卡拉喘息着轰然倒地，鲜血瞬间浸透了上衣。诺雷克惊呆了，但他很快意识到如果自己什么也不做的话，也只有束手待毙的命运。这经验丰富的老兵转向了那个偷袭者。

然而，他惊恐的双眼并没有看到什么狡诈的刺客——而是一只噩梦中诞生的怪物。它看上去像是一只高大的虫子，但显然带着浓郁的地狱气息。怪异的躯壳上布满跳动着的血管，巨大的镰刀般的上肢前段闪耀着令人胆寒的光芒。镰刀下面有造型粗野的骨质爪子，正在不停地一张一合。这巨大可怖的怪物用两只后肢支撑站立着，外形像极了一只螳螂。

"我本来要找的是一个奸诈的女巫，她不知道逃到哪儿去了，没曾想却得到了额外的奖励！我已经找你很久了，还有你所携带的强大力量……"

诺雷克听得一片茫然，不过他听懂了恶魔的话——除了恶魔，不会再有什么其他东西能长成这样子了——这力量指的是铠甲。它找的是铠甲，而不是他这个人。

"你杀了她！"他终于爆发了。

鲜血不停地从螳螂的镰刀上流下来，它低下头来不屑地道："凡人多死一个少死一个，没什么区别。那个女巫呢？那个葛莉安娜去哪儿了？"

它居然知道那个女巫。诺雷克觉得这并没有多令人吃惊。即使对铠甲的咒语只是半懂不懂，他也已经清楚葛莉安娜讲的故事根本就是谎话连篇。"死了，铠甲杀了她。"

深深的吸气声让诺雷克感到恶魔对这个消息非常震惊。"她死了？当然！我感觉到了一些不祥——但没有往这方面想！"

它开始发出一种奇怪的噪音。老兵一开始觉得这是愤怒的声音，但很快他就发现，对面这高大的虫子其实是在大笑。

"契约解除了，可我依然留在人世间！联结打破了，但血之魔法仍然起着保护作用！从一开始我就可以杀了她！卡扎克斯真是个蠢货！"

诺雷克趁着恶魔自我陶醉的时候望向卡拉。她整个胸口都染成了暗红色，从老兵的角度甚至看不出她是否还在呼吸。他心中充满了痛苦，这名女性拼着命救了他，可他却只能眼睁睁看着对方死去，什么也做不了。

在极度的愤怒之下，诺雷克向螳螂的方向迈了一步——至少是试着向前迈去。不幸的是，他的双腿，他的整个身体，都拒绝了他的意志。

"该死的!"他向铠甲咆哮道,"不是现在!"

卡扎克斯止住了笑。深黄色的眼球盯着无助的人类。"白痴!你以为自己可以指挥伟大的巴图克?我马上就会从你冰冷的尸体上把铠甲剥下来,不过呢,卡扎克斯认为这将会是一个可怕的错误!你需要再活一会儿!"

螳螂举起一只长矛状的前肢对准诺雷克的胸甲。老兵的左手立刻伸了出来,但并没有做出防御的动作。令他恐惧的是,这只手摸了摸恶魔的前肢,就像是在对它表示感谢。

"你想要得到全套的装备,对吧?"卡扎克斯对胸甲问道,"你是不是非常渴望那件头盔重新回到你身边呢?只要你喜欢——我这就可以把你带到它那里。"

作为回应,一只靴子拖着脚向前走去。诺雷克知道这自行其是的举动意味着什么。

"那我们就走吧……必须快点把它完成。"螳螂转身开始前行。

诺雷克别无选择,只能跟在恶魔身后,而且在铠甲的控制下,很快赶到了恶魔的身畔。在绝望的老兵身后,卡拉最后的生命力正在一点一滴地消逝,但他同样对此无可奈何。从某种程度上来说,他甚至有些羡慕这面色惨白的女性。

死灵法师的痛苦已经结束了;可他的命运只会变得越来越糟糕。他最后的希望都已经粉碎了。

"天啊,救救我吧……"他喃喃低语道。

螳螂显然拥有极其敏锐的听力,因为它立刻用尖刻的言辞再次将老兵推入绝境。"天?没有天使会来帮你,愚蠢的人类!他们是如此懦弱,如此胆怯!我们成群结队地行走在这个世界上,几位大魔神已经苏醒了,鲁·高因的人类据点马上就要面临最悲惨的结局!天堂?你还不如向地狱祈祷呢!"

他们继续向目标方向走去，诺雷克禁不住想着，恶魔说的话可能是真的。

卡拉感觉自己的生命正在迅速凋零，但却对此无能为力。她看到那恶魔以非人的速度移动着。也许女死灵法师算是救了诺雷克一命，但她也不能确定。

她感觉自己的身体快要飘起来了，每流出一滴鲜血，她就离那个平衡法则所掌控的世界又近了一步。尽管她一直忠于自己的信仰，但此时却无比渴望重返人类的世界。她还有太多事情没有做，没有她的帮助，诺雷克根本不可能脱离险境。更糟糕的是，恶魔已经开始在这个世界上横行，每一个拉斯玛的追随者都必须马上知道现状有多糟糕。她必须回去。

但一个将死之人又怎么能选择自己的命运。

"我们该怎么办？"一个声音在远处响了起来，卡拉觉得这腔调很熟悉。

"他说，当我们觉得必须把它带回来的时候，我们就得回来。我觉得时候到了。"

"可是没有它——"

"我们还有时间，萨顿。"

"他也许是这么说的，但我不信任他！"

一个短促而嘶哑的笑声响了起来。"他那伟大的种族里没什么值得信任的人，他算是唯一一个值得你信任的吧。"

"废话就省了吧……如果必须要做，那我们就做吧。"

"好，听你的！"

卡拉突然感到胸口传来一股巨大的力量——这种感觉是如此舒服，以至于她的全部身心都对此充满了渴望，渴望它进入自己身体的每一个角落。这种感觉是如此熟稔，令她不由自主地回忆起了许多细微的前尘往事，比如当初妈妈喂她的水果；当她在森林里研习魔法的时候，如彩虹一般美丽的蝴蝶落在了她的膝上；杰隆南船长刚煮熟的食物的味道。甚至，还有她对诺雷克·维扎兰的短暂一瞥，看到的那张饱经风霜但还算英俊的面孔……

女死灵法师突然开始呼呼地喘气，生命的活力似乎重新注入了她的身体。

她眨了眨眼睛，突然感觉到了沙地，感受到了风声。某处遥远的地方雷声隆隆不停，听起来就像是两军正在鏖战。

"起作用了……就像他说的那样……它会起作用。我应该……自己……使用它。"

卡拉现在知道这是谁的声音了，虽然它和几秒钟前听起来有些不同。现在这声音听起来正如她预料的那样——来自某个亡灵的粗声粗气的腔调。

"我知道……我知道……"萨顿·崔斯特近乎沉默地反驳道，"只有她……"

女死灵法师张开眼睛，看到了两个表情严肃的家伙，一个是永远咧着嘴却笑不出来的亡灵，另外那个则是它的同伴，维兹杰雷法师。"你们是如何——怎么找到我的？"

"我们从未……弄丢你。我们让你……走……然后跟着。"它眯起了眼睛，"但是在·埃拉诺克……我们知道你……就在附近……可是……看不到……你……直到现在。"

当霍拉松将她带到地下的避难所之后，它们的确没办法搞清楚她的确切位置。契约魔法令它们可以找到女死灵法师的大概位置，但是避难所是如此隐蔽，加上它所拥有的神奇魔法，两个亡灵被搞得团团转也是正常的。就算是卡拉正好处在它俩的脚下，它们也不可能准确判定她的位置。

她的力量恢复了。这暗色皮肤的死灵法师试着慢慢站起来,却发现某个东西从她胸口滑落。卡拉下意识地伸手抓住它,随即一惊。这是她的匕首!

崔斯特的微笑带着些许苦涩。"契约……打破了。生命力量……我们带来的……是你的……"它看起来非常沮丧,"我们……不再……控制你了。"

死灵法师低头看着自己的胸部。血迹依然覆盖着衬衫的绝大部分,但恶魔带来的可怕伤口已经被封死,唯一留下的痕迹就是上面的一个圆形标志,就像有人在卡拉那里画了一个文身。

"看起来……治好了。"

她整好了衣衫,紧紧盯着眼前的亡灵,尽管他和弗兹汀刚刚给了自己第二次生命。"你是怎么做到的?我从来没听说过这样的奇迹!"

这具消瘦的尸体耸了耸肩,脑袋依然耷拉向一边。"他——我的朋友……说那把匕首……是你的……一部分。当你……和我们绑定……你的一部分……跟我们走了。我们带它回来……让你复活。"他竭尽全力地扮了个鬼脸,"你和我们……再没有……什么联结了。"

"除了一件事,诺雷克。"卡拉强撑着站起身来。崔斯特向后退了一步,但令她讶异的是,它居然向自己伸出了一只手。她犹豫了片刻,但很快意识到亡灵是想帮助自己。"谢谢你。"

弗兹汀眨了眨眼睛……报以一个短促的紧闭着嘴巴的微笑。

"你救活了……九死一生的……人……现在……我们甚至……"萨顿·崔斯特揶揄道。

"诺雷克到底怎么样了?"

"我们觉得……他在鲁·高因……附近。"

尽管它们救了卡拉的命,但女死灵法师不可能让它们杀死自己从前的朋友。"诺雷克对你们的死亡没有责任。当时的情形,他也没有办法阻止。"

这两个亡灵死死地盯着她。最后,弗兹汀再次眨了眨眼睛,崔斯特回答道:"我们知道。"

"但为什么——"卡拉欲言又止。她一直认为他们在追踪凶手,而这个凶手毫无意外就是诺雷克。但是现在,她看着眼前的两人,觉得自己应该是误解了。

"你们追寻诺雷克并不是为了复仇——你们是在追踪巴图克的铠甲。"虽然它们没有回答,但她知道自己的判断是对的。"你们可以告诉我!"

崔斯特没有回答,却突然对卡拉说道:"城市……被围攻了。"

围攻?什么时候发生的?"被谁围攻?"

"一个……也在寻找……的人……他能让死人站立起来……或者至少……让巴图克那些……嗜血的亡灵。"

这些疯狂的家伙到底从哪里冒出来的呢,卡拉怀疑——他们是不是那个来自她刚刚逃出的地方,是不是那个衣衫褴褛的疯子的麾下。她转过身去想要寻找关于神秘避难所的蛛丝马迹,但却一无所获。沙砾在沙漠的疾风中翻滚盘旋,一座座沙丘看起来已经矗立在那里很久了。然而,就在这附近的某个地方,地面却曾经突然张开大口,将她和诺雷克吞了进去。

卡拉顾不得身旁亡灵的侧目,突然高喊道:"霍拉松!听我说!你可以帮助我们——我们也能帮助你!帮我们拯救诺雷克——然后一起毁掉巴图克的遗产!"

她站在那里等待着,劲风不停地甩动她的头发,沙砾不时地打在她的脸上。卡拉等待着霍拉松的出现,或者至少对她的话语做出些回应。

但是什么都没有发生。

最后,萨顿·崔斯特打破了沉寂。"我们不能继续……在这里等……你会喊来……更多的鬼魂……"

"我不是在叫魂——"虽然这么说,女死灵法师还是停了下来。她不知道该如何向两个亡灵解释,霍拉松在数百年之后的今天还活着,尽管他已经变成了一个疯子,而且就生活在它们的脚下。何况,她为什么要冒着如此的风险邀请巴图克的兄弟加入他们的行列呢?他表现得已经够疯狂了,如果任他所为的话,诺雷克早已经死在他的手中,虽然到死都还穿着那身铠甲。在某些传说中,霍拉松被描绘成一个与他兄弟对抗的大英雄,可是这位英雄同样也会召唤恶魔,强迫它们按照自己的意愿行事。他与巴图克的战争,说到底不过是为了自保而已。从这上古的维兹杰雷法师那里,不可能得到什么帮助。

"我们走……"崔斯特补充道,"你来……或者不来……随你,死灵法师。"

卡拉还能做什么?即使没有霍拉松,她一样也会去寻找诺雷克。恶魔肯定会带着他参加一场合围鲁·高因的战役,可那又是出于何种原因呢?它们是想彻底摧毁老兵自己的意志,以便让鲜血战神穿越数百年的记忆完全接管这具躯壳吗?这个想法对任何人来说都是可怕的,更不用说可怜的诺雷克了。许多学者都曾推断,一旦巴图克击败了他的兄弟,接下来便会将邪恶的报复扩大到整个世界,直到全世界都匍匐在它的脚下。现在,就像卡拉看到的,它马上就会拥有第二次成功的机会。

作为拉斯玛的追随者,她不能允许这一切发生——即使这意味着她必须要杀死铠甲的宿主。她渐渐冷静下来,如果平衡法则需要诺雷克殒命,那也只好如此。如果可以彻底终结这场危机,她同样不会在乎自己的性命。

"我跟你们一起走。"女死灵法师最后终于回答道。

弗兹汀点点头,然后指着鲁·高因的方向。

"时间被……浪费了……"他说。

两个亡灵各站到卡拉的一侧,然后出发了,卡拉并没有忽略这个细节。风沙已经拂去了诺雷克的踪迹,但对于崔斯特和维兹杰雷法师来说,这根本不算什么麻烦事。它们与杀掉自己的这个人之间的联结,足以令它们追踪到天涯海角。

"恶魔呢?"卡拉问道。它同样对铠甲觊觎已久,对于其他虎视眈眈的竞争者,一定都会杀之而后快。

崔斯特指着她的匕首,它现在正悬挂在女死灵法师的腰带上。"那……是我们的最佳选择。"

"什么?"

"只是用它……祈祷。"它看上去似乎还想说什么,但是弗兹汀盯了它一眼,它立刻闭上了嘴巴。

它们还向自己隐瞒了多少秘密?她低估了它们吗?它们是不是仍然想把她变成一具玩偶?现在不是保守秘密的时候了,这决定着他们最终获得胜利还是死亡。

"你们到底——"

"我们会处理……那件铠甲,"萨顿打断了她的话,"还有诺雷克。"

它的语气表明,它没有兴趣在这个话题上做任何进一步的探讨,更不会继续展开其他话题。卡拉想再尝试一下,但也不想激化与这两个家伙的矛盾。亡灵的任何行动都是她无法预料的,它们的行为与卡拉之前所学到的关于这个物种的所有一切都背道而驰。在某些时间里,它们俩假装心脏还在跳动,血液还在流淌。其余的时间呢,它们的行动沉默而果断，根本就不像传说中亡灵的样子。事实上，这种独特的情况……近来所有的一切都透着反常。

这次也是出奇的反常。

她脑海中浮现出了诺雷克的模样，只是不知道他现在正经历着什么。但是恶魔遮蔽了老兵的身形，令她担忧地咬住了自己的嘴唇。随后，第三个形象浮现在脑海里，那是指挥大军袭击鲁·高因这沿海王国的人。他到底是什么人呢？他是如何获得现在的一切的呢？他不可能头脑简单到想要取代诺雷克而成为第二个巴图克——那等于在同时宣布了他自己的死刑。巴图克从未甘心侍奉任何凡人。

她很快就能发现这些问题的真相。可她能不能活着看到种种谜团揭晓呢——卡拉表示怀疑。

第十九章

一个多小时过去了,鲁·高因还没有放弃抵抗。马莱沃林将军几乎要控制不住自己的愤怒了,他怀疑这帮人已经找到了它,而且打算用这东西的魔法来对抗将军。如果他们真这样想的话,那实在是太傻了。铠甲不可能为他们的目标服务,而且,这帮人在研究它的时候,很可能会无意中削弱它的力量,甚至导致它完全罢工。不,巴图克的遗产只属于将军自己。

在他的威胁下,恶魔大军不停地向城市发动进攻。鲁·高因附近的地面上横七竖八躺满了尸体,那些战士再也没有机会重返城内了,甚至连城门口都躺着几具从墙头跌落下来的尸骸。恶魔弓箭手已经充分展示了它们在许多领域的优势,连续击杀城内守军便是一个明证。此外,六台石弩对城市也造成了重大的破坏。得益于地狱魔法的保护,这些工程设备并没有被鲁·高因还击的炮火损坏。

他看着最近的石弩,它是为居民准备的另一道炽烈的礼物。马莱沃林将军起初并没打算使用如此霸道的武器,但现在他想让对手知道,负隅顽抗已经没有任何意义。除非他们把将军要的东西交出来,否则再高的围墙也救不了他们——就这么一点可怜的防御工事,又怎么抵挡得了他的雷霆一击呢。

决战时刻临近了。鲁·高因，将军决定不在它身上浪费时间了。他会让火弩全部瞄准，然后下令齐射，给予对手致命的一击。城内的守军觉得他们的大门能够挡住入侵者，可直到现在，他们还是低估了恶魔的力量。对一支恶魔大军来说，扫除路障进入城里实在是再简单不过的事……多年以后，人们在谈论到鲁·高因陷落后的血腥屠城时，也一定仍是惊恐地低语。

鲜血战神的深红色铠甲会再一次令整个世界笼罩在恐怖的阴影之中。

奥古斯都·马莱沃林突然觉得心中有些不安。他迅速转过身去，看到底是什么人——或者是什么东西——从身后靠近了。

他在沙丘上看到了一幅熟悉的景象，卡扎克斯正沿着沙地向他走来。这只恶魔居然胆敢在大白天如此招摇地走近鲁·高因，这让将军有些困惑——直到他看见到底是谁走在这巨大的虫子旁边。

"铠甲……"他用近乎虔诚的语气小声说道。

马莱沃林忘掉了他的恶魔战士，忘掉了鲁·高因，伸出手指向那正在向他走来的两人。他的生命中从未经历过如此辉煌的一刻。巴图克的铠甲正在向他走来。他这一生最宏伟的愿望终于实现了！

为什么这个白痴能从墓穴里偷走铠甲，还能活着穿上它，也许只有卡扎克斯能解释这件事情。马莱沃林好奇的是，螳螂居然让那个男人活了这么久。也许卡扎克斯只是不想亲自剥下这套战甲，所以才将他带到将军面前。好吧，就冲这个，将军至少可以让铠甲的现任宿主死得痛快点儿。

"你带来了什么样的礼物，我的朋友？"

螳螂的声音听起来很得意。"一件足以配得上战神的礼品，也足以表达我的盛情。我给你带来了诺雷克·维扎兰——雇佣兵、盗墓贼，也是伟大的巴图克的铠甲的宿主！"

"雇佣兵和盗墓贼。"马莱沃林将军轻声笑了起来，"看不出你知识这么渊博，我真应该雇你做我的顾问。当然，我应该恭喜你，在我最需要提升自己荣耀的要紧关头，送来了这件大礼！"

"你想要这套铠甲吗？"这白痴的声音听起来有点不可思议，似乎他穿了这么久，都没有体会到它的威严，也没有体验到它的力量。

"当然！我现在别无所求！"将军轻轻敲打着自己的头盔。他看出诺雷克·维扎兰立刻意识到这两者之间的联系。"我是威斯特玛的奥古斯都·马莱沃林将军，看你的样子，你应该知道那片地方。如你所见，我戴着的头盔来自巴图克，当年那些白痴侥幸杀掉了他，并且把他的头从肩上砍了下来。他们是如此害怕——不过处理得也很正确！——面对他那可怕的力量。他们把他的身体和头部远远地分开，甚至秘密地藏到了世界的两个尽头。他们以为再也不会有人能找到它们！"

"他们是错误的……"这老兵喃喃自语道。

"当然！鲜血战神的灵魂不可能就此妥协！它一直在召唤自己的身体，一直在等待有天能重新将自己的力量合二为一，开辟新的世界！"

"你指的是什么？"

马莱沃林叹了口气。他觉得应该杀了这个白痴，但他现在杀人的欲望并不强烈，甚至觉得至少应该向诺雷克解释一下那些他绝对不可能听懂的事情。马莱沃林将军抬起手轻轻摘下了头盔。当它离开自己的头部时，他感觉到了轻微的不适，但他向自己保证，它很快就会回来的。

"那时候我不知道它的秘密，但现在我已经清楚了……因为这件精美的头盔已经亲自向我展示过了。就算是你，我的老朋友，卡扎克斯，我也敢说你不了解全部真相。"

螳螂近乎嘲讽地向他鞠了一躬。"我愿闻其详，战神。"

"相信你也是！"他向诺雷克咧嘴一笑，"我敢打赌，在你们进入墓穴之前，已经有很多人死在了那里，对吧？"

维扎兰的表情变得黯淡了。"太多了……其中有一些是我的朋友。"

"你很快就会加入他们了，但不会感到任何恐惧。"身着黑色重甲的将军拿着头盔，以便让诺雷克看得更清楚。"我敢说，它们的确属于同一套装。每个平庸的盗墓贼的命运都是相同的，直到一个拥有与生俱来的特殊能力的家伙闯进了那里，他有别人完全无法比拟的优势。"马莱沃林的双手突然开始轻微地抖动，他立刻装作漫不经心地把头盔戴回去，一种如释重负的感觉立刻席卷了全身，尽管他确信不能让眼前的白痴和恶魔知道自己的感受。"你能猜出自己和他有什么共同之处吗？"

"被诅咒的命运？"

"更伟大的传承。你们两个身上都拥有神圣的血统，尽管都已经很不纯正。"

这个解释只会让诺雷克皱起眉头。"我——和他有关？"

"没错，尽管他那一方的血统更加淡薄。这令他可以拿到头盔，但也因为过于孱弱，所以他很快就被杀了。他死后，这头盔再次进入了休眠状态，以等待下一个有资格拥有它的人……"将军自豪地指着自己道，"如你所见，它终于找到了我。"

"你也拥有同样的血脉？"

"很好，就是这样，我拥有这血脉，而且受污染程度远低于那个白痴。毫无疑问，我所受到的污染也远比你轻。没错，诺雷克·维扎兰，你可以这么说，你和我，还有那个发现战神头颅和头盔的家伙，我们都是堂兄弟——当然，只是血缘稍微远了一点。"

"可是谁——"老兵惊讶地睁大了眼睛，现在真相终于浮出水面。"那不可能！"

卡扎克斯什么都没有说，不过很显然，他对目前的状况完全不了解。魔鬼对于人类交配和随后产生的结果几乎一无所知。事实上，它们中的一些种族对这些事情了若指掌，而且可以迅速繁衍。可它们更像是饲养动物，对于血统这类东西完全不放在心上。

"噢，是的，堂弟，"马莱沃林的脸上全是粗鄙的笑容，"我们都是高贵的巴图克的后代！"

螳螂的下颚发出了咬合的咔嚓声，这声音出现得恰如其时。它看上去更加高兴了，也许是因为正确地选择了投向奥古斯都·马莱沃林的麾下。

至于诺雷克，他对这真相并没有报以明显的喜悦，就像芸芸众生根本无法理解巴图克当年几乎完成的王图霸业。这世上能有几个人不仅赢得了追随者的尊敬与畏惧，同时还震慑了天堂与地狱？将军现在略微有些失望，因为，正如他所说，他们两个人的确属于同一宗族。当然，现在诺雷克只剩下几分钟可活了，这种失望已经无足轻重。就算被干掉，白痴终究还是白痴，一个白痴被除去了，对这个世界总是好的。

"血脉相连……"诺雷克一边喃喃说着，一边盯着沙地，"她说，血脉总相连……"

"确实！这就是为什么铠甲可以空等几百年，最后却穿在了你身上。在它里面沉睡着伟大的力量，但这种力量并没有生命。而你的生命激活了它的魔法力量。它们已经被分开了那么久，现在终于可以合二为一了！"

"巴图克的血……"

奥古斯都·马莱沃林噘起了嘴。"是的,我们已经证实了那一点……你提到'她'?也许是我的葛莉安娜?"

"是一个死灵法师,战神,"卡扎克斯插嘴道,"现在已经死掉了。"他举起了一只镰刀似的前肢,然后解释道,"至于那个女巫——她也不复存在了。"

"真是令人遗憾,不过我想,她无论如何都该死了。"身材修长的将军好像想起了什么事情,"失陪一下,好吗?"

他转向在恶魔战士爪下苦苦支撑的鲁·高因,召唤着那个披着扎科面容的恶魔。

远方那残忍的恶魔收到了他的指令,立即如羽箭一般向将军疾冲过来。当它到达马莱沃林面前的时候,立刻单膝跪了下来。"战神——"当这个假冒扎科的家伙看到诺雷克与铠甲的时候,情不自禁地倒吸了一口气。"你的——你的命令是?"

"这座城市没什么价值了。随你处置吧。"

这魔鬼露出尖利的牙齿狂笑起来。"你真是太客气了,战神……"

马莱沃林将军点了点头,然后挥手示意他离开。"去吧,不留活口!让任何想要抵抗我的王国和势力的人都看到鲁·高因的下场。"

那个长着扎科面容的家伙兴奋地冲了出去,显然是急着去和它的同伙分享这一大好消息。恶魔大军会毁掉整座城市,鸡犬不留。在某种程度上,它会抚慰战神当年在维兹郡所受的创伤。

维兹郡。马莱沃林感觉到自己胸中充满了热血。现在他已经拥有了铠甲,即便是维兹杰雷那传说中的家园——凯基斯坦,也一样会落到他手中。

他的手轻轻抚摸着胸甲上的家族徽记,那是一只狐狸和一柄剑锋组成的图案。自从他亲手弑父并且烧掉宅邸之后,家族就再也没有承认过他的存在。奥古斯都·马莱沃林那时候决定把家族的徽记刻在自己的铠甲之上,以便时刻提醒自己,他想要的东西,最后都会纳入囊中。不过现在呢,他可以换一套更好的装备了。巴图克血红色的铠甲套装。

他转向卡扎克斯和老兵。"好吧,我们现在开始?"

卡扎克斯戳了戳诺雷克,示意他向前走去。这个男人跌跌撞撞前行了几步,然后怒视着恶魔。马莱沃林对他这个远房血亲的看法有了些许改观。至少这个小丑还是有点胆子的。

但是诺雷克倔强的话语却令这位新战神很不爽。"我不能把它给你。"

"你这是什么意思?"

"这东西根本脱不下来。我已经试了无数次了,它就像长在我身上一样,连靴子都脱不下来!我从来没能成功控制这套铠甲!我曾经以为自己做到了,但最后证明都是它在骗我!我做什么,去哪里——最后都是铠甲来决定的!"

他的悲惨际遇惹得马莱沃林将军一阵大笑。"这听起来就像一幕滑稽剧!这家伙说的都是真的吗,卡扎克斯?"

"我不得不说,这个白痴说的都是真的,战神。他眼睁睁看着我干掉了那个死灵法师,一动没动……"

"真有趣。不过,这算不上什么难题。"他向诺雷克举起一只手,"在我的命令之下,这力量会变得服服帖帖。"

马莱沃林脑海中浮现出一道咒语,这虽然不是他熟习的,但足以将诺雷克杀死在铠甲之中,而且可以迅速将他变成干尸,到那时候,将他从铠甲中取出来就不是什么难事了。巴图克在他的统治时期曾经无数次使用过这种法术,而且从未失手。

但这次却失败了。诺雷克·维扎兰毫发无损地睁着眼睛站在那里，他看上去倒是的确想早早受死。这令将军的失败变得更加令人费解。

卡扎克斯提出了它的看法。"你的法术攻击了他整个身体，战神。也许铠甲以为你是在攻击它，所以立刻发动了反制。"

"这是一个很好的观点。那么，我们需要针对他个人做一些事情。"他伸出手来，那把恶魔之剑出现在了他手中。"砍掉他的脑袋，应该能切断他和铠甲的联系了。它需要的是一个活生生的宿主，而不是一具尸体。"

当将军走过去用剑指向诺雷克的时候，他看到老兵正在拼命地与铠甲对抗，但却无法移动一分一毫。马莱沃林觉得自己这次的选择是正确的，因为铠甲几乎没有对他做出任何反应。他现在只需要做出迅捷而果断的一击。从某种角度来说，维扎兰应该为自己的命运感到骄傲。第一位伟大的战神不就是这么殒命的吗？也许马莱沃林可以将这男人的头颅做成一件纪念品，以纪念这伟大的时刻。

"我会永远记得你，诺雷克，我的堂弟。记住你给我的一切。"

奥古斯都·马莱沃林将军用极其娴熟的手法将黑色长剑指向对方的咽喉。没错……只需要用力地快速一挥。待这无比优雅的动作结束，他的头还来不及掉到地上。

将军带着志得意满的微笑挥出了这一剑，却只听到了锋刃撞击的回响。诺雷克左手拿着一把完全相同的长剑抵住了他的攻势。

"该死的！这到底是怎么回事？"

诺雷克·维扎兰的震惊并不亚于将军。在他身后，巨大的螳螂则像是受到了巨大的惊吓，不停地上下摩擦双颚，同时发出令人恐惧的啾啾声。

诺雷克——或者说铠甲——转换成战斗姿态，而将军的黑色长剑也已经蓄势待发。

老兵的脸上浮现出一种奇怪的表情，看上去既迷茫又困惑。在片刻的犹豫之后，他终于鼓起勇气对马莱沃林将军说道："我猜它可能觉得你不是最合适的人选，将军。我想我们会不得不为它而战。我很抱歉，相信我，我会的。"

马莱沃林感觉自己的怒火在不断升腾，他很快就要控制不住自己的情绪了。不过，他还是尽量平静地回答道："我们会有这一战，维扎兰——当我得到铠甲的时候，才算是真正赢得胜利！"

他转向诺雷克。

卡扎克斯担心自己犯了一个可怕的错误。它面前站着两个凡人，每个人身上都有巴图克护甲的一部分，而且每个人都能够施展一部分战神的古老法术。然而，螳螂却把主要的赌注都押在了马莱沃林身上，到目前为止，他都更像是命中注定的继承者。可是铠甲显然做出了截然不同的选择，选择了保卫它这个完全不情愿的宿主。

这头恶魔花费了无数心思才说服它地狱里的那位主人——谎言之王彼列，让它同意牺牲如此多的恶魔爪牙，才走到今天这一步。谎言之王支持这件事的原因是，它觉得一个重生的巴图克不仅可以帮助自己对抗现有的敌人，将来也可以制衡那可能回归的三大魔神。如果事实证明卡扎克斯判断错误，诺雷克·维扎兰最终会赢得胜利，那么这位彼列的副手可就惨了。谎言之王绝对不会容许自己的麾下有如此无能的仆从。

现在，看着即将拼得你死我活的两个人，螳螂觉得铠甲真是把它当傻子玩了。它假装无害地跟着螳螂，就像它只是希望能与头盔再次合为一体，所以才跟着这恶魔来到此处。但是现在，卡扎克斯更相信这套护甲的两部分再次合为一体之后，第一件事就是把自己踩在脚下。

它肯定已经知道是卡扎克斯从地狱里将那巨大的水怪带到人间，

在审讯完死亡的水手之后，就命令怪物攻击了航船。在那个时候，卡扎克斯觉得它会让事情进展得更顺利，令铠甲更快地到达干燥的彼岸。葛莉安娜则用类似的做法将它指引向可以找到诺雷克·维扎兰的地方。对来自地狱的可怕水怪来说，摧毁大海中的一艘小木船实在是再简单不过，然后，它就可以从尸体上把铠甲剥下来……

只是……只是铠甲不仅击败了如此庞大的怪物，而且轻松干掉了那些恶魔。这样的结局令人瞠目结舌，卡扎克斯在极度的恐惧之中落荒而逃。它从来没想到这带有魔法的铠甲会释放出如此压倒性的力量……

螳螂把目光锁定在了老兵身后，它已经下定决心，如果马莱沃林成为战神，那么卡扎克斯会非常高兴向它的主人炫耀这位新盟友。将来它们的联盟不仅可以轻松碾压阿兹莫丹，在必要的时候，甚至可以挑战三大魔神。可是，一旦诺雷克·维扎兰成为护甲完全的宿主，彼列可能就高兴不起来了。

当主人不开心的时候……它可就要遭殃了。

恶魔举起镰刀，等候着出手的时机。在激烈的战局中，它只需要适时一击。将军可能会抱怨自己的荣耀受到了损害，但是他很快就会改变主意的。然后，他们可以一起返回饱受蹂躏的鲁·高因。

从那里……发动针对其他人类领域的攻势。

诺雷克对马莱沃林将军几乎一无所知。虽然对方关于护甲的话也许是真的，但这并不意味着他可以将希望寄托到铠甲身上，以为它可以击败这戴着头盔的将军。事实上，马莱沃林与头盔的联系要远远比诺雷克和铠甲密切得多。将军并不仅仅分享着鲜血战神的知识和技能，他本身已经非常强大。加上头盔提供的能力，铠甲恐怕根本没有办法击败这已经献身给战神的指挥官。

将军向诺雷克大步走去，气势汹汹地向他发起攻击，以至于铠甲不得不后退以避免老兵被秒杀在当场。挟带着火焰的长剑每次相撞都发出铿锵的声音，火星四下飞溅。如果他们的鏖战之所不是沙漠的话，这些古怪的火焰应该早就引起了火灾。诺雷克担心飞溅的火花会落到自己头发上，或者飞入眼中导致眼睛失明。形势越来越糟糕，他已经无暇去判断自己每次出手到底是进攻还是防御，因为他很快就看出，铠甲对剑术知识几乎一无所知。事实上，它只是机械地应对着马莱沃林的每次进攻，诺雷克已经看出马莱沃林不止一次露出重大破绽，但它却每次都错失良机。难道鲜血战神从来没有学过如何使用长剑吗？

"有点像自己打自己，对吧？"奥古斯都·马莱沃林冷笑道。老兵的对手似乎非常享受这个过程，他似乎认为自己已经胜券在握。

诺雷克什么都没有回答，他现在只希望自己能自主地战死，而不是因为这件拥有魔法的铠甲而窝囊地死去。

马莱沃林的剑锋再次从他头部几英寸外扫过。诺雷克向铠甲咬牙切齿地低声说道："你如果不行的话，就换我来！"

"你真的这样认为吗？"将军虽然不失时机地反驳了一句，但是脸上不再有揶揄的神情。"你以为像你这样的白痴也能主导战局，也能继承战神的遗产，也能比我强？"

铠甲不得不竭尽全力，这才抵挡住马莱沃林令人眼花缭乱的几记重击。诺雷克暗自诅咒将军那令人惊异的听力，不过他肯定是听错了，以为老兵是在讽刺他。

诺雷克曾经追随过许多技艺超群的长官，也与众多身经百战的敌人殊死搏斗，但他从未遇到过比奥古斯都·马莱沃林更加可怕的敌人。事实上，将军的战斗技能应该有许多是来自巴图克的，因此铠甲可以轻松预测他的大部分动作。即便如此，若不是铠甲的保护，诺雷克现在至少已经死了两次了。

"你很幸运，魔法将你保护得很好。"身材高大的将军在一次回防后暂时停止进攻，然后说道，"不过这问题已经解决了。"

"我要是死得太快的话，那就意味着这铠甲没有你想象得那么神奇。"

马莱沃林笑出了声。"真的！你居然还有点脑子。我们要不要看看它撒到沙滩上是什么样子？"

他再次挥剑直刺，回扫，剑剑不离诺雷克要害。有两次，巴图克的铠甲差点儿就没护住老兵。诺雷克只能咬紧牙关苦苦支撑。这古代的战神在剑术上虽然是把好手，但也仅仅是对维兹杰雷法师而言。在与弗兹汀出生入死这么多年后——尽管那家伙也是个法师，可剑术却达到了出神入化的地步——老兵甚至比将军还要清楚他们的格斗习惯，清楚他们哪里可怕，又有哪些地方不足为患。马莱沃林显然觉得将自己的格斗技巧与巴图克融合会更加完美，但诺雷克很清楚，如果他能够得到巴图克的战斗技巧，那才真是相得益彰，马莱沃林现在恐怕已经死过两次了。

他突然尖叫起来，感觉右边的耳朵似乎正在被烈火灼烧一般。马莱沃林将军终于得手了一次，虽然只是剑尖略略扫过。不幸的是，这把魔法剑给诺雷克带来的不仅仅是物理的伤害，他的整个耳朵都在不停地抽动。但如果再受到一次伤害的话……

除非老兵可以自主进行战斗，除非铠甲知道他可以取得更好的战果。他知道对方的弱点，熟悉将军所习惯的西部打法。诺雷克怀疑其中一些诈招连将军都不曾学过。作为一名雇佣兵，他学习过很多类似的阴谋诡计以补充正规训练的不足——这些花招不止一次救过他的命。

让我来战斗……或者至少让我和你并肩作战！

铠甲根本没理会他。它招架住将军的又一次攻击，然后试着做出一个新的动作，诺雷克很快意识到，这个动作是原来弗兹汀在练习剑术时经常施展的。但是，老兵也知道维兹杰雷的成员早就想出了破解的对策——很快马莱沃林就会证明他可以拆解铠甲的攻势。

到目前为止，这场战斗已经完全被将军掌控。它不可能持续更长时间了。巴图克的铠甲可能仅仅希望把诺雷克当作一个简单而听话的宿主，如果形势继续如此发展的话，它应该会很快向马莱沃林将军和它自己的魔法头盔投降。

诺雷克变得越来越沮丧，以至于没有留意到敌人突然一剑刺向自己的面庞。经验丰富的老兵立刻抬高了手中的长剑，眼看就要将马莱沃林的长剑荡开。如果老兵失败了，将军的武器会砍穿他的头骨，然后从后脑横扫过来。

这一次是诺雷克拯救了自己，而不是那套铠甲。

他没有时间考虑这突然的改变，因为马莱沃林一直在步步紧逼。这位新晋的战神对着诺雷克展开了又一轮狂风暴雨般的攻势，逼得他不得不向虎视眈眈的卡扎克斯一步步退过去。

然而，尽管诺雷克的处境是如此危险，但他心中却升起了新的希望。如果他死了，至少也是像一个男人那样战死的。

奥古斯都·马莱沃林试着向旁边移了一步，诺雷克立刻看出了他的意图，老兵在投身雇佣兵的第一次战斗中就见识过这种战术。这种策略需要足够娴熟和狡诈，且绝大多数时候都能干掉对手，不过诺雷克从一名强大的指挥官那里学到了如何破解这种诡计，从而令自己获得主动权。

"什么？"马莱沃林被这反击惊得目瞪口呆，而诺雷克·维扎兰则信心暴涨。作为一个人类，他反倒可以轻松地给予将军沉重的打击。这种局势的扭转令对手不得不重新估量形势，是撤退还是丢掉自己的脑袋。

诺雷克没有浪费任何时间，立刻步步紧逼，向将军展开攻势，柔软的沙地很快令他变得步履蹒跚，甚至差点跌倒在地，但在关键的一刻，马莱沃林又成功地将战局拉回到僵持状态。

"很好，"这戴着头盔的男人气喘吁吁地说道，"看来这套铠甲可以学会如何像一个男人那样去战斗。真有趣。我没想到它能判断出来我刚才那一招。"

诺雷克没有告诉他真相。现在他要把握住任何微小的优势。尽管如此，他疲倦的面容上还是情不自禁地露出了一丝冷酷的微笑。

"你在笑？你以为学上一两招就万事大吉了？你认为学习一两招够了吗？来，我让你和它看看其他招数……"

马莱沃林空着的那只手突然爆发出如同太阳般灿烂的光芒，诺雷克瞬间几乎什么也看不到了。

他剧烈地摇晃着，连续两次勉强挡开将军的攻势——然后一股惊人的力量攫住了他的长剑，令他不得不立刻松开剑柄。老兵摇摇晃晃地退了几步，不由自主地跌坐在沙地上。

他的眼睛依然因为马莱沃林施放的法术而剧痛不已，但这倒下的战士勉强还能看得到眼前逼近的黑色影子，看得到对方若隐若现却又得意扬扬的模样。马莱沃林的两只手中各执一把黑色长剑。

"战斗结束了。我得说干得不错，堂弟。看起来，你到最后反倒燃起了战斗的渴望——真是判若两人。你真觉得跟这铠甲合作会保住你这条命吗？想法不错，可是下决心太晚了。"

"别浪费时间了！！"卡扎克斯从诺雷克身后喊道，"弄死他！弄死他！"

马莱沃林没有理会恶魔的咆哮，而是举起两把长剑慢慢地欣赏着它们。"每一把都拥有完美的平衡。我可以同时使用这两把剑，而不用担心伤到我自己。更有趣的是，你这把剑居然还存在。我还以为它离开你的掌控后会消失呢，不过这可能是因为我的动作够快，所以它没来得及消失。巴图克的魔法真是充满了惊喜，对吧？"

诺雷克仍然在试图集中精力，不过此时他的左手突然感到一阵剧痛。他知道这种感觉，因为之前他曾经体验过。铠甲试图做些什么，但老兵并不清楚它真正的意图——

不对，诺雷克已经知道了。新的认知充满了他的大脑，令他不仅立刻理解了铠甲上所附着的所有魔法，而且还包括那个男人所知晓的一切。这次如果想成功，他们必须要协同作战。孤军奋战只能自取灭亡。

诺雷克强忍住了笑意，重复着对手的话。"是的……充满了惊喜。"

他左边的护手开始闪耀出光芒。

诺雷克失去的长剑突然间变成了一道漆黑的影子，饥渴地扑向马莱沃林的手臂和头部。

将军咒骂着松开了他自己的武器，用一根手指指向那饥渴的阴影，口中念出了古老的维兹杰雷咒语。他的指尖射出一道绿色的寒光，很快将那道阴影吞噬干净。

然而，当马莱沃林将全部精力集中到对付这个新的威胁上时，诺雷克突然一跃而起扑向将军——就像是铠甲想么做似的。暗影在马莱沃林的法术冲击下消失殆尽，但诺雷克已经紧紧抓住了他的双手。在这种近身肉搏下，他们两个都不敢再施放巴图克的魔法。

"战斗又开始了，将军！"诺雷克低吼着，第一次感到真正的自己控制了局面。铠甲和他有了共同的最终目标——干掉这个邪恶的对手。当他抓住对方的时候，整个人都变得兴奋不已，他开心地想象着马莱沃林倒毙在自己脚下的情形。

事实上他并没有意识到，刚才大部分新的技能，还有那些信心都并非来自他的内心,而是另有源头。诺雷克没有去想,如果他杀掉了这个戴着暗红色头盔的男人——那么他的命运就会陷入无尽的诅咒之中,而这正是巴图克的铠甲期望已久的。

卡扎克斯对这种逆转非常失望。它没有意识到自己的盟友可能会遭遇惨败。卡扎克斯不能冒这个险,它必须确保这场决斗的最终胜者是马莱沃林。

这巨大的螳螂准备出手了。

第二十章

卡拉在蜿蜒起伏的沙丘上行走着——然后,目睹了另外一场噩梦。

鲁·高因的城墙正在遭受身披黑色铠甲的凶残战士的轮番猛攻,她听到那些家伙发出种种非人的狂热嘶吼。城墙上的守卫不断向下面发射弓箭,但看起来几乎没有什么成效。不知入侵者到底穿了何种盔甲,居然可以做到刀枪不入。卡拉看到摇摇欲坠的城门即将轰然倒地,为这些野蛮的战士让开一条通道。

然而,她很快又看到了另外一场令她更为紧张的殊死搏斗。她看到了诺雷克,看到了那头恶魔,还有一个身着与攻城的那些家伙相似铠甲的狂野男人,但是,那家伙却戴着一顶暗红色的头盔。

死灵法师立即想起来了,那是巴图克的头盔。战神的全套盔甲就要重新聚齐了,可是它现在却拥有两个宿主,而且显然最终只有一个人能幸存下来得到这全套的荣誉。这场战斗无论结果如何,诺雷克都是最大的输家。杀死他的敌人,他将彻底成为铠甲的傀儡;一旦战败,他将立即死在新一任鲜血战神的脚下。

卡拉盯了他们三个一会儿,实在考虑不出如何应对才好,可她更不能对此坐视不管。女死灵法师下定决心，转过头对她的同伴说道："他们两个现在僵持不下，恶魔就在他身后几码远的地方虎视眈眈！你们能——"

她惊讶地发现自己在和空气说话。崔斯特和萨顿突然间彻底消失了，沙地上甚至看不到他俩的足迹，看起来它们俩就像是凭空飞走不见了。

很遗憾，现在女死灵法师只能孤军奋战了，而且留给她的时间已经不多了。诺雷克的战斗已经到了你死我活的最后关头，而卡拉看到那恐怖的螳螂已经开始向老兵一步步逼近。卡拉知道它现在的动作只有一个目的。

女死灵法师知道自己别无选择，她立刻向前疾冲而去，冲向那可怕的恶魔。如果她能够及时接近那家伙，她还是有机会的。

螳螂高高举起了一只邪恶的前臂，等待着理想的出手机会。

卡拉意识到她不可能及时赶到了。除非……当然，她还可以赌一下。女死灵法师手中现在紧紧握着她的祭祀刀，萨顿·崔斯特曾经说她可能会用得上。现在虽然可能再次失去这把对她来说至关重要的匕首，但她还是决定放手一试。这武器可以说是她身体的一部分，也是她魔法中至关重要的一环。但只要能救得了诺雷克，她不会在乎的。

她毫不犹豫地瞄准了那邪恶的生物——

就是现在！卡扎克斯想到，就是现在！

但就在它将要出手之际，一股愤怒的火焰却突然以惊人的速度席卷了它的全身。巨大的昆虫挣扎前行着，倒在鏖战不休的两个战士面前。卡扎克斯扭过头去，发现自己背上深深地插着一把匕首，而且这匕首看上去并不是金属铸就的。它很快辨识出上面纷繁复杂的花纹，知道了为什么这么一件微不足道的武器会导致自己如此痛苦。

这是一名死灵法师最为倚仗的祭祀刀。卡扎克斯最近见过一把一样的匕首，但是它的主人已经被自己干掉了，它不该再出现——

但她现在却正向螳螂飞奔而来，尽管螳螂知道她早就应该死了。卡扎克斯确信自己击中了她，没有人可以在它那雷霆一击下幸存，就算是整天跟死亡打交道的死灵法师也不可能。

"不可能是你！"它冲着卡拉嘶吼道，心里面充满了恐惧。基于它们混乱污秽的起源，恶魔清楚是什么东西支撑卡拉再次站起身来。人类是脆弱的，刺一剑，切一刀，或是随便从他们身上撕下来一小块，都会把他们弄死。一旦死了，他们就安静地躺在那里直到腐烂，只有通过某些残忍的形式，他们才会再次摇摇晃晃地站起来。可是这个女人完全无视了这些规则。"你早就死了，你该老老实实躺在那里的！"

"决定生死的是平衡法则，而不是你，恶魔！"她紧握右拳对准它。

恶魔感觉浑身充满了难以控制的虚弱感。身形不稳的卡扎克斯紧紧地抱住自己。死灵法师的法术本不应该对它有如此深重的影响，但在被匕首刺中之后，它受到卡拉的法术伤害会更深。

它不允许这种情况继续发生。

螳螂还是留有后手的，它突然用前肢挑起一把沙子，甩到了卡拉的脸上。卡拉匆忙地把沙砾从眼前抹开，而卡扎克斯则拼命地蜷曲着身体，想把这把危险的匕首拔出来。

螳螂的身体还在不停燃烧，而且看起来越来越严重，它勉强抓住匕首的手柄，试图将它甩到一边去。但当它攫住那把匕首的时候，疼痛变得十分剧烈，令它不由自主地发出惨烈的号叫。

它一定会的，他会把她绑到柱子上，然后剥开她的每一寸皮肤，每一块肌肉，看着她的心脏依然在扑通扑通地跳动。

就在这巨大的虫子感觉匕首有所松动的时候，女死灵法师施放出了她的终极法术。

卡扎克斯面前，一名全身沐浴在神圣光芒中的人形逐渐显现出来，夺目的光芒几乎灼瞎了它的眼睛。他看起来像是一个人类，但却又如此完美无瑕，那头金黄色长发和绝美的面孔，就连恶魔都为之动容。可即便对方的形象令卡扎克斯如此震惊，它都没有忽视那把闪耀着神圣光芒、被以极其娴熟的姿势握在手中的长剑。

"天使！"

卡扎克斯知道自己看到的是幻象，死灵法师向来以擅长用恐怖的情景攻入敌人的内心而著称——即便如此，它仍然无法驱除内心的恐惧。到最后，卡扎克斯只知道现在有一位傲慢的战士从天堂降落到了凡间，他就是专门冲着自己来的。

惊恐的螳螂发出一声非人的尖叫，转身背向卡拉落荒而逃。在它开始狂奔的时候，匕首从它的伤口中掉了下来，沙地上留下了一道深深的黑色脓液。

卡拉·夜影眼看着她的对手消失在了埃拉诺克的荒漠之中。她本来想好好和这个对手算算账，但是考虑到现在自己实在有些疲惫，就让它逃吧。刚才的法术可以让它老实一段时间了，卡拉希望在搞定那邪恶的铠甲之前，它都不要再来添乱。

她捡起匕首，转向那两个还在缠斗的男人。女死灵法师紧皱着眉头。如果那个戴着头盔的陌生人赢得了胜利，她知道自己该怎么做。匕首会毫不犹豫地刺进这个马上要成为鲜血战神二世的家伙。

可如果诺雷克赢了呢？

卡拉别无选择。失去宿主后，铠甲可能会变得无害。无论是谁赢得最终的胜利——她都确定胜者活不了几秒钟。

诺雷克和他的对手都注意到了身边刚发生的这场战斗，因此斗得也都更加凶狠。随着黑暗魔法的不停施放,两个人的护手上不断地闪耀着夺目的光芒。尽管马莱沃林身上并没有巴图克铠甲的保护,但那头盔也给了他足够的力量,让他可以和诺雷克势均力敌。僵局迟早会打破的,两个人都清楚,战斗迟早都会结束。

"我注定要接替他的位置!"奥古斯都·马莱沃林咆哮道,"我是他的直系后代!我有和他一样的志向,我代表着他的重生!我就是巴图克,我重返人间就是为了重新拿回他的一切!"

"我比你更有资格继承他,"诺雷克回答道,根本没有意识到自己的表情和傲慢的将军没有什么不同,"我才是他正统的传人!铠甲选择了我!你好好想想吧!"

"我不可能被它拒绝!"将军一脚踢在了诺雷克腿上,令他失去了平衡。

他们一起摔倒在地,马莱沃林压在老兵身上。沙地减缓了诺雷克头部所受的冲击,但这经验丰富的老兵还是感到一阵眩晕。马莱沃林将军抓住这有利的时机,将手砸向对手的面庞。

"我要撕掉你的脸皮,揪掉你的脑袋,"他咬着牙对诺雷克吼道,"让我们看看护甲会觉得谁更有价值……"

将军黑红色的护手上闪耀着疯狂的魔法光芒,他只有一两节手指能够伸出来施放法术。诺雷克的一只手被对方紧紧抓住,而另外一只手也被夹在两个人的护甲之间,看起来他根本没有任何机会阻止这暴力狂一般的将军达成目的。

就在此时,诺雷克感觉到身后有人在移动,似乎有第三个人要加入战斗了。马莱沃林抬起头看了看这个不速之客,脸上的冷笑突然凝成了一种彻底的迷惑。

"你——"他突然脱口说道。

潜伏在诺雷克体内的某种东西催促着他趁此机会赶紧下手。他从将军的掌控中挣出来一只手,重重击在对方的下巴上。狂烈的魔法能量如影随形,将这戴着头盔的将军瞬间冲击出很远,就像有人在他脖子上套了根绳子将他直甩出去似的。随着一声沉闷的巨响,马莱沃林落到了远处的沙地上,整个人都因为从过高的空中坠落而陷入了晕厥。

求胜心切的老兵立刻站起身来,向他倒下的对手疾冲而去。他越来越确定,胜利与自己只剩一步之遥,于是径直冲到了将军的面前——这一轻率的行动差点儿要了他的命。

马莱沃林的手中现出一把黑色的长剑,诺雷克险些没有躲开它的锋芒,但最后还是闪了一下身子,才滚落在他旁边的沙地上。马莱沃林将军翻身站起来,将长剑横在他们两个中间。他的面孔虽然被血红色的铠甲遮挡了大半,但仍然可以看到嘲讽的表情。

"我要干掉你了!"

他纵身向前跃了一步,用力将长剑刺出。

乌黑色的剑尖深深地刺入了……奥古斯都·马莱沃林的胸部。

当阴险的将军重新召唤出那把魔法长剑的时候,诺雷克立刻意识到,他同样也可以唤回自己的武器。当马莱沃林匆匆向老兵发出最后一击的时候,才突然意识到一切都还为时过早。当他刺向诺雷克的时候,老兵顺势向前一滚,手中同样出现了一把可怕的长剑。

这一剑差点儿把老兵的头骨劈成两半。

但诺雷克的长剑至少有三分之一已经刺进了对手的躯干。

马莱沃林喘息着望向自己的伤口,这一刺是如此迅捷,他的身体甚至还没有感受到死亡的临近。将军丢下了他的长剑,这把剑在离开他手掌后立刻消失得无影无踪。

在以往的战斗中,诺雷克·维扎兰从未因为夺取了敌人的性命而感到快乐过。他只是机械地接受任务,执行任务,可战斗从未带给他丝毫的愉悦。而现在,他只感觉到一股寒意从脊柱升起,这种寒意令他变得兴奋,令他开始渴望更多的杀戮。

他站起来走到还在喘息的将军面前,对方现在正匍匐在他的脚下。

"你不再需要这个了,堂兄。"

诺雷克用一股不可思议的巨大力量将头盔从奥古斯都·马莱沃林的头上拽下来。马莱沃林发出了一阵似乎来自灵魂最深处的尖叫。诺雷克知道这个男人的痛苦并不仅仅来自剑伤,如果什么人将铠甲从他身上剥离的话,他同样会感受到这种痛苦。巴图克护甲中蕴含的力量诱惑了他们,但是对马莱沃林来说,他输掉了这场决斗,因此,也就输掉了拥有这种力量的权力。

诺雷克将头盔放到一边,然后握紧了长剑。他轻松地将这把剑从将军身上拔出来,然后检视着剑身。没有沾染一点鲜血,真是个奇迹。它依然是如此顺手,就如同当年在维兹郡一样得心应手。

一只被护手包裹着的手掌抓住了他。还是马莱沃林将军。他脸上的表情癫狂而扭曲,疯狂地想要竭尽全力给他最后一击。

诺雷克推开他桀然一笑。"战争结束了,将军,"他握住了长剑,"一切都该结束了。"

他轻轻挥出一剑,奥古斯都·马莱沃林将军的脑袋立刻落到了沙地上。随后,这无头的尸体也倒下了。

当这精疲力尽却无比兴奋的老兵弯下腰来检查这传说中的头盔时,一个女性的声音在他身后响了起来。"诺雷克,你还好吗?"

他回过头来,看到了卡拉的面容。真想不到她居然死而复生了,这令他兴奋不已。在他们短暂的相处之中,她已经证明了自己的忠诚,宁可把生的机会留给诺雷克,自己却慷慨赴死。如果她真的死了,诺雷克会永远记得她的音容笑貌,会永远尊重她。可女死灵法师却不知道用什么办法躲过了卡扎克斯最残忍的攻击,她所展示出来的技能看上去比那个狡诈的葛莉安娜要强得多。她的脸蛋和身材看上去都不错,这令他开始考虑要不要把她收作自己的伴侣——有哪个女人能理智到拒绝做鲜血战神的女人呢?

"我很好——卡拉·夜影——很好!"他张开一只手,令那把魔法长剑自由地跌落到地面。当武器消失的时候,诺雷克双手把头盔举到了自己头顶。"事实上,我简直好得不能再好了!"

"等等!"这黑发的女性冲到他面前,杏仁般的眼睛关切地望着他。这双眼睛真漂亮。新晋的战神想道。这双眼睛令他想起了自己在凯基斯坦当学徒时曾经短暂接触过的一个女人。"那头盔……"

"没错……它最终还是到了我手里……我成功了。"

她整个人靠了上来,把一只手放在胸甲上,眼睛里看上去透着恳求。"这真的是你想要的吗,诺雷克?我们从前不是谈过吗,你现在真的想戴上头盔吗?真的要把灵魂交给巴图克?"

"放弃我自己?女人,你知道我是谁吗?我是他的后人!血脉相连,还记得吗?在某种意义上,我现在就是巴图克,我从前只是不知道这个事实罢了。谁能更好地继承这一切?谁更配得到这个称号,这些遗产?"

"这是巴图克的阴影吗?"她反驳道,"诺雷克·维扎兰已经死了,无论身体还是灵魂。如果铠甲能够掌控局势,恐怕以后你连长相都会变得和前任战神一模一样!套在铠甲里的人迟早会变成真正的巴图克。它会亲自动手,再次屠戮更多的无辜者,就像它——不是你——杀掉你那些朋友一样……"

朋友们……那些恐怖而支离破碎的画面再次涌入了诺雷克混乱的脑海,萨顿·崔斯特和弗兹汀那浸在血泊中的尸体。从那以后,他无时无刻不在为这残忍的谋杀感到愧疚。他回忆起了铠甲那干净利落的杀人手法——现在卡拉说，更多的死亡即将来临。

他略微放低了头盔，显然内心正在经历剧烈的挣扎。"不，我不能让这一切发生……我不能。"

他的手臂突然抬起，握住了头盔最顶上的部分。

"不！"诺雷克咆哮道，很显然他现在是在抗议魔法护甲。"她是对的，该死的！我绝不会成为你那些血腥计划的棋子——"

太愚蠢了。一个极其类似他自己的声音在脑海中低语道。这力量是你的……你可以借它完成任何你想做的事情……一个有序的世界，没有王国间的战争，也没有人活在困苦之中，那才是真正的遗产……是巴图克穷尽一生所追求的。

这听起来太棒了。诺雷克只需要把头盔戴上，就能够把这个世界改造成它应该成为的样子。恶魔们会无条件地配合他这些伟大的任务，它们的意志完全屈从于战神的力量。他会创建一个连天堂都会嫉妒的世界。

他现在需要做的就是戴上头盔，接受命运的安排。

他突然感到卡拉的变化——

一只手悄悄地从头盔下伸出来，如铁箍一般紧紧握住卡拉的手腕，令她痛得倒吸了一口气。从她手中掉出一片闪闪发亮的东西。那东西看上去就像是骨头或者象牙打磨而成的。

这就是她一直想用来对付他的武器。

"愚蠢的女人……"诺雷克厉声说道，但却没有意识到自己的声音与往常大不相同。他一把将她推倒在沙地上。"老老实实给我待着！等会儿我再过来收拾你！"

尽管老兵的警告是如此严厉，女死灵法师还是挣扎着试图站起身来，但是此时从地面上伸出许多沙质的手臂，将她紧紧按在地上。越来越多的沙子流向她的嘴边，让她无法念出任何咒语。

诺雷克的眼神因那光明的前景而变得熠熠生辉,他再次举起头盔——将它置于自己头顶上方。

一个他从未见过的世界,即将向他敞开大门。他看到了自己掌握的力量,掌控的军团。曾经被那些维兹杰雷的混蛋挫败的计划,将要由他继续重写。

鲜血战神再次重生了。

但是,战神也需要大批为他出生入死的战士。诺雷克丢下还在苦苦挣扎的卡拉,爬上一座沙丘的顶端,再次望向鲁·高因。他怀着极大的兴趣,看着那些恶魔战士疯狂地冲击着城墙和各个城门。用不了几分钟,这座城市将陷入血腥的屠杀之中。他会让自己的军团肆意取乐,让它们横扫整个鲁·高因,杀死每一个男人和妇女,还有孩童——向他们昭示鲜血战神已经重回人间。

他想象着每一个对他充满恐惧和憎恨的人们,他们的鲜血会流向四面八方。只需要他一声令下,这些人就会死无葬身之地——

他周围的沙丘突然炸裂开来,两个黑乎乎的家伙从沙子里跳了出来。两只强壮的手抓住了他的胳膊,用力将它们向后扭去。

"你好啊……老朋友……"从他的身侧传来一个极其熟悉的声音,"上次……见你……到现在……差不多……快隔了……一辈子了……"

这突如其来的恐惧令铠甲暂时失去了对诺雷克的控制。"萨……萨顿?"

他转向声音发出的方向——看到他早已死去的伙伴那脱皮腐烂的脸孔就在咫尺之间。

"你还没……忘记我们……真好……"那可怕的家伙笑了起来,露出发黑的牙龈和泛黄的牙齿。

诺雷克一时无法挣脱,只能将头转向另外的方向——却看到弗兹汀站在另外一边。早就被杀死的维兹杰雷法师衣领低垂，露出了喉咙上那个陈年旧洞。

"不……不……不……"

它们将诺雷克拖到了沙丘下面，卡拉还在那里拼命挣扎着。

"我们试着……在船上……找到你……诺雷克，"崔斯特继续说道，"但是很显然……你看上去……不是很希望……看到我们……"

它们的眼睛一眨不眨，而随着时间的持续，它们身上腐烂的尸臭令诺雷克感觉越来越恶心，何况它们又离他这么近。它们的出现令老兵如此震惊，以至于铠甲也无法控制他的反应。"我很抱歉！我很抱歉！萨顿——弗兹汀——我很抱歉！"

"他在道歉……弗兹汀，"倔强的亡灵评论道，"你知道吗……"

诺雷克扫了一眼那枯瘦的维兹杰雷法师，对方郑重地点了点头。

"我们接受……你的道歉……但是……恐怕我们……没有办法选择……现在要如何……对付你……我的朋友……"

紧接着，萨顿·崔斯特以惊人的速度和力量将诺雷克举在头顶的头盔夺了过来。

老兵感觉这亡灵好像直接揭开了自己的头盖骨，那种无以复加的骨肉分离似的痛苦瞬间淹没了他。现在诺雷克真正体会到了马莱沃林当初的感受。他怒吼一声，因为愤怒而迸发出的力量瞬间挣开了死死抓住他的亡灵。

"抓住……他！抓住——"

两只护手上闪耀着狂烈的暗红色光芒。诺雷克无比痛苦地盯着这双护手，陷入了无尽的恐惧之中……他害怕让这两个已经死过一次的朋友再次陷入绝境，而他却没有任何办法来阻止铠甲这该死的行径。他完全理解这两个亡灵为什么要死死缠着自己。不管是谁被如此残忍地杀害，都会想要复仇。不幸的是，铠甲显然没想给它们机会。

诺雷克周围发生了剧烈的爆炸，两个亡灵被冲击波甩到了刚才的那块沙丘之上。他惊恐地盯着那两具身体，生怕它们就此彻底凋亡。

"不！不要！我不会让你再作恶！"老兵用一只手竭尽全力抓住了另外一只护手，尽管两只护手都在拼命想摆脱他的意志，但这次他的决心是如此强大。诺雷克拼命地撕扯着，无尽的愤怒增强了他自身的力量。

右手的护手被拽了下来。

他毫不犹豫地远远把它扔了出去。铠甲则随即令他转向那个方向，试着去搜寻它刚失去的部件，但是诺雷克并没有受它的控制。他强迫铠甲转向另外的方向，透过已经分崩离析的沙丘，可以看到鲁·高因那座城市。

诺雷克不知道自己能控制这铠甲多久，他只知道自己要尽可能多地争取这种权力。愤怒和内疚令他的行动充满了力量，令他占据了上风——鲁·高因已经没有多少时间了。

他举起那只自由的手掌指向远方的城市。恶魔们正在全力破坏最后一道城门，诺雷克已经连犹豫的时间都没有了。

他念出了一道自己从未听过的咒语。它们是巴图克的咒语，巴图克的魔法。不过巴图克的记忆——也就是他那位先祖的记忆——现在似乎变成了诺雷克自己的。他知道这些咒语能做什么，知道它们发挥过何种的威力，尽管他身体的一部分仍然受控于铠甲，他也一直在拼命阻止它所做的一切，但他还是念出了这些咒语。

如果诺雷克曾经在将军的帐篷中看到过马莱沃林和卡扎克斯如何施放这些邪恶法术的话，他可能会注意到自己的声音听起来和马莱沃林没多大区别，但他的语气却是截然相反。现在，他只知道如果自己袖手旁观的话，整座城市都将陷入血海之中。

在咒语终结的部分，这位鲜血战神的后裔喊出了最后两个词语:"莫提亚斯·迪亚布拉姆!莫提亚斯·迪亚布拉姆!"

在鲁·高因的城门下,一队又一队的守卫投入了战斗之中。他们知道面前的对手并非真正的人类,它们只是一群没有灵魂的行尸走肉,可是比任何冷血的战士都更加残忍。尽管如此,苏丹的战士们已经准备好了迎接死亡的到来,而市民们则利用这最后的宝贵时间,试图在恶劣的风暴中通过水路逃出生天。

但是这些船只上的船长们对此几乎不抱任何希望。一艘船舶刚刚沉没,而另外一艘则在码头附近被撞得粉碎。巨浪咆哮着一次次冲向海岸,现在站在水边都已经是极其危险的事情,三个试图登上船只开启逃难之旅的男人,被浪头浇得浑身湿透。

当所有希望都已经变得渺茫的时候,他们眼前却出现了一幕奇异而令人不安的景象。城墙里头,浑身漆黑,双眼如火焰一般的恶魔战士们停了下来,沮丧地向后望去——然后齐声发出了狂野而令人胆寒的咆哮。

然后,每个可怕的战士背后都爆裂开来,挣扎着爬出面容各不相同但却同样恐怖阴森的恶魔,它们的四肢以种种诡异的形态扭曲着。后来据那些目击者所述,那些恶魔脸上充满了愤怒和绝望,它们一边尖叫着,一边被驱逐到了埃拉诺克的各个方向。

不久之后,这支黑暗的军团彻底停止了动作,武器依然握在手中,眼睛却直直地望向前方。随后,一切都像是幻象一般,这些战士一排排轰然倒地。先是一块块的皮肉跌落在地上,然后是一根根的骨头,最后每个战士都烂作一团肉泥。大部分鲁·高因的守卫者们都开始呕吐起来。

当初奥古斯都·马莱沃林曾经放回来一名指挥官给鲁·高因传话,让城里的人们想办法找到诺雷克·维扎兰,而这名指挥官现在则成了第一个鼓足勇气去证实真相的人。他小心翼翼地走向最近的一堆腐肉，然后戳了戳它。

"它们死了。"他最后喃喃低语道，不敢相信城里所有的人终于得以幸存。"它们死了……可它们怎么死的啊？"

* * *

"诺雷克。"

他转过身去，看到了已经重获自由的卡拉，那把闪闪发光的象牙匕首正紧紧握在她手中。而两个亡灵则一左一右包围上来，那种死者特有的决断似乎刻在了它们的脸上。

"卡拉，"他扫了一眼这两个从前的同伴，"弗兹汀，萨顿。"

"诺雷克，"女死灵法师接着说道，"请听我说。"

"不！"老兵吼出这一嗓子之后，立刻对自己严厉的口气感到后悔不已。卡拉只是想让自己知道他必须要做的事。"不……先听我说。我……我曾经被这铠甲控制，但是我现在能感觉到，这一切已经过去了。我想我可能只是战斗了太久，有些疲倦了……"

"你是怎么坚持抗争到现在的呢？"

"毕竟……他是……巴图克的……后代，"萨顿解释道，"他有……铠甲需要的……东西……那可以……改变它的……命运的东西。但是……它……出了点……我们理解不了的……问题。答案是……什么？"

她的眼神垂了下来。诺雷克能读懂这种痛苦。尽管身为一名死灵法师，但她并不能从杀人这件事上获得满足感，即便对方有着种种极度邪恶的倾向。可如果他继续活下去，对全人类都将是一个重大的威胁。

"你最好快下手。赶紧念出来咒语就够了。这是唯一的方法！"

"诺雷克——"

"否则我要改变主意了!"他们都知道,如果他突然改变主意,也并不是它自己的本意。风险依然存在,铠甲随时都有可能再次获得控制权,任何时候他都可能重新变成它的宿主,为它做出任何恶毒的事情。

"诺雷克——"

"快动手!"

"这不是……它应该……的样子……"崔斯特的声音听起来充满了痛苦,"弗兹汀!他向我们……保证……"

当然,维兹杰雷法师什么都没有说,而只是向诺雷克走过去。萨顿极不情愿地慢慢跟在它身后。诺雷克咽了口唾沫,希望这一切会尽快结束。

那只仍然戴着护手的手掌突然扬了起来。

弗兹汀立刻用手抓住了它。

"最好……按他说的做……死灵法师……"阴郁的崔斯特喃喃低语道,"看起来……我们没有多少时间了……"

卡拉也向他走去,显然在不停地为自己要做的事情打气。"对不起,诺雷克。这不是我想做的,事情不该是这样子……"

"也不是它该成为的样子。"一个奇特而空洞的声音接着说道。

霍拉松就站在死灵法师身后不远的地方,但是他看起来有些不太对劲。诺雷克早前曾经对他有过极为短促的印象,那时候他看起来像是一个懦弱而且已经失去大部分智慧的年迈隐士。但现在眼前这人尽管衣衫褴褛,须发杂乱,但他的气场却令身边一切都显得黯然失色。诺雷克怀疑假如马莱沃林没有死的话,这年迈的法师突然出现在眼前,他即便是在与自己殊死搏斗的时候,也会抬起头看看霍拉松,他的出现绝对会令这个几乎已经被头盔完全控制的人感到震惊。

一股强烈的悲伤和恨意从战士的胸中涌起,这都是因为他那邪恶的兄弟——

不!霍拉松不是他的兄弟!这铠甲试着再次重建它的控制权,再次激活巴图克那阴险的灵魂。诺雷克拼命对抗着这种意志,但他知道铠甲这次可能会笑到最后。

这身着长袍的老人故意向他这边走来,当他前进的时候,诺雷克留意到他身畔有着一道奇异的微光。好奇的战士眯起眼睛,试图弄清楚这到底是什么发出的。

霍拉松的整个身体被包裹在一层薄薄的闪闪发光的沙粒之中,这层沙粒几乎是完全透明的。

"血脉相连。"维兹杰雷法师低声说道。他的两只眼睛看上去炯炯有神,而且一眨不眨。即便是两个控制着诺雷克的亡灵,都因为他的出现吓得后退了几步。"现在是让鲜血结束这场闹剧的时候了。"

诺雷克能感觉到铠甲在灵魂深处不停地重击着他,同时也拼命想要征服他的身体。现在只有和同伴们齐心协力,才有可能阻止它的阴谋。

"霍拉松?"卡拉低语道。白发苍苍的魔法师看了她一眼——女死灵法师不由自主地向后退了两步。"不,你是他,但你也不是他。"

他给了卡拉——还有在场所有人——一个谦逊的微笑。"我这具躯壳里活着另外一个人,一个从前对神秘避难所过于好奇的法师,但是他在探寻的过程中永远地失去了他的感官。从那以后我一直在注视着他,我对他是有责任的……"

上面的言论基本上可以解释为什么那地下的避难所可以自主去破坏任何事物。这闪闪发光的老人瞥了一眼他的双手。"血肉是如此脆弱。泥土和石头更加稳定和持久……"

"你!"卡拉瞠目结舌地望着他,眼睛睁得比她的樱桃小口还要大一些。"我终于知道你是谁了！他曾经提到过你，似乎也曾经听命于你——伟大的霍拉松居然也愿意听从你的命令——如今这一切毫无意义！我能感觉到你的存在——就如同庇护之地的存在一样！"

他点了点头，但是眼睛从未眨过一下。"是的……随着时间的推移，它看起来已经与自然融为一体，已经成为自然的一部分……"

诺雷克依然在和巴图克那邪恶的铠甲对抗，但他还是花了几秒钟时间去理解老人的话语——这答案是如此令人震惊，以至于他的防御差点儿就此崩溃。

霍拉松和神秘避难所根本就是一体的。

"从前的经历摧残着我的心灵，我来到这里是为了逃避那些记忆，那些恐怖的过去，我在沙地之下建立了我自己的避难所，从此生活在地面以下，远离这个世界的纷争。"这假冒的霍拉松的脸上闪过了一丝微笑，这种微笑对于凡人来说太过司空见惯，可是他可能已经忘记了该如何微笑。"我一直在按照我的设想重塑这块领地，比起这日渐衰老的身体，它变得越来越适合我自己——终于有一天，我抛弃了从前的一切，全心接纳了这崭新、强壮而耐久的躯壳……从那时到现在，我就——"

霍拉松可能还想继续说下去，但就在这个时候，诺雷克感觉自己的眼前变成了一片血红色，自己的心中充满了狂野的愤怒。他不可能再被拒绝！在维兹郡的时候，霍拉松逃过了他的雷霆震怒，但这次就算将整个沙漠付之一炬，战神也要完成自己最后的复仇！

霍拉松的傀儡再次望向他这边，然后伸出一只手，似乎在向这身穿铠甲的战神索要什么。

一只护手——诺雷克之前曾经摘下来一只，而且把它远远地扔了出去——出现在白发苍苍的法师手中。

"血脉相连……我现在就这么称呼你，兄弟。我们的战争结束了。我们的时代也已经结束了。我们早就死了。你的力量对我起不了什么作用,我也不可能对付得了你。现在跟我一起走吧……远离这人世的喧嚣……"

另外一只护手从诺雷克的手中挣脱出来,飞向这光芒四射的老者手中。随后,铠甲的其他部件迅速从老兵身上脱落下来。从大腿、躯干到手臂,深红色的套装一点点迅速在老者身上重新组装成形。与此同时,他身上那些褴褛的衣衫消失了,取而代之的是更适合铠甲的一些衣饰。甚至连巴图克那双破烂的战靴都离开了诺雷克的身体,跟铠甲的其他部分组合起来。看着眼前这令人惊奇的进程,假冒的霍拉松眼睛从未眨过一下,双唇冷冷地紧绷着。

每失去一个部件,诺雷克都感觉在慢慢变回从前的自己,变成铠甲控制他之前的样子。记忆和思想都完全属于自己,而不是那个嗜杀成性的恶魔领主。然而,他可能永远都无法忘却墓穴探险之后发生的所有事情,无法忘却他身不由己扮演那个大人物时,所带来的恐怖和它造成的所有死亡。

当这些完成之后,白发苍苍的法师又伸出那只戴着护手的手掌,开始召唤巴图克的头盔。这霍拉松的傀儡将它放在一只手臂上,看着诺雷克和其他人。

"该让这个世界忘掉巴图克和霍拉松了。你们所有的人都会做到的,所有人。"

"等等!"卡拉壮着胆子靠近这神秘的人物,"一个问题。请告诉我——你是不是将他送过来,"她指着霍拉松的宿主,"才在鲁·高因找到我?"

"是的……我感觉到有些不对劲,而且知道一名死灵法师就在附近——死灵法师是不该来到这座城市的上方的——她不该被牵扯进来。我需要你更靠近一些,这样我就能知道你为什么来这里了。当你吃饭和睡觉的时候,我已经得到了我想知道的。"他向着与众人相反的方向慢慢走去,"我们的谈话已经结束了。现在,你们留在这里,我走。不过呢,要记得这一点:神秘避难所存在于很多地方,也有很多的入口——不过我建议你们,从今天起,永远都不要再去寻找它。"

他那种阴暗的语气已经非常明确地表达了自己的态度。霍拉松已经无意再成为这个世界的一员,那些打扰他的人会遇到巨大的危险。

老人开始变得若隐若现,他的身体开始破裂,肉体仿佛变成了金属的碎屑。随着时间的流逝,这身穿铠甲的法师都变得越来越不像凡人,而更接近于自然的一部分。

"诺雷克·维扎兰,"霍拉松用那种古怪且带有回音的声音呼喊道,"是创立你自己的遗产的时候了……"

诺雷克现在身穿的是在进入巴图克墓穴之前的那套衣服——就连靴子都是他自己的——这位法师的能力的确令人叹为观止。他摆脱了两个亡灵,向前追了过去。"等等!你是什么意思?"

但霍拉松的宿主现在已经变成了彻头彻尾的沙人,他最后能做的只是摇了摇头。现在他仅仅剩下眼睛还有些像人类。当诺雷克靠近的时候,他的形体缩小了,最后彻底融入沙丘中。老兵赶到这一区域的时候,一切都已经太迟了……地上仅仅剩下一小块凸起的纹理,证明着霍拉松曾经来过这里。

几秒钟后,甚至连这些都已经不复存在。

"一切都结束了。"卡拉平静地说道。

"是的……结束了。"萨顿·崔斯特赞同道。

它的语气令诺雷克不由自主地转向这两个亡灵。它们两个的眼神看上去有些奇怪,就好像是在等待什么事情发生似的。

死灵法师第一个猜测道："你们的任务结束了，不是吗？就像霍拉松一样，你们也该和这个世界告别了。"

弗兹汀点了点头，萨顿则回了一个看上去有点伤感的笑——或者这种古怪的笑容仅仅是因为肌肉损毁得有点严重。"他来……当他感觉……铠甲的共振……可是太迟了……所以他给予我们……一个承诺……当它结束了……所以我们会……"

"他？"诺雷克走到卡拉身边，疑惑地问道。

"不过，是我的法术和我的匕首带你们回来的！"

"他的诡计……把你……弄丢了……"个子较矮的亡灵环顾了一下四周，"伪善……浑蛋……不敢露脸……现在……它……结束了……"

不过，就在它刚刚讲完之后，一道璀璨的蓝光突然照射在他们四个身上，把这一小块沙漠照耀得宛如正午晴朗无云的正午一样明亮。

萨顿·崔斯特生前会用拍手来表示厌恶，但如今它已经不可能那么灵巧了。于是，它使劲摇着它的头——或者更确切地说，它来回晃动着——然后加了一句："应该知道……最好……该死的自大的……天使！"

天使？诺雷克仰望向光亮的来源，但是并没有发现异常，更不用说有什么天使了。可是，现在的一切又该如何解释呢？

亡灵怒气冲冲地盯着亮光。"至少……现出你自己……"但是什么都没有发生，它扫了一眼诺雷克，然后补充道，"典型的，就像他的种族……藏在暗影里……假装他们……高高在上……却把他们的手……到处乱伸。"

"我知道这光，"卡拉喃喃低语道，"我在墓穴里也看到过它，是它引导着我远离了你们的尸体。"

"他喜欢……这些小把戏……大天使就这样。"崔斯特看了看弗兹汀,对方点了点头。这两个消瘦的亡灵对两个人类继续说道:"对他来说……最后一个——"

"该死的,萨顿,不!"诺雷克皱起了眉头,瞪着那看不到的大天使。"这不公平!他们没有选择的余地——"

"请……时间……到了……我们……想要这样……诺雷克……"

"你不能这样!"

萨顿笑了,这笑声听上去依然如此刺耳。"我……拿自己的性命……发誓,朋友……"

蓝色的光芒突然聚焦在两个亡灵身上,这光线是如此强烈,令诺雷克不得不捂住了自己的双眼。弗兹汀和它的同伴变得越来越难以辨识。

"该去……买个……农场……你原来一直想……诺雷克……"

光芒突然变得十分强烈,以至于老兵和女死灵法师在短时间内看不到任何东西。幸运的是,这光只持续了短短几秒,但即便如此,在他们的视力恢复之后,他们发现消失的不仅仅是蓝光,那两个亡灵也都已经无影无踪。

诺雷克死死盯着那里,半天说不出话来。

一只手轻轻地碰着他的手掌。卡拉·夜影用同情的眼神望着他。"他们已经向永恒的旅程的下一站出发了,他们需要去那里帮助维持世界的平衡。"

"也许吧。"不管他们去了哪里,诺雷克知道自己都不可能再帮到他们。他需要做的,是把关于他们的记忆永远留在心中——在接下来的岁月里做一些让自己以他们的友谊为荣的事情。他又抬头看了看,第一次发现无时不在的乌云和风暴终于平静了下来。事实上,阴云已经渐渐散去,头顶上可以看到斑驳的晴空。

"你现在要做什么?"女死灵法师问道。

"我不知道。"他向鲁·高因的方向望了望,那里的文明在这几天里已经被摧残得所剩无几。"我想,应该是先去那里吧。看看他们需要什么帮助。然后……我也不知道。你呢?"

她也把目光投向了那遥远的城市,这让他有机会欣赏一下她那美丽的面容。"鲁·高因对我来说同样有意义。另外我想看看杰隆南船长和他的国王之盾号是否到了那里。我欠他一个人情。他对我非常好,就像对待他自己的女儿一样……他很可能担心我已经掉海里淹死了。"

诺雷克并没有迫切地想与她同行,但他却很自然地回答道:"我想和你一起,如果你不介意的话。"

卡拉脸上露出了一丝意料之外的惊喜。这种笑容令诺雷克怦然心动。"当然不介意。"

老兵想起了曾经侍奉过的贵族们之间的礼节,他向卡拉伸出一只手臂。女死灵法师犹豫了片刻,然后挽住了它。随后,这两个精疲力尽的人儿携手穿过分崩离析的沙丘,重新返回人类的世界。在他们身后,身首异处的奥古斯都·马莱沃林将军的身体已经被流沙掩埋了一半,而霍拉松和那套铠甲则消失在了沙漠之中。疲惫不堪且满身伤痛的老兵希望可以忘掉这里发生的一切——尤其是那差点儿就降临到人间的黑暗。

巴图克——那位鲜血战神的遗产,已经被永远地埋葬到了人们的视野和认知之外……希望这一次会是永远。

后 记

夜色笼罩了埃拉诺克沙漠,这是一个肃穆而沉静的夜晚。习惯白昼活动的生物已经匆匆忙忙地躲进了自己安全的巢穴,而昼伏夜出的捕猎者们开始四处伏击那些粗心大意的猎物……

沙地下面慢慢升腾起一个巨大的物体,这令附近的沙漠蛆虫、圣甲虫乃至秃鹫恶魔都陷入了巨大的恐慌,继而慌不择路地四处逃窜。它的双颚连续地闭合了几次,球根状的黄色眼球在黑暗中发出淡淡的光芒,仔细地审视着前面蜿蜒起伏的沙漠,搜索着……极其认真地搜索着什么东西。

卡扎克斯站在那里,身下是一摊污秽不堪的黑色脓液。这是女死灵法师的匕首对它造成的伤害,凭螳螂的力量根本没有办法将其治愈,而它也不敢求助于自己的领主彼列。现在,彼列可能已经知道了它的失败,而更糟糕的是,它从地狱带来协助马莱沃林将军的恶魔军团也已经损失殆尽。

虽然螳螂逃得非常及时,但它还是隐约感受到了那可怕的魔法。它可以猜测得出到底是谁施放了这魔法,不出意外的话,绝大部分相对弱小的恶魔都会被彻底毁掉。当初令如此多的恶魔披上凡人的躯壳，是一项浩大而艰难的工程。随着时间的流逝，至少要一个月之后，它们才能够适应这个世界，才能完全褪去这层外壳。而现在这魔法却过早地将它们从凡人的保护壳中剥离。只有最强大的恶魔才能在突如其来的分离所释放的巨大力量中幸存。对于人类而言，这就相当于婴儿提前一个多月离开了子宫。只有最强壮的恶魔才可能幸存下来……

这极少数的幸存者也只能无依无助地流浪在埃拉诺克，没有外力的协助，它们永远不可能重返地狱。不像卡扎克斯，对于意外，它们没有制订过任何应对措施，彼列需要它的副官去指引这些迷途者。

这是螳螂唯一的救赎之路。将这些恶魔聚集到一起，重新将它们送回地狱的话，也许它那黑暗的领主会原谅它。到那时候，它只需要在凡间找到另外一个会魔法的人，这种白痴简直随处可见。而螳螂的当务之急，是为它自己寻找一个猎物，一个能为它疗伤和提供能量的猎物。它更想去找一个和善成熟的商人，然后在他的营帐里过夜，不过现在，它已经饥不择食了。

提心吊胆的恶魔在沙地上不停地移动着。那可恶的死灵法师的咒语依然困扰着它，虽然现在已经略微减轻一些了。卡扎克斯眼前频繁出现天使和其他可怖生物的幻象，它只能一次次强行压下想要逃跑的冲动。

在螳螂恢复力量，治愈自己的伤口之后，它会去找诺雷克·维扎兰和那个女人。它一定要把他们两个活活刺穿，一点点地把他们的肌肉剥离出来，而且要让他们活到最后一刻。然后，卡扎克斯要慢慢地吞噬他们，慢慢地品味他们的血肉——

"卡扎克斯——"

它僵住了，感觉如潮水一般的恐惧再次朝它席卷而来。那该死的人类的法术！难道这影响永远都不会减轻吗？到底还有多少幻视？到底还有多少幻听？难道恶魔要永远遭受这种折磨吗？

"我在很远的地方闻到你的气味……知道你马上……"

这巨大的螳螂四下望了望，但是什么也没有看到。那么，这一切大概只是出现在它的脑海里。它真是受够了——

——一道比最深的夜还要黑暗的影子笼罩了卡扎克斯，令这受伤的恶魔大吃一惊。

"狡猾的……爱撒谎的……叛逆的小虫子……"

卡扎克斯愣住了。那女人的法术从来没有在他心灵深处显现过如此逼真的对白。

"是谁这么大胆？"它转向自己判断的方向，用极其刺耳的声音叫道，"谁——"

螳螂面前显现出了一个极其恐怖的形体，它做梦都不会梦到如此可怕的场景。它张大了双颚，结结巴巴地说道："迪亚波……"

一声尖叫打破了寂静的沙漠的夜，没有人能听得出来这尖叫到底来自何方。埃拉诺克所有的生物都停下了自己的动作，怔怔地听着这可怕的叫声。甚至这尖叫戛然而止之后很长时间，它们依然愣在原地，害怕导致这惨叫的捕猎者会将魔爪伸向自己。

在那些从鲁·高因战役的溃败中幸存下来的恶魔身上，这种恐惧体现得尤为明显。恶魔们能感觉到发生了什么，感觉到了隐藏在那背后的力量——知道这凡人的世界将要面临何种噩梦，无论是它们还是人类，都不能幸免……

© 2019 Blizzard Entertainment, Inc. Legacy Of Blood. All rights reserved. Diablo and Blizzard Entertainment are trademarks or registered trademarks of Blizzard Entertainment Inc. in the U.S. and/or other countries. No portion of this book maybe reproduced or transmitted in any form or by any meanswithout written permission from the copyright holders.Original English language edition published by Pocket Books, Inc. (2001)
Simplified Chinese translation by Beijing Hongyue Scientific and Technical Co.,Ltd.

图书在版编目（CIP）数据

血之遗产 ／（美）理查德·A. 纳克著；苏恺译．
—北京：新星出版社，2019.3（2019.6 重印）
ISBN 978−7−5133−3457−0

Ⅰ.①血… Ⅱ.①理… ②苏… Ⅲ.①长篇小说－美国－现代 Ⅳ.①I712.45

中国版本图书馆 CIP 数据核字（2018）第 292289 号

血之遗产

[美]理查德·A. 纳克 著　苏恺 译

出版统筹：贾 骥　宋 凯	出版统筹：贾 骥　宋 凯
责任编辑：汪 欣	出版监制：张泰亚
责任印制：李珊珊	助理编辑：王奋仪
	美术编辑：张 慧

出版发行：新星出版社
出　版　人：马汝军
社　　　址：北京市西城区车公庄大街丙3号楼　　100044
网　　　址：www.newstarpress.com
电　　　话：010-88310888
传　　　真：010-65270499
法律顾问：北京市岳成律师事务所

读者服务：010-88310811　　service@newstarpress.com
邮购地址：北京市西城区车公庄大街丙3号楼　　100044

印　　刷：北京盛通印刷股份有限公司
开　　本：910mm×1230mm　　1/32
印　　张：11
字　　数：265千
版　　次：2019年3月第一版　2019年6月第二次印刷
书　　号：ISBN 978−7−5133−3457−0
定　　价：48.00元

版权专有，侵权必究。如有质量问题，请与印刷厂联系调换。